2021中国年度 散文

王剑冰 选编

漓江出版社
·桂林·

目 录

contents

辑 一

辑 二

辑　三

辑　四

辑　五

辑　六

辑　一

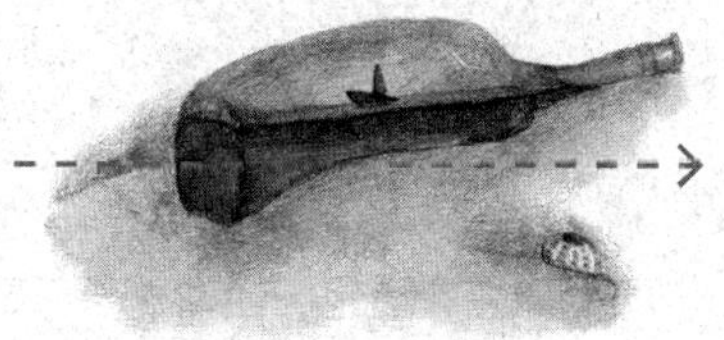

作为哪吒的文学

——在《收获》APP“无界写作大赛”启动仪式上

李敬泽

今天的主题是“心如原野，文学无界”。文学是不是无界的？我觉得当然有界，宇宙都有尽头，文学怎么会没有边界？但这文学的边界、这宇宙的尽头是变动的，可能在你家门口，或者在铁岭，或者是喜马拉雅山，或者是在火星。我们必须在身体上在人心里，在地上和天上不断探索、指认文学的边界。

刚才我们听了一场关于文学之“无界”的脱口秀。黄平说今天的文学太拿自己当艺术，我深有同感。他主要是在讽刺作家，我还想讽刺一下评论家，我们的评论家也太知道什么是文学，太知道什么是好小说了。我们对此太知道了，脱口而出，但不是脱口秀，是顺口溜，我们太像一个对生活和世界了如指掌的中年大叔，几杯酒下肚就在自己的经验和习惯里“嗨”了起来。自80年代以来，我们建构起纯文学的自律性，本来也是匆匆忙忙，各种凑合将就，日子长了就成了习惯，成了顾盼自雄顾影自怜，成了傲慢与偏见，结果就是太拿自己当“艺术”。这样的所谓艺术不是活的艺术，是非物质文化遗产，这样下去我们的这个纯文学大概率会变成昆曲，兄弟姐妹坐一圈喝茶吟唱。我现在也学几句昆曲，清拍而已，唱得不好。昆曲很艺术，太艺术，行腔走板，差一点儿都不行，林黛玉进贾府，知道他们家规矩大，一步不能行错，于是乎昆曲变成了遗产。但是文学不能这样，文学必须是活的，文学要向时代、历史和变动不定的人类生活人类经验开放，文学不能自律起来、封闭起来，不破不立，又破又立，破字当头，立在其中，文学永远要在它所不是中体认它自己是什么。

这个道理当然不是我的发明，大家都明白。大道理明白，落到实处落到家常日用就未必明白。所以，我们这些批评家也很拧巴，谈文学谈小说，总体上说，概括地说，大家都是种种不满，不满意、不满足。但碰到一个个具体作品，那都是好，各种好，这叫个别表扬与普遍批评相结合。我们的头脑里有一个自律自足的文学“理想国”，虽然柏拉图不喜欢诗人，但我们还是像柏拉图那样想问题。然而特别拧巴的是，我们是现代人，我们的“理想国”、我们的城邦里预设着变革和创新，这种变革、创新几乎是文学的合法性之所在，所以，我们必须在一个普遍性视野里释放我们关于变革和创新的焦虑，然后，在回到个别性的时候，我们已经放松下来了，我们回到了那个家常日用的舒适区，我们看不见那些让我们不舒适的东西，甚至能够抵达我们眼前的都注定是让我们舒适的东西。批评如此，文学期刊也是如此。

所以，我们也要警惕，我们是不是在很舒适地谈论“无界”。比如很多朋友谈到了文体问题，似乎所谓“无界”就是文体的混杂、越界。文体固然重要，但文体上花样百出其实解决不了我们的问题，演杂技耍盘子，眼花缭乱满天盘子，最后一收势，手里还是那两个盘子，并没有多出一个。比起“体”来，更重要的是“性”，文学性远比文体重要。很多人都在谈论文学的衰微，这固然是我们大家都看得见的，但是，另有一件事大家可能视而不见。一方面是被我们现有的观念所固定的“文学”的衰微，但另一方面，是文学性的大规模泛化、扩散、流溢，文学性是水是喷泉，溢出了“文学”的坛坛罐罐，四面八方淹了一地。所以我们面对的是文学的危机而不是文学性的危机。刚才大家都在说脱口秀，我忽然想起李诞最近写了一本小说，那是绝对纯文学的，比纯文学还纯，一看就是当年文学青年里的先锋青年，加缪等托生转世。我就觉得很有意思，显然，李诞和我们是一样的，认为这个才是文学，我现在是在搞艺术，不是在搞通俗庸俗的脱口秀。他为什么不想想，勾栏瓦舍、豆棚瓜架，脱口秀里可能自有一种野的、没有被指认没有被充分赋形的文学性。他脑子里也有一个柏拉图式的文学城邦，其中是绝对没有脱口秀的，一定要把脱口秀演员赶出城门。

什么是文学性？它在哪里？在一个时代的生活、感性、想象、话语和思想中，那个文学的幽灵文学的风如何闪现和吹动？我觉得这是比文体、文类等更为根本、更为紧要的问题。这个时代需要我们发现和发明新的文学性，需要打开城邦的门，走到广阔的原野上去。

上午的议题是“文学革命”，我发现每当触及“革命”二字的时候，朋友们都是一脸迟疑，可能是觉得“革命”二字何其激烈。我倒觉得“革命”用在这里没什么不恰当，我们党不断地自我革命，走过一百年的奋斗历程，文学有什么理由不自我革命。而且我认为文学革命的理由从来没有像现在这样迫切，只要眼光稍微放得远一点，视野稍微放得大一点，我们就能够看到，一方面承平日久，我们守着艺术的小城邦，过着安定舒适的日子；另一方面，历史已经远远走在我们前面，时代已经远远走在我们前面；文明的形态、生活的形态，已经远远走在我们前面；最根本、最重要的是，人本身已经远远地走在了文学前面。我们在座的所有人，如果现在就架起测谎仪问一遍，你读那么多的小说你喜欢吗？你真的喜欢吗？你真的不厌倦吗？我不知道会是一个什么样的结果。这个时代的人到底是什么状况，自我和他人和世界是什么状况，这已经不是我们已有的文学观念、经验和话语所能够应付、能够赋形和表现的，如果说，文学面临着可能的衰微，那是因为文学需要革命。

我有时很怕读我们有些作家的创作谈，我感觉他是在展示他的文学小庙，里边供着各种各样的神，也许是吧，也许那真是他的神，但是，那些神都没有见过小庙之外的世界，文学说到底也不是对这个小庙这些神负责，你又不是庙祝道士，你能不能直接面对小庙之外的星空和大地？

今天我发现，我在无意中好像炮制了不少华丽的格言，什么文学是强人的事业，文学是老狐狸的事业，对此我不打算负任何责任。现在我要提出新的格言，文学是什么呢？什么叫作心如原野、文学无界？当我们身处这样一个世界意义上、人类意义上的文明之大变的时候，为了让未来依然会有文学，我们需要什么样的品质和行动?

——我觉得，文学应该是哪吒。《西游记》里有孙悟空大闹天宫，那是革别人的命，很好。而另一方面，哪吒，这个童子这个少年是革自己的命，他抛却已有的一切，走出他的庙宇和城邦，进入广阔原野，越过种种界限，获得一颗新的心。他脱胎换骨，然后在原野中，摘一枝荷花，或随手摘一枝别的什么植物，就以此作为自己的身体，获得一个新的身体。我想，这应该就是新的、投入这个时代伟大变革的文学。

刊于《文学报》2021年8月8日

萧红：生死场上的勇敢跋涉者

何向阳

一个作家的写作与他的身世经历关系紧密，而一个杰出作家人与文的契合度似乎更甚。许多时候，它们甚至可以相互印证，互为解读。作家萧红和她的作品就是一个鲜明的例子。

以“悄吟”为笔名，展现出孔武有力的文学世界

萧红之所以能够被称为杰出作家，在于她实践着时代对作家的“立言”要求。她两次到北京求学，思想上深受“五四”新文化运动的熏陶。与同时代的许多作家不同，她有着强烈的女性自觉和强劲的生命意识。

这种生命意识内涵宽广，来源于一种对生命平等的珍视之心。这里的平等，不仅有大时代文学所表达的男女平等，而且有身为知识女性与未曾受过教育的穷苦女性的平等。正是这样的平民立场，使其文学展现出不同的面貌。

她的第一部小说《弃儿》写出穷苦女性的悲苦处境，同时也写出一个抛却以往种种纠葛，已经觉醒的女性的刚毅和勇猛。萧红发表作品时用的是笔名“悄吟”，但《弃儿》的力度有着一种义无反顾的决绝，其中包含着一个作家对大时代的呼应。

如果萧红只是一个专注于自身经验的作家，那么她会是另一个萧红。萧红

的了不起之处在于，她的视野从来是由己及人，看到的不只是自己从旧家庭中走出来的阵痛与叛逆，以及为之付出的痛苦与艰辛。她看到的还有更广阔世界中的女性，她们没有反抗，逆来顺受，但她们的种种忍耐与屈辱也并不能换来安稳与幸福。

《王阿嫂的死》写的是王阿嫂丈夫被张地主逼疯烧死，而自己也被张地主踢打，以致在产后死去，新生儿也未能活下去，养女又成为孤儿的故事。小说中，王阿嫂最大的抗争也只能是“哭”与“死”，她哭已死的丈夫，哭自己已死的心。萧红的平民视角显而易见，小说中对人性恶的揭示是有力的，并且通过文学性的书写呈现出来。

“五四”新文化运动以来的革命文学中的反封建主题，对于萧红而言，是从实践和体验中来的，而不只是从书本和理论中来。这使得萧红文学作品的平民视角与女性觉醒交错在一起。她写的穷苦人也是她自己，因有深刻的体验，所以她的文字虽以“悄吟”这个名字“代言”，却孔武有力。她是真如鲁迅所言“将自己也烧进去”的作家。萧红在平民与女性的身份和命运的双重关注中，将自己的文学打上不独属于自我天地的时代烙印。

以勇猛、怒吼式的文学，发出一位作家的呐喊

一个作家不可能也不可以游离于他的时代。1931年的“九一八”事变，日本入侵，东北沦陷，萧红的出走与流离失所，除却她个人反封建、争自由的因素，她的命运还裹挟着一个更大的家国背景，这就是1934年与萧军一起从哈尔滨到青岛之后，萧红创作完成《生死场》的心理起因。

《生死场》何以在家国破碎的年代里，如鲁迅所言，给人“以坚强和挣扎的力气”？原因在于作品本身的品质与气度。

《生死场》从一只山羊、一个小孩、一个跌步的农夫、一片菜田写起，以

十七节文字，绘出20世纪30年代初期东北农民生活的图景。作品的镜头剪辑得很碎，没有特别主要的人物或贯穿始终的故事，却保持着生活原有的真实。这种散漫的写法，使得小说呈现出无主角但场景明晰、无情节但细节动人的特点。如果只是狭义地将它视为对普通人日常生活的铺陈书写，就低估了作品的文学史价值。《生死场》所提供的意义更为丰富。比如，从十一节开始，作品写到日本帝国主义对东北百姓的蹂躏，更写出在这片土地上生长着“有血气的人”。老赵三这个曾经浑浑噩噩过日子的人醒来了，他和大家一起流着泪，“在红蜡烛前用力鼓了桌子两下”，表达着自己的信念：“我是中国人！……我要中国旗子，我不当亡国奴，生是中国人，死是中国鬼……不……不是亡……亡国奴……”

萧红之所以是萧红，在于在那个家国破碎的时代，作为从东北逃亡出来的作家，没有停留于对个人遭遇的控诉和对女性弱者形象的描摹，而是以一种勇猛、怒吼式的文学，向世界发出一位作家的呐喊。

离开家乡越远，萧红的故园之思越重，并且与故园之失纠缠在一起。她在以“生”“死”命名的小说中，借笔下人物呐喊出的“不当亡国奴”，激荡起千千万万中国人的心声，让我们至今热血沸腾，原因在哪里？在于一位饱经沧桑、居无定所的作家对民族尊严的守护和对生命力量的礼敬。

21世纪之初我到青岛，专门找到萧红、萧军1934年住过的旧址——观象一路1号。走上石阶，门上落锁，无缘进入。他们在这里只住了不足半年时间，却分别写出了《生死场》《八月的乡村》。我长久地站立在那个门口，我要让自己记住，就是在这里，就是在青岛，在那个飘摇不定、风雨如磐的岁月，白纸黑字，萧红替家乡农民老赵三发出“不当亡国奴”的呐喊。萧红了不起。那年，她23岁。

以鲁迅为精神偶像，力图写出《阿Q正传》《孔乙己》之类的篇章

从文学创作的本质上来说，萧红是贴近鲁迅的。这种“衣钵”传承，可以从她的文学实践中看出。1940年12月，她在香港完成了两年前就开始写作的《呼兰河传》。她在对儿时故乡的回望之中，回归了与《生死场》中救亡主题同等重要的启蒙主题。

《呼兰河传》也是散点化透视，没有结构主线，没有中心故事，也没有主角人物，而是日常生活场景的铺陈与百姓命运的延展跌宕，有的是北方小城里关起门来过日子的居民，还有围绕这小城的一些外来讨生计的人，卖豆芽菜的、卖麻花的、卖凉粉的、卖瓦盆的、卖豆腐的，还有看火烧云的。总之日子像河水一般平稳。

在这些“卑琐平凡的实际生活”之外，还有诸如跳大神、放河灯、唱野台子戏、逛四月十八娘娘庙大会等“盛举”，特别是祖父与“我”共同拥有的后园，是一个孩子的自由世界。这里有蜻蜓、蚂蚱、蝴蝶，有樱桃树、玫瑰，有“蒿草当中开了的蓼花”。

但与这些景象在同一时空中的，还有小团圆媳妇，还有冯歪嘴子一家。这两个章节体现着萧红的文学启蒙思想。小团圆媳妇嫁到老胡家时才12岁，亲人的残酷与看客的冷漠，联合“谋杀”了一个活泼的生命。和鲁迅一样，萧红批判了这样的精神麻木。

冯歪嘴子一家让人看到希望。女人死后，留下一大一小两个孩子，小的刚刚出生，冯歪嘴子在别人绝望或是看热闹的环境中，反而镇定下来，“他觉得在这世界上，他一定要生根的。要长得牢牢的。他不管他自己有这份能力没有，他看着别人也都是这样做的，他觉得他也应该这样做”。

萧红的笔端留下一抹亮色：“大的孩子会拉着小驴到井边上去饮水了。小的会笑了，会拍手了，会摇头了。给他东西吃，他会伸手来拿。而且小牙也长出来了。”这样的句子，让人强烈地感受到中华儿女的坚韧与强悍。在对故乡的一

份记忆中，萧红对养育她的祖父表达爱意的同时，也给了她自己曾经在离乱中失去的两个孩子以文学的活泼生命。

在1941年的香港，萧红写下《呼兰河传》《小城三月》《马伯乐》这些启蒙主题作品的同时，仍写下不少关于救亡主题的篇章。在《给流亡异地的东北同胞书》中，她传达出“在最后的斗争里，谁打得最沉着，谁就会得胜”的必胜决心。在《“九一八”致弟弟书》中，她对青年表达出自己的信心：“你们都是年轻的，都是北方的粗直的青年。内心充满了力量……你们都怀着万分的勇敢，只有向前，没有回头……中国有你们，中国是不会亡的。”这与她写于1938年的《黄河》《汾河的圆月》《寄东北流亡者》等作品相呼应，显现出一位作家与时代和民族的密切关系。尤其是《黄河》的结尾，对于“我问你，是不是中国这回打胜仗，老百姓就得好日子过啦”的百姓之问，八路军兵士的回答是：“是的，我们这回必胜……老百姓一定有好日子过的。”

从呼兰县出发，从哈尔滨到北京、青岛、上海再到东京，从北京到上海再到临汾、西安、武汉、重庆，直至香港，萧红一生是在漂泊中度过的。我们从《商市街》中即可了解她所经历的一无所有和饥寒交迫，但无论在哪里，无论是迁徙、离乱、饥饿、病痛，她都始终抱定这一信念。这是胜利的信念，也是对人的信念。

与这信念一起让我颇感折服的，还有萧红文学风格的自由。当时多位评论家对她小说的散文化风格有着不同看法，萧红并不辩论，只是在与聂绀弩的一次谈话中说：“有一种小说学，小说有一定的写法，一定要具备某几种东西，一定写得像巴尔扎克或契诃夫的作品那样。我不相信这一套，有各式各样的作者，有各式各样的小说。若说一定要怎样才算小说，鲁迅的小说有些就不是小说，如《头发的故事》《一件小事》《鸭的喜剧》等等。”聂绀弩追问：“写《头发的故事》《一件小事》之类吗？”萧红的回答相当率真：“写《阿Q正传》《孔乙己》之类！而且至少在长度上超过他！”这显现出萧红的超越之心。她也的确试图在写作中加以践行。

茅盾曾在1946年《呼兰河传》的再版序中写道:“要点不在《呼兰河传》不像是一部严格意义的小说，而在于它这‘不像’之外，还有些别的东西——一些比‘像’一部小说更为‘诱人’些的东西:它是一篇叙事诗，一幅多彩的风土画，一串凄婉的歌谣。”这种评判是公允的，但我不大同意文中隐约存在对萧红与大时代隔绝的判断。的确，萧红是寂寞的。这寂寞的由来，并非感情上的一再受伤，或是对居无定所的厌倦，而是她在精神上一直是一个人的，一直与她所在的知识界保持一定的距离，以便于她进行观察和审视。在最后的岁月，她一边体味这寂寞，一边仍在拼命写作，她真正体味到了“两间余一卒，荷戟独彷徨”的滋味，这可能也是她写下“我将与蓝天碧水永处，留得那半部《红楼》给别人写了”的身先死的“不甘”，这可能就是她死后想葬在鲁迅先生墓旁的原因吧。

萧红去世时不足31岁。自1932年写诗开始，到1942年1月，不足十年时间，她写下了百多万字的作品，而且还是在颠沛流离、贫病交加之中！这些作品，是她个人艰辛生活的见证，也是那个时代的女性对于国家、民族、人的精神的一份思想的贡献。这思想，是她于生死场上跋涉而来的。

萧红不朽！

刊于《光明日报》2021年9月15日

彭山访故人记

李一鸣

九月里，到彭山。

一说要到四川的眉州、彭山，首先就想到那里的三个人：彭祖、李密、苏东坡。

一个地方的文化存在，常常是与生于斯，长于斯，死于斯，葬于斯的一些文化人连在一起的。凡是读过书的中国人，谁没听说过彭、李、苏呢?

彭祖的传说天下皆知。记得小时候，我曾依偎在外祖母怀里，听她讲古："很早很早以前，四川大山里有个姓彭的老头儿活了800多岁，不知道人家是吃啥喝啥才活那么长的?"如今，言犹在耳，外祖母却已离世30多年了，当年的娃娃也已白发满头。

李密的《陈情表》则进入了教科书，被一代一代学子读着、学着、考着，甚至背着。据我夫人和儿子说，他们读中学时，都能背诵《陈情表》全文。就在我行前那天晚上，他们还断断续续背诵了其中的段落："臣以险衅，夙遭闵凶。生孩六月，慈父见背。行年四岁，舅夺母志……"声情并茂，抑扬顿挫，作者情深意切的表达，经了身边亲人的诵读，尤为撼人心魄。

在中国人的精神文化生活中，苏东坡成就了一个独特的艺术世界。不仅他的才华和故事被广泛传颂，而且在中国文人心中，他已经成为一个文化图腾，像"神"一样被崇拜着、追随着、诠释着。学贯中西的大学者、大作家林语堂在他那部名著《苏东坡传》中，把这位人间不可无一难能有二的天才人物，认定为一个秉性难改的乐天派，悲天悯人的道德家，黎民百姓的好朋友，散文作家，新派的画家，伟大的书法家，酿酒的实验者，工程师，假道学的反对者，瑜伽术的修炼者，佛教徒，士大夫，皇帝的秘书，饮酒成癖者，心肠慈悲的法官，政治上的坚持己见者，月下的漫步者，诗人，生性诙谐爱开玩笑的人。林氏语言洋洋洒洒，放逸风雅，骈散相间，庄谐杂出，绘出这位现代名家眼中的苏东坡形象。而我的故乡山东一位女作家在其散文《来生便嫁苏东坡》中，从另一个维度表达了一位当代女性对苏东坡的认知和情感。她笃信人是有来生的，她热切祈愿来生心随愿迁，活得山水生色，日月增辉，再嫁一个又敬又爱时刻与他生死相依的男人。她素手纤笔，直抒胸臆："古往今来，三千年的沧海桑田里，真正用文字打动我心弦的唯有宋代的苏东坡一人而已。捧读着苏东坡的诗文集，我总是不由得感慨：这才是一个值得我用一生之光阴倾心相守的男子汉！""我要认真地，虔诚地，刻苦地……修炼今生，也许上帝受了感动，会可怜我的一片苦心，让我转世投胎为一个才貌双全的美人，满足我那千年等一回的愿望——嫁给苏东坡。"来自心灵的呼唤，如此大胆率真，而又惊世骇俗！"虽然他曾经有过三任妻子，虽然他的妻子的寿命都不长，然而，我仍然愿意把生命浓缩成一束烛光，辉映在他的指间心上。哪怕只有十一年（他的女人总是跟十一这个数字紧密相关），哪怕为此，历尽千年的情劫。"这小女子一腔跨越近千年的痴情表白，真是掷地有声，感天动地！所以说，每个人心中都有一个苏东坡，他已经化作一种基因，进入我们的血液，影响着我们的生活。

而今，我来了，来到他们的故乡，一次期待多年的朝拜。

正是秋天这盛大的季节。天升得很高，蓝得出奇，透明的阳光下，远山的天际线闪着光亮，墨绿的银杏叶在山风里翻飞，茂密的方竹林里一条条竹子挺着修长的腰肢优雅款摆，山腰间，白云披着蓬松的斗篷悠闲地散步……沿着长寿梯，跨过九百九十九步台阶，踏过九十九个平台，拐过九道弯，远远便看到了彭祖墓。墓的背后高高矗立的是彭祖山主峰，左右群山簇拥，那墓碑就仿若坐在一把巍巍山体形成的巨大太师椅上。同行者说，如果从山顶俯瞰，则会发现彭祖山与寿泉山相互环抱，构成了一幅天然的立体太极图，凸起的山脉与凹陷的山沟组成阴阳两条相互追逐的鱼，而彭祖墓恰恰就落在阳鱼的眼睛上。据说这墓地是彭祖的弟子、风水学始祖青衣乌公所选，果然是传说中的风水宝地。

彭祖果有其人。先秦时期，他在人们心目中还是一位仙人。到了西汉，刘向的《列仙传》也把他列入仙界。而宋《太平广记》录其自述："吾遗腹而生，三岁而失母，遇犬戎之乱，流离西域，百有余年。加以少枯，丧四十九妻，失五十四子，数遭忧患，和气折伤。荣卫焦枯，恐不度世。所闻浅薄，不足宣传。"在这里，彭祖又从仙界回到了人间。明曹学佺的《蜀中广记》中记载，彭祖"自尧历夏，殷时封于天彭。周衰始浮游四方，晚复入蜀，抵武阳家焉"，武阳即现在的眉山市彭山区。而东晋的《华阳国志》和南北朝郦道元的《水经注》、范晔的《后汉书·郡国志》等方志中，也都提到过这座彭祖墓。至于彭祖的年龄，流传最广的是800岁，而按上古时期每60天为一年计算，则彭祖活了130多岁。联想到1949年前，我国人均预期寿命还不到35岁，这彭祖确乎是够长寿的了。

彭祖原是善于养生的人，《庄子》《楚辞》《史记》对此多有记载，现代人津津乐道、急于弄通的，是他的养生秘诀，所谓气功术、膳食术和房室术。在离彭祖墓不远的养生殿里，参观的人络绎不绝，许多人面对彭祖养生十三法图解，驻足揣摩，流连忘返。而我却猛地掉转头，快步走了出去。是的，固然，人的本性是祈愿长寿，死是人生的终极点，怕死是人的正常心理，注重养生也是人之常情。然而如彭祖，在他的一生中，先后竟有49个妻子、54个孩子去世。生离，令人黯然神伤；死别，必定是撕心裂肺。一个亲人去世，就使人痛不欲生，而况103人！那就是103次泣血大恸啊。其痛若何？其悲何如？充满痛苦的长寿意义何在？而况，为了个人长寿，那彭祖采取所谓采阴补阳延年益寿之法，大言不惭道："法之要者，在于多御少女而莫数泻精，使人身轻，百病消除也。"完全为了长寿的性爱，不知多少青春少女做了药引和药渣。诚可恨哉！

距彭祖墓不远处的文化广场上，竖立着彭山籍文化名人展示牌，其中一组介绍的是李密和他的《陈情表》。这李密幼年丧父，母亲改嫁后，与祖母刘氏相依为命，依靠祖母一口饭一口水抚养成人。长大后，他曾经担任过蜀汉后主刘禅的尚书郎。39岁那年，司马昭灭了蜀汉，他成了亡国之臣，一心一意在家侍奉祖母，奉献孝心。41岁时，晋武帝召他出仕，先以郎中一职许愿，后又以洗马之职征召，他都以祖母年老多病、无人供养而力辞。《陈情表》就是李密为辞不就职写给晋武帝的表章。

可以想见李密书写此信之难。一方面，“祖母无臣，无以终余年”，不顾年迈的祖母出去就仕，情理不容，是谓不孝；另一方面，作为蜀汉旧臣，在李密眼里，汉主刘禅又是一个“可以齐桓”的人物，心中自然葆有念旧的情感，不愿厕身新朝，定是他内心的坚守。然而晋武帝却一个劲儿催逼他就职，“诏书切峻，责臣逋慢。郡县逼迫，催臣上道；州司临门，急于星火”。如何摆脱困境？李密围绕“孝”字力陈心迹，从“臣无祖母，无以至今日；祖母无臣，无以终余年”的情感出发，反复强调祖母的病：“夙婴疾病，常在床蓐”“刘病日笃”“日薄西山，气息奄奄，人命危浅，朝不虑夕”，层层递进，极尽渲染，力图以孝感人，以情动人。不仅如此，他不回避自己曾是蜀汉旧臣，坦言“少仕伪朝，历职郎署”，明确自己“不矜名节”“岂敢盘桓，有所希冀”，意在从政治上打消晋武帝的误会。继而表白了先尽孝，后尽忠，先徇私情，后报国恩的心底。“是臣尽节于陛下之日长，报养刘之日短也”，暗示等为祖母养老送终之后，再向当朝尽忠的情志。孝，是人间最大的善，最美的义，最崇高的伦理。一篇《陈情表》，作为文学史上的抒情名篇，感动了无数人。正如宋代赵与时在《宾退录》中的评说：“读诸葛孔明《出师表》而不堕泪者，其人必不忠；读李令伯《陈情表》而不堕泪者，其人必不孝。”而我从中读到的，除了情真意切、感人肺腑的孝，更有狼狈，有忧惧，有不满，有希冀，有明示，有藏匿。透过那恳切的言辞，体味的是忐忑不安，委婉畅达的语言内里，是作者的进退失据。一个人为了保命，小心翼翼，委曲求全，把自己低到了尘埃里，诚可怜哉！

而苏东坡与彭祖、李密就有着不同的人生轨迹和人生态度。眉山，东坡在这里度过了他的童年、少年时光。20岁，他和弟弟随父亲赴京赶考，此后，又为父母去世两度丁忧故里，屈指算来在这里度过了二十四年光阴。这位眉山之子一生可谓跌宕起伏，丰富多彩，大概是造物主为了成就这位奇才，故而为他设置了不一样的人生。他兴趣广泛，在每一涉猎的领域都达到了顶尖水平，才华横溢一词似也难以形容这个天才。他堪为学霸，考进士，以几乎第一的成绩考取，一时誉满京华，名扬天下；24岁参加由皇帝亲自出题的制科考试，他被录入最高等第三等，成为宋朝唯一进入此等次的人。然而，最使我感怀的是他的信念、他的爱，他对苦难的态度。

他抱持士的风骨，始终坚守独立的思想，历经千磨万击，仍坚定不移。当其时也，围绕王安石变法，朝廷形成变法派和保守派两大政治阵营。东坡本为求新之人，变法之初，他支持变法，甚至还比较激进，俨然坚定的变法派。但当发现新法之害后，便毅然上书反对。等到保守派上台，他被召还朝，接连提升，但当保守派不加选择全面废除新法时，他又挺身而出，公开反对。面对强权势力和政治高压，他坚持独立不随波逐流的人生信条，即便既不容于新党，又不见谅于旧党，也不变主张，不更其道，不虚与委蛇，更不做墙头草。东坡曾言："古之立大事者，不惟有超世之才，亦必有坚忍不拔之志。"我以为此论或可认作苏公自谓也。

东坡的爱情生活并不平坦。他19岁时，奉父母之命，靠媒妁之言，娶了同是眉山人的王弗姑娘，那年新娘子仅有16岁。两人在京城、在凤翔到处打拼，苦日子、甜日子共同度过，不料十一年后王弗因病而逝，东坡将她埋骨在母亲坟旁。又是十年过去，在山东密州任职的东坡梦见爱妻王弗，便挥笔写下一首《江城子·乙卯正月二十日夜记梦》："十年生死两茫茫，不思量，自难忘。千里孤坟，无处话凄凉。纵使相逢应不识，尘满面，鬓如霜。夜来幽梦忽还乡，小轩窗，正梳妆。相顾无言，惟有泪千行。料得年年断肠处，明月夜，短松冈。"十一年的相伴，十年的相思，成就这首椎心泣血之作。北宋诗人陈师道称之

“有声当彻天，有泪当彻泉”，可谓恳切之语、痛彻之评。

其实那时，东坡已娶王弗的堂妹王闰之六年了。不料十九年后，王闰之又一病不起。这个女人陪伴东坡宦海浮沉，穷达多变，知密州，驻徐州，谪黄州，调汝州，居常州，走登州，返杭州，转颍州，任扬州，达定州，一路艰辛，不曾怨尤。二度葬妇的东坡，心情如何，可想而知。王闰之死后百日，东坡请大画家李公麟绘制十幅罗汉像，在和尚诵经超度声里，献给了亡妇的灵魂。十年后，苏辙将暂厝于京西一座寺院的闰之的灵柩与东坡埋到了一起。生则同室，死则同穴是东坡的誓言，满满是决绝的爱、无尽的情。

东坡暮年，谪居惠州，身边侍儿陆续离去，唯有王朝云，这个由侍妾扶正的丫头，从12岁到33岁，不离不弃，始终追随。谁料想造化弄人，这样一位善解人意的伴侣，却突染瘟疫，离开尘世喧嚣，遽尔凄清归去。惠州西湖孤山南、松林中，埋下了这个空谷幽兰、清香幽幽的人。东坡满怀万千情感，亲笔写下《墓志铭》：“浮屠是瞻，伽蓝是依。如汝宿心，唯佛是归。”他还在墓前筑六如亭，亭柱之上，楹联两分：“不合时宜，惟有朝云能识我；独弹古调，每逢暮雨倍思卿。”墓亭不语，斯情常在。

才子总是和佳人相称，风流常常与才子并称。拥有旷世之才的苏东坡，洒脱不羁的苏东坡，把他的爱倾注到每一位爱的人身上，爱得执着，爱得深沉，爱得热烈。这与希求通过性来养生之徒不亚于天壤之别。

东坡的仕途可谓坎坷，他的政治生涯历经三起三落，苦难似乎与他紧密胶着。遥想当年，他20岁意气风发荣登进士，跃上仕途，器宇轩昂，起笔不凡；而他历经磨练，32岁回朝，因路见新法之害，毅然上书反对，被迫自求外放，调任杭州通判，继知密州、徐州、湖州。其间以莫须有罪名酿就“乌台诗案”，被打进大牢103天，可谓悬崖式跌落，差点丢了性命。第二起，他47岁时，新党倒台，司马光为相，他被召还朝，担任礼部郎中，半年内三次升迁，由起居舍人、中书舍人，而至翰林学士知制诰，知礼部贡举，东山再起，春风得意。可惜好景不长，迎来了仕途的第二落，面对全盘废除新法之举，他不会沉默，在打击面前，53岁的他被外放杭州。第三起，两年后，保守派将他召回朝廷，相继担任过吏部尚书、兵部尚书、礼部尚书，可谓青云直上，位高权重。可他因对变法的评价与保守派发生斗争，于是遭际第三落，被逐出京城，以致元祐八年，新党亲政，他又相继遭逢贬谪，贬到惠州，进而贬到荒荒边地儋州，此时东坡已是61岁，垂垂老矣！

面对贬谪遭遇，他既没有像李白长流夜郎时“平生不下泪，于此泣无穷”的悲痛，也没有如韩愈被贬潮州时“知汝远来应有意，好收吾骨瘴江边”的绝望，他似乎散淡得多，潇洒得多。贬至黄州，他感慨于“长江绕郭知鱼美，好竹连山觉笋香”；贬至岭南，他慨叹“日啖荔枝三百颗，不辞长作岭南人”；即便贬到更边远的儋州，他似乎竟然有些兴奋了，“他年谁作舆地志，海南万里真吾乡”。面对政敌的一次次打击，他不回避，不附和，不认输。贬谪，被他当成了归隐；困苦中，他获得了逍遥和快活。这颗伟大的心灵，认清了人生本质，却依然热爱着生活。

如果让我重新选择一种活法，有的我不屑，有的我不愿，有的我不能，如之奈何？如之奈何？

同行者阿来、志明、则臣、骏虎、穆涛、伟章、献平诸友。

刊于《四川文学》2021年第1期

两棵树上，一棵树下

刘醒龙

再到簰洲垸，并非一时兴起，而是这些年，心心念念的情结。

出武昌，到嘉鱼，之后去往簰洲垸的路途有很长一段是在长江南岸的大堤上。江面上还是春潮带雨的那种朦胧，离夏季洪水泛滥还有一段时间。在时光的这段缝隙里，那在有水来时惊涛拍岸的滩地上抢种的蔬菜，比起别处按部就班悠然生成的绿肥红瘦，堪可称作俗世日常中的尤物。除了蔬菜，堤内堤外所剩下的就只是树了，各种各样的，一株株，一棵棵，长势煞是迷人。

有百年堤，无百年树。这句话本指长江中游与汉江下游一带平原湿地上的特殊景象。

因为洪灾频发，大堤少不得，老堤倒不得，大树老树只是栽种时的梦想，还没有活够年头，就在洪水中夭折了。1998年夏天的那场大洪水，让多少青枝绿叶停止了梦想，也让不少茁壮的树木在传说中至今不朽。

第一次来到簰洲垸，又次离开簰洲垸时，就曾想过，一定要找时间再来此脚踏实地走一遍。1998年8月下旬，搭乘子弟兵抗洪抢险的冲锋舟，第一次来簰洲垸。一行人个个系着橙色救生衣，说是在簰洲垸看了几个小时，实际上，连一寸土地都没见着，更别说只需要看上几眼就能用目光逼出油来的肥沃原野。除了几段残存的堤顶和为数不多的树梢，我们想看上一眼的簰洲垸被滔天的洪水彻底淹没。汤汤大水之上的我们，悲壮得连一滴眼泪也不敢流，害怕多添一滴水，连这少数树梢和残存的几段江堤也见不着了。

那年夏天，使整个簰洲垸陷入灭顶之灾的洪水，是迄今为止我见过最凶猛的，多少年后仍无法相忘，偶尔需要举例时，便会情不自禁地拿出来做相关证明。比如，前些时一家出版社的编辑非要将个人文集里早前写就的“簰”，按时下文字规定改为“排”。与其沟通时，自己问对方应当知道簰洲垸吧，“九八抗洪”时，不少媒体也曾按规定写成“排洲垸”，后来全都一一改正过来。又与对方说，电影《闪闪的红星》主题歌所唱“小小竹排江中游”，武夷山九曲溪的导游词“排在水中走，人在画中游”，如此竹排哪能禁得起滔滔洪流？那在大江大河之上，承载重物劈波斩浪，非“簰”所莫属。簰是特大号的排，但不可以通一称作排。正如航空母舰是超级大船，却无人斗胆称其为船。簰洲西流弯一弯，汉口水落三尺三——浩浩荡荡的长江上，能与重大水文地理相般配的器物，岂是往来溪涧的小小排儿所能担当！

2021年初夏，第二次到簰洲垸，所见所闻没有一样不是陌生的。因为第一次来时，从长江大堤溃口处涌入的大洪水，将最高的楼房都淹得不见踪影，平地而起的除了浊浪便是浊流，与此刻所见烟火人间，稼穑田野，判若天壤。很难相信，眼前一切所见，在二十三年前的那个夏天，全都沉入水底。那一眼望不到边的菜地里种着尤觉清香扑鼻的优质甘蓝，刚刚开过花便迫不及待地露出油彩梢头的油菜，还有那骄傲地表示丰收即将到手的麦子，用粼粼波光接上云天迎候耕耘机器的稻田，这些一眼就能看透的乡村田园图景，仿佛开天辟地以来即如是如斯，不知洪水猛兽为何物！当年所见簰洲垸，只有洪水与舟船。如今的簰洲垸，小的村落有小小的车水马龙，大的乡镇有浓浓的歌舞升平。那些被水泡过的老屋仍旧烟火兴旺喜气洋洋，一旁新起的高楼与新建的长街更加抢眼，临近小河的一栋栋农舍，颇得诗风词韵，如此流连，迥然于1998年夏天来过后，太多伤心下的欲走还留。

梦浅梦深、亦真亦幻的时刻当然很好，所谓美梦成真，就是将日子过得如同美梦一样。由于当年子弟兵的驰援才从最艰难的日子挺了过来，由于三峡大坝建成后对长江上游洪水的拦截，由于普天之下的民众都在勤劳勇敢奔向小康，一向狂放不羁的洪水也将凶悍性子收敛起来，哪怕是乘着最大洪峰笔直往东而来，不得不在簰洲垸顶头的大堤前扭转半个身子往西而去时，一改从前的暴虐，反倒以岁月流逝模样用浪花之上的江鸥点染一段温情。

最能表现这温情的是小镇边上两棵白杨，还有朋友反复告知的那棵杨柳。

说簰洲垸白杨树多，是事实，又不全是事实。整个长江中下游地区，凡是依靠着长江的村落乡镇，没有不将种白杨树当成洪荒时节安身立命的最后机会的。

1998年8月1日夜里，簰洲垸大堤没能顶住洪魔的肆虐，终于溃口了。后来通过视频看到，惊涛骇浪之中，那个名叫江姗的小女孩死抱着一株小白杨，硬是从黑夜撑到黎明。当有人来施救时，小女孩还不敢放手，一边号啕大哭，一边说奶奶让她抱着小白杨千万不要松手。奶奶自己却因体力不支，抱不住小白杨，随洪水永远去了天涯。洪荒之下，生命没有任何不同。那比狂飙凶猛百倍的浪潮来袭时，一辆辆正在抢险的重载卡车，顷刻之间成了一枚卵石，淹没在浪涛深处。一位铁汉模样的将军，到此地步，同样得幸抱着一棵小白杨。

二十三年过去，小镇边上的这两棵白杨树，长得很大了，粗壮的树干拔地而起，那并肩直立的模样，其意义就是一段阻隔洪水的大堤。簰洲垸人私下里将一棵白杨称为“将军树”，另一棵白杨称为“江姗树”。小镇的人这么说话，听得人心里格外柔软，也格外苍凉。不由得想起天山深处的胡杨，华山顶上的青松；想起西湖岸边的垂柳，洛阳城内的牡丹。在小镇中心的九八抗洪纪念馆，几张旧照片上，一群人正是紧抱着小白杨才让吃人不吐骨头的洪魔终成饿鬼。从纪念馆出来，再次经过那两棵高大的白杨树时，不禁抬头望向空中，万一灾难重现，这白杨可以给多少人以最后的生机?

在簰洲垸上游约二十里，有个地方叫王家月。1998年8月21日，全世界都将此地误称为王家垸。那天早上，自己随一个团的军人十万火急地赶到此地，打响“九八抗洪”的收官之战，在水深齐腰的稻田里封堵这一年万里长江大堤上出现的最后一个管涌。险情过后，封堵管涌的几千立方米的大小块石与粗细沙砾，成了平展展田野上的一处高台。

相隔二十三年，再来时，一场大雨将头一天的暴烈阳光洗得凉飕飕的，田间小路上的泥泞还在，当初都曾舍身跳进洪水的几位同行者，小心翼翼的模样，有点像是步步惊心。在离高台不到五十米的地方，自己到底还是站住了。

在高台正中，孤零零长着一棵小树。

不用问便已知道，不是别的，正是当地朋友业已念叨过许多遍的那棵杨柳。

夏天正在到来，仿佛是被最后一股春风唤醒记忆。发生管涌的那天正午，爱人下班时将电话打到我的手机上。就在那棵杨柳生长的位置，对着手机，我没有说自己正在管涌抢险现场，只说一切都好！1998年夏天人们听到“管涌”二字，宛若2020年春天世人对“新冠”的谈虎色变。我对爱人说一切都好时，站在深水中的几位战士用一种奇怪的眼神看过来！那天午后两点，险情基本解除后，与大批满身泥水的军人一道蹲在乡间小路上，痛痛快快地吃了几大碗炊事班做的饭菜。管涌现场仍有大批军人在进行加固作业，另有三三两两的当地人拎着各式各样的器物，在给子弟兵们送茶送水。想着这些，心中忽地一闪念，那时候自己不将真相告诉爱人，只对她说一切都好，本是一句平常话，这种自然而然的表述，既是亲人之间相互关爱，也是发自内心的愿景。那时候，在这高台之下的深水里，身处险境的军人，谁人心里不是怀着青青杨柳一样的情愫，牵挂着杨柳丝丝一样的牵挂。

相比从前，簰洲垸上上下下堤内堤外一切都好了许多，那叫得出名字的两棵白杨，从风雨飘摇中挺过来，一年一度地长成参天大树。那曾经指望三万年后才风化成沙土的块石沙砾高台，才几年工夫就有杨柳长了出来，虽然只有一棵，却更显风情万种。这样的杨柳能长多少叶子呢？远远看过去，大约几千片吧，这是一种希望，希望小小杨柳用这种方式记住当初参加封堵管涌的几千多名子弟兵。

曾经在干旱少雨的甘肃平凉，见过一棵名为国槐的大树，三千二百年树龄，毫不过分地说，那样子是用苍穹之根吸收过《三坟》《五典》的智慧，用坚硬身躯容纳下《八索》《九丘》的文脉，用婀娜枝叶感受了《诗经》《乐府》的深邃与高翔。簰洲垸一带，注定没有见证天地玄黄、宇宙洪荒的老树，只有水流分明应当向东往长江流逝，到了此地却扭头向西而去，连洪水猛兽与大小龙王都不太相信的奇观，见证之事都付与簰洲垸及簰洲垸上的西流湾吧。不必等到再过二十三个二十三年时，不必等到垒起高台的块石与沙砾变得与周围田野浑然天成时，更不必让小小杨柳和高高白杨都变得像千年国槐那样沧桑时，大江之畔无所不在，大水之中万物天成。历经过灾难的白杨全都是周瑜、陆逊那般青壮小伙模样，苦难中泡大的杨柳全都是大乔、小乔一样婀娜姑娘身姿，在实现梦想的过程中走向新的梦想，比起已经固定下来的某种象征，更加令人向往。如同自己刚转过身，就在想什么时候再来看看簰洲垸，看看簰洲垸这里的两棵白杨、一棵杨柳。还有这两棵树上，还有这一棵树下，安详天空，锦绣大地！

刊于《人民政协报》2021年7月5日

锦州的南山

杨海蒂

在中国，“南山”多得数不清，有几座格外著名：《诗经》中的终南山（节彼南山，维石岩岩），《史记》中的祁连山（留岁馀，还，并南山，欲从羌中归，复为匈奴所得），陶渊明笔下的庐山（采菊东篱下，悠然见南山），苏轼向往的南屏山（卧闻禅老入南山，净扫清风五百间），南宋学者胡宏敬仰的衡山（甘为稼圃南山下，长谢周公与孔丘）…… 最著名的当属“寿比南山”，可见“南山”在国人心目中的地位。

位于渤海北岸、辽西走廊东端的锦州也有一座南山，何以得名无从考证，似乎就因为它坐落于城南。这座历史悠久的城中山，最早叫松山，因为松树满山遍野，据说是商代箕子给取的名。商纣王残暴无道，为宠信狐妖妲己，挖掉一个亲叔父比干的心脏，另一个亲叔父箕子“亡命辽东，后到朝鲜”。周武王兴兵伐纣，纣王兵败，商朝灭亡，箕子大义，将治国要略传授给周武王，却不肯出山为官。三十四年前，南山出土商代青铜戈，经国家科学院专家鉴定，此戈并非作战兵器，而是珍稀的国宝“权杖”—— 商王朝最高权力的象征，它证得箕子的确履及南山。顺便一提，孔子高度评价箕子，柳宗元亲撰《箕子碑》颂其功绩。

说来惭愧，直到置身于锦州，我才算弄明白：古时候广义上的辽东，包括东北三省、俄罗斯远东地区以及朝鲜半岛大同江以北；现如今狭义上的辽西，特指辽西走廊，即从锦州到山海关之间的狭长地带，在冷兵器时代，它不只是兵家必争之地，它也是兵家死战之地。

锦州是国家历史文化名城，西汉朝廷在此设置了历史上第一个县级行政建制——徒河县。辽代是锦州历史上的高光时期，辽太祖耶律阿保机“以汉俘建锦州”，锦州之名始于此时。盛产锦绣的锦州逐步成为辽东的中心，而今辖区内依然屹立的皇家建筑、佛道寺庙等人文盛景，大多建于辽代，它们是历史的遗存，也是文明的密码，使我真切地体察到古人那湮渺久远的足迹。

“锦绣之州”闻名遐迩，历代统治者对辽东觊觎又忌惮，隋炀帝诗句“我梦江南好，征辽亦偶然”就与征讨辽东有关。不过，古时候想从江南到东北，那可是艰难困苦加险阻，好不容易到达辽东，官兵眼前是茫茫一片大“辽泽”——“南北千余里，东西二百里”，该是何等绝望。

秋气肃杀，寒风在南山松林间飒飒作响，好在有和暖的阳光照拂大地。我们坐在高高的土堆上面，听文化学者、渤海大学教授刘鹤岩先生讲前朝旧事。

锦州是辽西走廊的重要节点，南山是守卫锦州的巨大屏障，曾经，多少风云人物在此挥戈驰骋，多少英雄豪杰在此鏖战沙场。南山在清代叫罕王殿山，这得从清太祖努尔哈赤说起。相传，努尔哈赤为探听明军实力，投身于辽东总兵李成梁帐下，后来被李追杀，连夜出逃到锦州南山，睡在山顶巨石上，化身青蛇方得脱险。遥想当年，努尔哈赤的军队锐不可当，飞扬的铁蹄和喋血的宝剑，把往日耀武扬威的将领吓得魂飞魄散，仅为六品官员的袁崇焕挺身出列，勇当危局，凭着神勇与担当，硬是将努尔哈赤挡在山海关外！

每到历史紧要关头，总会有人不计世俗得失，“国而忘家，公而忘私”：岳飞“抬望眼，仰天长啸，壮怀激烈”，文天祥“人生自古谁无死，留取丹心照汗青”，于谦“粉身碎骨浑不怕，要留清白在人间”，袁崇焕“策杖只因图雪耻，横戈原不为封侯”……有他们的存在，国家才有前途，因他们的奉献，民族才有希望。

袁崇焕，这个一提起就让我心如刀绞的悲剧英雄，锦州的城防工事是他派人修建的，载入史册的宁锦之战是由他坐镇指挥的。努尔哈赤去世后，继承汗位的皇太极率大军围攻宁远、锦州，在袁崇焕的部署下，名将赵率教在松山、锦州、大凌河一带严阵以待，皇太极屡战屡败，明朝取得宁锦大捷。

然而，历史自有它的安排，明朝注定要灭亡。兵部尚书孙承宗是“辽东三杰”之一，是“锦州八景”勘定者（其间巡视过松山），最要紧也最要命的，他是袁崇焕的老师。在明朝，师生关系就是政治关系，忠臣孙承宗与宦官魏忠贤的博弈，导致两大阵营的政治搏杀，光风霁月之心怎敌鬼蜮伎俩，奸臣得道小人得势，阉党逢君之恶，崇祯忠奸不辨，袁崇焕大难临头。行刑台上，即将遭凌迟的袁崇焕遗言铮铮：“一生事业总成空，半世功名在梦中。死后不愁无勇将，忠魂依旧守辽东。”

赤胆忠心，惊天地泣鬼神！

袁崇焕与岳飞、文天祥、于谦并列为名垂青史的英雄，后来，康有为饱含深情为袁崇焕庙题写对联：“其身世系中夏存亡，千秋享庙，死重泰山，当时乃蒙大难；闻鼙鼓思东辽将帅，一夫当关，隐若敌国，何处更得先生。”谙熟历史的康有为学生梁启超，对袁崇焕尤为推崇敬仰：“若夫以一身之言动、进退、生死，关系国家之安危、民族之隆替者，于古未始有之。有之，则袁督师其人也！”

又一阵朔风吹来，松涛阵阵，如诉如泣。我看见风儿掠过，我听见这片土地叹息，生命挽歌苦涩沉重，我的心灵漫无依泊。

南山等待着见证千古兴亡，明清还有精彩大戏要在南山上演。松锦大战，明清各投入十多万人马，最后战场就在松山一带。皇太极驻跸松山，亲自指挥亲自部署，松山城被清军攻陷，蓟辽总督洪承畴被俘。据清朝官方正史记载，起初表现得很硬骨头的洪承畴，终于为皇太极的规劝感化，加之以袁崇焕为“鉴”，最终“识时务”而归降清朝。野史可不是这么说的，民间传说洪承畴不敌美人计，拜倒在皇太极的庄妃（即后来的孝庄皇后）石榴裙下，一旦百炼钢化为绕指柔，江山便可以不要了，何况这江山还不是自己的。此说法不仅在文艺作品中多有体现，甚至连著名清史专家都认为真实可信。松锦之战奠定了清军入关的基础，具有历史转折意义。

说到清兵入关，国人第一反应就是吴三桂“冲冠一怒为红颜”。一代战神袁崇焕蒙受千古奇冤，洪承畴吴三桂叛明降清，明朝焉能不亡？袁崇焕被一刀刀凌迟时的哀号，奏响了大明王朝的丧钟，崇祯皇帝上吊结束了生命，中国历史结束了一个朝代。清代著名诗人吴梅村，以洪承畴兵败松山为题材写下诗词《松山哀》，又以吴三桂与陈圆圆为题材创作了《圆圆曲》。康熙、雍正、乾隆、嘉庆、道光等清朝皇帝，只要前往盛京祭祖，必定驻足锦州，登罕王殿山。他们留下了几十首关于锦州和南山的诗词，也就康熙大帝的《锦州道上》还算过得去。

岁月暗淡了刀光剑影，南山远去了鼓角争鸣。当历史推进到二十世纪，锦州再次展现出英雄城的风采。“九一八”事变爆发，全中国第一支抗日义勇军在锦州诞生，锦州成为中华人民共和国国歌《义勇军进行曲》的发祥地；1948年，国共三大战役拉开序幕，首战辽沈战役的主战场就在锦州，南山也迎来了历史辉煌。解放军占领南山阵地后，革命洪流摧枯拉朽，解放军从一个胜利走向另一个胜利，中华人民共和国的第一缕曙光在锦州的南山升起。

南山全称为“锦州南山生态运动公园”，是锦州市民的休闲中心，虽然古战场遗迹犹存，金戈铁马已为轻歌曼舞取代。

俄罗斯作家阿·托尔斯泰在他的《苦难的历程》中写道：“岁月会消失，战争会停息，革命也会沉寂下去。”是的，革命，不就是为了让人民过上和平、安宁、幸福的生活吗？

刊于《民族文学》2021年第2期

思之无虞

鲍　坚

安徽宿州的灵璧县有一个虞姬墓，虞姬墓往南六七十里地是垓下，往西百来里是大泽。

自秦朝末年到楚汉相争的结束和汉朝的建立，在中国历史上这个波澜壮阔的篇章中，大泽是起点，垓下是终点。强大的秦帝国在立国短短十五年后迅速地倾覆灭亡，起因是陈胜和吴广在大泽乡的起义而引发的群雄逐鹿，又以刘邦在垓下战胜项羽这位最后的传统英雄而结束了这个篇章，继之以中国历史上另一个辉煌的时代。天翻地覆的巨变，起点和终点竟然集结于小小的宿州，这不能不让人感叹历史命运的奇幻。

虞姬是西楚霸王项羽的美人，她的存在与前面所说的历史的起点和终点没有联系。在垓下之战中，项羽见败局已定，对着虞姬唱了一首歌，虞姬于是自刎而死以示对爱情的忠贞，她的事迹不过如此。如果不是司马迁在《史记》里记录下这个完全可以被历史忽视的细节，虞姬或许永远不会被后人知晓——她不像陈胜、吴广、刘邦、项羽还有那个时代的其他英雄豪杰，司马迁和《史记》不记录他们也会有别人和别的历史著作记录，而像虞姬这样的无关乎历史进程的女子在历史上不可胜数。因此，我觉得在这件事上司马迁是一个好事者，竟然在《史记》这样伟大的历史著作里为她花费了宝贵的文字。

项羽是盖世的英雄，秦朝灭亡后他以霸王之尊号令天下，可是到了穷途末路时连自己最心爱的女人都无力保护，眼看着她——不光项羽看着，项羽之后的无数人都在通过各种文学的、艺术的形式看着——在自己面前死去，让人着实对虞姬心生悲悯。这悲悯自虞姬死后，自《史记》开始，根植于国人的心中，长盛不衰。并且一定有这种悲悯的因素，让人们因此对项羽的命运也扼腕叹息，多了一份同情。如果失败的是刘邦而不是项羽，那么虞姬的结局一定是一出喜剧而让历史的旁观者宽怀欣慰吧？至少我当年读到霸王别姬的故事时就是这样想的。不过随着年岁的增长，多读了些书，经历了些事，发现并不那么简单。

秦朝是一个伟大的朝代，它在政治、经济、军事等社会多方面建立的制度对中华民族的发展进步具有划时代意义，比如在全国实行郡县制的行政区划、对人口实行户籍管理等，更不用说统一文字、度量衡、货币等奠定国家大一统格局的重要举措。相比于秦朝之前和之后的许多朝代，秦朝的国家制度以及社会现象在许多方面具有不可超越的先进性和不可思议的历史前瞻性，又比如说民众的地位相对更加平等而传统的贵族不复存在，等等。这种先进性和前瞻性早在秦朝还只是周王朝时期的一个诸侯国时就体现出来，它们也是先前的秦国能够在战国末年的群雄逐鹿中成为后来的秦朝的主要原因。因为先进，所以强大。

可是强大的秦朝，竟然因为陈胜和吴广率领几百个以木棍为武器的农民掀起了全国范围的起义反抗，在三年内就土崩瓦解。为什么起义？因为生存——生活与生命，至少陈胜吴广和他们的农民起义军以及绝大多数主动或被动地参与到起义洪流中的百姓们是如此。

秦朝建立后大兴土木，修长城、修驰道、修阿房宫、修秦始皇的骊山陵墓，都需要征用大量的劳动力，而秦朝对劳动力的征用是无偿、巨大且十分不讲道理的，常常出现南方的百姓到北方服役、北方的百姓到南方服役的现象。有一个数字说，秦朝时期人口最多时约2000万，而每年服役的成年人最多时要达到200万。男丁即成年男子不够，就征用女丁。大量的劳动力脱离生产，民生必然疲敝，国家经济必然受到严重影响。

在这种情况下，秦朝的法律又十分严苛，对百姓的各种处罚名目繁多。东周时期的秦国之所以能够迅速强盛，靠的就是法治，用法治强行统一全国百姓的意志，它使秦国在对外的征战杀伐中形成了强大的战斗力和有力的经济支撑。但是秦朝建立之后的和平建设时期，秦朝的法治仍然沿用了非常时期的理念和思路，甚至有增无减。陈胜、吴广与九百个农民从南方被罚往北方的渔阳守边，走到大泽乡时，因连日大雨无法前行而必将延误抵达渔阳的日期。按照秦朝的法律，“失期，法皆斩”。误期这样不大不小的事都要斩首，那还怎么让人活呢？于是陈胜说，横竖都是死，我们宁愿造反而死。九百人被迫造反，并且带动了九千、九万乃至更多的人加入。除了这九百人，之后参与造反的大多数人肯定没有像陈胜吴广他们那样犯了失期当斩的过错，有些人甚至未必犯错，但是他们毫不犹豫地参与进来了，那又是为什么？原因都一样：不是为了生活，就是为了生命。

国家的制度再好，如果漠视了民生，往往是无法长久的。

那么，秦朝灭亡了，民生就一定会好转吗？未必。

如果说陈胜吴广的大泽举义初衷是为了生存，那么后来的目的和走向就变了。也许不是或不完全是陈胜吴广他们变了，更主要是他们的继承者变了。继承者的代表人物，自然首推项羽和像他那样贵族出身的一批人，而推翻秦朝的目的，则悄悄地变成了东周末年诸侯国的复国运动，变成了贵族的游戏。于是，楚、齐、燕、韩、赵、魏等战国七雄的身影又出现了，楚王、齐王、燕王、韩王、赵王、魏王又回来了，当然也多了刘邦这个汉王和其他一些小国小王。在秦朝灭亡的当年即公元前207年，共有十八路诸侯得到分封。而项羽呢，则成了霸王。这十八路诸侯王都是霸王分封的——虽然彼时还有一个名为天下共主的义帝，他实际上只是受项羽摆布的傀儡。这就像是周朝的分封制，尤其像极了东周末年各诸侯国人人称王的时期。不过，东周时期的周王虽然是共主，却不征伐当然也没有能力征伐各个诸侯国，而项羽这个霸王动不动就四处讨伐别人。我们可以这么理解：霸王霸王，既是王也是霸。王不用说了，好理解，这个霸就像春秋时期的齐桓公、晋文公那样的霸，率领一批诸侯兄弟讨伐不听话的其他诸侯国。所以，霸王是集王与霸于一身的天下共主。

这样的政治格局，百姓的民生会好吗？看看战国时期的纷争，百姓的困苦可想而知。

汉朝初期的著名政治家贾谊说，秦朝刚建立的时候，长期经历战乱的天下百姓祈盼民生安宁，因而愿意服从大一统的中央集权式的管理。这样的分析是有道理的。中央集权相对于诸侯割据，是政治的进步、社会的进步，自然也是历史的进步。但是贾谊又说，秦朝建立之后，秦始皇应当重新奉行周朝的政治理念，“裂地分民以封功臣之后，建国立君以礼天下”，还回到分封诸侯、用周礼治国的那一套，才能永葆长久，这就是明显的书生之见，要开历史的倒车了。我们不能因为秦朝的灭亡而否定它政治制度具有先进性的一面，然后用一个已经被历史淘汰了的理念来治理国家。说周礼过时，先秦时期诸子百家的出现就是明证，它们作为治理国家的理论和方法，都是很有力的竞争者。冤有头债有主，秦朝的灭亡是因为它法治思维的简单化和对民生的漠视。法治是需要的，民生是不可漠视的，一个是经验，一个是教训，都来自秦朝。

霸王项羽做的，恰恰是抛弃了秦朝的经验而又蹈袭了秦朝的教训。分封诸侯，当社会从奴隶制向封建制发展、进化时，它是先进的，但是到了群雄并起争霸时则是反动的，因为它必然伤害民生，甚至危害国家的完整。

就在这样的时候，被项羽分封为汉王的刘邦站出来与项羽争雄。刘邦不见得一开始就有超越项羽的见识，想让国家治理回到中央集权制，至少他挑动楚汉相争时不会有这个想法。但是，刘邦不站出来，一定会有其他人在其他时候站出来。历史的发展中，英雄的作用不可或缺，而这样的英雄是历史用它的发展规律创造的，或者说顺应了历史发展规律并且有能力改变历史的人就是英雄。古人常说天命，其实天命就是历史规律的必然结果吧？总之，一定会有人改变这样的局面，不管是有意识还是无意识。刘邦是不是推动历史进步的英雄，要等到他战胜项羽、建立新的政治制度才能看出来。最终的结果，如今的我们是知道的，刘邦战胜项羽后，虽然仍然实行了分封，但是分封制已经不是国家治理的主要形式，中央集权的体制已经开始生根。并且，刘邦取消了异姓诸侯王，又将分封制与中央集权的郡县制并行，还派遣中央政府官员到同姓王的封地协助管理行政事务。刘邦的分封，是在中央集权下相对的封建制。这一套制度，与秦朝相比有所不如，但是比项羽进了不止一大步。正因为如此，才有了让后来的中国人为之自豪的大汉雄风。

平心而论，推翻秦朝的最大功臣，除了陈胜吴广应当就是项羽了。在早期推翻秦朝的斗争中，如果不是项羽带领楚军破釜沉舟，在各路诸侯畏缩不前时奋勇取得巨鹿之战的胜利，秦朝与各路起义军和诸侯的力量对比和形势所向不见得对秦朝不利，而刘邦则难说能够有机会偷袭秦朝的京城咸阳并且成功得手。在这一时期的征战中，项羽毫无疑问是起义力量的领军者；对于秦朝灭亡后的政治格局，项羽也无疑是各路诸侯不得不服从的制定者。

因此，这才是悲剧呢。客观上最有能力开创盛世基业的项羽，以一个与自己心爱的女人相同的方式死去，而这个悲剧早在他分封十八路诸侯甚至更早时就上演了，它的结局是注定的，不可逆转。因此，不存在什么假如胜利的是项羽而不是刘邦的情况。项羽或者说项羽所代表的旧的政治思维必败，胜利者即使不是刘邦，也一定会是代表历史进步的其他人。之所以说项羽是最后一个传统英雄，原因也在于此。

一般说到历史，往往说的是政治史、法律史、战争史等。至于民生史，古往今来鲜有专著。其实，民生决定了国家的命运，就像国家决定了民生的好坏一样。民生在绝大多数的朝代更替或社会动荡中都是最重要的因素之一，如果不一定都是唯一的话。西汉王莽改制、东汉黄巾军起义、中唐之后国力的衰落、宋朝结束战乱频仍的五代十国、明朝的式微与灭亡等，无不与民生息息相关。民生是人心，是改变历史发展的动力，谁看到它并站在它一边，谁就会是推动历史进步的胜利者——离我们最近的一个历史事例就是1949年新中国的成立。一个国家，先进的、进步的、强大的，这些特质最终都要作用于让社会安宁、让百姓幸福这个终极目标，或者说是产生这样的最终结果。

如果用这种思维来看待项羽，那么对项羽失败的悲悯之心会不会受到影响，让人不那么同情他了？可能会的，虽然这有点狠心。同情少了些，叹息依旧。至于对虞姬，另当别论。

虞姬与项羽不一样，她几乎与历史的这一切无关。她的存在，如同满天繁星之下的一只萤火虫。这种对应关系，可以延伸到大泽、垓下、项羽、刘邦以及那个时代的人物和风云，比之于虞姬和虞姬墓。当我们仰望星空，谁会在乎身边微茫的一点亮光呢？可是人们毕竟不可能时刻都在仰望星空，日常的生活才是要时时刻刻踏踏实实地过着的。当我们在夜晚的户外随意行走时，如果能看见一只萤火虫从眼前飞过，心中是不是会倏然有一种惊喜的感觉？我们不会在意它想去哪里，是飞向夜空或是潜卧草间，因为我们永远不知道哪里是它的归宿。但是如果见到它被夜雨凌虐，甚至被行人践踏，一定会心生怜惜。惊喜或怜惜，都是人最本能的真情，不需要以学识修养、眼界阅历这类后天培育的资质为基础。由此看来，司马迁不是好事者，他是心有真情的人。

据说虞姬墓上曾经有一片桃树，一到春天就繁花带笑，可是它们的果实却不好吃，小而苦涩。后来重修虞姬墓，因为担心桃树破坏封土，就把它们全都砍去，这是几十年前的事了。不过我去那儿游访时，发现墓丘上其实还有好几株。当地人说，那是它们自己不知怎么又重新生长出来的。

刊于《文艺报》2021年3月12日

茂陵驰思

乔忠延

没有刻意安排，一切顺其自然。2020年10月9日，偏西的太阳如果不是被遮掩在云层的上面，阳光一定会洒满平坦的关中原野。自然，身边的茂陵也会阳光灿烂。然而，恰是这浓云密布的天日，为拜谒陵墓设置了最贴切的氛围。

我是第三次拜谒茂陵了。说是拜谒茂陵，其实是冲着茂陵两位陪葬的家乡大名鼎鼎的先贤而来，卫青、霍去病的陵墓都在汉武帝陵丘的近侧。第一次拜谒是在1986年，我从西安乘机飞重庆的间隙前往拜谒。第二次拜谒是在2000年。头年，我主持修复竣工了大火焚烧后的尧庙广运殿，启动旅游，肩负重担，拜谒先贤，再次充电。这一次前去拜谒，是应北岳出版社之约为卫青、霍去病写一本传记。动笔之前，我需要用卫青和霍去病疾风雷霆般的精神，来激活沉睡的史料。

茂陵博物馆就设在霍去病的陵园，20年过去陵园扩大了好多，兴建了两侧的展馆、中心的水池，还有前面开阔的庭院。巍峨的陵丘坐落其中，更显示出宏伟气派。那祁连山一样高耸的陵丘，立即就把人带进骏马萧萧、刀光闪闪的疆场。匀速跳动的脉搏顿时加剧了，随着骠骑将军的征战节奏而加剧跳动。登上陵丘顶峰，左侧的卫青陵墓突现眼前，柏木葱茏，蓊郁肃穆，我的耳边却轰鸣着威风锣鼓惊天动地的声响。听见这声响，似乎就听见了卫青、霍去病的心跳。锣鼓，神州大地司空见惯，却没有一地的锣鼓能打出尧都锣鼓的气势。这锣鼓能翻江倒海，能天崩地裂，因而世世代代不称锣鼓，而叫威风。毫无疑问，卫青和霍去病正是带着这威风豪气，奔驰征程，才击败匈奴，创造了华夏军事史上的奇迹，创造了世界军事史上的奇迹。

思接千载，视通万里。站在陵墓顶端，犹如站在巨人的肩膀上，视野顿觉辽远。蓦然，“好汉”一词跳跃在了眼前。此词何来？为何不说好宋？相反，与好汉对应的则是软宋。软宋，其实不是世人误以为的软尿，而是软宋，无可挽救的软宋。与西夏打，吃败仗；与辽国打，吃败仗。澶渊之战推也罢，拉也罢，总算把宋真宗揎到了前线；巧也罢，笨也罢，总算一炮打死了辽国大将萧达兰。辽军挫伤锐气，龟缩不前，只得派人讲和。宋朝理应拿出胜利者的尊严，令其撤军。至少也应平等相待，互不侵犯。然而，记载于史册上的“澶渊之盟”却是，宋朝每年向辽国缴纳白银10万两、绢20万匹。留下了前所未有的笑柄，不是软宋是什么！

好汉，就是让世人祖祖辈辈夸赞的汉朝！汉朝好在，曾平息匈奴，安定边塞。试想，在汉朝之前五百年，甚至更久，从戎狄，到猃狁，到獯鬻，再到匈奴，无论叫什么名称，这个西北方的游牧民族，都以其彪悍勇猛，势不可挡，入侵中原如入无人之境，杀人越货如探囊取物。韩、魏、赵无可奈何，逼得赵武灵王不得不胡服骑射。即使一统天下的秦朝，那个盛气凌人的嬴政，面对三皇五帝，既要称皇，还要称帝，对匈奴也奈何不得，只能下令扩修各国长城，建造一道横贯东西的防护墙。

岁月迈进汉朝，软弱的样子丝毫不见改观。自从汉高祖率军北征，被围困在白登，历任皇帝哪个不对匈奴谈虎色变，哪个不是屈辱和亲，苟延安宁。最为丢人败兴的莫过于吕后，冒顿单于公然羞辱到她的头上，“愿以所有，易其所无”，这与赤裸裸地叫骂几乎没有两样。她生气吗？生气。生气地召集大臣讨论征讨匈奴，她的妹夫樊哙拍案而起，甘愿率军出战。可是，大臣季布一盆冷水浇下去，每个发热的头脑都降了温。恢复正常体温的人不敢再唱高调，只好忍气吞声，继续和亲。

汉朝如果延续既定方针，那不会有好汉之称，应该留下软汉的名声。

然而，喝令匈奴撤退，喝令匈奴逃遁，我来了。我是霹雳，我是闪电，不，我是卫青，我是霍去病，我们是战无不胜的英雄。我们在防御，我们以进攻为防御；我们在出击，我们以奔袭为出击；我们在厮杀，我们以速度作为最大、最快的杀伤力。我们让北部边塞，“匈奴远遁，而漠南无王庭”。

汉朝，史无前例地征服了匈奴。好汉！绝对的好汉！

就在我去拜谒卫青、霍去病陵墓的前几天，一部新拍摄的电影红遍大江南北，这就是摹写中国女排的《夺冠》。夺冠，把话说完整是夺取冠军。

冠军，是第一名，是最高的领奖台，是光灿灿的金牌。

冠军，是个人的荣誉，是集体的荣誉，是国家的荣誉。

走上排球赛场的姑娘，把个人声誉与中国荣誉集于一身。她们为夺取冠军，为站在最高的领奖台，为让五星红旗在雄壮的国歌声中升起，流汗，流血；摔倒，摔伤；骨裂，骨折……

何止是女排姑娘，哪一个体育赛场上的冠军，不付出比常人多得多的辛苦。

何止是体育赛场，在世界任何一个竞技场上，冠军总是流汗，流血，付出最多的人。

因而，冠军是怒放在世人面前最鲜艳、最芳香的花朵。

有谁知道，冠军的开创者就是躺在巍峨陵墓中的霍去病。18岁上阵打击匈奴，以骠姚校尉的名义，带着800名勇士，像尖刀一样直插匈奴腹地。或者，比尖刀插进去还迅捷，还锋利。他们是射出去的箭，朝辞边塞彩云间，午穿沙漠戈壁滩。措手不及，防不胜防，匈奴真不知他们是从何处降临的天兵天将。刚刚才见沙漠里黄尘犹如孤烟直，突然间风暴狂卷已经在眼前。寒光闪闪，血色飞溅，人头落地，鬼哭狼嚎，所有的战场都是人与人的较量，唯有霍去病搏杀匈奴是神与人的较量。战神霍去病，神无比，勇无比，神勇无比，一战而被封侯，即冠军侯。

冠军侯，冠军就这么彪炳于世！

首战如此，再战如此，再再战依然如此，霍去病让世界明白了，什么是迅雷不及掩耳之势，什么是摧枯拉朽不费吹灰之力！

一位汉朝的冠军，冠领了三教九流、各行各业，那些出类拔萃的尖子！

一位中华民族的冠军，冠领了世界各个国家、各个地区，那些独具风采的英杰才俊！

站在霍去病陵墓的顶端，目光所及绝不是眼前看到的景致。似乎这天的浓云就是专门赶来助兴的，就是要专意为我设造一种置身云端的感觉。朦胧间，西行的张骞带着他的使团出发了，满怀希望地出发了。我知道他们的行列里没有骆驼，听不见驼铃，但是，却固执地认为有驼铃丁零丁零响过，那是一种心声，是张骞的心声。在我胸中，张骞就是一头负重前行的骆驼。现实中的骆驼背负的是货物，是商品，是主家的欲望。张骞，或许连背囊也没有，背上空空如也，甚至还骑在高头骏马上。然而，我却固执地认为，他背负行囊，而且行囊很重，他背负的是汉武帝的希望，是汉朝的希望，希望与大月氏联手，合击匈奴，开辟太平盛世。

张骞不是这个世界上第一个种豆得瓜的人，却是得瓜最大的人。他播种的豆子没能发芽就胎死腹中。偏偏为了这个胎死腹中，他经历了人世间少有的煎熬。暴风、沙尘、酷热、严寒，都是在劳其筋骨，饿其体肤。落入匈奴之手，几近十年行动无法自由，都是在苦其心志，空乏其身，行拂乱其所为。劳其筋骨，饿其体肤，无法动摇张骞西行的意志；苦其心志，空乏其身，无法拂乱其所为。向西，向西，目标大月氏。他逃出囹圄，仍然向西，履行自己的使命。可惜，千难万险到达大月氏，满怀希望地把联合行动的方案告给大月氏王，却丝毫未能打动人家。三寸不烂之舌，白白飞溅了无数唾沫。

希望很丰满，现实很骨感。

张骞的希望化作失望，失望而归，归途也不顺利，还是再次落入匈奴的藩篱。

藩篱，囹圄，这就是张骞首次西行13年的经历。

拘禁，滞留，这就是张骞首次西行13年的遭遇。

经历和遭遇标明：此路不通。

此路不通，是缘于匈奴当道。

再次西行，暴风、沙尘、酷热、严寒，似乎都收敛了自己的行为，张骞和他那比首次庞大很多的使团，一路顺畅，直抵乌孙。其实，暴风依旧，沙尘依旧，酷热依旧，严寒依旧，只因没有了匈奴挡道，这一切酷烈天气都不算什么，都不是阻止脚步前行的障碍。

顺畅西行。

顺畅回归。

顺畅去，顺畅归，张骞和他派往各国的副使，带着胡桃、蚕豆、石榴归来了；带着琥珀、玳瑁、象牙归来了。琳琅满目，目不暇接，张骞带给了汉武帝一个新颖亮眼的西域世界。汉武帝兴奋了。吃着葡萄，喝着葡萄美酒，他兴奋地派遣使团陆续前往西域各国。汉朝丝绸之类的丰厚礼物，随同铁器与炼铁技术、凿井技术、开渠引水技术，源源不断传播到各地。轻柔的丝织品特别为西域各国喜爱，贵族们争相媲美，媲美的重要标志就是身上有没有穿戴中国的绫罗绸缎。

时光飞速过去，不觉已是1877年。这一天，德国地质地理学家李希霍芬坐在窗前，用手中的羽毛笔画过纸面，欣然将“从公元前114年至公元127年间，中国与中亚、中国与印度间以丝绸贸易为媒介的这条西域交通道路”，称为“丝绸之路”。

丝绸之路，就这样名扬五洲四海！

丝绸之路，是物品互通有无之路，是科学技术交流之路，是文化借鉴融合之路，是最早的一条开放贸易之路。

进入新时代，岁月的沧桑非但没有掩饰往昔的光芒，反而随着“一带一路”

的沟通与实施，更为亮眼于人寰，更为世人所瞩目。

倘要是关注这条丝绸之路的开通，应该注视一下司马迁的笔触，他在《史记》中写下的是：凿空。

凿空，的确是凿空，的确需要凿空。若不是凿空，若是匈奴继续盘踞，何谈顺畅，张骞无法顺畅西行，无法顺畅东归，自然不会有丝绸之路。

张骞，早已成为丝绸之路的开拓者。

行笔至此，我无意颠覆张骞开拓者的形象，却想做一延伸。试想，张骞出使西域几次？两次。为何首次未能顺畅抵达，顺畅回归？这浅显的问题无须聪明人回答，我就明白是匈奴盘踞所致。那第二次为何畅通无阻，顺利去，顺利归？显而易见，是“匈奴远遁，而漠南无王庭”，河西、陇西，亦然。恰如司马迁所写：“凿空”了。

谁来“凿空”？司马迁给出的结论是张骞。

在我看来，不是张骞，而是卫青、霍去病。是他们凿空了通往西域的平安大道，张骞沿着这条平安大道顺畅通行，来去自如，才有了久负盛名的丝绸之路。

不要动摇已有的成论，倘若张骞还是丝绸之路的开拓者，那么，丝绸之路的奠基者必然是：卫青、霍去病。

无意的巧合，往往胜过有意的安排，茂陵博物馆设在霍去病陵园，让事实多了一分发人深省的哲思。

霍去病暴病身亡，汉武帝悲伤不已，当即颁令让霍去病陪葬在他百年以后长眠的茂陵。

卫青善终去世，汉武帝悲伤不已，当即颁令让卫青陪葬在他百年以后长眠的茂陵。

陪葬，请注意是陪葬。茂陵之主，是汉武帝；茂陵之宾，是卫青和霍去病。是茂陵的主子汉武帝决定了卫青和霍去病的命运，如不是他大胆任用，二位绝没有建功立业的机遇。然而，也不尽然，决定卫青、霍去病命运的是皇帝刘彻。那时刘彻还没有谥号，要等他死后，后人才为之加冕孝武帝。刘彻宠爱卫青的姐姐卫子夫，卫子夫成为他的掌上明珠，她的话能够拨动他的心弦，他才将骑奴卫青解脱出来，提拔起来。从骑奴，变宫卫，变宫监，变侍中，都是他刘彻一句话。他是天子，天子就是金口玉言，他的话能够放之四海而皆准。君叫臣死，臣不得不死。换言之，君叫臣兴，臣不得不兴。兴到何种程度，自然还是要看个人的造化。暂且不论霍去病，与卫青同时入宫的还有他的兄长卫长君，兄长未能像他那样建功立业，还溘然早逝。究其根由，还是童年放羊的苦难历练了卫青，使他磨砺出超人的骨气，超凡的毅力，才能在战场上发出超常的光芒。

霍去病的入宫更是顺理成章，姨姨卫子夫正值风华妙龄，多年在皇后陈阿娇身上勤劳耕耘的汉武帝，没能收获一子半女，却在卫子夫这里久旱逢甘霖。爱，爱不够，那个时候真是爱不够呀！久旱逢甘霖，不止是在姨姨这里，也在舅舅卫青这里。匈奴彪悍，匈奴张狂，匈奴欺人太甚，边塞常遭抢掠，历数先辈，无一人不愤恨，无一人不头疼，却无一人敢举旗，敢出兵，敢进击，敢大刀阔斧厮杀一场。孰不渴望久旱逢甘霖，来一场暴风雨，横扫匈奴如卷席。卫青就是那一场甘霖，那一场喜雨，他浇灭了匈奴凶不可挡的气焰，打出了汉朝国威。有舅舅的荫庇，霍去病高擎骠姚校尉的旗帜，跃马扬戈，奔赴疆场，如同早早进宫加入羽林军一样顺理成章。

不过，当刘彻躺进茂陵变为汉武帝时，世人猛然察觉到刘彻并不吃亏，反而是卫青、霍去病的拼命奋战，拓展疆域，为他争取到个“武”帝的谥号。不过也有人说“卫青不败由天幸”“李广无功缘数奇”。如果说，卫青一次征战胜利，那可能是天幸之偶然，每战必胜就不会是幸运之神紧紧相随、寸步不离了。再说李广，与匈奴作战最多，多达70余次，胜仗几何？没有，不是失败，就是被俘，顶好只能打个平手。如果要评价他感人的精神，他应该是屡败屡战、顽强不屈的典范。精神可嘉，但是要驯服匈奴没有丝毫希望。

倘要说是姐姐卫子夫给卫青创造了上阵杀敌的机会，才使他出人头地，他这荣显的光环里不乏太阳黑子。那么，贰师将军李广利的行为该如何评价？李广利的妹妹是让汉武帝魂迷七窍的李夫人。汉武帝爱屋及乌，想让李广利像卫青那般风光体面，命他上阵杀敌，建功立业。李广利战绩如何？首次出征，损兵折将，败回敦煌，想要回朝，汉武帝发怒，回来就将他处斩。李广利只好硬着头皮再战，总算大宛妥协了，送来些马匹。汉武帝看见喜欢的马，当即封李广利为海西侯。海西侯后来有何作为？真难启齿，竟然投降了匈奴。

依靠李广，能不能拓展疆土？不能。

依靠李广利，能不能拓展疆土？不能。

能够给西汉拓展疆土的唯有卫青和霍去病。因而，是刘彻赏识、重用的卫青和霍去病造就了他，他最终锁定谥号：孝武帝。是不是可以说，刘彻造就了卫青、霍去病，卫青、霍去病也造就了汉武帝。大而言之，造就别人也是造就自己，然而，不是你造就的每一个人都能造就你自己。

我询问茂陵博物馆的工作人员，为何不把博物馆建在茂陵，而建在霍去病陵墓？回答是，霍去病陵墓周边的文物最多，便于保护，绝不是有意冷落汉武帝。这无意所为，却使霍去病与紧邻的卫青陵墓成为中心地带，拜谒的人来来往往，络绎不绝。茂陵则锁紧大门，芳草茵地，人迹罕至。

相形之下，这边千秋万代名，那边寂寞身后事。

无意而形成的现实状况，确实令我，令世人深思……

刊于《散文百家》2021年第5期

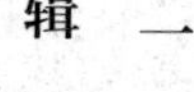

辑 二

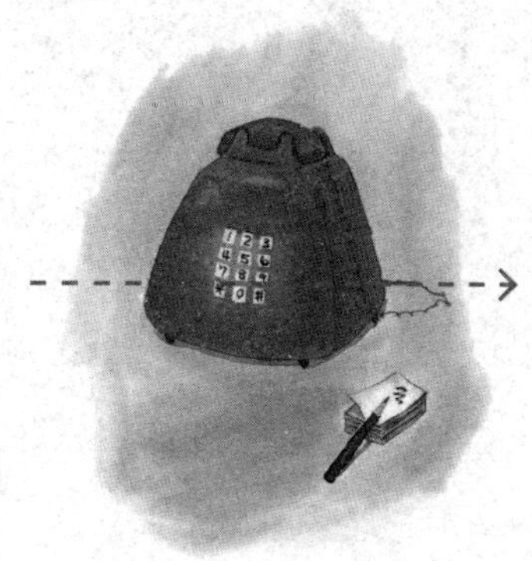

向南，向西，向西南

——重走西南联大之路

徐则臣

凌晨五点，我在沅陵的雨声中醒来。这是2020年11月1日。一夜乱梦，一队人马在旷野的泥泞中前行，雨水铺天盖地。睁开眼，耳边响起的正是浩荡的雨声，豆大的雨点落在窗户和屋檐上，噼噼啪啪。昨晚太累，睡前竟忘了关窗。起来关了窗户继续睡，还有一天的路要赶。

这是“重走西南联大之路”的第二天，按计划，这一天我们要从沅陵到新晃。

昨天一早，我们从长沙出发，坐车兼步行，一路向西。走益阳、过常德，走走停停，到沅陵时，天已经黑透了。在此之前，是向南。至少对几位从北京来的朋友是，一路南下，我们从北京会集到长沙。当年的西南联大差不多也是如此。1937年，卢沟桥事变后，华北日益动荡，直至日军占领了平津。日军不仅要占领城市，还要接管大学，他们深知文化之于中国的意义。为求学术的自由与薪火存续，北大、清华两所大学的师生从北京出发，南开大学的师生从天津动身，三校会聚湖南岳麓山下，成立长沙临时大学。八十三年前的这一天，11月1日，正是长沙临时大学开学的日子。不想其后日军侵袭加剧，长沙也放不下一张平静的课桌，临时大学遂决定继续向西南迁移，至云南的昆明，于是有了赫赫有名的国立西南联合大学。

前往昆明新校址有三条路线：一是走海路，乘火车经广东、香港，然后乘船到越南海防，再从河内换乘滇越铁路火车到昆明；另一条是陆路，由湘桂公路，经桂林、柳州、南宁，通过越南到昆明；第三条路线，穿越湘西、贵州和云南东部到昆明，全程三千六百里，徒步穿行。我们的“西南联大之路”，走的就是第三条线。当然，今日之重走，与当年三校师生的三千里穿越不可同日而语，且不说我们全程以舟车为主，徒步只是极少的补充，单看这条线上的道路，岂是当年的荒野泥泞可比。1938年的云南不像今天，全天下的人都去观光旅游，昆明、大理、丽江、西双版纳等地，一到节假日就人满为患，那时候云南还是极为偏僻的省份，内地到昆明的道路极尽迂回和复杂，山高路远，长路漫漫，行程之艰险可想而知。有鉴于此，长沙临时大学规定，只有男生才能报名这个“旅行团”，还得通过相关的体检。

这个旅行团全名“湘黔滇旅行团”，先期曾定名为“湘黔滇步行团”。284名男生入选，占到所有南迁学生的百分之三十。团员名单中，有任继愈、丁泽良、查良铮、郭世康、刘兆吉、屠守锷、李鹗鼎等，若干年后，他们都在自己的领域内成为卓有建树的大家。

我最早对西南联大产生兴趣，就源于查良铮。搞翻译和做学问时，查良铮用原名，写诗时署笔名穆旦。我视他为现代文学史上最好的诗人之一，念大学时疯狂地喜欢他的诗歌和译作。念研究生时，还选修过新诗研究专家孙玉石教授的“穆旦诗歌研究”，学期论文是考察穆旦一首诗的变迁，对该诗作从初稿到一次次修改稿直至定稿做系统的比较研究。因为穆旦，我开始关注西南联大，继而因为研读朱自清、沈从文、钱锺书、汪曾祺等人，逐渐开阔和深入了对西南联大的兴趣。加之北大是我母校，在校园里也无数次看过西南联大纪念碑，越发觉得与西南联大有着某种断绝不掉的血缘关系。这也是腾讯组织此次“重走西南联大之路”时，我第一时间举手响应的原因。

湘黔滇旅行团中还有一位未来的作家，《未央歌》的作者鹿桥，后来去了台湾，名单里记下的是他的原名吴讷孙。还有一位英语专家，许国璋先生，念书时我学习过他的《许国璋〈英语〉》。

1938年早春，旅行团师生三百余人从长沙出发。为确保此次行军安全，当时的湖南省主席张治中选定中将黄师岳担任旅行团团长，校方派出的团长是南开大学的黄钰生教授。随行老师也要求年轻力壮，经得起折腾，这些中青年的教授中，有闻一多、李继侗、曾昭抡、袁复礼等人。团员统一着装，土黄色军服、绑腿、干粮袋、水壶、黑色棉大衣、油纸雨伞。二月的洞庭湖水波浩渺，风带寒意，师生一行乘船三天两夜到达益阳，上了岸，正式开始三千里的徒步远征。不为赶路而走，出发之前，长沙临时大学的通告里写道：查本校迁滇原拟有步行计划，借以多习民情，考察风土，采集标本，锻炼体魄，务使迁移之举本身即是教育。

1930年代的中国西南，路很不好走，年轻的学子们想来也很久没有长途跋涉的经历，头三天脚全起了泡。三天后，适应了，开始健步如飞。幸亏行前提醒了不要穿皮鞋，胶鞋也尽量别穿，布鞋最好，要不就不单是起泡的问题了。他们走起来，发现布鞋也非最佳，最管用的是草鞋，不怕脏不惧水，空间也大，脚自由，还有足够的弹性。唯一的弊端是不经穿，一天下来就散架，好在便宜，几个铜板一双。沿途走村过镇，老乡们都穿草鞋，人人都是打草鞋的能手，随处有卖，师生们就买一双上脚，再买一双别在腰间备用。

旅行团只负责走路和背负简单的行李，大件行李都放在两辆汽车上。车速度快，每天负责打前站，提前跟老百姓协商，租用空房子给即将到来的师生们住。租下房子，再买足够的干稻草铺地，大家就睡草上。管后勤的是团长黄钰生教授，后来做了西南联大师范学院的首任院长。他计划每天的行军路线、宿营和伙食问题。山高路险，行军速度受限，一天从早走到晚，也就三十到五十里路，多了大家受不了。偶有多的，那真是急行军，最多的一天走了五十三公里，一百零六里。队伍拉得老长，先头部队吃过饭躺下很久，最后一批才半夜来到。

除去大自然的威胁，行军途中还遭遇过土匪，尤其湘西，三不管的飞地，向来匪患猖獗。据说张治中曾与大小匪帮们打过招呼，但似乎也不完全管用，还是经常被土匪们盯上。旅行团一副军人打扮，从面前经过，老百姓就觉得奇怪，这是哪来的队伍，一群年轻的娃娃，背后黑乎乎竖着的，不是枪，是油纸伞。土匪们不会蹭到跟前看，远远看去一支庞大的队伍，油水肯定不少，被称为“湘西王”的土匪头子就误以为他们是正规军，半道上拦住要买路钱。李继侗先生出面跟他们交涉，晓之以理，动之以情，方才放过。也没有白白放，旅行团还是被迫“意思”了一下。

资料中记载，旅行团在沅陵的凉水井镇也躲过一个晚上的土匪。11月1日这一天，我们最先去的一个点就是凉水井镇。这地方是周佛海的老家。雨一直下，温度骤降，我把能穿上的衣服全都穿上了。早上八点出发，车在雨中沿319国道前行。水汽弥漫在车窗玻璃上，窗外一片漫漶，恍惚间大路如水、大水如路。

确切地点是在现在的凉水井镇中学。旅行团走到凉水井，据传土匪要来，师生在驻地警备了一个晚上，土匪“爽约”了，有惊无险。我们进校园时，正值周末，学生没课，天又在落雨，人更稀少。校领导到底是文化人，很看重这段历史对学校的传统和当地的文化的影响，但对我们也只能大致介绍当年的情况。无米之炊难做，旅行团在当地留下的传说并不多，也没法多，路过而已，转瞬即逝。不过这已经很好了，前一天我们经过另外两处旅行团行经之地，向当地人问讯，一无所知。一处名官庄，一处是马底驿乡的牧马溪村。

在官庄据说也遭遇了土匪。这一队人马远远看着太像军队了，土匪们小心翼翼地围上来，才发现这群穿军装的后背上戳出来的不是枪，而是捆扎好的雨伞。我们在官庄的指示牌下出了高速，同行的闻一多先生的长孙、社科院的研究员闻黎明老师帮我们钩沉了当年的这段历史。他是研究西南联大的专家，也是电视剧《我们的西南联大》和此次“重走西南联大之路”文旅线路的学术顾问，一肚子南迁的故事和细节。这条线他走过多次。当地人对我们的到来很是茫然，抱着孩子站在路边看。

牧马溪村情况也差不多，当地人只知道红军当年途经这里，曾驻扎过一些时日，至于走过一队学生娃，毫无印象。雁过无痕，啥也没留下。经过而已。此地乃是南来北往之要冲，天下泱泱，那时候又兵荒马乱，每天不知道要经过多少陌生面孔，升斗小民，贫苦与离散，自顾且不暇，哪有闲情去打问和记忆过路的每一支人马。八十多年过去，时移世易，得多大的传奇和遗迹才经得起浩荡时光的筛选。当年的文字记载里，缘山的道路都是土石，一队人过去尘土飞扬，现在都是水泥国道，在阴雨天里闪着坚硬的光。人家还如当年那样，依山而建，房子高大了，也气派了。我们认真走了这一段牧马溪村的路，看着零散的人家在落雨的傍晚渐次点亮灯火，炊烟从潮湿的屋顶上飘摇而出。因为是环山，道路也一圈圈有了层次，过路车辆络绎不绝，强劲的灯光扯出一条条红白相间的光带，让山间阴郁的夜晚有了一点魔幻色彩。

出凉水井镇，我们继续沿沅江而行，水势浩大，滔滔不绝，与我们一起穿行在苍莽的大山之间。我喜欢叫沅水，大约是看了沈从文先生的文章，先入为主的好感。山间高速都是高架，一根根水泥柱子细脚伶仃地在高山大谷中高举起一条曲折蜿蜒的平坦大道，这种道路状况一直延伸到贵州。都说贵州的高速公路是人间奇迹，湘西的这一段也是。1938年穿草鞋拄拐杖挥汗如雨的联大师生们，是断断想不到道路还可以这样走的。天堑变通途，那个见一面就得翻越一座山的时代一去不回了。

高速公路有高速公路的效率，翻山越岭的步行者也有步行的乐趣。正如出发前长沙临时大学的通告中说的：…… 步行计划，借以多习民情，考察风土，采集标本，锻炼体魄，务使迁移之举本身即是教育。三千六百里、六十八天的长途跋涉，确是一次开放的课堂。一片积贫积弱的苦难大地、一个辽阔壮美的华夏河山，同时展开在联大师生面前；一个磅礴复杂的乡土中国、一种深邃幽暗的市井民间，也开始进入象牙塔里的年轻学子心中。北大外文系三年级学生林振述步行第一天的日记，以“林蒲”为笔名发表在1938年春的《大公报》上，在日记里他写道：

我们的船，就在当天晚上12时前后开出的。长沙与零落的街灯，很快便落入黑色的夜空了。

船，交给小汽艇拖着前进。艄公抽出身子来，和我们闲谈。

他说为了我们的走，他的船被扣了二十多天，才领到两块钱伙食费。

“你为什么不逃走呢?”

先生们：这个码头不封扣我们，那个码头便封扣我们，我们没得法子哈。

问到他为什么不把我们的事，当作他自己的事看待，他眯眯眼睛说：“先生们天天吃肉，我们放几把盐巴度日咧!”

痛苦的心，像夜，日子无边地、忧郁地，压着这老人。

南迁之路上的闻一多先生近四十岁，当是不惑的年纪，他觉得自己刚刚开始认识中国了。步行途中，他给友人写了一封信：

国难期间，走几千里路算不了受罪。

再者我在十五岁以前，受着古老家庭的束缚，以后在清华读书，出国留学，回国后一直在各大城市教书，过的是假洋鬼子的生活，和广大的农村隔绝了。虽然是一个中国人，而对于中国社会及人民生活，知道得很少，真是醉生梦死啊！现在应该认识认识祖国了！

这当然是闻先生的自谦和自省，但这一路对中国西南的田野调查，不能说没给他和联大师生们以前所未有之震撼与省思。闻一多先生看见了乡土中国之清苦，也看见了大好河山的壮丽。行至贵州镇宁，在火牛洞里传来英文歌曲《桑塔·露琪亚》，唱歌的人就是闻一多。

“《桑塔·露琪亚》这首歌是什么意思呢?”闻黎明老师介绍，“歌词写的就是港口旁边的一个长工，欢迎客人到船上来，他划着船到海上去兜了一圈，一边兜圈一边唱歌，唱什么呢？唱我的家乡，那种自豪感。…… 闻一多爱国，这首歌也是爱国的，都很优美很抒情。”

行军途中师生不唯见识了民间的苦难、洞察了中国的现实、领略了山河之美并讴歌之，还在各自的专业与爱好上有所长进。专业不同，寓教于行的方式也有所差异。文学系的学生采风，生物系的学生采集标本，社会学专业的学生专心社会调研，还有人专画经行各处民房的窗棂。南开大学的学生刘兆吉，一路搜集少数民族的民歌民谣，到了昆明出了一本书，叫《西南采风录》，收了几百首歌谣，闻一多先生给写了序。闻先生盛赞这方式好，当年《诗经》就是这么搞出来的。

闻先生也有爱好，一路素描写生。到昆明，我们参观了闻一多纪念馆和西南联大博物馆，看到了一些闻先生的画作，不少都是西行路上的收获。他把写生当作日记来记。闻先生的大胡子也是从那个时候蓄起的。急行军中，顾不上剃须，他便与李继侗教授相约，同为抗战蓄须，抗战不胜利，胡子不刮。

离开凉水井镇中学，驱车至新晃县。新晃原名晃县，古称晃州。据说因境内有晃山而得名，但晃山究竟在哪，考据频出，争议也多，莫衷一是。不管此晃何晃，看见各种招牌广告上的“晃”来“晃”去，真就觉得脚下似有不稳之感。汉字就这么奇特。到新晃必到龙溪口古镇，当年旅行团曾驻留此地，梁思成和林徽因夫妇也曾暂寓镇上。

龙溪口在沅水上游，明清时即是商业重镇。大码头的遗迹赫然可见，码头处水面开阔，两水汇流冲积出一片扇形的河滩。现在水势浅薄，但依河滩规模度之，当年必是水流雄浑跌宕，百舸争流不在话下。商人们沿沅水往来，尤其是江西的赣商，多会于此，经营木材、油盐、布匹等生意，置下成片的店铺与宅院。满眼所见的古建筑多是他们的家当，至今保存完好，门楣上还写有某商号、店铺和票号的字样。还有银楼、会馆，当然也有青楼，竟也都留了下来。

1938年3月，联大师生到此。万寿街53号，过去的三益盐店，即为旅行团辅导团驻址，古旧的门楼暗影斑驳，苔藓从阴湿的石板路面长上来，门边挂着

"旅行团辅导团驻址"的标牌。遗憾的是那天管理员不在，门上了锁，内院的景致和展览看不了，只能在外围观瞻。同样看不了的还有梁思成、林徽因夫妇的旅居地。福寿街8号，青砖白墙黛瓦，原为临阳公栈，不必看到里面，只这名字就该是个豪华院落。梁林二位来得早，1937年12月就到了。为躲避战乱，很多人自长沙西迁，正应了文天祥《过零丁洋》里的诗句：山河破碎风飘絮，身世浮沉雨打萍。途中林徽因患了严重的肺炎，不得不在龙溪口疗治。刚到镇上，找不到住处，四处打听，临阳公栈二楼住着中国空军杭州笕桥第七期的学员，也正往昆明撤，他们给夫妇俩腾出了地方，梁林二人在这房子里住了半个月。当地的朋友告诉我们，林徽因住在这里时，经常过河到对岸抓药。

新晃是个侗族自治县，生活有侗、苗、回等二十五个少数民族，想起南迁路上联大师生自觉进行的对少数民族的社会调查，我们也想借机拓展一下"重走"的范围，做一点"业余"考察。我是头一次到新晃，对这里的民族生活更是好奇。

陪同我们走访的那位当地朋友是作家，带着一个女弟子来，龙溪口人，说有问题可以问她。作家是个黑瘦的小个头中年男人，戴眼镜，稀疏的头发扎成一根小辫子垂在脑后，写过几部长篇小说，见了我们就问，哪位是获"茅奖"的林则臣？他把我跟林则徐弄到一块儿去了。他对他的女弟子说，多跟作家老师们学一学，他家里有事，先走了。女弟子十六岁，一个白净清冷的小姑娘，穿一身印着"职高"字样的校服，专业是服装剪裁。小姑娘声音不大，但完全是侃侃而谈，跟一群陌生的叔叔阿姨聊天毫无惧意和羞怯。她的眼睛大而微凸，眼神好奇又清冷。

她说当地有个婆婆，是绣花的好手，人称绣花婆婆。绣花婆婆会放"桃花蛊"，盛蛊的罐子放在一口漆成红色的棺材里。小姑娘说，当地有三种颜色的棺材：红棺材是给未出嫁就丧命的姑娘用的，白棺材给洞花女用，黑棺材是为死去的老人准备的。我头一次听说"洞花女"。小姑娘解释，洞花女指那些被山神迷住的女子，她们孤身居住在山洞里，头发都是白的。为什么头发是白的，经年不见阳光吗？她没说。话锋一转，说她收了两个弟子，都是四川人，一个三十多岁，一个二十左右，都是男的，跟她学习历史和写作。再一转，她说她的理想不是成为作家，而是开个酒铺，只卖给女儿家喝的酒。

说话时表情静寂，目光扫过来有种凉飕飕的触感，整个人几无烟火气。这个有一颗“老灵魂”的姑娘，侗族，自取网名“药娘子”。一个小姑娘，十六岁，说自己叫“药娘子”时，我心中一凛。

1938年的湘黔滇旅行团，从长沙坐船到益阳，上岸后开始步行，经常德到桃源后，再乘船至沅陵，然后乘汽车至晃县，即现在的新晃。新晃之后全部步行，穿过贵州的贵阳和永宁（今关岭境内），再经云南平彝（今富源）到达目的地昆明。

在众多的回忆中，亲历者都提到穿行贵州的经历，行程固然艰苦，给师生们更深刻的感受是西南之落后、民生之凋敝。形容那个时候的贵州有一句话：天无三日晴，地无三尺平，人无三分银。自然环境之恶劣，贵阳远不是现在全国人民都羡慕的“爽爽的贵阳”，经济上更无担当，名副其实的穷山恶水，唯一丰肥艳丽的就是罂粟花。

鸦片战争以降，中国人对罂粟早不陌生，未成熟的罂粟果实流出的乳白色浆液，制干后就是鸦片。在当时的贵州，这是很多地方农家的重要收入来源。罂粟花丰腴冶艳，与之相对的是面黄肌瘦的贵州人民，男人们饥饿潦倒，个个像抽大烟的瘾君子。抽鸦片的当然也不在少数，愈是贫苦，愈是经常自我麻醉，因而西南鸦片之泛滥，既是种植之无度，也是吸食的不能节制。三四月份正是罂粟花开的时节，漫山遍野富丽缤纷，散发出蓬勃浩荡的妖娆邪恶的气息，年轻的天之骄子行走在罂粟田畔，恨得牙龈都酸痛：今日尚可西迁，偏安云南一隅，但若醉心于鸦片，长此以往，人必无自主之力，国亦无御敌之强，怕是迁无可迁之地、逃无可逃之所了。他们没想到，很快云南也放不下一张平静的书桌，日寇的敌机很快就将追到昆明。

他们中间的一些人挥起手杖，奋力横扫那些妖艳的罂粟花。可是罂粟花何罪之有。乡村的生计有赖于此，还有比糊口更重要的事吗？说到底，非民之过也，实国之罪也。他们又放下了手杖。西南人民的生活的确悲苦，但西南的人民又多么辛劳与隐忍。因为食用盐里缺碘，很多女人都患了大脖子病，她们拖儿带女，顶着个粗壮的头颈奔波在茅屋和田地之间。妇人劳作的场景让很多学生开始思考女性的生存和权利问题，也让他们获得了一个新的考察和反思乡土中国的角度。

很遗憾，自新晃之后，我们主要是坐车穿过了黔滇，汽车、火车、高铁，车窗外十一月的西南大地转瞬即逝。我所生活的北方此刻早已枝叶凋零、大地惨白，满眼的萧索，而在西南，青山绿水，一派欣然繁茂，尤其是十万大山上的绿，雨水洗过后越发浓重，随时要顺着山坡流下来。车子穿行在山岭和旷野之间，我们经常一两个小时就走过了当年旅行团十来天的路程。

1938年4月28日，湘黔滇旅行团抵达昆明，学生一个都没有少。第二天适逢清华大学校庆日。相关资料中常会见到三张著名的照片，拍摄的都是旅行团到达昆明的内容。一是旅行团抵达昆明，在圆通公园内列队点名照。第二张照片，是联大常委、清华大学校长梅贻琦先生与旅行团团长黄师岳中将亲切握手照，黄中将完好地将联大师生交到了梅先生手中。第三张是梅贻琦先生在致欢迎辞，背后是已经先期到达的师生和来宾，面前是还穿着军装的旅行团团员。为迎接旅行团，赵元任教授还创作了歌曲《迢迢长路去联合大学》：

迢迢长路去联合大学

迢迢长路

迢迢长路去联合大学

去我所知最好的学校

再见　圣经学院

再见　韭菜园

迢迢长路去昆明

从那以后，在接下来的八年里，昆明人经常把一句话挂在嘴上：满街都是穿着长衫的先生。当然，有四五个月的时间，蒙自人也会把这句话挂在嘴上，因为西南联大的文学院和法商学院先设在蒙自，合并为文法学院，到1938年8月底9月初，才又迁回了昆明。

西南联大的昆明和蒙自两个校区我们都去了，行行重行行，与它们相关的历史和遗迹也都尽力做了知识考古和情感上的切近与体悟，有的是温故，更多的是知新。这是一段与三千里长途迥异的历史，更漫长也更丰厚，其间所涉的艰苦奋斗、抗战爱国、救亡图存、科学民主、学术自由以及西南联大辉煌的成就等，每一个主题要说清楚，皆非鸿篇巨制莫办。我力浅薄，不敢轻举妄动，故且按下不表。不过在昆明和蒙自走访的那段时间，还做了一件事，就是把《西南联大》和《西南联大八年记》两部片子看完了，此外还观看了刚播出的一部电视剧《我们的西南联大》的部分情节。

前两部是纪录片，以第一手的影像和文字资料为主，间以当下的田野调查与访谈，力求最大限度地还原历史，并在新的时代背景下，就如何理解西南联大展开必要的讨论。史料选取之精准，问题意识之深重，在“重走”之后再体悟，犹如孤身回首，在时光的隧道里流连，历史的肯綮处和前因后果，一下子豁然开朗。而观看腾讯参与出品的《我们的西南联大》，却是另一番感受。该剧以学生的视角看取西南联大与背后的大历史，从平津至昆明和蒙自，正如我们的“重走”，向南，向西，向西南，直至八年联大生活，细致地描绘了他们的热血成长与理想担当如何与西南联大精神达成水乳交融。如果说前两部纪录片着眼宏观与家国，那么这部剧则是瞩目细部与个体，以丰沛的故事与细节，最终实现了为文化抗战立传、为知识分子立像、为民族精神立碑。

往事已矣，能够凝结且存留下来的，是精神、传统和文化。料想这也是腾讯动议“重走”的初衷。重走很重要，重温更重要；重走的是一段历史，重温的则是一种精神、一种传承。何种精神与传承？想来想去，还是西南联大的校训最为简洁有力，一切尽在其中，那就是：

刚毅坚卓。

刊于《文汇报》2021年5月19日

上等兵

徐　剑

那一年，我蹒跚学步，爬出祖屋门槛，瞪大眼睛看世界。第一帧影像竟然是两个门神，但不是身穿铠甲、披坚执锐的尉迟恭、秦琼，而是骑红骏马和黑骏马的解放军战士，一左一右，骑在高头大马上，雄睨街间。那战士盘马弯弓；马踏飞燕，仰天长啸，有点像我后来在南阳汉画馆看到的楚霸王的乌骓，更似唐太宗昭陵六骏，从石雕里蹦了出来，天马行空。马鞍上的士兵身着绿军装，头戴绿军帽，挂披风，春天的风一吹，撩起一片和平安详。两个士兵的胸前挎着冲锋枪，魁梧、英俊，俨然是白袍小将御风而来。

三寸金莲的奶奶不见我在堂屋，莲步摇曳，身姿像风中的灯苗，喊着我的小名，跨出门槛。见我站在门框旁，小手伸得高高的，摩挲两个战士坐下的肥马屁股，她笑了，额头皱纹犁出一脸慈航，看看我，又看看年画上的战士，怔然，然后惊呼："上等兵，我家的上等兵哟！"

我儿时的绰号，由此而来。奶奶一语成谶，注定了我今生必然一辈子扛长枪，"吃皇粮"。

当时我并不知道，那时的新派门神，就是两个解放军上等兵的青春留影——他们的原型，很可能就是像麦贤得、蒋子龙一样的上等兵，魁梧的身影留在了每家每户的门上、雕花玻璃上……

那天下午三时许，大巴车停在汕头市中山中路一个丁字路口。下车，过斑马线，品鉴岭南采风团团长蒋子龙，拄着拐杖走在最前头，夫人紧随其后。他的腿虽然不方便，可一路军人步伐，挺胸抬头，眼睛平视前方，身后遗下一串铿锵。

路有点远。过了斑马线，右拐至林荫道。前行四百米，再左拐，是一条小街。小巷深深，海军干休处藏身于此，一个英雄藏在闾巷，一藏就是五十五载。

到了巷头了，一座钢筋焊的半拱门，镶有五星，上书宋体：海军干休处。我环顾左右，楼是二十世纪六七十年代的建筑，密密的电线和防盗窗，像一个个蜘蛛网，将一个英雄时代与她的勇士，尘封得很深，藏得有点蓬头垢面，藏成了一段陈年往事。

门卫没有挡。再右拐，沿雨檐前行十来米，端头处，就是麦贤得的家了。前后左边三处高楼耸立，自然围成一个角隅，隔成一个小院落，有三十多平方米，不大但独成一统。仰首，老楼端头一层二层打通，改为跃层。麦贤得和夫人李玉枝站在天井里迎接我们，这是中国作家的一次集体探望。英雄何处？在闾巷深处，虽然前面站着一个熟悉的面孔，可淹没人海里，依然是一位邻家大哥。蒋子龙领衔，陈世旭、久辛、邵丽、金仁顺、鲍十、武歆和我紧随其后。这一群文人，钢钢地，一位中国作协前副主席，几位各地作协负责人、中国作协全委，名字如雷贯耳，可是站在麦贤得面前，俨然隔了一道门槛，偶像与“粉丝”、英雄与凡人之间，隔着一条年代鸿沟。其实又什么都不隔，就像见到多年的老朋友，大家簇拥着麦贤得夫妇，先拍单人合照，再拍集体合照。麦家夫妇伫立正中央，有点众星拱月。可是麦贤得不是月亮，看得出，他对眼前的一切似乎很陌生。那场五十六年前的海战，他的脑部受到严重创伤，脑浆溢出，大脑沟壑纵横的脉络乱成一团麻，脑电波减弱了。对追星之举，他一点也不带电，心静若止水，静得像一位大将军，又像皮影戏的一个偶像，但面子上不失半分礼节。

我们进到屋里。麦家客厅不算小，进门右侧有间小屋，为麦贤得书房，摆满文房四宝，还有几张大字挂着。客厅一分为二，前边是隔断，显然是宿舍楼走廊改造的。穿过格子门做的屏风，进屋，正厅摆了一套红木家具。如果我没有猜错，应为红酸枝。这终于给人一种安慰感，毕竟英雄生活在潮汕富庶之地啊，没有我见过的那些老红军、老八路家里的寒酸、简陋。走进新时代，英雄淹没在人间烟火里啊。

茶几上茶雾浮冉。蒋子龙落上座，坐在沙发中间，麦贤得坐左侧，抽上矿泉水，煮沸，亲自给众作家沏普洱。夫人李玉枝在右，陪蒋子龙和大伙说话。老蒋将拐杖置于一边，对麦贤得说，我俩同为海军，您是1964年入伍的兵吧，我是1960年的老兵，我是上士，您受伤前应该是上等兵。虽然不同舰，但我们都是轮机兵出身啊。按军中规矩，我是您的班长。

啊，我怔然，蒋子龙原是老兵出身。他当兵那年，我刚一岁半，真是老资格哟。麦贤得沉默寡语，没有接蒋子龙的话茬，仿佛18岁当兵的历史，于他，毫无印痕，默默地在一旁沏茶。抑或因为看到我一脸讶然，蒋子龙突然从怀里掏出一个红色的小本本，是退伍军人证，袖珍版的那种，纸页早已发黄。他翻开红本本第一页，一张免冠照片，接着指了指退伍证上的军衔：上士。翻至尾页，则是第二任元帅国防部长的龙飞凤舞，那个狂热年代副统帅的签名。我有些好奇，想上前拿过来看个究竟。蒋子龙神情严峻，紧紧地攥在手中，不肯示人。是文物吗，这般珍贵，一份褪色的士兵退伍证，揣在怀里，捂着体热，不想与众人分享。蒋子龙演的是哪出戏呀？怀旧？怀念18岁当兵的青春岁月。做证？证明自己曾经与人民海军一起走过从前。他终于道出了真相：你们不知道，它可灵啦！蒋子龙将退伍证举在空中，说他经常坐高铁往返于京津，每次候车大厅排老长的队，等得人不耐烦，且还站着，看到有人执军官证、退伍证，走军人通道，优先上车，畅通无阻。他问了一句：80岁退伍老兵拿小本本算不算数？当然算了，乘务员说，只要是退伍证都行。于是，回到家中，他翻箱倒柜，找出20世纪60年代的退伍证，揣在内衣兜里，每次上高铁、登机，拿出来示人，处处优先、优待，比什么证件都管用，解了老人候车拥挤之苦。麦贤得对军人优先没有认知感，春节前，他与老伴儿在广州当警察的儿子家住，是坐着私家车回来的。

普洱茶端上来了，每人一小盏。是熟普，茶汤纯如米汤，呈琥珀色。品之，略有点回甘。麦贤得静心奉茶，李玉枝与蒋子龙交谈，乃一位军嫂与老军人间的话题，麦贤得坐在一边静听，似乎这一切荣耀、寂寞、喧嚣，皆与他无关。

真的忘了吗？那场海战，那些前尘往事，都被南海的热风冷雨吹落了，吹成一碗茶汤中的一个泡影，面前这个真实的面孔，曾在一个少年心中，掀起狂涛巨澜。浪拍岭南，潮汐退却之后，沧海水沫，澄清成一把紫砂壶。一盏红茶映碧海，映照江山家国，倒映着一个英雄漫漫的人生。

我抬起头来，凝视堂厅里的合影，与其说是家藏，不如说是一个士兵光荣与梦想的时代橱窗。共和国的五代领导人，大都接见过麦贤得。十大元帅，有三位与他合过影。何等殊荣，一个士兵独享！这些照片里，最醒目的是一张黑白照片，我依稀记得，曾在少年时代看过。远逝的岁月，一刹那被激活了，因了麦贤得。那是1965年冬天吧，上小学的我放学归来，彩云之南，板桥夕照，老街，西风拂银桦，将两排树与一群少年的影子拉得很长，变形成巨人投影在石板路上。行至大队部，只见橱窗里的照片换了，标题写着海军战斗英雄麦贤得，第一张大幅照片，黑白的，是伟大领袖毛主席接见麦贤得。时间是北方严冬，照片上的麦贤得戴了一个折绒帽，穿着冬装，在毛泽东与他握手的瞬间，惊讶地张大嘴巴，八颗牙齿全露出来。我当时第一感觉，麦贤得的样子像是在做梦，惊讶，疑在梦中，一个伟人突然出现在他面前，岂能宠荣不惊，不异常激动呢。那天晚上，我站在老街上，是一个少年对英雄的仰望。与麦贤得的距离，跟如今五十多年后，坐在他家椅子上，平视着他，仅隔了三米远，完全不一样。彼时，一个海战英雄在少年心中，离得很近，也很遥远。所谓近，麦贤得的故事、欧阳海之歌，是我们那个年龄段的标配，而我的从军之志、作家之志，从某种意义上说，就因麦贤得而起。他一战成名那年，表哥从云南艺术学院毕业，受麦贤得英雄之举的影响，投笔从戎，到昆明军区十三军当了大学生士兵。那个年代，大学毕业去当兵，凤毛麟角，自然受到各方关注。不久，表哥在《云南日报》发表一篇文章《我是一个兵》，大意是说在麦贤得、欧阳海等英雄影响下，千里投戎机，完成了一个大学生到普通一兵的涅槃。表哥之文不过一千多字，比豆腐块大一点，可在我们那条老街，争相传颂，不啻一位大名人，堪与麦贤得媲美。街头巷尾都在议论，对表哥文章登上省报，无不露出艳羡之色。我站在大人中间，突然冒了一句，长大了我也去当兵，当记者，写文章到全国去发。大人面面相觑。也许那一刻，一个少年的文学种子埋下了。那时，麦贤得离我很远，像莽昆仑一般，高巍入云端。表哥却离我很近，像老街北边的老巴山，召唤我：北去，北上。16岁高中毕业，我从军了，遂了奶奶的上等兵夙愿。记者梦未圆，却超常发挥，成了军旅作家，出版七百万字的文学作品，拿下全国、全军文学奖，待我爬到山顶时，发现前方已无山了。

凭栏观南海，披襟岸帻，寂寥无人会。真想向大海喊一声：麦贤得，你在哪里？

麦贤得就坐在我对面，家里很热闹，我几次向他夫人李玉枝提问，都被打断了。蒋子龙坐在红木沙发上，与李玉枝侃侃而谈。在我青春岁月里，蒋子龙与麦贤得一样，也是一座山。我看着这座远山，走向文学之途。19岁那年，在湘西一座小县城驻军大院里，我当上团政治处书记，一个23级小排级军官。之后，正值中国改革开放，蒋子龙发表了《乔厂长上任记》，一文名震神州，洛阳纸贵，确立了改革文学之父的地位。我被那篇小说的慷慨悲凉所染，认定作者必有军人血性。从报纸连载剪了下来，一篇接一篇，制作成剪报本。从湖南到武汉读军校，再返湘西，然后入京，许多书籍都丢了，唯独带着那个剪报本进京，一直留到现在。从某种意义上说，它影响了我的文学风骨。然，这仅仅是个开始，后来我当了专业作家。后来，在中国作家协会开全委会，他是副主席，我是全委，他在台上，我在台下，我总想向他表达敬意，却总不好意思，迈不开那一步。这次在南澳海边，前方是沧海，我走近蒋子龙，提及此事，他风轻云淡一笑。我恭请道，蒋老师，合一影吧。他说，好！于是，我们站在观海的平台上，背后是南海，我站在蒋子龙左侧，与自己青春时的偶像合影。车上发朋友圈，一些文友惊呼，太像啦！我悄然叩问：什么像呢？容貌像，还是气质同？是战友、师长，老兵与新兵，首长与下属，还是父辈与晚辈？都是，也都不是。

那天晚上，文友请采风团吃饭，喝的是20年窖藏老酒。我将桌上的分酒器倒满，向蒋子龙致意。告诉他，在北京与萧立军大哥相聚时，他常提起您，称天津蒋大爷，说您年轻时豪饮，常喝茅台。蒋子龙哈哈大笑，说那是改革开放之初，我在厂里当车间主任，时有稿费。食堂的茅台酒4元一瓶，一次花1元，买二两半。用铝饭盒装酒，双手捧着，走路一颠簸，茅台酱香就溢出来了。工友闻到了，说老蒋，买酒呢。于是，人见人喝，一个人喝一口，未到宿舍楼就喝光啦。哈哈，我举起分酒器，说，蒋大爷，20年窖藏茅台，我喝一个罍子，敬您！蒋大爷多土，去掉大字。蒋子龙字正腔圆纠正道。好，我望了一眼手中的罍子，酒胆十足，蒋爷，敬您。一饮而尽，顿时，我面染三月桃花。

与麦贤得说话，时间不能长，声音太嘈杂，他受伤的大脑受到刺激，会莫名发脾气。于是，我们起身告辞，蒋子龙走到门前，与麦贤得握手作别。我蓦然回首，看到两个人面孔和善，将近耄耋之年，仍精气神十足，军人身板笔挺，突然想到我一岁半时，爬出老屋，看到的战士门神。当年青春年少，麦、蒋同为上等兵，乃白袍小将；今日垂垂老矣，仍廉颇未老。一个授“八一勋章”，一个入选百名改革开放杰出贡献人物，皆共和国英雄豪杰也。想到上午在澄海区蓝氏通祖祠神游，见两扇大门画有两尊门神，铠甲护身，身挂宝剑、箭匣，手持灵蛇、雷火，脸谱太戏剧化了，神情过于凶神恶煞，而不像麦贤得、蒋子龙这两尊当年的上等兵，风雅淡定。

刊于《天津日报·文艺周刊》2021年2月25日

看母亲端碗时的端庄和享受

李银昭

是春天还是秋天，记不得了，总之，那是一个宽宽松松的时节，不热也不冷，只记得是个周末，因为只有周末我们才会有时间去那个寺庙。寺庙在城北，记得是儿子还抱在怀里的时候我去过那里。现在儿子去了美国，儿子已经开始抱他自己的孩子了。可想，那个寺庙对我来说怎么都是一件算得上遥远的事。

母亲说想出去走走，意思是想我陪她去个什么地方。一下我就想到了昭觉寺，就是前面说的城北的那个寺庙。记忆里，连这次，我是第二次去那里。第一次是母亲带我去的，那时儿子刚出生不久，母亲带上我们去昭觉寺请当时的住持清定大师摸顶。那天人很多，排了几公里长，好在母亲凌晨两点就带着我们上路。大师的手在我和儿子的头上摸，软绵绵的手贴在额头上，至今想起来都还觉得绵柔有温度。

说是缘也可以，说是命也可以，有些事从开始到结尾好像都有一种安排。这次去昭觉寺，是我开着车陪母亲去的，以前是她带着我们。那时的母亲没这么大的年岁，走起路来听得见脚步声。现在可不一样了。母亲进了山门，从弥勒、观音、韦驮到释迦牟尼，一个一个地拜见。点香、敬蜡、作揖到随喜功德，一件事一件事地虔诚。我一直陪伴在母亲前后，细心地观看着母亲的每一个举动。我们母子缘分一生，这么多年，这样细心地关注和陪伴母亲，在我的印象里，还是第一次。岁月催老了母亲的容颜，瘦小了她的身材。一个长大了的儿子，陪着个头越发矮小的母亲，慈心柔情一下涌上我的心头。

在昭觉寺里，留下印象最深的是陪母亲到斋堂吃斋。

母亲吃素已经很多年了，母亲吃的是花素，先是初一、十五吃素，素的天数后来越来越多，现在几乎快全素了。

去斋堂的路上，过一个回廊，回廊窄且长，来往的人多，母亲总是靠边走。有人的地方母亲靠边走，没人的地方母亲仍是靠边走，如果遇上几人一起说着话走过来，母亲就会早早地更靠边，停下来，让那些人先走。母亲这是在让路。让路，是山道上、水路上的乡下人才有的习惯。在我的生活里，让路已经成了一个久违的词，一个久违的礼数。母亲突然把这一遗落在山道上、消逝在水路上的礼数带到了昭觉寺的回廊里。

回廊的尽头，有一幅字，挂在墙壁上，是白纸黑字加了框的那种，字幅不算大，但很显眼，来去的人都能看见。字的内容是：

吾有三件宝：一曰勤，二曰俭，三曰不敢为天下先。

字写得不草，是行书，过目能认得，写字的人还把名字留在了落款处，好像还是位有名的人。但这幅字里面的话，那“三件宝”，是哪朝哪代哪位先人说的，就不知道了。总之，既来不及琢磨那字，也来不及琢磨那“三件宝”，跟在母亲身后，出了回廊，一起就到了斋堂。

斋堂人已不太多，快过吃斋的时间了。母亲找地方坐下，我去取斋。一碗米饭一碗煮厚皮菜，一人一份。尽管饿了，我咽下去却慢。母亲在我的对面，端端庄庄坐着，左手端碗，拇指扣在碗沿上，另外四指扣着碗底，左手肘支在桌上，形成一个“V”字形。母亲右手持筷子，拈了菜，不直接送嘴里，而是轻放在碗里，也不是随便轻放在碗里，而是小心地轻放在方便吃进嘴里的碗边。母亲将菜放在碗边，不会马上吃，将菜和米饭拌一拌，小心地送进嘴，小心地咀嚼，满足地品咂着米和菜的味道。盛着米饭的碗，一直被母亲尊重地端着。

小时候，在农家小屋里，母亲说，人的一生是从吃饭开始的。她说，看一个人将来有没有出息，有没有造化，看吃相就知道了。所以母亲常教她的儿女们，坐要有个坐相，吃要有个吃相。一晃几十年过去了，走南闯北，似乎还觉得自己混出了点小出息，但与对面端端庄庄坐着的母亲相比，论做人，恍然觉得，儿子还差母亲很远。

碗里最后一粒米被母亲送进嘴里，母亲才小心地将碗轻放在桌上，又将盛菜的碗重叠上去，再小心地将筷子横在碗上。一张小纸巾，母亲用它小心地擦嘴，小心地擦手，再小心地轻沾桌上的点滴汤水。一张小纸巾，用过这么多地方，母亲才小心地将它放进桌下的纸兜里。

昭觉寺，后来我常去，有时陪母亲，有时一个人。陪母亲的时候，就像重读一篇暖心的文章一样，重温母亲举止里的恰到好处。一个人的时候，我就很感谢，很感动。感谢母亲那天突然说想出去走走，感谢我那天没别的杂务，我才有机会安心地陪在母亲身边，用心地看母亲走路，看母亲伸手取香，看母亲与迎面走来的人点头让路打招呼，看母亲对一粒米、一片菜的珍爱，看母亲端着碗时的端庄和享受。感谢之后，是感动，是一个儿子在母亲用无声的行动，教会他应有的生命姿态之后，油然而生的感动。原来，先人们说的那些话，是挂在昭觉寺回廊尽头的墙壁上的，而我的母亲，也许她并不认得那幅名人留下的字，更不懂得那字里“三件宝”的人生道理和处世哲学，但母亲，她却把先人们说的话里的精髓，无声地融进了她的血液里，融进了她的生命里，再通过她无语的行走和端庄，传教给了她身后的儿孙们。

刊于《淮安区报》2021年1月14日

微风如面

——追怀李迪

高　伟

墓室合上的那一刻，我下意识地抬手看了一下表：13：31分，2021年4月13日，魏老师选定的吉时。仙逝288天之后，李迪入土为安。

我在心里喃喃自语：再见了，我的迪兄！知交相送，自此揖别。从今往后云天隔绝，生死茫茫，唯有梦里才能相见了。

天光晴朗，春风轻拂，天寿山安宁肃穆。

一只黑白相间的山雀蓦地飞起，从我们头顶掠过。

恍惚间，我仿佛在满山的苍翠中看到了迪兄春风满面的笑脸。

我知道，他含笑走了。

……

算起来，我和李迪相交，已有30年了。

1991年，也是4月，中国作家协会创联部、中华文学基金会和《中国作家》杂志社联合举办第一届红塔山笔会，邀约组织了一个阵容豪华的作家团。我当时年轻，作为中国作协创联部的工作人员负责相关联络组织工作，跑前跑后。

李迪那时好像刚从日本回来，衣品讲究，一身藏青色的风衣，白净的脸上永远是一副墨镜。他原是人民文学出版社的编辑，辞职去日本待了两年，参加此次活动算是重返文学队伍。云南是他度过了十三年兵团生活的地方，留下难忘的青春和爱情，重回故地，他觉得一切都那么亲切，每天乐乐呵呵的。团里面汪曾祺老先生是中心，但李迪是最活跃的一个，一路上，他带来的笑声最多。此团多有云南情节者，某晚，我们一起去寻访往日旧迹。李迪站在他和高洪波当年一起生活和战斗过的大荒田旧址，双泪长流，激情缅怀过往的青春故事。他太能说了，一边啜泣，一边口吐华章，悲悲切切地讲了好长一段，让我们一干人儿老老实实地陪着落泪的同时，也都被李迪的“哭戏”功夫惊到了。到了瑞丽畹町，正赶上泼水节，李迪换上了黄黄绿绿的花衬衫，跟着傣族泼水舞的队伍学着跳，比比画画，其态可掬，显示出他热情、快活的天性，我戏称他“日本浪人”。至今挂于李迪家中的一幅汪老赠他的墨宝，幽默而真实地记录了那个时刻的李迪——上写八个大字“有镜藏眼，无地容鼻”，还有一段小笔题款：“李迪眼有宿疾，滇西日照甚烈，乃常戴墨镜。而其鼻准暴露在外，晒得艳若桃花。或有赞美其鼻者，李迪掩鼻俯首曰，无地自容，无地自容。席间，偶作谐语。李迪甚喜，以为是其滇西之行之形象概括，嘱为书之。一九九一年四月下旬汪曾祺记。”

那一年，李迪41岁，站在云南炙热的阳光下，花团锦簇，情致勃发，欢声笑语，有着一个盛年男人最好的样子。

我和李迪一见如故。我喜欢李迪身上那种热忱、开朗，遇事替人考虑的善良，虽然他长我很多，而且成名很早，但他没有一点架子，说话办事，满满的热络劲儿。我俩投缘，15日夜走滇境，我们一直同住一屋，无话不谈，越聊越投机，说到开心处，嘎嘎地乐。自此哥俩结缘，成为一直来往的莫逆之交。

李迪热爱生活的态度，乐于助人的古道热肠，还有作为北京人的接地气，都令我这样一个居京生活的南方人欢喜，愿意亲近他。每当我为一件具体事情拿不定主意的时候，我常常会打电话咨询他，电话那边，他总是开口三分笑意：“呵呵，你怎么着啊?”尾音总是拉得很长，口气里透着亲热，乐乐呵呵地帮你分析，出主意，常常是一通热聊，尽兴乃收。

2014年，我从作协机关调任二级单位任职，面对重大抉择，我茫然无着，踌躇不前，难下决断，晚上11点多抓起电话，跟他讨教。他不慌不忙，一五一十地开始帮你分析、疏导。别看迪兄是体制外的自由作家，他对机关的那点事情门儿清，对具体的情况和人情世故也都拿捏得很到位。这一通电话，一直聊了三个小时（他开玩笑说他的这种参谋是“常青指路”）。无论如何，和他聊完之后，我总有一种慰藉流过心头。每次放下微热的电话，我都会留在他传递的快乐中兀自微笑。真正的友谊就是如此，它默默地存在着，在寻寻常常的来往中给你以支持和滋养。偌大的北京城，李迪的存在，让我温暖而心安。但我并不想在此套用良师益友这样的陈词来形容我和李迪的友谊，因为李迪从不以长者自居，他的心比我还要年轻，充满活力，更多的时候我俩是亲密无间的哥们儿，是心意相通的兄弟。这么多年，我一直称他“迪兄”，甚至我也学着李迪的口吻，一口一个“小魏”“小魏”地叫着李迪夫人魏老师，浑然不觉有何不妥，至今不改。

日子在不知不觉中流淌。当初参加第一届红塔山笔会的人，陆续有人谢世了，先是1995年冯牧走了，高洪波领着迪兄和我编辑怀念冯牧的文集《远行的冯牧》；其后是1997年汪老去世，再后边是陆星儿、凌力、李瑛。岁月远去，慢慢地我听到周边有人把迪兄称为“迪老”了。我知道，已经到了我等“讲古”的时间了。好像是从丹东开始，李迪开始了属于他自己的着装标配：永远的白裤红衣。白是乳白，红是鲜红，最正的那种红，极吻合迪兄热情似火的性格。脸上还是墨镜。虽然他自称“红衣老头”，却是另一种潇洒。

进入微信时代，我和迪兄的电话少了，但平常的联络和分享更密了，我有什么好玩的段子，或者有了什么感受，无论荤素高低、嬉笑怒骂，不用思量，第一个转发的永远是迪兄，因为不会有任何误读的顾忌，不会担心他看不懂、跟不上，而迪兄的回复也永远是最快、最精准、最给力的，带着他鲜明的情感倾向。无论是什么话题，但凡经过了我俩的同频共振，那种认知就会更加酣畅，情感的感受也会双倍激荡。

2019年7月27日，迪兄从山西永和发来微信：“伟座（年岁渐长，尤其是

2014年我到《中国作家》后，迪兄即以此昵称叫我），周末快乐!（接着是三个拥抱表情。）我给你来个永和叫卖!”（接着是两段迪兄学当地人叫卖馍馍和油糕的语音。）从迪兄意趣盎然的声音里，你能感受到迪兄的充实和快乐。

我回：“哈哈哈！天儿热，想到此刻黄河水边的迪兄，依然如此好兴致的样子，禁不住哈哈大笑，消去身上许多的暑热。”

迪兄回我六个拥抱，六个龇牙。

我又回：“想起一句老话——革命者永远是年轻的！[大拇指][鲜花]”

2019年10月16日的《人民日报》上刊发了迪兄写的《生活无穷尽，故事写不完》，他在文章里说：“永和的路还没有走完，中国作家协会与国务院扶贫办共同开展的‘脱贫攻坚题材报告文学创作工程’，又向我发出召唤，下一个目标：湘西十八洞村!”此时的迪兄，兴头正好，壮志满怀，仿佛有使不完的劲儿。我在一篇《他在大海打鱼忙》的文中为他喝彩：“如果说生活是一片海，迪兄就是那驾船远航的渔民，清波碧浪风光好，他在海上打鱼忙。”

对于即将迎来72岁本命年的迪兄来说，一切仿佛刚刚开始。是的，后边的岁月里，还有好多好多的题材在等着他去发掘、书写，还有好多好多的地方的风景、美食在等着他去领略，还有好多好多新的友情等着他去拥抱，他还有好多好多的温暖人心、让人落泪或者捧腹大笑的作品要奉献给他的读者和朋友们。

但命运之手让这一切都停止了。

2019年11月22日早上7：30，迪兄从南宁发来短信，说他在南宁讲课，是从十八洞村直飞过来的。又说他的十八洞已经采访完了，回京后马上开始写，十八个故事，力争写好。我很欣赏他这种结构文章的思路：“十八洞，十八个故事，太棒了!”迪兄回信：“[龇牙]再谢我伟座！我总是从你这里得到力量和鼓舞！[拱手]”

12月9日晚11点多，迪兄短信：“伟座，我腰椎间盘突发毛病，临时退了海南论坛的机票。在家静养。”我觉得他可能是太累了，劝他好好休息。迪兄从2018年起，为写作《加油站的故事》，以七十高龄连续行走四川、青海、西藏等九省区，从夏始，至秋冬。刚完事，他又马不停蹄地行走在九曲十八弯的黄河边，走进了山西永和，之后五下永和。还没来得及从永和人家的故事中完全抽身，他又踏上了十八洞村脱贫攻坚创作。他一定是累着了。

19日迪兄又短信告我："十多天了，一直在床平躺。腰疼。查了片子。右侧水肿。椎骨无问题。只能躺着休息。有明显好转。"至此，我也并没有感到有何异样。新冠疫情来了，各自居家不出，我们一直没断了短信聊天。大年初一，我们相互拜年，我知道庚子年是他的本命年，祝他本命年吉祥顺意，他告诉我，已经从里到外都换了红衣服了。

4月4号，他来短信："十八洞村故事首篇。老友得闲批评！"随后发来那篇《就是悬崖我也要跳》。

13号他发来一段200人阿卡贝拉合唱的视频《你鼓舞了我》，告诉我说："我几乎听一遍，流泪一次。[流泪][流泪]管不住眼泪。"我则回发给他一个意大利歌手、音乐家法奇内蒂新近创作的抗疫歌曲《我会重生，你也一样》，并说，在当前全球抗疫的背景下，这首歌有一种宽广的人性光芒！迪兄回："边哭边听，哭了再听！"我心里有点诧异，今日的迪兄为何如此脆弱啊？我回他："岁月愈老，心却愈柔软。"迪兄发来五个拥抱。

这之后的日子，迪兄又不断给我发来他陆续写出的十八洞故事的新篇章，我们依旧顺着时间的热点扯着闲篇。

5月20号下午，他突然发来短信："伟座，我住301了！终于带出其他病。住院主治急性肾炎。这次湘西采访身体受伤严重！但伟座，你放心！有你的爱，有301，我会好起来的！[抱拳][抱拳][抱拳][爱心][爱心][爱心]"接着又补一句："中国作家如果有（创作）计划，你一定给我留一亩二分地啊！[拥抱][拥抱][拥抱]"我一下子就有些着急，回他："怎么一下子就上了急症！这几个月出来这么多毛病。一直在心里说迪兄永远不老的！心疼我的迪兄！"

随后他发来三段语音：

"伟座，是这样的，因为采访，（天气）高寒，阴雨连绵，最后我（因为）

受寒，得了这个腰椎间盘突出滑脱，最后呢，在医生的劝说下躺了五个月，腰终于躺好一些了，但是呢，你看在床上躺五个月，哪还有胃口吃饭呢。吃什么也不香，看见什么也不想吃，这样的话呢，就引起了强烈的供血不足，人整个瘦下来了。所以呢，血液对肾，对心（脏），供血都不足了，所以呢，就带出了急性肾炎啊，这是一个最严重的病，如果不把它及时治好，如果成了慢性的了，那，整个人的生活质量就彻底没有了，也失去尊严了，每天或者每个月都要去做透析或者等待换肾，那（这个）人活着还有什么意思啊？谢谢你心疼我，我的伟座，我知道你会心疼我。"

迪兄说话的声音有点弱，语气悲戚，拖腔里有极力压抑的啜泣。

我这才知道，原来迪兄卧床休息的这几个月，绝不是他在微信里表现的那么轻松的。

迪兄的身体出问题了。

然而我相信一切都会好起来的，迪兄是多么坚强的人啊，当年他因为眼疾，曾经往眼睛里注射过药水，我听他说的时候都心里发紧，他却云淡风轻地说没事，呵呵。我的迪兄什么风浪没见过，这一次他也一定能闯过去。我劝他好好治病，有事情随时联系我。

5月21日15：20，迪兄又发来一段语音："伟座，伟座，我的病情最终有了诊断，是我的心脏出了问题，有一个瓣膜坏了，需要上手术换一个瓣膜，所以我的病情实际上是加重，但是相信301医院，相信现代医学科学。我现在已经从内科转到外科，随时准备做手术。有你的心疼，一定手术成功。"

我赶紧给他回，极力宽慰他："黑暗时刻，迪兄要坚强勇敢，相信自己，相信301（这对他们来说是一个小小不言的手术）。北京刚才在下雷阵雨，天黑成了夜晚。但一切都会好起来的，就像此刻暴风雨过后的北京，更加清新安详美好！加油，我的迪兄！"

迪兄回："我的伟座！永远的伟！[握手][握手][握手][握手][握手][握手][握手][握手][握手][握手][拥抱][拥抱][拥抱][拥抱][拥抱][拥抱][拥抱][拥抱]"

24号中午12：35分，迪兄发来他在301医院的一张照片，他在病床边坐着，穿着病号服，左手在挂吊瓶，右手撑着椅子的扶手，人瘦多了，是我从来没见过的那种孱弱的样子，但眼睛还是很有精神的，眼神澄明、祥和地看着我，仿佛有一种异乎寻常的超然。我知道，迪兄是要强的，什么时候他都会把自己收拾得利利落落的，哪怕在病中他都不允许自己形象邋遢。看到了他的样子，我倒觉得放心了许多。

我安慰他：

“瘦多了。

“但精神头还不错。

“省得减肥了。[龇牙]”

迪兄发来语音，我点开贴近了听，耳边传来迪兄有点含混不清，却如宣誓般短促而铿锵的声音：“面对死亡，视死如归！”

我有点心惊，怪他言重了，便故作轻松地回他：“别喊口号了，哪跟哪儿啊。[龇牙]”

迪兄发来五块西瓜、五个龇牙。

后边我再说什么，他都笑而不语，只是一长串的握手和爱心。

我没想到，这短短的八个字，竟是他留给我的最后的声音！

这之后，我给他发短信就一直没有他的回复。我猜他一定是开始手术了。或者，手术后不方便用手机了。我知道魏老师这段时间一定特别忙乱，我不愿打搅她，更确切地说，我是不敢打这个电话，我宁愿默默地在心里祈祷，但愿一切都会过去，迪兄健康地归来。我在心心念念的等待中时不时地给李迪的手机发短信，问他怎么样了，一切都好吧？

6月16号晚上7点，我终于收到从李迪的手机发来的短信——是魏老师发来的：“高伟您好！李迪手术很成功。术后一关一关过，前天药物过敏，全身肿胀休克抢救，现在还在病危之中，关键看这几天能否救过来。但是大夫说救过来的概率很小！[流泪][流泪][流泪]”

魏老师的这后两句话像子弹一样击中了我。我的天哪！李迪救过来的概率很小?！我的心一下子沉到底，心跳加速，头皮发麻。怎么会，怎么会这样！我立时急切地想去医院探望，但魏老师说疫情期间不让进，看不到，连她也没看到！

祈愿瞬间成空。命运之神仿佛突然翻脸，一下子偷换了迪兄的生死牌。残酷的气息扑面而来。

人欲哭，却无泪。心沉重得透不过气来。

20日晚，魏老师发来十五段语音，告知我李迪病情有转机。

25日，端午节。晚上8点多，魏老师来短信，说李迪的过敏消退，而且跟他说话也有反应了，他"明显点点头，随后又睡去了"。我反复看着短信，心里说：迪兄啊，你可吓坏我们了，你快点满血归来吧，朋友们要为你庆祝劫后余生，开怀畅饮一场，不醉不归啊！

就在朋友们为李迪的转机一片欢欣之时，命运之神又突然变脸，迪兄的病情急转直下。一直在上的抗生素已经对他不起作用了。医院建议家人不再做无谓的抢救了。6月29日上午9：43分，突接魏老师短信："高伟，李迪现在正在停止心跳，具体时间待定。[流泪][流泪][流泪]"我一下子蒙了，不敢相信这是真的，久久地面对这条短信，写不了一个字。只有无尽的[流泪]绝望地铺满屏幕。

朋友圈里一片伤痛。李迪去世的讣告已经赫然在眼。微信群里铺天盖地的哀悼从四边八方迅速地奔涌而来。一上午手机里就被无数条朋友们的短信塞满了。直到这个时候，我还沉浸在巨大的震惊中缓不过来。大脑一片空白。一个声音嗡嗡作响：迪兄走了！迪兄走了！那么活生生的一个人，那么健朗乐观的一个人，他怎么会走呢?

……

7月1号，是李迪火化的日子。出殡时间定在早晨6：30。我5点钟出门，打车去301医院。因为疫情的缘故，301医院不允许搞遗体告别仪式，一切从简。因此许多想来送别的朋友都来不了。我跟魏老师说，无论怎样，我必须去送李迪，不然，我不会相信他真的走了！

早晨5点多的北京，明亮而安静。因为要早起，我几乎一夜无眠，脑袋既混乱又清醒。坐在急驰的出租车上，往日许多和迪兄一起赶早出差的情景浮现在眼前。这些年我们曾一起走过内蒙古的八千里边防线，走过云南、贵州、四川，还有其他地方的山山水水。每次一起出差，无论是坐高铁还是飞机，永远是迪兄先到，永远是他早早地就开始频繁招呼："到哪儿啦？呵呵，没事儿，等你！"

此刻，我又在赶往与迪兄见面的路上，但这是一场怎样的相见啊！音容宛在，但前方再也没有笑意盈盈的迪兄在呼唤我了。多么希望好玩爱闹的迪兄能够笑眯眯地坐起来，说一句"逗你玩"，然后哈哈大笑地重回朋友们的怀抱啊。但现实残忍得不敢直视，死亡把过去所有一起走过的日子，都变成了旧时光，此刻的迪兄与我已是阴阳相隔，留下永远冰冷的沉默。伤痛淤积，悲从中来，眼泪模糊了我的镜片……

是夜，月色格外清亮，我感到一种四下空旷的寂寥，辗转难眠。我悲凉地写道：今夜再无李迪与我们同在！

失魂落魄的空落笼罩着我，我在巨大的震惊和伤痛之中透不过气来。真正的好朋友，就是这样，他活着的时候，你并不觉得他的存在，就像空气，他就在那里，随时与你呼吸与共。而当他离去，你就会觉出他在你生活中的位置，你的前面出现一个巨大的黑洞。没想到从来给朋友们以热情和快乐的迪兄，却以这样的遽然离去给朋友们留下难以承受的悲苦！我的世界一下子空了。而我知道，更深的悲痛会在今后的某一个瞬间，从我心里以为平复了的伤口涌出来。

傍晚的时候，小迪来短信，说要在家中设灵堂，让我想一句挽联写上去。我说一句什么？我该说什么？我能说什么？迪兄啊，不是要一起快乐终老的吗，怎么这么快就轮到给你写挽联了呢？这太魔幻、太不真实了吧！千言万语，只作这一声长叹罢:“兄去后，此生悲喜再与何人诉说!”这一句不像挽联的挽联，正是我此刻泣血的哭号，椎心之痛，夫更何言!

李迪是生活的强者，永远乐观积极，从不轻易向困难示弱，哪怕在好朋友面前也只愿意展现他潇洒快乐的一面。我是在后来魏老师的哭诉中，才知道了他是如何艰难度过生命中最后的时光。那正是我们因为疫情宅居在家、我和迪兄短信里扯着闲篇的几个月。

其实那时的迪兄已经因为腰痛卧床太久，身体状态很不好了。但他惦记着《十八洞村的十八个故事》的交稿进度，日夜兼程地看东西、写稿子。每天要由魏老师艰难地扶起来，蹒跚地挪到电脑桌前。看他在床上读东西不方便，魏老师便在床上给他支了一个可以放书或者手机的架子，他看累了，睡一会儿，醒来又看。“从来没见过他写得这么艰难。”魏老师说，老李，咱不写了，太难了!李迪急恼地说，你不懂，六月份就要出书了，咱答应了，就得讲信用，咱们做人不能言而无信。到了五月，临近他住院之前，他的体力已然支撑不下去了，他依然不管不顾在竭尽全力地润色、改稿，当我听到李迪因为自己数错了篇数、着急时间来不及而哭了的时候，我的眼泪一下子就流出来了。迪兄，大难临头，在生与死，保全性命与兑现承诺之间，你竟毅然做出了把危险留给自己的选择，就像那篇文章的题目“就是悬崖我也要跳”!当你在电脑桌前坐不住、用枕头顶着自己坚持写下去的时候，你已经置自己的生死于度外了吗?你我相识几十年，我真的敢说完全了解你吗?迪兄啊。

现在想来，迪兄入院之后在微信上留给我的那些话和表情，其实就是在跟我做最后的告别。而让我难过的是，我居然事先一点没有嗅到危险的征兆，没有发觉死神已经悄悄地来到他的身边想要带走他。我甚至好久没有看到他了，也忘了跟他通电话，虽然我们同处一个城市，虽然我们一直在微信里“说话”。我总以为那是迪兄必然会渡过的一场劫难而已，而他必定会重回那个健壮和有活力的红衣李迪。我们还将有许许多多的时光一起度过。

我多么怀念我们曾一起哈哈大笑的日子啊!想到迪兄乐不可支时笑得流下

口水的样子，我就眼含热泪地微笑。

李迪远行，形去而影在。

魏老师说，李迪走后，他房间的灯光一直亮着。这么多年，她已经习惯了这样一个李迪灯下写作的背影。但现在，灯亮着，人却不在了，椅背上还挂着那件他平常最喜欢穿的鲜红色的羽绒服，留下一个永远的空位。每一次她都忍不住隔着门缝朝里望着，恍惚间仿佛能看到电脑背后那一缕黑发。她感到她的李迪还在那里写作，她知道他在，一直都在。朋友们也都觉得乐呵呵的李迪没有走，他高声大嗓地招呼，乐颠颠地忙叨的样子，仿佛就在身边。

是的，李迪不死，他活在了我们之中，活在了时间之外，所谓“永远活在心中”，即是如此吧？

哀思如潮，长夜难眠。

微风拂来，迪兄的音容笑貌如在眼前。

静谧的夏夜天空，我看见一颗明亮的星星隐约闪烁。

是你吗，迪兄？

到哪儿了？

刊于《北京文学》2021年第11期

我的第一个责任编辑

裘山山

1983年我大学毕业，开始试着写小说。其实在大学里也写过，都不成器，甚至结不了尾。毕业后又接着写，终于写出一个我自己感觉还可以的短篇，题为“绿色的山洼”，便投给了当时由解放军文艺出版社创办的《昆仑》杂志，一本大型文学双月刊。

大凡在军队从事文学创作，年龄又在50岁以上的，恐怕没有人不知道《昆仑》杂志，同时也没人不知道海波。海波是个作家，同时是《昆仑》杂志的副主编，但他作为编辑的影响力远远大于作家。很多军队作家是在他的扶持下走上创作之路的。

我那时并不认识他，我谁也不认识，就是写个地址寄过去了。创作之初我一律是盲投。本子上抄了很多地址，给《人民文学》，给《随笔》，给《美文》，都是抄个地址贴上邮票就寄过去了，也都很幸运地被编辑老师发现，并发表。

我很快接到了回信，龙飞凤舞的钢笔字，底下落款是海波。海波说看了稿子，感觉我有一定的创作基础，问我手头是否还有新作，如有，可带作品参加他们即将举办的新疆笔会。我兴奋无比，马上回信说还有新作，非常想参加笔会。一来我从没参加过笔会，二来很想去新疆。

可我当时在教导队当教员，有很重的教学任务，教员们一个萝卜一个坑，领导不同意我外出参加笔会。但我非要去，为请下这个创作假，我几乎和领导闹僵。在经过无数曲折（足以再写三千字）之后，我终于来到北京，来到了《昆仑》编辑部，西什库茅屋胡同甲3号。

我还记得和海波的初次见面，是在走廊上。他迎上来和我握手。照说我该叫他老师的，可他的姓让我觉得不像个姓，叫“海老师”很别扭，就含含糊糊地应付了一下。海波说，原来是个女同志，你在作者简介上为什么不注明？我自负地说，我就是不想让人家知道我是个女的。他说，那能瞒住吗？早晚得知道。

不知为何，新疆笔会取消了，改成“首都青年军人笔会”，就是说，改在北京了。北京也行啊，反正对我来说，只要是笔会就行。可是接下来又变了，说这个笔会不集中，各自为战。这下好，其他几位作者本来就在北京（有几个正在鲁院上作家班），都有地方住，只有我是外地来的，需要自己找地方住。

于是那一个月，我像个游击队员似的游荡，前后搬了四个住处。其中有一个多星期，是和朱苏进、乔良在一起，租了一个大学的宿舍。那算是最好的，每天还能和他们一起聊聊天。后来他们完成了作品就回鲁院上课去了。我就搬到了我表哥家。在表哥家住了一段时间觉得太给他添麻烦，又搬到了我一个在北京工作的同学的集体宿舍。集体宿舍也不能老住，再去找海波，海波又把我安排到了原北京军区一个招待所，在八大处一个很僻静的地方。

我不是个心理承受能力很强的人，这么来回折腾，早已没了写作心情。最最重要的是，我的稿子改来改去都通不过，或者说改来改去海波都不满意，他总是说我没有“历史纵深感”，对人性的揭示不深刻，而我总是不服他。我们常常谈崩。

那时我的确像个中学生一样喜欢抒情，喜欢表现美好（现在长进也不大），海波却希望我能写出人性的复杂。每当他给我一些情节上的建议时，我总是断然地说，人不可能这样的，或者说，我从没听说过这样的事。他大为光火，说怎么跟你谈稿子那么费劲儿呢？你怎么那么犟呢？但我就是固执己见。有一回他说到我小说中的老两口去散步，他说你不要写他们发感慨，你就让他们默默散步，他 × 的什么话也别说，他 × 的沉默才是最好的。我惊讶地望着他，不明白他为何说粗话。当时我想，看来我和他是无论如何也不可能谈拢的。

由于稿子修改不顺利，而我请假出来时又跟领导表态说，一定能发表作品。所以到了八大处后，我的心情坏到了极点。和我同住的一个女作者是个高干孩子，所用的东西都是我没见过的高级货，所说的也都是些我没听过的陌生事。我越发地自卑沮丧，烦躁不安，一个字也写不出来了。这是什么笔会呀？和我想的完全不一样。我还为了这个笔会和领导吵架，太失望了。

想来想去，我决定提前走。当时距离我的归期也没几天了。我收拾好行李，一个人坐公交车再转公交车，从八大处来到出版社《昆仑》编辑部，想和海波辞行。偏偏那天海波不在，好像是去印刷厂了。编辑部的其他人都各忙各的，没人搭理我，这更坚定了我离开的决心。于是我直接去了北京火车站。

我在候车室给海波写了封信，就大半页纸，其他话都忘了，只记得最后一句：让你的历史纵深感见鬼去吧！我回成都了！我把信丢进信箱，登上了火车。

海波收到信后非常生气，大概他从来没见过这样的作者，竟敢不打招呼就走，而且出言不逊。碰巧那天我们原成都军区作家简嘉去编辑部找他，海波把我的信扔给他看，说瞧瞧你们军区的业余作者吧，居然这个德行！年纪轻轻的那么大脾气！简嘉看了信后幽默地说，她这样做的确不对，但你得承认她的字写得很好。

后来每每办笔会，海波必在笔会开始前，把我作为反面教材教育参会人员，三令五申，不得效仿。

这是我后来知道的，知道的时候，已经是笑谈了。

但当时，我以如此不礼貌的方式告别了海波后，海波生气归生气，并没有记恨我。他非常了解业余作者的处境，他知道我离开单位一个月，回去得有个交代。于是在当年（1984年）最后一期的《昆仑》上，他编发了我最早寄去的那篇《绿色的山洼》，那便是我的小说处女作。

当我拿到刊物时，心里除了感激，更多的是惭愧。

须知那时的《昆仑》已很有影响力，在全国众多的文学刊物中脱颖而出，成了一道重要的文学风景线。从《昆仑》走出来的作家数不胜数，《昆仑》自己的编辑们，也写出了不少优秀作品。我的小说处女作能在《昆仑》发表，实在是很荣幸。

后来见到海波，我们重提此事，都觉得很好笑。那时我也做了文学编辑，越发觉得海波多么不易。

海波告诉我，在他当编辑的十年里，像我这样不好调教的作者他一共碰上三个。有一个是退伍到地方上的青年作者，写了个爱情小说，不愿修改，便向海波诉说他心中的伤痛，哭得呜哩哇啦的。值得庆幸的是，该同志终于在文坛上大红大紫了，且经久不衰。还有一个是某边防的副连长。这位副连长心性极高，海波跟他谈修改意见，他怎么都听不进去，海波情急之下就亲自为他修改，因为他从边防连请假到北京，海波怕他稿子发不出来没法向领导交代。可是当副连长看到他的稿子在海波的笔下血流成河时，就说，海编辑，我看这样改的话，不如用你的名字发。海波不但没生气，反而对他还有几分钦佩。在业余作者面前，他常常像个兄长一样厚道。后来这篇小说终于发出来了，落的当然不是海波的名字。

据我所知，这样被海波改出来发表的稿子，不在少数。尽管许多人认为，编辑不该这样捉刀代笔，但我却觉得，比起那些对作者（尤其是初学作者）漫不经心的编辑来，海波的做法永远让人感激和感动。海波身上那种对工作的认真劲儿，对作者的热情劲儿，对文学的虔诚劲儿，上哪儿去找？就在我那样顶撞了他之后，他仍继续向我约稿，继续邀请我参加笔会，还让我去编辑部帮助工作。当然，也继续枪毙我的稿子。他枪毙我稿子时从来不含含糊糊，总是直截了当，一针见血。有两回气得我发誓不再给他投稿了。但不管怎么样，那些年我还是在《昆仑》上发表了许多作品，并且获得了“昆仑文学奖”。

如果说我后来在文学创作上有了一些成就的话，那是与海波分不开的；如果说我后来当编辑时，能够对作者有些热情和耐心的话，也都是海波做的好榜样。这绝不是套话。

如今，只要一想起最初走上文学道路的时光，我就会想起海波，想起《昆仑》，想起心高气傲的自己。只有当美好的人和事远离我们的时候，我们才会怀想。

刊于《光明日报》2021年4月16日

最后的“再见”

赵剑云

2020年端午节，是我和父亲今生今世的最后一面，是我和父亲永远隔绝的日子。父亲最后一次住院，我在心里发誓，以后父亲每一次住院，我都要在病床前陪伴他，可是，父亲再也没有给我这样的机会。

慢阻肺折磨了父亲十年。这十年，父亲每年都住院，每次都能转危为安。端午节前，父亲刚刚出院不久，医生说父亲治疗得很好。我回家，明显感觉父亲比以前要吃力些。父亲除了呼吸吃力，脸有点浮肿，看起来比实际年纪要年轻一些。他脸上皱纹很少，白发也很少，父亲腰不弓，眼不花，他唯一的缺陷是在60岁的时候拔了几颗牙，但是，他的肺纤维化得很厉害，医生说已经没有多少可以用的了。

父亲已经三年不出门了。这些年，我工作在外，和父母总是聚少离多。端午回家，我发现父亲胖了一点，家里的蝴蝶兰开了12朵。母亲和父亲都很高兴，我自然也很高兴。我觉得这是吉兆。年龄越大，越信一些冥冥之中的暗示，比如花开的兆头和美梦的兆头。那几天，我像往常一样，和侄儿在客厅里颠一只红色的气球玩。父亲坐在沙发上，吸着氧气看着我们笑。吃过午饭，我还把刚刚出版的新书带给父亲，父亲接过去，翻了又翻，满足地笑了笑。父亲认识的字，都是自学的，但他喜欢翻我写的书。端午前一天的夜里，我半夜醒来，走到父亲的床前，看父亲睡得很安稳，我给他盖了被子。自从父亲的肺出了问题，他的睡眠很不好，近两年，他总是半坐着睡觉。和每一个寻常的相聚一样，我们坐在一起吃饭聊天。父亲的脚有点肿，我特意给他熬了冬瓜汤。我吝啬地没有在汤里放一点盐，大夫之前叮咛过，父亲要少吃盐。

若是知道那是父亲在世的最后日子，我无论如何都要带着父亲，哪怕是背着氧气袋，开车带他看看风景，看看落日。每次吃饭的时候，他都要戴着氧气机。去卫生间一趟，他戴着氧气机，出来时，他会喘着粗气，半天脸色才恢复正常。

端午假期结束，我订了两点多的车票，中午吃过午饭，我拉着行李箱，站在门口喊了一声："爸，我走了。"

"噢。"

那是我听到的父亲最后的声音。

这一次，父亲没有离开氧气机，也没有下床走到客厅里送我。近两年，父亲的身体每况愈下，我越发害怕告别，我最害怕的是，我走到父亲的床前，他对我叮咛什么。我担心，他一旦叮咛嘱托完了，便不会再等待与我相见，不再牵挂我，因此，近两年，每次离家，我都咬着嘴唇站在门口，对父亲喊着："爸，我走了。"父亲听着收音机，但也听到了我的声音。他答应着，他的声音夹杂在收音机的新闻里，我很安心地下楼。上高中住校的时候，父亲会把我送到车站。上大学的时候，父亲会帮我提行李，把我送到火车站。工作了，父母一次次把我送到车站。后来，父亲身体不好了，他会把我送到楼下，看着我走好远，他才上楼。再后来，他会站在家门口送我，看我走远了，他趴在窗户上看着我走很远很远。最后一次，父亲躺在小卧室，我没有走到他跟前告别。如今想起，那最后的再见说完后，我心里没有担心什么，正是五月花开的季节，万物生长，氧气充沛，是父亲最舒服的日子。

父亲最难熬的日子是冬天。每年冬天，我最害怕哥哥给我打电话。去年12月，我去福州出差。那段时间，父亲身体很不好。母亲一听我要去十多天，便说："你周末先回家看看你爸爸吧。"我在出差前三天，跑回家，在家里陪伴了父亲两天。那一次，我真担心和父亲是永别。在福州出差的日子，每日悬着心。

但万幸的是，父亲的身体渐渐好了起来。

还有一次，是下午，哥哥突然打电话，说“父亲情况不好，你赶紧回来”。我急急忙忙收拾好行李，打上车，车子开到白塔山附近，我发现出门太着急，忘记拿身份证了。我泪流满面地回家取身份证，担心见不到父亲最后一面，我央求司机等我几分钟，回家取身份证。那是个好心肠的司机，他一直把我送到高铁站。那一次，父亲也挺了过来。这两次，父亲都转危为安，逢凶化吉。

常常，夜里，会在梦中惊醒，担心失去他。但是潜意识里，每当我拉开衣柜，看到花花绿绿的裙子，我会担心，万一真到了那一天，我穿什么呢？我的衣服一直以暖色居多。因此去商场，看到黑的白的衣服，会停下来，心里虽然抗拒着，但还是多买了几件黑裙子、白衬衣。可能是冥冥之中的一种感觉。

“爸，我给你买套新的衣服吧。”

“不要，浪费那钱干啥。”

这是父亲常说的。直到去世，父亲的衣柜里还有好几件崭新的衣服。从五年前开始，他就拒绝再穿新衣服、新鞋子，坚决不让我和母亲给他买什么穿戴了。任何新的，在他看来都是浪费，他已经做好了走的准备。父亲对自己的身体心知肚明，但他坚信人有来生。

我常对他说：“爸爸，你一定要坚持啊，要锻炼，不能放弃，你这病，活到80多岁的人很多。”

父亲总是摇摇头，说：“吸一口气太难受了，熬不住了，这辈子就这样了，看下辈子了。”

父亲说这些的时候，是那样地平静，父亲的骨头是最硬的骨头，我知道，他不怕最后的那一刻，反而觉得是解脱，我假装听不懂他在说什么，心里却是酸痛的。很多次午夜梦回，泪满襟。

爷爷奶奶还有外婆都在我很小的时候去世了，外公是在母亲很小的时候去世的。这么多年，我对于死，没有切肤之痛的感觉。父亲说他不行了，我心里也以为他在说别人的事，我也天真地认为他会永远陪着我们。母亲说，父亲最后一次住院，在极度缺氧后，常常胡言乱语，忘记一些事情。母亲说，有些老人去世前，会出现这样的情况。我不信，我安慰母亲说，那是缺氧引起的。

我和父亲是父女，但我们从未十分亲近过。出门走在路上，我从未挽过他的胳膊，也从未在记事起对他撒过娇。近几年来，我回家的次数多了起来。有时候，吃过饭，我和父亲坐在客厅，聊一些故乡的事。去年回老家，我看到父亲工作过的军工厂旧址已被夷为平地，我在父亲面前感叹许久，父亲只是笑着说："大趋势，谁也无法改变。"

父亲生在贫寒没落的读书人家，家里人口众多，爷爷奶奶又是非常老实的人，日子艰难。父亲很小就开始撑起一家子的生活，他没有像其他两个兄弟一样读书，而是当了养家之人，后来当了兵，从部队转业后幸运地到国有企业工作。为了让我和哥哥有个更好的生活，在工作之余，他还和母亲做点羊皮生意贴补家用。虽然家里一直雇着帮工，但从记事起，他从未清闲过，他工作经常加班，回家还要忙家里的小生意。仔细想想，他这一辈子，做了不少的事，虽不是惊天动地的事，但他努力地孝敬老人，抚养一双儿女，他把日子过得忙碌而充实。

因为忙碌和生活重压，父亲的脾气暴烈，我和哥哥从小都怕他。有一段时间，我始终觉得父亲对我们是不满的，甚至我觉得他不爱我和哥哥，他很少对我们和颜悦色地说话，看到我和哥哥，总是一副横眉冷对、恨铁不成钢的样子。直到几年前，有一次回家，他开始对我微笑，他年轻时的那股烈火脾气，都如云朵般散了。

近三年，父亲没有了脾气，他慈祥得让我忘记了他曾经的暴烈，他曾经的火暴脾气。有时候，我希望他给我再发一次脾气。可是，父亲再也没有发过脾气。他知道我身体不好，总是提醒我，少写一点东西，写东西劳神。我总是点头答应。他曾经对我暴跳如雷，我也曾经不依不饶。如今，我才发现，我和他的脾气是如此地像，都不屈服命运，都坚强坚韧，却总是刀子口豆腐心。终于，父亲原谅了我的叛逆，原谅了我的一意孤行，我终于感受到了慈父的微笑。

两年前，父亲给我提了唯一的要求，让我给他再买一个收音机。那段日子，他基本不能下楼去了。他在家里行动自如，但是，不能长时间离开氧气机。白天，他会看电视，或者趴在阳台上看街上的车水马龙，更多的时候，他会听收音机。我给父亲买了操作简单的收音机。经常父亲昏睡着，收音机响着。有时候回家，半夜，听见氧气机轰轰隆隆的声音，我会轻手轻脚地走过去，看到父亲紧闭着眼睛，我会十分紧张。直到父亲动一下，或者翻一下身，我才安心地离开。

我不知道，有多少永别没有相互告别。父亲走得毫无征兆，十分突然，也许是五月，这个季节让我们疏忽大意了。前一天晚上，他看电视到十一点，夜里起夜一次，然后睡着再也没有醒来。父亲睡得安稳的时候少，因此，遇到难得的深度睡眠，我们都不忍心喊他。父亲走的那天，母亲和我是一样的心理，她看着父亲熟睡，便没有喊他，等喊他的时候，父亲已经走远……

那天清晨，我正要出门上班，哥哥打电话，让我和先生赶紧回天水，我知道父亲不好了，急忙往家里跑，边走边给母亲打电话。母亲带着哭腔："你爸爸从昨晚睡到现在，我早晨锻炼回来，喊他吃早餐，怎么也喊不醒，他睡着走了……"父亲最终一觉不醒，他是在睡梦里去世的。

那一天清晨，往火车站的路上，出奇地堵车，到了天水，路上也十分堵。十几年来，我回家，从未堵过车，父亲离开的那天，我的整个世界都在堵车。父亲没有任何交代，他也没有等到他心爱的女儿。

父亲离开的那个早晨，身边有妻子，有儿子、媳妇、孙子，还有女儿和女婿，以及很多进进出出的邻居、亲戚，邻居们都说父亲走得好，没有痛苦，没有受罪……

……

我最后见到的父亲，安详地躺着，已经穿好了寿衣，在我进家门的半小时前，咽下了最后一口气。他表情平静，像在熟睡一样，我跪在床前，号啕大哭。"爸爸，你为什么不等我，爸爸，我来晚了……"

“爸爸，你可曾听到……”

父亲走了，他告别了他的亲人，告别了他的朋友，告别了他的家。

父亲走了，父亲再也不会问我，车上人多吗，工作忙不忙，再也不会为我操心了，再也不会和他的孙子抢遥控器了，再也吃不到最爱吃的浆水面了……

父亲去世后，我经常梦见他。

头七纸烧完的那天中午，朦朦胧胧中，我梦见我刚走进家，父亲很高兴地给我倒茶，他精神很好。我心里很高兴，父亲终于脱离了氧气机，他那么年轻，那么精神。可是，那个梦太短暂了，短暂到还没有喊出爸爸，我就醒了。

梦见父亲又去世了，梦里肝肠寸断，醒来泪痕满巾。也许，只有一大串一大串的眼泪才能化解失去父亲的悲痛。

每次回家烧纸，我都尽量把眼泪流在火车上，面对母亲的时候，我掩饰伤痛，尽量微笑着。但是，再回家的旅途不一样了，心突然就空了一半，头顶的天也倾斜了。我知道，父亲不再等我，客厅靠近阳台的沙发，是他的固定座位，每次一回家，他永远在那里等我，如今进门，那里空了，我没有父亲了，永远永远没有了。

如今，父亲长眠在风景秀丽的北山上，那是一座小小的土坟。我把那里的风景刻在了脑子里，每每悲哀的时候，一想到那里，心便安静下来。父亲走了，我对他的想念才开始。我也开始重新理解他，从小到大，我们父女，性格相近，大小冲突不断。现在我才发现，我和父亲竟是最像的，他看到我的执着，便想到自己的执着……

父亲走了，我走在路上，看到夕阳，会想到他；看到黄河，想到父亲曾经在水车园里看演出；路过牛肉面馆，想到父亲因为生病，很多年没有吃过兰州的牛肉面了，心揪着疼；在安徽出差，在旅途的汽车上，泪流满面，父亲曾经在黄山旅游的时候，带给我和哥哥许多玩具，还给母亲买了一双不太合脚的皮鞋……

翻书的时候，父亲会突然冒出来。

看到墙上的画，也会想到父亲。

有时候，也会失声痛哭，父亲，我好后悔没有听你的话……

我的脑海里总是父亲忙碌的场景，挑着东西，骑着自行车，或匆匆走路。他年轻的时候太拼了，在他的努力下，我们的生活才越来越好。

如果说在这虚空的人生中，父亲有一生的收获，那就是他遇到了贤惠的妻子，他有两个令他满意和心安的儿女，他有一个幸福的家。这是一个普通男人一生的幸福所在。

我和哥哥小的时候，父亲去参加婚宴，从来不会舍得吃席间的糖果，他总会带给我和哥哥。他深爱着我们的家，他把一切都给了我们。

整理父亲的遗物，其实父亲实在没有什么自己的东西，父亲早就是断舍离的忠实拥护者，可买可不买的，坚决不买。我和哥哥给他买了什么，他会很生气，说我们乱花钱。一想到，每次父亲来兰州看我，临走的时候把我给他的零花钱，全部悄悄压到枕头下，我便心如刀割。

父亲，人生遗憾太多，我的遗憾是没有对您尽孝啊！

父亲的柜子里有个大铁盒子，母亲说，那都是你爸的宝贝。我打开盒子，都是没什么用的东西，在父亲的百宝箱里，有我小时候的日记本，有漂亮的小铁盒，有中药方，有我的书，有精致的酒杯，有老照片，父亲什么都舍不得扔。父亲小时候差点饿死，因此他一生中，从不浪费一粒粮食，也从不多买一件衣服。

父亲的百宝箱里放着一张老照片，照片上是我们一家四口。1987年7月，那一年，父亲36岁，母亲35岁，哥哥8岁，我6岁。那天，我们一家去麦积山游玩。那是我第一次旅行，道路十分颠簸，我们坐着小巴士，大家有说有笑，我和哥哥好奇地看着车外，窗外风景秀丽，母亲提着一个布包，包里是我们的午餐，那时候旅游景点也没有什么饭店，顶多有个卖凉皮凉面的，为了这次出游，母亲费了不少心思准备饭菜。在麦积山景区，我们顺着栈道看了一个个千年的洞窟，在小溪边，我第一次看到了娃娃鱼，我和哥哥捞了许多蝌蚪，我们坐在树荫下吃了午餐。那时候，我还不知道什么是忧愁。只记得那天回家已经很晚了，我们坐在院子里，母亲端来饭菜，匆匆吃了，一家人坐在院子里看着月亮，吃着西瓜。那时候，父亲那么瘦，那么强大，他像一棵树，为我们家遮风挡雨。那时候，有父亲在，我们什么也不担心，什么也不怕，那是我们一家最快乐的一天，也是我记忆中，全家最美好的一次旅行。

腊月初六，是父亲的生日。我在心里说："爸爸，今天是你的生日，每年的今天，我们都会通电话，如今，我们永远不能通电话了，再也听不到你的声音了。我长大后，你严厉，我叛逆，我们从来没有拥抱过彼此，我也没有对你表达过爱，但我知道，你一直都很爱我们，对你的爱和想念将伴随我的每一天，我很想你，你离开后，每天我都会看看你的照片。爸爸，你如今是我头顶最亮的星星，我想你了，会抬头看看天空……"

刊于《芒种》2021年第8期

中途退场的那些人

温亚军

夜幕似裹尸布，将乡村紧紧包住，夜色趁机把低矮的瓦房、破旧的院落推入黑暗的深渊，将疲累或者无聊的人们过早地赶入休眠。寂静漫长的乡村夜晚，有被噩梦惊醒者，望着屋里屋外的黑暗叹夜色太长，能幸福睡到天明的人却嫌夜晚太短，他们各怀心思，却又安于现状，内心平静地对待世事的变迁，像对待生老病死。

离开村庄一年，不，半年或者几个月，你走时还看到的蹲在墙根晒暖暖的老人，或者与你羞涩地打招呼的年轻小伙，他们其中的一个，也许是两个，下次你再也见不到了。他或她以种种方式，永远地离开了这个叫四原的村庄，从这个世界消逝。有时候会无奈地感叹，村庄的上空像蹲守着一个怪兽，它密切注视着村庄，主宰着村人的命运。对村里人来说，死了就是没有了，死亡再正常不过，大多人对此是麻木的，只是觉得每个亡人的死法不同而已。年龄大的老死、病死，人们对此并不惋惜，言谈中毫不避讳，甚至有人说早该死了，活那么久做什么，浪费得很。至于浪费什么，没有人细究，生活的每一刻都那么具体，吃喝拉撒，大家似乎默认着年龄的漫长是种没有必要的消耗。只有意外身亡，并且亡故的是未成人的少年，或者青年，好像刚刚成长还未来得及开花结果的植物，被莫名地折断，才能牵动全村人的神经，被深刻地惋惜着，叹息着。这时谁也不敢胡言乱语，有些人心里认定了这是命数，他们信奉命运的被注定，却又相信这不过是一种巧合。他们把生死这个问题暗暗地平衡着，又祈祷着那种突如其来的不幸不要惊雷似的，在自己或者家人身边平地炸起。没有人肯平静地走向那个惊雷，所以，不可预知的命运才使人充满敬畏。只是生死的话题并不是常态，过了那段惊恐不安的短暂日子，人们又回到从前的麻木状态。

这些年，随着生活条件的改善，村人们越来越享受现代化带来的便利，从自行车到摩托车，再到汽车，这些代步工具给村人带来的幸福感是强烈的，但有时，给他们制造的痛苦却远远大于幸福。可谁会顾及这些呢？没人愿意止步不前，唯恐落在他人后面。村人的日子，很多时候不是自己过出来的，而是你追我赶比出来的。痛苦，只有降临到谁的头上，谁才知道有多疼。

这么说吧，过上能吃饱肚子的日子没几年，死神已盯上了村里的年轻人。在我的思维里，一直驻守着生，死亡似乎与年轻人沾不上边，他们朝气蓬勃，阳光向上，像明媚的春天勃发着各种生机。谁知，春天也有恶劣的气候，像倒春寒，将鲜嫩美好的生命无情地摧毁。

村人经常说，第一批骑摩托车的人，死得差不多了。这不是信口开河的胡言乱语，二十世纪八十年代初，我离开家乡去新疆当兵的第二年，一位与我一起长大年龄相仿的堂哥因摩托车早逝……不敢想象，当年我的伯父，他失去了儿子后是怎么度过那段悲伤如潮的日子。记得我当时还给伯父写过安慰的信，他没回复我。四年后我回家探亲，专门去另外一个乡镇的信用社看望伯父，他在信用社当主任，正忙乎着，见我来了便丢下手头的事，与我有个简短的交流，问了几句我在新疆的情况，便三番五次地叮嘱我，在外一定要注意安全，尤其是交通安全。伯父的话里并没有提及堂哥，有些伤悲不能轻易翻出来，那些被拼命埋进时间里的情绪，一旦展露，那痛大概会越发尖锐和绵延吧。早亡的堂哥是送回老家安葬的，那次我赶上了他的周年奠日，记得一大帮人去墓地祭奠，伯父伯母都没参加，堂姐一个人哭得伤心欲绝，从她的哭腔里能听出，该回来的都回来了——这个人指的是我，而她弟弟却永远回不来了，我心里怪难受的。

原来住在我家隔壁的海全叔，是个电工，又学会了电焊，有这些实打实的手艺，他在附近的工厂、建筑工地很吃香。他家的日子很快有了起色。他早年与两兄弟分了家，一直住着一间屋子，那时刚开始实行计划生育，海全叔育有一儿一女，家里显得拥挤却其乐融融。好日子开了头，他便在庄子的北边申请了一院宅基地，盖起三间大房，日子眼看着奔到全村人家前边去了。可他的儿子却在十三四岁的时候出了事，骑着自行车去亲戚家，返回的路上被卡车撞翻，当即丧命。这事发生在二十多年前，我那时还在新疆，刚好回来探亲，白天黑夜听到隔壁老太太的哭诉，心里很慌乱，整夜睡不着觉。在我的印象里，这是我们村第一个因车祸夭亡的少年，而且亡在外边，非正常死亡，会给家人乃至村子带来霉运，不能进入村里的公坟。在全村人的反对下，海全叔遵照大家的意见，将亡儿埋在一个塌陷多年的砖瓦窑原址。在此之前，我只见过老人过世，后辈们悲痛的场面，从未见过少年惨遭不幸。少年的夭折给父母及爷爷奶奶带来的痛苦有多么巨大，只有失去孩子的人家，才知道那种丧子的彻骨之痛。毕竟，那还是个未成年的孩子。村里老人、妇女去海全叔家安慰，也说不出多么动人的话语，只能叹着气，默默垂泪。他们一家人不吃不喝，只是哭累了睡，睡醒了接着哭。海全叔从此一蹶不振，对生活失去了所有念想，什么也不愿干，每天去儿子的坟墓前坐着，再无眼泪，枯坐上半天，对谁也不搭理，更不知饥饿、时间。长此以往，家人担心他精神出问题，托人硬拽着他出门去打工。云雾惨淡的日子总是需要一缕阳光的照耀，出门就是海全叔抛却过往不幸、看到阳光的必经之路。慢慢地，时间把悲伤淘洗得轻了，海全叔重操旧业，而且爱钻研学习，竟然成了电焊高手，不愁没有事做，果然，他家的日子又过得风生水起。可是，挣钱再多，在农村没有儿子就等于没有继承人，海全叔一直被这个问题困扰，于是给女儿招了个上门女婿。刚开始，一家人相处还是很和睦的，久了，或多或少总会生出一些隔阂，人往往容易走极端，再好的女婿也赶不上儿子。有了这个心结，何种方式也难以解开，而且心结越积越牢固。后来，他们不知通过什么渠道，争取到一个生育指标，老两口又生育了一胎，却是个女儿，也只能认命。

总以为生命是坚韧的，在各种苦难与折磨面前，以我当时的年龄局限，我还无法体会这种死亡的悲凉。我只感到惊恐。原来生命并不都是漫长和无意义，它用另一种形式的呈现来展示生活——比我的想象更尖锐和疼痛，也更残酷和冷漠。

这些年我离家近，回去的次数较多，见到早些年失去儿子的海全叔，已看不出当年的丧子之痛。只是，他的头发脱落得厉害，头顶几乎秃了，当然，现在脱发的很多，并不见得都是遭遇过悲痛的人。

谁也没想到，海全叔儿子的夭亡，是这个村庄少年惨遭不幸的开始。这样说吧，此后十几年间，村子先后有五个年轻人早逝，其中三个与车辆事故有关。

有个与我一个家族的，该叫他召叔，他命运多舛，从小失去了母亲，兄妹四人，他为长兄，过早地跟在父亲身后撑持起这个家。印象中，召叔从没胖过，皮包骨头的那种瘦，可他有的是力气，饭量也大，是常人的两倍，家里地里的活，他十多岁就拿得起放得下，而且能独当一面。遇到村里谁家过红事白事，给召叔派的总是挑水的力气活。在过去，我们村子吃的用的全是蓄在地窖的水，就是从很远的山里把水引来，灌进水窖，取水时再一桶一桶地吊上来。我们村过去只有一个水窖，在老住宅那边，有窑洞的半坡，名为窑庄，离后来的住宅原上有些距离，还有一段上坡路，当时挑水是苦差事。可只要把挑水任务交给召叔，不用操心水供不上，如果遇到下雨，他戴顶草帽，挽起裤子，为省鞋光着脚，一遍又一遍地穿梭于原上与半坡的水窖之间，他从不偷懒耍滑。

召叔成年后，正常娶妻，不知出于什么原因，妻子总是出走，也不见两口子吵架。为此，我父亲没少去召叔妻子的娘家，说好话，做保证，好说歹说将召叔妻子接回来，没几天又走了。这样折腾了五六年，后来才知道是因为召叔坚持不肯分家，妻子对侍候一大家七八口人的吃喝穿用，还要每天坚持上工挣工分不满。我对这个婶子比较了解，她是勤快人，与我母亲一样，每年都排在生产队工分榜前几名，她不惜力气，只是她没能力维持一大家缺粮少食的一日三餐，所以才不断出走回娘家，以缓释这种喘不过气的生活压力。直到召叔的第一个儿子出生，他们终于分家另过，妻子才安心小家庭的日子不再出走。很快，召叔有了第二个儿子，一家四口的小日子确实过得比以前滋润。召叔的好光景一直过到两个儿子长大成人。大儿子去深圳打工，一年后带回来一个安徽女孩，两人在家办了婚礼后又去了深圳。不久，大儿媳怀孕了回来，一直到生下儿子，与召叔老两口摩擦不断，不光是饮食生活习惯，主要还是观念不同。无奈之下，分家另起炉灶，还在一个院子里住，带孙子的事召叔两口义不容辞，再大的矛盾在带孙子的事上都变得不重要。两年之后，二儿子成家，不久也有了孩子。召叔两口跟着二儿子一起生活，两个儿子全在外面打工，两个儿媳之间的矛盾不断升级。手心手背都是肉，召叔老两口夹在其中，有时候闹得不可开交，常见召叔老两口泪水涟涟。两个儿子性格与召叔相似，不善于处理家事，致使家庭矛盾越积越多。终于，大儿媳丢下孩子出走，一去不复返，不知是回了安徽老家，还是别的地方。大儿子出去找过，没找着，为了孩子，他也不能再出去打工，在家窝着火，这下兄弟之间闹起了矛盾。二儿子本来买了辆货车，在周围跑运输，收入还算不错，为躲避家庭矛盾，想离远点，便开着车去甘肃给一家矿区拉石头。没想到出去才一个多月，突然出车祸客死他乡。走的时候是个大活人，回来时成了枕头大小的骨灰盒里的一捧灰。

召叔的眼神被泪水泡坏了，看人时能认出是谁，但不愿搭话，他的头发稀疏、灰白、杂乱，背也驼了，被日子压得直不起来，但他没被命运打垮。我们村的小学被撤销，合并到另一个村，距离不近，召叔每天骑着摩托车，接送孙子们上下学。他有三个孙子孙女，一个没娘，两个没爹。

如今，召叔快七十岁了，逢邻居家红白喜事，他不能像小伙子那般干体力活了，主家会将压面条的活交给他，不用多交代，他骑着三轮摩托，保证按时保质保量地完成。热闹的人群里总看不到他，他一个人默默地蹲在角落里抽烟。

我们村街的中段，有户李姓人家，是村子里的独姓，只有一个儿子、两个闺女。儿子是家里的宝贝疙瘩，从小要啥给啥，长大了要摩托车，买了。别人家儿子有的，自己儿子为什么不能有？李家儿子的这个年龄段，少有骑摩托车的，一些人在外上学，还有一些人辍学也去了外地打工，还顾不上骑摩托车。李家儿子是不是他这种年龄率先骑摩托车的，没有考证过，只是那几年骑摩托车经常出事，不少家庭毁在了摩托车上。安全问题大家都懂，但懂是懂，在旁观别人毁灭时常庆幸和自信，或者短暂地心有余悸，少有人会因此而放弃摩托车——不仅仅是侥幸，还有表明生活的某种象征，有，至少表明富有，自带炫耀的光彩。

李家的儿子最终夭亡在摩托车上。

一个小小的村子，出过这么多年轻人骑摩托车早逝的事故，应该吸取教训了，可据我所知，村里的摩托车数量还在增加，有些家庭条件好的，还不止一辆。

在出过事故的那些家庭里，不能说谁家最惨，谁最不幸，只能说，各有各的悲伤命运吧。人们对死亡的态度，向来是事不关己。村里更甚，葬礼上的欢声笑语在悲伤者面前根本不加掩饰，那种相聚一场不醉不休的场面实在让人难以苟同，可是，有什么办法呢，生死由命。

土地能生长生命需要的食物，同时，土地也回收失去生命的躯体。在即将进入我们村庄的大道两旁，竖起的坟堆密麻如林，它们整齐地排布着，像我们村庄的守门人，永远地坚守在那里，望着他们的子孙后代。这个坟场埋葬的基本都是老人，其中就有我的奶奶。每次回家，必须经过这个坟场，四十多年过去，至今我还能记起奶奶的音容，以及与奶奶埋在这个坟场的部分老人的样貌，他们中有少数人度过了缺吃少穿的年代，终于不再为填饱肚子东奔西跑，过了几天还算安稳的时光，算是不枉来人世一场。更多的像我奶奶一样，一生都处在饥饿、病痛、惊慌之中，从未想过不愁吃穿，住上宽敞明亮的砖瓦房……他们来到人世，似乎是为了受罪，唯一的解脱，就是死亡。

村里的亡人越来越多，多到这个坟场埋不下，在曾经的老宅基地——窑庄，又开辟了一个新坟场。老宅基地曾是我这个年龄，乃至四十多岁以上同姓人的出生地，后来从这里搬迁到平坦的原上居住。不管我们怎么生活，急切或者悠缓，岁月的风雨不紧不慢地把它侵蚀成了与原貌相像的样子，如今，我的出生地成为新的坟场了。新坟场埋葬的，年轻人占了相当的比例，比如我的堂弟，我们村唯一有过国外工作经历的人，他参与过中国援建非洲工程。他四十岁不到，前年夏天在合肥心肌梗死去世，他的骨灰回归到这方泥土之中。还有那些熟悉或者不熟悉的年轻人，由于种种原因过早地被送到这里。

新坟场开辟出来才十多年，也快没地方了。

刊于《红豆》2021年第2期

船娘（节选）

苏沧桑

“早春花时，舟从梅树下入，弥漫如雪。”

西溪如一个透明的结界，由水、空气、绿意构成。前往西溪，像前往另一个人间。

我一直在等一场雪。我曾与船娘虹美相约，乘她的摇橹船看雪落、梅开，吃火锅，喝酒。

普鲁斯特说，生命只是一连串孤立的片刻，靠着回忆和幻想，许多意义浮现了，然后消失，消失之后又浮现。此刻，雪停了，炭火的吱吱声、雪压梅枝的吱吱声高低错落，水上的往事一一浮现。

酒酣的两个同龄女子坠入了时空深处，水天一色，人舟一体，“我”是沧桑，“我”亦是船娘，抑或是千百年来湮没在湖光山色里的她、他，还有它。

西溪静默，“我”开口说话。

一、酒窝囡囡

谁也不知道，船是什么时候漂走的。

一万道阳光盛满我左脸颊的酒窝，一万道油菜花的光芒盛满我右脸颊的酒窝，两万道金光结成一个梦魇，将九岁的我罩住，只留下耳蜗里的一些声音。

鱼跃。

枯叶碎裂。

白鹭惊起，芦苇被它蹬弯了腰，低声叫。

渔网撒在水面上。

船过的欸乃声。

捣衣声。

越剧。

老人轻轻咽下最后一口气。

太阳炉火般轰鸣。

每一个梦的拐弯处，都藏着一声声清脆的鸟鸣，娘声嘶力竭的呼喊被挡在梦的外面：

虹——美！虹——美！你在哪里啊?!

“松木场入古荡，溪流浅狭，不容巨舟，自古荡以西，并称西溪。”与西湖一山之隔的西溪，是“芦锥几顷界为田，一曲溪流一曲烟”的江南水乡、城中湿地，自古和西湖、西泠并称“三西”。明清时，以十里香溪、百家庵堂、明月蒹葭著称于世，与灵峰、孤山并称杭州三大赏梅胜地，也是无数文人墨客和达官贵人隐居的世外桃源，留下过苏轼、秦观、唐寅、张岱、顾若璞、李渔、厉鹗、洪升、钱谦益、柳如是、康有为、郁达夫等无数名士的足迹和传奇。

深潭口，古往今来赛龙舟的地方，也是我祖祖辈辈的家。早春直至霜降，每天凌晨三四点，娘就把我们三姐妹喊起来，摇着小船从深潭口出发，去武林门或笕桥割草喂鱼喂羊。小船穿破曙色，穿过一座座拱桥，一个个芦苇荡，由古荡至松木场，停泊在京杭大运河北大桥。

娘静静摇着橹。橹在水里搅起一轮轮鱼尾形的波光，倒映在娘的脸上，如掠过一片一片羽毛。摇船的娘，比山山水水还要好看。

九岁的我坐在船头，将右手垂到水面。“溪鸟吾前身，溪花吾故人”，我用指尖轻轻弹拨着一轮轮波光，一一问候我的“前身”和“故人”。

先问候水葫芦、金铃花、梭鱼草、空心莲子草，还有香入肺腑的白姜花。岸边匍匐着一丛丛湿漉漉的蕨类，卷曲的、毛茸茸的芽上，露珠一明一暗眨着眼。

我也眨眨眼，一睁一闭间，就会看到无数双黑亮的眼睛，嗖的一下亮起，又嗖的一下全都藏进绿色深处。我跟妹妹说，那是西溪精灵们的眼睛。妹妹不信。

娘一下一下摇着橹，橹是不是也在问候一个个祖先？娘用橹问候着祖先们，用橹延续着祖祖辈辈的生计，延续着早已铸入一代代西溪人基因的深居淡泊、与世无争。

北大桥到了。晨曦中，排成一串的进香老太太们每人背着一个黄香袋，叽叽喳喳穿过油菜花田，前往一个个庙宇 —— 她们的渡心之船。娘带着姐姐妹妹上岸割草，让我看船。

“君家何处住，妾住在横塘。停船暂借问，或恐是同乡。”

一位面目模糊的白衣少年，站在一条小船上迎面而来，船与船擦肩而过时，我脱口而出：

哥哥，把船停一停好吗？你家在何方？我家住在西溪深潭口，听你口音，我们是同乡呢！

一千多年前《长干行》里摇船的女孩，一定像我 —— 壮敦敦的小身板，黄喇喇的羊角辫，圆圆的脸，大大的黑眼仁，一笑两个酒窝，那么傻，那么天真。

可是，少年是谁？为什么他的面目如此模糊？

虹 —— 美！虹 —— 美！你个囡囡啊，吓煞我哉！

阳光刺痛了我猛然睁开的眼，一张大脸盘正怼着我的鼻尖 —— 娘泪水汗水横流、红通通、怒气冲冲的大脸盘。

起得太早，太困了，我躺在小船上睡着了，谁知船绳没有系好，小船随着微波沿着古运河，从北大桥一直漂到了武林门码头。娘急死了，一路狂奔一路呼喊，一路打听一路找，终于看到自家的小船，在两块油菜花地间的水面上打转转。

我说，娘不怕，我要是掉水里，闭着眼睛都淹不死，要是迷路了，闭着眼睛都能把船划回家！

二、龙舟伢儿

造物深藏着一个个伏笔。当小船载着我一次次从他家门前的河埠头经过时，我从未想过，那个低头默默刻着龙舟的少年，会是和我风雨同舟一生一世的那个人。

“桥门印水，幻圆影如月，舟行入月中矣。”

船走在开满紫色水浮莲花的水巷里，穿过一座又一座拱桥，仿佛从一个开满鲜花的月亮到另一个开满鲜花的月亮。月亮脚下窝着一座老屋，老屋门前的水波里，有一个少年默默刻着龙舟的倒影。他瘦瘦的，不高不矮，白白净净，总是低着头，默默刻着龙舟上的部件，有时是龙尾，有时是龙头。村里人说，沈家的独生子玉法特别老实，不爱说话，要是他主动理你，太阳就从西边出来了。

他侧身刨着木头，刨花卷起来，替他说话。

他刻过的龙舟、花板，做过的八仙桌、藤椅、木桨、橹替他说话。

摆在西湖二码头展示的龙舟也经过他的手，也替他说话。

龙舟会上，他坐在最漂亮的龙舟上，使出全身力气敲锣打鼓，鼓点锣声替他说话。

都替他说好话。

媒人把十九岁的玉法带到十七岁的我面前，说，这小伙子一点儿都不像咱农村人，特别有涵养，到人家家里做木匠，有烟酒招待，他不吃不拿，不打牌，就只会干活。

他仍然不说话，干净的眉眼、指甲，指肚上厚厚的老茧替他说话，我听进去了。

从此，他天天来，一声不响地坐着，看见有什么活，就上前默默帮着干，不卑不亢，不管做什么事，好像心里早就打定主意。多年后，他说他早就看上了我 —— 斗笠下油菜籽那么黑亮的短发，一笑，映山红那么红的嘴唇，河蚌里壳那么白的牙，漩涡那么圆的酒窝，蜜蜂那么纤巧又壮实的身材，脏得分不清颜色的粗布衣裳，天天摇着船从他家河埠头经过，那么好看，那么勤快，那么…… 通情达理。

好看吗？单爷爷说过，张岱的《夜航船》里说天上有一颗小星星叫“始影”，女人在夏至夜祭拜它，会变得美丽。与它并排的一颗星叫“琯朗”，男人在冬至夜祭拜它，会变得有智慧。我问他是哪颗星，我也要拜拜。他看看天，摇摇头，说他也不知道。过了一会儿他说，勤快的女子就是美的。

勤快倒是真的，村里人家里人都这么说我。有田要种，有猪羊鸡鸭鱼蚕要养，要没完没了地去割草喂它们，最远的，是走路一两个小时到桃源岭，翻过山到灵隐白乐桥的茶地割草，再挑着草翻过山回到家。半夜骑着三轮车，拖着鸡鸭鱼肉去菜场早市卖。

我问他怎么看得出我通情达理呢？他低头说不知道，就是感觉。

那一夜，二十岁的满是老茧的手，握住了十八岁的满是老茧的手，结着一层层硬痂的两只掌心贴在了一起，摩挲着，像小舟贴着西溪水走，无比熨帖。

眼前闪过无数双西溪精灵的眼睛，它们都弯成了月牙形，在笑，在祝福我。

我对它们说，这下好了，我不会离开西溪了。

谁能料到呢，多年以后，我会食言，会背井离乡，深潭口会成为最痛的伤口。

三、在西湖

二十岁，我成了玉法的新娘，也成了第一个西湖船娘。确切地说，是1949年后至20世纪80年代末，西湖船队的第一个也是唯一一个船娘。

朋友带我到西湖游船公司应征，说，你勤快，机灵，体力好，方向感好，应变能力强，当船娘自由、收入高。于是，我跟着住在岳庙旁的男师傅学看云识天气，学礼仪、救生、导游知识，还学英语、日语、韩语。从此，501号船、一顶斗笠、一身米色粗布斜襟上衣和咖啡色粗布裤子，陪着我在西湖风里来雨里去，整整二十五年。

老话说，人生有三苦：撑船、打铁、卖豆腐。更何况女人撑船。

西溪灵气，西湖大气，湖面宽，水深，摇橹船和手划船都比家里的小船大多了，摇橹船可坐十个人，手划船可坐六个人。摇橹船的枇杷橹有三四十斤重，加上水力，人要使出浑身力气，脚步也要跟着橹走，一天下来，不知不觉走了千千万万步。

我不怕花力气，就想趁年轻赚钱养家，孝敬老人，生儿育女，让儿女圆我们的大学梦。

坐船游西湖，是自古以来钱塘（杭州）人的最爱。《西湖游览志》载："西湖巨丽，唐初未闻也。"后因白居易、苏轼等名士才名闻遐迩。"南渡已（以）后，英俊丛集，昕夕流连，而西湖底蕴，表襮殆尽。"南宋遗民周密在《武林旧事》中详尽描写了"西湖游幸·都人游赏"的盛况。

无论春夏秋冬朝暮晴雨，杭州人无时不游湖。皇帝游湖，坐大龙舟。达官贵人和老百姓游湖，游船"皆华丽雅靓，夸奇竞好……龙舟十余，彩旗叠鼓，交舞曼衍，粲如织锦。都人士女，两堤骈集，几于无置足地。水面画楫，栉比如鱼鳞，亦无行舟之路……小泊断桥，千舫骈聚，歌管喧奏，粉黛罗列，最为繁盛"。

凡缔姻、赛社、会亲、送葬、经会、献神、仕宦、恩赏等，不管普通百姓还是达官贵人全都“嗨”翻了。千金买笑，豪赌百万，老小出游，私下约会，都喜欢来湖上，直到花影黯淡，明月东升，才点着大红的灯笼，乘着车骑着马争过城门。还没玩过瘾的，干脆点起绛纱笼烛继续“浪”。杭州甚至有“销金锅儿”的称号。

属于我的每一天，都是眼睛的天堂，身体的地狱。早晨六七点出门，傍晚收工，夏天有夜游，要到十点或更晚。最苦是夏天，衣服湿了又干干了又湿，如果突遇雷暴，湖上起大风，即使温度高达四十摄氏度，也要赶紧将篷拆掉，在二十分钟内顶着烈日拼尽全力将船靠岸。最累的是“十一”长假，当时我是唯一的船娘，生意特别好，每天累得腰酸背痛腿抽筋，脖子被衣领磨出血，脸和手臂晒得火辣辣地痛，一层层脱皮，一块块晒斑，整个人又黑又瘦。例假来了也不休息，想上厕所，忍着。不敢多喝水，渴了，忍着，饿了，忍着。抽空扒拉几口冷饭冷菜，又急又快，常常犯胃痛。有时饿极了，觉得那嫩绿的、软软的西湖水，就像凉米糕一样，恨不得切几块下来吃。

有一次洗澡，突然发现右手臂比左手臂粗很多，腋下也大一点，吓死了，去医院检查，医生问我是做什么工作的，我说摇船的。他笑了，说，没问题。

大多客人都客客气气、欢欢喜喜的，也有客人不可理喻，能把人气死。一个冬日，一位外地游客上船听我讲解了几分钟，就说你不要介绍了，然后就不理人了。过了一会儿，又说，你怎么不介绍了？过了一会儿又说，你带我去钱王祠。

有些航线摇橹船是规定不能去的。我耐心跟他解释，况且湖上起风了，得赶紧回去了。

他站起来冲我喊，我花了钱，要你去哪里就去哪里！

我连说着不好意思，顾自把船划了回来。我不跟他一般见识，就当他是心情不好吧。游客是我的衣食父母，我怎么能跟“父母”吵架呢？吵架伤元气，伤和气，伤财气，还伤美景。

他骂骂咧咧地上了岸，没付一分钱，说，你等着，我要投诉你！

我将船带回船坞，又饿又累，想想白划了两个小时没赚到一分钱，心里憋屈。夜色像一个家人，为西湖脱去了喧嚣的外套，给了她一个幽宁的怀抱。此时的我也想要一个怀抱。

西湖不动声色，盛着人世间无数悲欢，从不会溢出来。西湖水日日融化着千千万万个过客丢给它的心事，融化不了的，就化成荷花、水鸟漂浮在水面上。多少年前，西湖在，我在哪儿？多少年后，西湖还在，我在哪儿？西湖于我是永恒，我于西湖只是永恒之一瞬。这么一想，还有什么委屈是过不去的呢。

关于西湖，有的，我说给游客听，有的，我藏进心里。潜意识里，我一直在等一个人，一个从古代穿越而来的谦谦君子，懂西湖风月，也懂西湖风骨，懂湮没在时光深处的那一个个灵魂，岳飞、于谦、张苍水……我会带他进入西湖的更深处，仿佛把偶遇的故人领进家门坐一坐。

我相信，每一个来我船上的人，都曾是西湖的一朵荷、一只鸟、一片云、一滴雨、一缕月光、一支香、一叶柳、一句诗。

我是时空之间的摆渡人。我愿我的船，和那些庙宇一样，是渡心之船。

刊于《十月》2021年第2期

送别叶老师

刘文飞

2021年9月29日10点20分许，在北京医院西门的告别厅，结束简短的、略显潦草的告别仪式之后，我和另外五位男士一起抬起叶廷芳老师的遗体，把他送上灵车。我的位置在叶老师的左侧，靠近叶老师的头部，我隔着薄薄的纸棺材小声地对着他的耳朵说了一句："一路走好!"我知道叶老师失去了左侧的手臂，但依然觉得他十分沉重——我们是在送别一份沉甸甸的文化遗产。目送灵车驶出胡同，我知道，这是在最后送别叶老师了。

第一次听到叶廷芳这个名字，是在我考入中国社会科学院研究生院后不久，时间大约在1983年。当时的研究生院还"借居"在北京西郊的十一学校内。一天，全院师生都被召集到一间大的阶梯教室，听一份要求全院传达的文件。文件朗诵人念得字正腔圆，文件内容却有些荒诞：我院一位去德国访问的学者，回国之前由于买了一台电视机，结果买回国机票的钱不够了，于是到使馆借钱，使馆把钱借给了他，却把他的情况通报给了社科院，社科院于是下发这份文件，通报批评，并要其他人引以为戒。文件的宣读引起一片笑声，而在文件中被点名的访问学者就是叶廷芳。我从此记住了这个名字，我当时觉得，这个人要么是马大哈，要么就是一个有个性的"另类"。

我在研究生院毕业后留所工作，与叶老师渐渐熟悉起来，这才发现他既是马大哈，也是有个性的"另类"。有一次，在偌大的会议室里，只见他从书包里掏出一只卤猪蹄，大模大样地啃起来，我们提醒他那猪蹄上有未刮净的猪毛，他淡淡一笑："没关系，就当没看见。"而他的大嗓门，则几乎成了他独特个性的传声筒，走廊里、书库里、会议室，到处都能听到他爽朗的谈笑和激烈的言辞。外文所每年的新春联欢会，更是叶老师"放声歌唱"的契机，且他的保留节目一成不变，每年必唱《走上这高高的兴安岭》，我一连听了二三十年。（告别厅里始终没有音乐，其实真应该播放叶老师演唱这首歌的录音。）他跟我说过，如果天下所有职业让他随意挑选，他就选"男高音歌唱家"。

不过，叶老师的文字就是他的歌声，就是他的男高音。改革开放时期，叶老师像外文所他那一代的许多老师一样，积极投身于推开国门、解放思想的伟大事业，他们译介国外的现代派文学经典，写作充满颠覆性的学术论文或报刊随笔，夜以继日，废寝忘食，试图把被耽搁的十几年宝贵光阴再抢回来，把他们被误导的文学观和美学观再扭转过来。说叶老师翻译的迪伦马特剧作及其在中国的成功上演直接导致了中国当代话剧的一场革命，说叶老师主编的《卡夫卡全集》等书促成了不止一代中国人现代审美意识的觉醒，绝非夸张之词。如今谈起中国改革开放的思想资源时，我们往往会谈到关于真理标准、关于所有制、关于"异化"、关于人道主义等问题的大讨论，这些讨论的确极大地解放了国人的思想，促成了中国社会的空前开放，为中国的现代化改革输入了源源不断的动能。不过也要意识到，在二十世纪八九十年代的思想解放运动中，对外国文学，尤其是对外国现当代现代派文学的研究和译介，也同样发挥了强大的、无可替代的作用。很难想象，如果没有袁可嘉先生主编的《外国现代派作品选》，没有李文俊先生翻译的《喧哗与骚动》，没有柳鸣九先生编选的《萨特研究》，最后，没有叶廷芳先生译介的卡夫卡和迪伦马特，中国当时的知识分子、作家以及广义的文化人能从哪里获得更为现代的审美意识，更为强烈的质疑精神，更为积极的创造激情呢。叶老师和他那一代的外国文学研究者在中国特定历史时期所发挥的作用，甚至十分近似鲁迅那一代人在"五四"前后的作为，但直到目前为止，能意识到这一点的人似乎还寥寥无几，叶老师等人的历史作用尚未得到应有的评估和确定。

真正与叶老师熟悉起来，还是在我们做了邻居之后。1992年，我搬进劲松九区一套小小的两居室，与叶老师家一墙之隔。叶老师睡觉打呼噜是出名的，有一次我们一起去石家庄参加“世界文豪书系”编委会会议，当时开会都是两人住一间客房，叶老师在登记入住的前台就高声问大家：“我睡觉打呼，有没有不怕打呼的？”只见江枫先生闻声而起，说道：“我也打呼，我俩住一屋。”当天半夜，我听见有人敲门，开门一看是江枫先生，他夹着枕头，抱着被子，垂头丧气地问道：“能在你们屋的地毯上凑合半夜吗？”提到自己的鼾声，叶老师总是面带歉意，他也问过我：“我夜里打鼾不影响你吧？”叶老师的卧室与我女儿的卧室相邻，女儿当时还小，也许没听到过叶老师有可能穿墙而过的鼾声。叶老师喜欢呼朋唤友，有我们共同认识的朋友来访，他就会叫我过去凑热闹，我这里的朋友聚会他也时常过来参加。记得有一次林贤治先生来京，我们一起聊天喝茶唱歌，唱到半夜，还引得楼下邻居上来敲门抗议。

只有一只胳膊的叶老师几乎能做一切事情，穿衣、做饭、系鞋带、骑车、打球、用电脑，只要常人能做的事情他基本都能做。同事们对此习以为常，却不知叶老师为此付出了多大努力、多少艰辛；所有人都把这当成叶老师抗拒命运的勇敢行为，但这其实也是叶老师与生活妥协的一种方式。叶老师会做饭，当然，土豆丝切得就像麦当劳的薯条，但味道还可以，不过他家的调料经常不够用，他在晚饭时分敲我的门，通常是因为菜已下锅，却发现没有了葱姜。叶老师单手骑自行车，驾轻就熟，我们常一同骑车上班，沿东南二环辅路北上，向位于建国门的社科院骑行。过了广渠门桥后有一段长长的下坡，每到此处，叶老师便低头躬身，使劲踩上几脚，然后任自行车飞速下滑，充分享受速度的激情，我有些紧张地跟在他后面，只见他左侧空荡荡的衣袖顿时呈水平状，在他身后上下起伏，就像一只舞动的翅膀……

因为在政协会议上主张取消独生子女政策时的仗义执言，因为在国家大剧院设计方案确定过程中的舌战群儒，因为在维护圆明园遗址的废墟之美时的苦口婆心，叶老师给世人留下了一个强者的形象，“独臂大侠”的称号不胫而走。

其实，叶老师也是害羞的、腼腆的。一次会议上，主持人在介绍嘉宾时高声说道：“欢迎叶廷芳女士！”叶老师站起身来，会场响起一阵笑声，只见叶老师满脸通红，却并非因为被弄错性别而恼羞成怒——他坐下来之后对我说：“名字起得不好，有时会给别人带来不便。”他是因为自己的名字给那位主持人造成的难堪而难堪。在一次所里举行的评审会上，他力主的意见未能获得多数票，只见叶老师用他仅有的手掌捂着脸，手掌两侧露出了涨红的面颊。我们大多善于双手掩面，因此掩盖更多，而单手掩面的叶老师，却会时常暴露出更多的面部真实和性格真实。记得在我即将从劲松搬去团结湖的时候，很少动感情的叶老师说了一句：“将来我们见面会越来越少了。”记得我有一次与叶老师一同看完一场话剧后开车送他回家，叶老师看着我开车的动作（当时我开的富康车不是自动挡），嘀咕了一句：“看来汽车我是开不了的。”

2013年，叶老师邀请我与他一同去奥地利，参加在维也纳大学举办的“中国的八十年代——文艺变迁”国际学术研讨会。会议期间，在维也纳大学校园，在多瑙河畔，在美泉宫，我俩有过一次又一次的长谈。他谈到他的童年，他失去左臂的经过；他谈到他在北大的求学，他的爱情；他谈到他在“十年动乱”时期的经历，他因此获得的感悟；他也谈到他对迪伦马特的翻译，对卡夫卡的解读。但有意无意之间，我们的话题时常会转向中西比较，中国和欧洲的宗教，中国和欧洲的建筑，中国和欧洲的生活方式，中国和欧洲的审美意识，等等，都会成为我们的比较对象。渐渐地，我发现无论比什么，叶老师都坚定地站在欧洲一边，我们之间因此也不时争论起来，有时还争得挺厉害。记得一天傍晚，我俩在维也纳一家中餐馆吃饭，我略带调侃地对叶老师说：“中餐还是比西餐好吃一些吧。”叶老师听出了我的弦外之音，突然面色沉重地对我说道：“中国不是没有好东西，但是相对于欧洲人，中国人的现代审美意识、平等意识和创造意识普遍地还是要差一截，我是恨铁不成钢啊，所以有时候才有意地在走极端。”

其实，叶老师对于重修长城、重建圆明园的坚决反对，就是他深爱民族文化的拳拳之心之最好体现。从二十世纪八九十年代起，围绕圆明园是否要恢复原貌的问题展开的争论波及文物界、文化界乃至整个社会，叶老师积极介入，是反对派的主将，他连续在《人民日报》《光明日报》等主流媒体发表了《废墟也是一种美》《再论废墟之美》《圆明园吊古》《民族苦难的大地纪念碑》等文章，旗帜鲜明地倡导“废墟之美”，与有良知的文物专家、建筑学家们一道捍卫圆明园遗址的历史价值，并在很大程度上遏止了蔓延全国的打着文物保护的幌子榨取文物价值的歪风。2014年，他的《废墟之美》一文被列为北京高考语文卷试题，我在《北京晚报》上看到报道后第一时间打电话给叶老师，他在电话那头兴奋无比，因为用他的话来说就是：“至少参加过这次高考的孩子都不会再支持重建圆明园了。”

叶老师是9月27日6时离世的，这两天，网上流传着大量缅怀叶老师的文章和叶老师的遗文遗像。在漓江出版社推送的《深切缅怀：翻译家、德语文学研究专家、卡夫卡研究专家叶廷芳先生》的文章中，我惊喜地看到了我与叶老师的一张合影。我之前没有见过这张照片，拍摄地点是中国社科院外文所，时间是2018年12月，当时我和叶老师一起参加漓江出版社举办的《春潮漫卷书香永——开放声中书人书事书信选》（刘硕良先生主编）出版座谈会。照片上的叶老师抬起手，在对我说着什么。这可能是我与叶老师的最后一张合影。

在我从北京医院告别厅回到家里开始写作这篇文章的时候，叶老师的身体已在八宝山殡仪馆化作一阵轻烟、一抔灰烬，从此，他只用他的灵魂和他的文字与我们交往了——他残缺的身体幻化成了圆满的灵魂，他终生的思想凝结成了不朽的文字。

叶老师一路走好！

刊于中国作家网2021年9月30日

十字街，与钉婆婆

王晓莉

十字街这个地方，怎么说呢，其实就是硕果仅存的老城区缩影。挨挤得密密匝匝、低矮的棚户，每一家的门都朝着街道敞着。木质结构的房屋有着“随手扔根火柴都可能引燃”的隐患。线路凌乱，细细观察可以发现是不同时期接上去的。电表盒子也不像现在的新型小区，整整齐齐一大排挂在墙上，而是上一个，下一个，哪儿有空当就在哪儿挂一个。弄得墙上像挂了很多炸药盒。乱归乱，生活却是便利得很，因为卖什么的都有。不用出街，一日三餐吃穿用度全可以在这街上搞定。卖米粉和面的小门脸，毫不起眼，门口却总是围一圈年轻的孩子，一边拿着手机低头刷刷刷，一边等空位，原来那是一家网红店。不长的一条街，光房屋中介就有五六家，你就知道这儿的房屋无论租还是售卖都是很俏的。就算你是某种“少数派人士”，比如信佛的，也不用跑到苏圃路上的老佑民寺去。十字街正中央位置就是观音阁，它是南昌唯一的女尼道场。每到佛教的几个重要日子，十字街就陡然多了许多人。他们来上香，祭拜，脸上满是兴冲冲和虔诚。有一年元旦，我特意起早去了一回，不大的天井里摆满了信众供奉的平安灯，整整齐齐的像阅兵方阵。那些灯都是红色的底座、黄黄的灯光，像一小片布满星星的天空，很是梦幻。当然，另外有些日子我也来过这里，一次是为生病的弟弟，一次是为父亲，还有一次是为自己。在蒲团上面朝观音大像拜下去，再起来转一圈，或是往功德箱里做个小小的布施。两边有笑口常开的布袋和尚，没有人不爱他；还有韦驮护法。护法一向怒目圆睁着，可是我知道他也是慈悲的神。

正对观音阁的马路对面，还有一家市立精神病院。有时我觉得生活真是无处不偶然，却又无处不充满隐喻。寺庙安抚人的灵魂，精神病院则修治人的精神——尽管能否治好存疑。而这两处竟然恰好面对面！所不同的是，观音阁可任意进出，精神病院则总是门庭紧锁，这使它成了十字街上的一个例外。我每次经过，总是深吸一口气，仿佛它跟我有某种难以言喻的关系。

差不多到了2014年，有一天我买菜路过十字街，突然发现街口安上了竹篾子做成的那种围挡。围挡上张贴着“观念一变天地宽　征迁片区开新篇”“拆迁政策是根本　真诚服务是保障”诸如此类的标语。我绕到围挡后面，突然发现这条街已经面目全非。因为大部分房屋已搬空，整条街初现一种废墟的规模，远看有点像好莱坞战争电影里搭出来的那种又大气又荒凉的布景。我有点惊住了，赶紧往里走。只见有的房屋墙体上用蓝色笔写了数字编号，代表即将拆除；有些则是大红色笔写的“征”字，里面的人家还在生活，晾晒了形形色色的衣服，小车、电动车还停在门口，还有老人家在门口休闲……但是一切就是都不一样了。哎呀，要拆迁了吗？我还没来得及把十字街熟悉个遍呢。我这样慌乱地想着，在十字街连走了两个来回。电动车经过身边时带起很多土，我也不想躲避。我看见还有房屋中介开着门，还在营业，可是都要拆了，它“中介”啥呢？我想不明白。我又看见那家网红面汤店，居然还有客人在吃。女店主在炉前烹饪，男老主人（可能是她父亲或公爹）在那里就着一堆散煤慢慢做蜂窝煤。烧煤虽然脏，可是比烧煤气省钱得多。我并不饿，还是急急地进去，点了一大碗米粉吃。我想，再不吃，就吃不上了。

到了那年深秋，天已经很凉，是要戴围巾的季节了。十字街只剩下几户人执意不走。那么大一片土地上，那几家就很显眼，而且怎么看都有点凄惶。被什么看不见的东西在身后催着似的活，其实是很累的吧？我去那里逛时这样想。那几户居民眼神警惕，有的远远看见我，会从他那边绕过一些土堆或是废品堆，赶过来打量一下我。见我戴眼镜，会议论说：“是不是记者？”但看我的样子又不像。我什么设备也没有。

就这样我认识了钉婆婆。她是那不肯搬走的几家中屋子最为“豪华”的。那是一所木质的两层老宅，本就发出年深日久的气息，现在在这片正在经历拆迁的土地上，它还是那样完整、一点不松懈地存在着，就显得相当孤僻，以及不合时宜。那是下午，钉婆婆的门是敞着的，我刚从一家搬空的人家转悠完，顺势就半只脚踏进她一尺来高的木门槛。脚还没放稳，就见一个矮小的老太太从廊道里急急出来，冲着我一声喝：“做吗呢做吗呢！”她个子只有一米四多，但因为全身都是骨骼，几乎没有肉，就显得很“硬”，颇有太湖石的种种特征：瘦、漏、皱、透。我被震慑了，这才反应过来是自己逛了太多“无主”屋，现在误进了一家“有主”的。我忙忙地说，我小时候住过这样的房子，很多年没住过了，所以想看看。老太太才略微放松了警惕，但是明显也很不欢迎我这样的人。我赶紧退出来。一枚传说中的“钉子”，我在心里说。所以我在心里把她叫作“钉婆婆”。

后来我去了几次，发现随着拆迁的日益完成，钉婆婆的门扉再也不打开了。但是我还是看得到有人在里面生活的气息。有电视和自来水的声音。这时候已经有建筑工人入内施工了。这些工人在了解我只是一个闲逛者之后，总是乐意向我介绍各种事情。有一天有个建筑工告诉我，钉婆婆的丈夫从前是开米店的，赚了钱建了这栋屋。钉婆婆是妾，目前大房老婆的儿子和她一起守在这幢屋里。大房儿子还没有娶妻。我想到从前，二十世纪七十年代，那时我还小，在南昌的干家前巷、三眼井一带住着，准确地说我住的地方是叫“南海行宫”—— 我现在想起这个名字就要发笑，有种置身《西游记》或是可能遇上观音娘娘的感觉。但是那个地方就是叫这个名字，现在也还在。那里一栋一栋全是钉婆婆这样的老屋，每栋老屋里，都有一个这样的钉婆婆。

从拆迁到真正开始重新建设，这中间有一段空当。几乎没有人从十字街穿过了，城中心居然有这么大块空地，除了捡破烂的，几乎看不到人。

捡破烂是非常好看的。破铜烂铁不说了，木头、大大小小的纸箱、塑料薄膜、旧家具，还有电脑主机…… 在拾破烂的人眼里，就没有没有用的、换不来钱的东西。它们形状、大小、用途各异，可是经过拾破烂的拾掇摆弄，就服服帖帖地聚拢在了三轮车或加长改装了的电动车上。就像性格完全不同的人组成一个旅行团，经过导游的引导，彼此相处得很好。在十字街这样拆迁的地方捡破烂，如果你有两把力气收获就更大了。很多旧钢筋都要用力去拉扯，打架一样，最后总是捡破烂的打赢，钢筋就乖乖地躺进三轮车里。所以在十字街巡来巡去拾废品的，必定是男人。而且很奇怪，多是上了点年纪的。有一次我看见一个大哥在那里拉废弃的钢筋，“搏斗”了很久，总有一刻钟，才有一根钢筋到手。那时是黄昏，他瘦削而紧致的身影仿佛陷落在建材垃圾里，后面是灰扑扑的夕阳，没有耀眼、喜悦的光泽，只有一丝悲凉往外渗，悲凉中又生出一些力量来。

我看多了，也产生了捡的念头。我觉得这活真是不错，让世界多一点有用的物品，少一些可以避免的垃圾。当然那位大哥以可以卖钱为准则，我则是专意于捡好看的。我捡到了一个广口青花花缸，一看就有年头了，只有中腰位置有一道很长的，但不细看并不会发现的裂痕，这大概也是它的主人丢弃它的原因。但其实它一时半会儿也并不会裂开，而且它那么大那么美。我弄回家，发现和我家放米的白瓷缸可以配成一对情侣缸。那只青花米缸是我外婆留下的。捡来的这只我用它放字画卷轴，非常文雅。我又捡了一只大约是用于腌盐菜的小口广肚泥坛，我设想插一大把干芦苇在里面会很摇曳多姿；另外我又和丈夫抬了一截樟树树干回去，它看上去是一棵樟树最中间的一段，是樟树最好的一段年华。最后我在看上去是一户人家厨房的位置还发现了一只巨大的深褐色水缸，应该是有年头了，把头伸到缸上面，感到凉飕飕的阴寒，好像时间躲在里面很久，没有出来。我想象它种满睡莲，或者单纯做摆设放着的样子，十分想要搬回家里。但是太沉重了，没有一辆小车愿意运它。家中似乎也没有放这么大只缸的空间。

这中间我突然生了场不小的病，住院、手术、复查，以及修复心情，耗费了大量时间。十字街我很久都忘记去了，净顾着与疾病周旋，终究没被打垮，但也改变很多。改变之一是看见有人写生病的文字，总是跳过不看。人们深重经历过的黑暗事物，例如恶疾，例如丧失之痛，当克服过它之后，就有“一览众山小”的某种隐秘体验。就这样，快有两年我没有想起十字街。

到了今年，不知怎的我又惦念起钉婆婆了。仿佛“她还在不在那里”这个问题对于我重又变得重要了。经过十字街口的时候，最初拆迁时用的看上去很廉价的围挡，已经更换成好看的绿色围挡。周围高楼迅速地林立起来，从前那条低矮的十字街快要被完全覆盖掉了。

夏天的时候，十字街与我家相反的北边那头，“王府井购物中心”落成。很快它就成了南昌新景。听说开张那几天车都停不下了。人们动辄说“王府井”而省略掉“购物中心”几字，仿佛置身北京似的。“王府井”落成，我唯一高兴的就是里面六楼有个影院。这是离我家最近的一家。此前我看电影得跑到象湖附近的一家影院去，因为人少僻静，那个小影厅常年弥漫着淡淡的霉味。电影还没散场，清洁工就手持扫帚站在一边等。我每回去都得思虑半天。现在十字街“王府井”开张，我与丈夫立即去里面看了一场姚晨主演的电影《送我上青云》。姚晨在电影里的生活非常戏剧，一下子得了恶性肿瘤，一下子又去一个云雾缭绕有如秘境的地方给企业家父亲写传记——为了赚三十万治病的钱。电影最后是姚晨站在墙垛口，当风的位置，对着青天“哈哈哈”了三声，意谓把生活的晦气一“哈”了之。我说不上来这个电影好还是不好，但是以后能够只用二十来分钟的时间去“王府井”，看上大银幕，对于我而言就是高兴的。

看完这个电影我更想念钉婆婆了。因为她家实际上就在“王府井”的后面。看姚晨的那个影厅如果有窗口，说不定就是对着钉婆婆家，没准我还能看见她在天井里走动，像块移动的太湖石。我因此在家里念叨了几次，我丈夫则说通往钉婆婆家的那条路已经完全封锁了，进不去了。我不相信。我也说不上来我想从十字街从钉婆婆那里得到些什么。但是有时候一些看似与自己完全不相干的人事，其实对我们意义重大。有一天下午天突然变得很凉快，一点也不燠热了，我就决定趁此好天去十字街会会钉婆婆。果不其然，街口围挡后面一个守卫模样的人喊住了我，说那边路不通的，他大概以为我是要去“王府井”——看来我丈夫说的也没错。我说我就随便逛逛。他也没拦我。等我走了一段，我发现我已经快要不认识十字街这条路了。几乎所有的老房子都消失了，拆迁的建筑垃圾比以前更多，但是同时又拉进来了许多新的建材，待用的混凝土预制板弯翘翘地堆得到处都是。路两旁已经新起了许多崭崭新的小区房。有好几台推土机和吊车在不同地点施工。有小哥开着京东快递的送货车从身边穿过，往施工人员的临时住宅那里去。真是有人的地方，就有快递。路边三三两两的大废墟小废墟上，还是有流浪狗翘着它的尾巴路过，还有老鼠、鸟这些活物。废墟上还多了一种两年前这里还不曾存在的新事物——共享单车，准确地说是共享单车的某部分。这些黄车有的坐垫被拧掉，无头骑士一般倒在那里；有的两个轮胎被不知什么力量拧成了两股麻花；还有的只剩一个黄色的车杠子。单车的“尸体”全都裹满了尘土，像长途跋涉之后牺牲在了这里，且无人掩埋。有一只车胎插了一部分在地里，牵牛花遍布它全身，绿色的藤蔓，紫色的花朵。在一片荒芜之中，那坚硬的轮胎遍布柔软的绿植，像出自美院学生之手的作品一样有几分动人。我对着它拿手机拍了又拍。

我略带惊讶地一眼就看见了钉婆婆的家。在那么大一片工地当中，所有人生活其中的、旧的、能拆的部分，都已经被彻底拆除了——是在为起来一个新的，更加坚固与豪华的，也是供人生活其中的世界而准备。就在这么一个背景下，钉婆婆那幢她经营米业的丈夫留下的古旧的两层老宅，还完整地留在那里，还是那么孤僻、不合时宜地紧锁门扉——当然会被我一眼看见。周围几十层的新楼，衬托得它更为低矮，不堪一击似的。但又似乎更为倔强。我发现它唯一的变化是比两年前多加了一道铁栅门。透过铁栅往里看，漆黑的廊道尽头有只干净的木凳子摆放着。除此什么也没有。我不死心，又绕到屋后去，也没有看见什么。又退后几步往二楼阁楼看，还是不能判断钉婆婆是否在里面。但是我有了新的发现，我看见从二楼阁楼的背后长起了一棵笔直的构树，非常高，有一层楼那么高。这是两年前没有的。这使钉婆婆家显得像是三层楼了。构树生命力很强，水泥缝、石崖边随处可以存活下去我是知道的。我家旁边就有一排，它的每枚叶子都有一个各不相同的缺口，成为辨识它们的最好特征。

一个头戴安全帽，长得像二人转演员宋小宝的建筑工过来，问我干吗。我说我两年前来过，当时还有个老婆婆住在里面。他立即以一种掌握了第一手情报的得意神情告诉我，老婆婆还在里面，生活得好好的，有个儿子陪着她。我“啊”了一声，却其他什么话也说不出，这是十分复杂的一声“啊”。

于是和他东拉西扯关于十字街的种种。他用手画了围着钉婆婆家的一圈，说，你没看出来，这里建材这么多，这里到时候就是地铁口嘛，明年大概地铁就通了。

原来钉婆婆家这个位置是在地铁口。那……那她家怎么办？我没问出口。但是“宋小宝”猜到了我的意思，他说，还没到时候嘛，到时候就有办法了。

我与这位“宋小宝”的聊天最后陷入了这样一个境地：对这个看似与己无关的钉婆婆以及她像一枚钉子守住木板一样的行为，我们随意地谈论着，却又使用着一种因为省略一些主语、宾语，省略一些动词而意思有些隐晦的语言，彼此却又都明白。

我拿出手机拍钉婆婆屋顶那棵笔直得像把尺子、直刺青天的构树。“宋小宝”觉得无趣，说，这有什么可拍的呢？他连问了两遍，见我只是有点尴尬地笑，也没回答，他就回他的临时工棚去了。我是没法回答他我为什么要拍。我不能跟他说我觉得这看上去有点特别——本来是很凡庸的一棵树，因为长在这样一个荒凉与热闹兼有的拆迁地，因为它的某种唯一性——几乎所有的绿树都被销毁或是挪走了，它显得非常不一般起来。

树长到了钉婆婆家的房顶正中央，住在里面的钉婆婆和她非嫡亲的儿子也不嫌碍事去砍掉它，而是选择与树共生共存。这里的用意大可回味。我想我是理解钉婆婆的。时代在往前冲，像“王府井购物中心”那样的新的东西不断生出来，叫人心蠢动，叫人目不暇接。但是那些在骨子里并不是我们的。我们路过，看一会儿，终究还是要离开。我们只能抱着残存的、与自己一起长起来又一起老下去的东西活。像屎壳郎抱着粪蛋子。像平凡的树盘踞了未拆的屋顶。像钉婆婆，世界已经收缩成了她先夫遗给她的屋子那么大的地方。

我们每个人都是钉婆婆，或者都在成为钉婆婆的路上。

我还是时常去十字街这片废墟走动。这么一大片无人的土地供我随意溜达，不会人挤人，也不用花一分一毫。这让我充满欣悦。如果说城市也有荒野，这就是。谁不喜欢荒野呢？哪怕只是一刻。可是我知道好日子也不多了。就像那个矮个子“宋小宝”说的，最迟明年地铁就要从这里通过了。会有站台，写着“三号线”“四号线”，会有各种箭头，使人不致迷路。漂亮，豪华，人来人往，可是那是跟我没关系的。

我从废墟回到家，坐在我的一堆书当中。这等于是从一个废墟到了另一个废墟中，因为书也是废墟，一个时间的废墟，一个由纸张、各样思想以及各样文字建材组成的废墟。我虽然也生病，但是不会也不可能像姚晨那样，站在城墙垛口对风大“哈”三声，生存的晦暗与阴霾就一散而尽。我感到我和捡破烂的大哥，和钉婆婆更为相似。甚至可以说，我们其实是一样的，我们守着各自的续命之物，在废墟中，或是被废墟包围。可是我们也还活得津津有味，甘之如饴，还有各自所看重的和所不屑的。我们抹掉脸上一把灰，四顾茫茫。可是低下头来，也有心静如水的片刻。在那片刻中，我们小憩自己奔波不已的灵魂。

刊于《散文》2021年第3期

辑　三

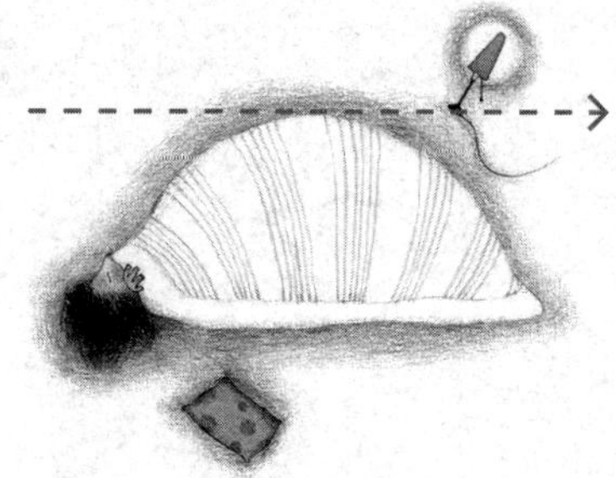

回沁源

高洪波

凡是第一次去过的地方，一般都用一个字叫“走”；凡是曾经生活过或者住过的地方再次踏访，一般也用一个字“回”。所以贺敬之的名诗叫《回延安》。“几回回梦里回延安，双手搂定宝塔山。”这是当年我在少年时期记下的名句。但是沁源我从来没有去过，为什么用了一个“回”字呢？因为沁源对于我的生命记忆确实是太特殊了。

在上个世纪的1969年的初春，我以一个北京中学生的身份参军入伍，八天七夜的“闷罐车”，说长途旅行也好，说军车运行也好，反正到了遥远的边疆云南，于是我成为当时的中国人民解放军陆军第十四军四十师炮团的一名新兵。

这支部队，由于保密的原因，我在离开北京的时候一无所知，但当我成为它十年的成员的时候，我最先知道有两个字，或者说有四个字，成为大家挂在嘴边上的地名：一个是临沧，这是我的老部队四十师刚刚调防换防的云南边疆，去年我终于和一批儿童文学作家朋友踏访了临沧；第二个地名就是现在我说到的沁源。临沧是我身边老兵们、连长指导员们念念不忘的地方，他们的青春留在了临沧，他们的战斗故事留在了临沧，甚至他们的爱情也和临沧有关。可是沁源不一样，沁源属于团以上、师以上，乃至军以上和军区的首长们口中的话题，这是他们的故乡，是“三八”式老战士们念念不忘的地方，或者说这叫“沁源情结”。

我于是知道了四十师最著名的战例中有长达三十个月的“沁源围困战”，这是在抗日战争最艰苦的时候，面对日本侵略者铁桶般的围困，在太岳军区陈赓司令员、薄一波政委的领导下所进行的一次特殊的战争，史称“沁源围困战”。这场历经两年半、三十个月的战斗最后被延安的《解放日报》高度评价，也获得了毛泽东主席的赞许和表扬。

当然，伟大的抗日战争，无数个八路军、新四军的劲旅都在自己所在的防区进行过英勇卓绝的斗争，一个又一个战例标在我军的军史上，成为一个又一个闪光点和骄傲的回忆。但是沁源，知道的人真的不多，如果我不是四十师的一名战士，我肯定不知道沁源，也不知道“沁源围困战”，更不知道当时沁源八万英雄人民所付出的巨大牺牲。

四十师的前身是决死一纵队，它的第一任政委是薄一波。四十师有两个主力团，一个是一一八团，一个是一一九团，在“沁源围困战”的时候，它们的前身是太岳军区三十八团和太岳军区二十五团，而我所在的团是炮兵团，在围困沁源的时候，我的团还没有建制，它还要在更晚的时候才诞生。

我的四十师的确是支英雄的部队，如果我要说出和我一起参军的同龄人的名字，很多人会很熟悉，比如现在的军委副主席张又侠，曾经当过一一九团的团长；比如著名的“老山英雄团”就是我们师的一一八团，我的战友刘永新，后来的将军，曾经是一一八团的团长；我一个党小组的伙伴周忠仕，他后来因为车祸去世了，曾经是一一八团的政委，当年打完老山战役，是他率队来北京和到全国各地进行宣讲；他的部下史光柱，两只眼睛在战斗中全部被打瞎了，史光柱后来成了诗人，也是我们四十师的副政委；还有一个英雄陈洪远，当年是一一八团的战士，后来在北京当过西城区的武装部政委，在自卫反击战的战场上，他一个人消灭了十六个敌人，付出的代价是一只眼睛。

我们曾经有一次战友在北京的聚会，团长刘永新来了，营长臧雷来了，还有另一个老战友尚福林，曾经的证监会主席，也来了。大家看着史光柱和陈洪远，默默无言，感慨万千。此外，四十师一二〇团还出了一个著名的导演，大家熟悉的陈凯歌，他是一二〇团篮球队的主力。说到打篮球，此次回沁源我才知道沁源居然是篮球之乡，在沁源随便一个人都可能是灌篮高手。乡乡镇镇都有像模像样的篮球队。

这次回沁源，不为别的，只为了一个山西女作家蒋殊所写的一本特殊的纪实文学《沁源1942》。这是一本最具体地阐述人民战争的书，也是一本最深刻揭示什么叫民族精神的书，它同时还是一本最生动地描写沁源人性的书，一本向历史和前辈致敬的书，是2020致敬1942的书，它同时还是女作家蒋殊用心灵和行走的方式合成的一本具有女性视角描写战争的书。

在阅读完这本书之后，我曾经用微信和我四十师的一帮老战友沟通，因为书中写到了三十八团、二十五团，当然它主要写的是沁源的民众，由于涉及我的老部队，一个山西籍的老战友告诉我说："我们四十师的山西籍领导中沁源人占到60%。"可见沁源子弟在抗日战争时为我军输送了大量的生力军，所以"沁源"两个字，在我这个四十师的老兵面前意味着军旅的故乡。他们在微信上开玩笑地说："洪波，你回到了四十师的老窝了。"沁源，真的是我们四十师的发祥地。

来到沁源，意外地见到了我的一个老朋友、诗人金所军，他是沁源现任的县委书记，是"长治诗群"的主将。若干年前我曾经主政《诗刊》，长治诗群有一批以郭新民为主的诗人群体，他们注重红色题材，立足沁源大地和长治大地，他们的诗中有小米的味道，有大枣的芳香，还有八路军留在历史天空的喊杀声。

金所军曾经是我们《诗刊》一个重要的诗人，他参加过著名的"青春诗会"，但是我已经有十几年没见他了，这次蒋殊《沁源1942》的研讨会，出版者是山西经济出版社，但幕后的倡导者就是我们的金所军书记，他在这个沁源县将近三年了，从到达的那一天起，他敏锐地抓住了"沁源围困战"这一个特殊的历史事件、特殊的战争题材。于是，当山西女作家蒋殊用自己的行走，用自己的采访，用自己2020致敬1942的虔敬心态完成了这部充满感情、充满回望，也充满怀念的特殊的书时，金所军书记给予了极大的支持，所以蒋殊在扉页的题记上这样写道："谨以此书献给1942—1945年的全体沁源英雄军民。"她的确是真诚、认真地实践了自己题记上的这几句话。

这本书让我们回到了三十个月围困沁源的时光，回到了沁源乡亲们对日寇不屈不挠的斗争岁月。沁源是一座英雄的城市，沁源人民是值得致敬的人民。三十个月，风风雨雨，他们离开家乡，围困占领了县城和乡镇的侵略者，在十公里的范围形成了反包围，坚壁清野，哪怕喝泉水、啃草根也决不参加“维持会”，所以沁源没有出现一个汉奸，沁源没有一个“维持会”，这在中国抗日战争历史上是极其罕见的一个地区。沁源，八万人，在抗日战争中，在“沁源围困战”中牺牲了将近一万人，负伤了将近一万人，后来参军入伍南下的也将近一万人，这是多么大的付出，多么大的贡献，多么大的牺牲啊！七十五年过去了，沁源人口也刚刚翻了一番，由八万人到了十六万，这不是个人口大县，但是这是一个人气大县，是一个人性大县，是一个闪耀着中华民族精神的了不起的大县!

致敬沁源，也就是致敬我们的人民，致敬我们的历史。对于我来说，是致敬我英勇的前辈，致敬我四十师的抗战老兵。离开军旅的时候，我带回了一本《中国人民解放军陆军第四十师战例选编（初稿）》，时间是1976年4月，这本书伴随着我在《文艺报》，在《中国作家》，在《诗刊》，在中华文学基金会，在作协党组书记处，这么多年文化的岁月。这次到沁源我把它找了出来，在翻阅的时候，我突然发现青春时期的阅读和进入古稀之年的回望具有不同的质地、不同的感觉，尤其是当你走过沁源之后，在沁源的土地上一步一步丈量过当年陈赓司令员、薄一波政委和李成芳、蔡爱卿、胡荣贵这些前辈曾经战斗过的地方，以及一个个著名的烈士所命名的村落，他们牺牲和被捕过的窑洞，他们慷慨就义的大槐树，当你看过那高耸入云的纪念碑，以及一个小村子里一批烈士的名单，你的感觉和纸面上的阅读顿时有了截然不同的感受。

我们参加了一次独特的研讨会——“行走的”研讨，我们为《沁源1942》所震撼，但是我更高兴的是，回沁源的时候，不仅仅回到了历史的岁月和历史的时光，我们面对的是沁源美丽的现实。

在和金所军书记聊天时，他开心地告诉我：“沁源的绿化已经达到了60%。”沁源有很多珍禽，最有名的是褐马鸡，褐马鸡在世界上一共也就一万多只，经过他的调查和请专家们进行的技术搜索，发现褐马鸡在沁源有三千多只，他顺手拿出手机让我看好几个录像，这是一个农民发给他的对褐马鸡的观察录像。褐马鸡，又叫“鹖鸡”，在赵武灵王时代是武士头上高贵的装饰，在大清国的顶戴花翎上也只有孔雀的翎毛和褐马鸡的翎毛有资格装饰在大清官员高贵的头颅上。褐马鸡在当地还有一个非常美丽的俗称：“青凤凰。”褐马鸡从来不祸害庄稼，褐马鸡也从来是一妻一夫制，勇敢、好斗、守信、忠义，这是禽界的勇士和义士。

我没想到，在沁源不仅有褐马鸡，还准备大量养殖香獐取麝香，此外，金所军书记告诉我，他们的药材种植已经从几百亩扩展到数万亩，沁源已经成为造福乡亲们的北药基地。

同时更重要的，沁源围困战纪念馆建立之后，为了让沁源的孩子们记住这场特殊的持续了两年半的围困战、中华民族特殊的一次抗争史，沁源的幼儿园为我们表演了情景剧。近三百个幼儿园大班的孩子，分别饰演着八路军、民兵、医务兵、担架兵，当然还有后勤保障的民工，他们磨面、蒸馍馍、支前，还有最不愿意扮演的一批小不点，他们是“日本兵”和“汉奸”。这是一次精彩的演出，是我所看到的在中国大地上幼儿园编排的、全员参与的一次特殊的情景剧，这情景剧只能诞生在沁源这块英雄的土地，也只有这方土地上的后人们，他们的孩子有资格来诠释、扮演“沁源围困战”。

可爱的孩子们，他们仿佛是在游戏，但又不是在游戏，因为老师告诉我们说：“小不点们都愿意扮演八路军，谁也不愿意当鬼子兵和汉奸，只能轮流地来充当这样的角色。”幼儿园大班的宝宝们，他们对这个世界的了解还很少，他们的眼界还很狭隘，他们心灵的空白点还很多，但是我觉得只要参加过情景剧的演出，在他们幼小的心灵必定铭刻下“沁源围困战”五个字，他们会记住七十五年前他们的长辈们是怎样用顽强、用血火、用拼搏赶走了侵略者，夺回了属于自己的土地、山川和天空。

所以，短短的两天时间，我回沁源的同时回到了历史。一天的时光非常短暂，但是东道主安排我们去灵空山。在山上，我意外地见到了一处奇景“九杆旗”，这是一株有八百年树龄的油松，耸入云天，一棵树生出九枝主干，每枝主干都挺拔、昂扬、粗壮，它们挥舞着的枝叶如绿色的旗帜，浮云摩天。当和九杆旗合影的那一刻，我突然觉得九杆旗就是沁源的标志性符号，它意味着“沁源围困战”艰苦卓绝的三十个月，这是漫长的两年半的时光，两年半的奋斗，两年半的抗争，最后使侵略者精神崩溃，狼狈逃窜，是沁源人民用鲜血和意志浇灌了这九杆旗下的土地。

回沁源，我留下了一首自己写的小诗：“英雄碧血染山川，动地惊天困沁源。军民勠力抗敌寇，我以我血荐轩辕。”与此同时，我还有另一首小诗留给沁源，诗是这样的：“曾忆美味和子饭，十载戎马滋味甘。晋阳子弟云南老，此生有幸走沁源。”这是真话，也是实在的话，因为我入伍的老部队每天的早餐都是和子饭，用大米、面条，还有些蔬菜煮在一起的和子饭，这是山西特有的。

在最后告别沁源的时候，东道主专门给我们上了一碗和子饭，此时我才发现正宗和子饭的主要成分是小米，而不是我吃了十年的云南大米，但无论是云南版的和子饭，还是沁源版的和子饭，吃起来绝对是回味无穷的，因为这是历史和青春的滋味。

刊于《文艺报》2020年10月9日

在西安感受闰土的城与乡

——谨以此文纪念鲁迅先生小说《故乡》发表100周年

红　孩

5月下旬到西安，为的是医治自己顽固不化的疾病。蒙友人介绍，住进长缨东路一家名曰“故乡润土”的快捷酒店。乍一看店名，我马上想到鲁迅先生的小说名篇《故乡》和作品中的人物闰土，只是这酒店名字中的“润土”比小说中的“闰土”多了个三点水的偏旁。我想，这大概就是老板的精心与智慧了。

不过，这也不能就此说老板非要勉强搭鲁迅先生《故乡》的车。熟悉鲁迅先生文学经历的人都知道，先生与西安确曾有过不解之缘。1924年7月21日，鲁迅先生应当时西北大学校长傅铜邀请到该校进行讲学，前后10天（包括给讲武堂讲了一课），其讲学内容主要为《中国小说的历史的变迁》，后收入其《中国小说史略》一书。在西安讲学之余，先生常光顾于南院门、碑林、大雁塔、曲江、荐福寺，以至于很多西安市民开始知道这古城里有个从北京来的姓周的老头。当然，先生在西安还是颇喜欢看秦腔的，仅在易俗社就看了5场戏。这就不难理解后来先生为何给易俗社写了“古调独弹”的匾额，并赠送50块大洋了。显然，先生在西安是玩到了幸处，也受到了宠爱，不然，他也会像在北京那样不喜欢梅兰芳先生的京剧，咿咿呀呀唱个没完没了。

鲁迅先生一生没有写过长篇小说，应该说，这是先生的遗憾，也是中国文学的遗憾。说来有意思的是，鲁迅先生在西安时，或许在某一时刻，他重新穿越历史，回到汉唐时代，与那些历史人物把酒对话。鲁迅先生是小说之王，他太知道选择什么样的人物能充分地施展其创作才能。先生理所当然地选择了杨贵妃。然而，这个想法在先生的腹中也就酝酿了三四年便搁浅了。在当时的创作环境，西安在先生的眼里“想不到连天空都不像唐朝的天空”。

我们无法要求鲁迅先生为西安写下经典的作品，但西安人乃至陕西人一直把先生记在心里。我所居住的故乡润土酒店的总经理曹高胜，就是个不折不扣的鲁粉。他1968年生于渭南郊区一个叫程曹村的偏僻村庄，跟我算同龄人，也有着相似的经历。他说，他们家兄弟姐妹六人，都是本分的农民，高中一毕业就回村劳动。在二十世纪八十年代，渭南农村还很贫穷，每当夜深人静，他就躺在西瓜地里望着天空数星星，他反复琢磨，我如果这样下去，不再改变，说不定就是鲁迅笔下的闰土，是路遥笔下的高加林。高加林虽然进了城，但最终由于自身的投机与世俗被城里赶了回去。这不仅是人与人的矛盾，更是城与乡的对立。而要真正地改变自己，或者是改变家族家乡的命运，他必须选择进城。似乎只有进了城，他才会告别闰土的人生。

曹高胜想到了在西安城里的姨父。他给姨父写信，希望姨父能在城里给他找个工作，最好是个合同工。那一年，哥哥姐姐们年龄大了，相继都要结婚，这给身为农民的父母造成难以想象的压力。得到姨父的回复后，曹高胜毅然决然地告别父母，他要进城了。听说三娃要进城了，他母亲哭了，说别看俺娃一米九的大个子，可娃终究还是娃，从小没出去过，要是被城里人欺负可咋办？曹高胜含着眼泪说，妈，您和我大（爸）放心，三娃不混出个样子绝不回来见您。

在最初进城的日子，曹高胜完全靠自己的体力认真地干活，他并没有城里人的心计，跟某个领导某个利益群体去搞关系，可时间长了，他就被人视作眼中钉了。结果，在某个傍晚，他被几个工友暴打了一通。那一刻，他感到非常地害怕、自卑，比闰土在鲁迅面前喊一声老爷，比孔乙己拖着残腿赊账喝酒还凄惨。那个夜晚，他看到天上的星星是可怕的，那委屈那痛苦他多么想在母亲面前倾诉。可是，倔强的性格告诉他，他必须像路遥所说，这个世界没有人能把自己打倒，除非被自己打倒。

曹高胜辞职了，他选择了自己单干，筹钱建食品厂，搞地产，建酒店。在故乡润土酒店二层餐厅，我和曹高胜二人把酒小酌，听他讲自己的创业故事。我问他，你从1987年进城到如今已经34年了，你觉得你算成功人士吗？曹高胜说，每个人对成功的理解不一样，比起当初，我像闰土一样，每天在地里看西瓜，现在拥有了自己的公司酒店，养活几百号人，这肯定是一种成功。但这种成功，只是建立在一般意义上，也就是人们所说的解决了温饱问题。但一个企业要取得更大的成功，光凭出汗硬拼是不够的，还要拥有自己的文化。我问，你把酒店取名故乡润土是不是受鲁迅的小说《故乡》的影响呢？曹高胜说，他从小一直有上大学的梦想，由于种种原因，他只上了高中就回村务农了。上学期间，他在课本上读得最多的就是鲁迅的作品。给他印象最深的莫过于先生的散文化小说《故乡》。这个小说创作于1921年1月，距今整整发表100周年。在很长时间，他觉得他就是那个“个子高高的项上戴着银圈手举着钢叉扎猹的少年闰土”。

看着曹高胜微醺中带有少许得意的面容，我猜想，这就是鲁迅笔下的闰土吗？我觉得他是也不是。清醒的大脑告诉我，昔日的闰土已经一去不复返了，今天的闰土不但走出了黄土地，来到了大城市，而且走出国门。曹高胜说，前几年，他一度到日本、泰国、越南、马来西亚，欧洲、非洲十几个国家考察，他想把“故乡润土”做成连锁，他懂得，在国外有无数的闰土们都希望回到故乡，吃到童年的滋味儿。

一天，曹高胜知道我要去肖云儒先生家里拜访，便问，能不能把他也带上。我说，这当然好。曹高胜又说，他女儿马上博士毕业，她一直渴望见到肖先生。我说，好呀，一起来。半路上，我打电话告诉肖先生，一会儿到府上，不光我去，我还把陕西的“闰土”和他的博士女儿也带过去。肖先生听罢先是一愣，然后马上又哈哈大笑起来，说，红孩，你这个细节抓得好，准保能写出一篇好散文。

在西安不觉住一个多月了。与曹高胜经常小聚的日子，我常感觉他隐约有着不可言喻的隐痛。我问他，你的事业小有成就，你难道还有什么可担心可害怕的吗？曹高胜说，他现在并不担心什么，他有两怕。一是怕夜晚看星星，一看到星星，他就想到故乡，想到看西瓜的贫穷日子。再者，他怕回故乡。故乡和家乡是不一样的，父母在家在，如今父母不在了，每次回到老家院子门口，腿肚子都打软。一个人，不管你在外边有多成功，最希望让父母和你分享。尽管父母在的日子，他把最好的条件都给他们创造了，可父母真的走了，他心里还是空落落的。曹高胜常问自己，那个叫程曹村的村庄还是自己的吗？我还能回得去吗？

曹高胜的话听得我心酸流泪。是的，我们都是曾经的闰土，今天我们已经长大了，在世纪交替的城与乡的情感徘徊中，我们的心该定在何处呢？没人告诉我们答案，或许永远没有答案。

刊于《陕西日报》2021年7月14日

晚来天欲雪，能饮一杯无

蒋　蓝

我的父亲就读于民国政府的蒲阳空军幼年学校，他有8个弟妹。新中国成立后，爷爷因是自流井盐务官员，只好带着一帮儿女来到宜宾落地。宜宾古称叙州（府），民间附会为叙府，“叙”是何义？到了明朝正德年间，《四川志》卷16里才有了取自《尚书·禹贡》中的解释：“取西戎即叙之义。”叙亦作“序”，有就序、归顺含义。看起来，地缘也深谙爷爷的处境。在我记忆里，叔叔们来自贡市看望大哥大嫂，一般会带来几瓶酒。酒多为尖庄大曲，往往只有过年叔叔才会送上一瓶五粮液。父亲就着豆腐干、油炸花生米，喝得很慢，一脸陶然。他会用筷子蘸酒让我舔……这一舔不要紧，到我可以一口气喝下一瓶酒时，父亲后悔了。

记得我还在读小学时，过年三叔四叔来家，父亲开五粮液，杯子小了，酒满溢到桌子上。他猛然低头，舌耕不已，大口吮吸。叔叔瞠目以对，父亲笑笑说：好酒！好酒！我至今保留着叔叔送他的一盒5瓶装的五粮液，2两一瓶，时光漫漶，舍不得喝的酒，早已蒸发殆尽。以至于我后来为父亲上坟，五粮液是必带的。不要在坟前乱洒哟，这样做他定会骂我暴殄天物。

二十多年来，因为各种会议，我去过很多酒厂参观。2004年，我去宜宾宗场以及大捲子村采访过五六次，那里是刘文彩三姨太凌君如的老家，每次我必经五粮液厂区穿过。我在遍布浓郁酒糟味的风里穿行，很自然会想起爷爷、叔叔，以及埋首于桌的父亲。酒糟味里，有粮食的精灵在不停旋舞，不是针尖上的天使，而是踏水而行的鸟足的凌波微步。奇怪的是，如今很多酒厂里闻不到酒糟气味了，别人说这是世界最先进的生产工艺所致。我不懂，只好干笑。

记得二十多年前，我第一次到五粮液酒厂与会。今年8月的一个上午，我在这个日渐扩大的花园工厂里徜徉。天下着雨，我见到了一株黑铁一般的桃树，树上无花。我很想看看桃花，以及桃花倒映在水中的模样。我伸手触及黑得发亮的树枝，枝丫颤抖起来，竟然吐出了一树的桂花。这是我的幻觉，也许不是。

我去国家文保单位“利川永作坊”参观，也许是刚刚喝过红茶，口齿清洁敏锐，喝了一小杯72度的原度酒，那种绵柔、不辣、清香、清冽之感，萦萦而起，宛如一股大力从涌泉直贯头顶。想起与我有一面之缘的著名学者何满子，我曾向他索要过签名本《中国酒文化》。我还知道他的习惯，毕生只喝五粮液，从不喝杂酒。他是在那种充和的美感里，回到了中国酒的深处。

我不大相信关于北纬30度上的种种附会，比如美酒传奇。诗人埃兹拉·庞德说:“我的爱人不容易遇见，就像水底的火焰。”其实，酒才是从水里萃取的带焰之火。但我相信，拥有千里浩渺岷江、剽悍的金沙江两条蔓延文化带的相聚，只有在宜宾，才能开始它的互嵌交融、对撞生成。岷江裹挟蜀山精魂，水体清冽，在汉代已能铸造闻名遐迩的蜀刀，在此漂洗的蜀锦也会五彩斑斓、鲜丽夺目。这是来自古蜀祖地的血脉之水，当它与携带青藏高原密码的金沙江相遇，是泥浪与清流的拥抱，是细沙与钢砂的遭遇，是阴柔与粗犷的深情相拥。此地更蕴含了古蜀治水的人文踪迹。无论是历史上“岷山导江，东别为沱”的错讹，还是厘定金沙江为长江正脉的后世，两条大江在此逐渐沉淀出一种无可替代的天造地设。

公元765年，杜甫从嘉州乘船顺岷江到达宜宾，当地最高长官杨使君在东楼设宴，并用当时宜宾最好的名酒“重碧春”酒款待杜甫。杜甫于是写下《宴戎州杨使君东楼》诗:“胜绝惊身老，情忘发兴奇。座从歌伎密，乐任主人为。重碧拈春酒，轻红擘荔枝。楼高欲愁思，横笛未休吹。”从“歌伎密”到“重碧”,“重碧”之“碧”指青绿色，是度数高于自然发酵的蒸馏酒存放一定时间后所具备的典型酒色。“重”字是指酿造工艺上重复酿造之法，古称“重酿”。酒不醉人人自醉，真是浓得化不开。

我基本认为，叙酒之“叙”，还具有《尚书·舜典》中“百揆时叙”的含义，指次第就绪、均衡协调；“府”取意于《尚书·大禹谟》中“六府”，指水、火、金、木、土、谷。叙酒暗合“吐故纳新，多粮兼香，醇厚协调”。

五粮液所蕴含的五行哲学，在两条大江的强力加持下，昭示了一种伟大的美学：充实。《十三经注疏》解释说：“充实善信，使之不虚，是为美人，美德之人也。充实善信而宣扬之，使有光辉，是为大人。”

奇怪的是，在琳琅满目的五粮液酒史博物馆里，竟然没有蜀人扬雄的《酒箴》。连一个字也没有提及。

在我看来，扬雄善饮，他的《酒箴》是世界上第一篇关于酒文化、酒哲学的文章。如果饮酒关乎精气神，那么《酒箴》则直捣命运。关键词是：人、酒、瓦罐、井口。翻译过来就是：你就好比一个陶制的罐子。你所处的位置，就像是悬挂在井边。虽处于高处面临深水，动一下便有危险。你肚里所装的不是酒而是凉水。你不能左右晃动，并被拴上绳悬挂在高处。一旦绳子被挂住，被井壁上的砖石碰碎，便会抛到浑浊的水中，粉身碎骨。你的用处仅限于此，还不如装酒的皮口袋。装酒的皮袋子安装有滑稽开关，却仍是肚大如壶。尽管整天往里边装酒，人们仍会用它来装酒。它还被视为贵重之物，经常被放入皇帝出行时随从之车。它甚至还出现在皇帝和太后的深宫，在官府奔走谋求。从这一点来说，酒本身又有什么过错呢?

这就是说，你是成为瓦罐，抑或成为皮口袋呢？破罐子破摔！皮口袋落地会发出嘤咛之声。而在一个黄钟毁弃、瓦釜雷鸣的当下，昔日韬光养晦的皮口袋们，现在身兼数职，当作了钱袋子。

文中提到的“鸱夷子皮”与“滑稽”，均是汉代蜀人早已使用的装酒设备以及利用虹吸原理的酒器开关。正所谓“物外烟霞为伴侣，壶中日月任婵娟”。所以啊，我喝酱香酒就容易想起“歌伎密”，而一喝五粮液，我则有点正襟危坐。

现在我坐在凉亭里，斟满一杯酒，天空就向杯底凹陷下去了，看起来像大鹰，而鱼在天空散步。我在想一些往事，想那些再也见不到的亲人，还有那个美丽绝伦、最后被活活饿死的三姨太凌君如的命运。苏轼所谓“诗酒趁年华”固然很正确，但大口痛饮的年华过去了，如今在中年时节的下午时光里，才能独自品味出一些顺滑、清冽之后的那种腮边反刍的涩味，然后是颓然。起身时分，是释然。

悄悄举杯。酒本身又有什么过错呢？“晚来天欲雪，能饮一杯无？”

刊于《青年作家》2021年第3期

流淌在乡间夜色里的那些酒

徐南铁

在我的年轻岁月里，有好些年几乎日日都少不了酒。

是20世纪的70年代初，作为知青，我正在赣南山区的一所小学当民办老师。

那一带有铀矿，早年曾有勘探队来过，路边遗弃了许多钻取出来的圆柱体岩芯，上面用黑色笔标记着一些数字或符号，也不知道有没有放射性。勘探队留下了许多空置的房子。房子的墙是厚厚的竹片编的，外面糊上泥，再粉上石灰，与农村的土砖房子相比，看上去很光鲜气派，但是并不适用。蹬一脚，墙就可能垮塌。但是因为没有校舍，当时的小学校就办在这些房子里。

乡村的夜晚寂寥无边。更何况学校孤零零待在一片山坡上，远处村里的鸡犬声飘过来已是断断续续的碎片。“何以解忧，唯有杜康。”每天夜晚，老师们的娱乐就是喝酒。我那时二十出头，正是不甘示弱的年纪，当然也跟着喝。

酒的问题好解决，就喝农家酿的米烧酒，或者去小卖部花一元钱左右买一瓶白酒。但下酒菜真不容易落实。那时候一年也吃不上两次肉。为了寻一点下酒的东西，老师们会打着手电筒去稻田里抓田鸡、抓黄鳝，但常常竹篓空空回来，作为收获的只是两腿沾回来的许多泥。于是两块粗粮饼干，或一碟晚饭剩下的腌菜、南瓜，都可以端上来和酒结盟，毫不尴尬地摆在一起。也有实在什么都找不出来的时候，却不影响大家端起酒杯。当地人把这种场景称之为“喝硬酒”，不知道是指无菜也“硬要喝”，还是说无菜之酒显得“硬”。那种不在乎佐酒物的饮酒，才算得上对酒有忠贞的爱吧？其实真正好酒的人，对摆在眼前的菜肴多视而不见。如今许多人把山珍海味当作酒席的真谛，酒反倒成为附庸，显然是不够格的酒徒。

晚上除了喝酒，我花许多时间读古诗词。学校的其他老师都是当地人，大多的夜晚都会离校回自己的家住宿。往往喝了一阵子酒之后，他们还要怀着三分酒意，踏着月光回村子里去。因而很多的夜晚，偌大学校只剩下我，孤单单的一个，心中不免发怵。在苍茫的夜色中，人似乎立于没有任何庇护的荒野。尤其是北风呼号的夜晚，愈感到人的渺小与孤寂。但是人生逃无可逃。那种情形之下，似乎只有退缩到文化中才能得到温情和保护。只是当时所谓的文化于我来说，就是手边仅有的《唐诗三百首》和一本少儿版的《宋词100首》，除此之外就只有小学课本了。幸好，古诗词的辽阔足以慰我的寂寞，使我不被暗夜吞噬。

那段时间读书，关于饮酒的诗句特别让我难忘。也许与那些流淌在我口中和胸臆间的酒不无关系。当一种状态成为生活的重要内容，它就会侵入内心，化作精神主题。许多关于酒的诗句久久萦绕在我的心房。比如“落魄江湖载酒行”，比如“轰醉春风一千日，愁城从此不能兵”，比如“抽刀断水水更流，举杯销愁愁更愁”，比如“酒入愁肠，化作相思泪”。还有“桃李春风一杯酒，江湖夜雨十年灯”，简直就是我的生活写照。酒连接了我和遥远的诗人，让我理解人生的困境，存续淡淡的期盼，获取当下的慰藉。

生活的车轮就在酒的滋润中漫无目的地前行。后来，一支解放军的勘探小分队冲着铀矿出现了。他们也利用前面勘探队的遗产，住在和我们同样的房子里。与学校相隔不远，直线距离大约三百米。

乡村的夜晚依然寂静，但开始有戴着帽徽领章的年轻人来小学校走动。他们中间有不少广东人，记得有个当班长的告诉我，他姓“Zhu”，是“Zhu恩来”的“Zhu”。还有个姓赵的战士来自南海边，送了自己的一张照片给我。我还记得他小心翼翼地从一个小本子里取出照片的样子。他让我也给他一张，我当时手上没有，答应过一阵子补，及至后来要给他的时候，他调换到其他的工作点去了，不知道他有没有怪我不守信用。

这些小兵只是串串门，甚至站着说几句话就走了，当然没有喝酒。学校里实在没有什么值得看的。他们要是早晨来就能看见路边那片桃树林。早春的薄霜撒在桃花瓣上，就像女演员穿着粉红的舞衣，袖口和裙边镶着耀眼的珠片。但早晨他们要去找铀矿，一定没有闲心留意。

接下来，老霍踏着夜色出现了。一个高高大大的北方人，也许因为经常跑野外，皮肤黝黑。他的军装四个口袋，是个“官”，偶尔还会有个小兵跟着他来。

忘记老霍第一次是怎样走进我的房间，反正后来他一来就直接到我房间坐下。我总会立即拿出酒来。一般是喝寡酒，没有佐酒的东西。在乡村夜晚的静谧中，我俩就着一张小圆桌，各捧一只斟满酒的茶碗，边喝边聊。老霍酒量很可以，但是并不贪杯，一般喝过三轮就起身告辞。

老霍从天津大学毕业，学的是工科，数学似乎特别地好。我准备考大学的时候，有些数学题不会做。到公社中学请教，那里的数学老师竟连题目都看不明白，拿着题目嗫嚅半天，弄得我只好知趣地转移话题，借故离去。而老霍却能给我讲解这些题目。更吸引我的是，他读过不少文史哲方面的书，知识和观念、看法都令我折服。

对此，老霍只是淡淡地说：“读大学时只知道读书。到了星期天，城里的学生都去上街，可是进公园得买门票，一张电影票要几毛钱，一根冰棍也得五分，还有公共汽车票。我们农村来的孩子哪里有钱，所以只能泡在图书馆里。”

我虽然不是农村的孩子，却很能理解他的关于一毛钱、五分钱的体验。当时我当民办老师，政府每月给八元钱。生产大队的补贴要年底才能给，而且给的只是一个数字，什么时候能够变成几张纸币拿到手里，根本无法确定。事实上，当我数年后离开那个小学校，走的时候仍然无法领走几年积压下来的一百来元钱。但是这点钱无法羁留我离去的脚步。

与老霍的夜饮，维系着我跟诗歌、跟普通话，甚至是跟山外那个世界的联系。于我来说，老霍是生活中的一道清泉，牵扯着我的眼光，让我不会忘记山外还有广袤的世界。

有一个夜晚突然下雨，老霍不得不多坐了一阵。我和他把酒相向，突然间竟怅对油灯，听雨无言。在那潺潺的春雨声里，我心中浮起杜甫的诗句："清夜沉沉动春酌，灯前细雨檐花落。"觉得那是一种境界，很符合当时的心情，不免暗暗希望雨下得久一些。

我跟老霍在知识和阅历上远不能对等，和他结交总似乎有点谬托知己的味道。但我相信，他成天在山野里转，打交道的都是小战士或者农民，想必不免心中缺乏舒展。能到我的小屋里坐坐，面对我这样一个读过一年半初中却不乏上进心的毛头小伙子，甚至还能肤浅聊几句高尔基、曹雪芹，他一定能够得到些许放松。

现在想想，那个年代的知识分子处境非常艰难，老霍在时代的大困局中，一定得不到人生的惬意。但是他从来没有跟我说起过他的工作和生活，也没有对人生或时局发过什么议论。想必因为我远远达不到理解社会和人生的程度。偶然相对无话之时，我只是随着他的眼光默默凝视着酒盅。

勘探小分队的人员经常调换。有一次，老霍告诉我，要到乳源去工作一阵子。那是粤北山区的一个县，不算远，却已经是另外一个省了。从乳源回来，老霍曾来看望我一次，后来就再没有在我的小屋里出现了，是不是调到更远的大山深处去了？我无从打听。

人海茫茫，对于当时的我来说，出了县的区划就已属于遥不可及，何况是重重山岭之外的广东！只不知乳源的夜幕下，有没有一个像我这样的知青陪老霍喝酒？

我跟老霍的来往就止于关于乳源的想象，无法落地的想象隐含着我对知交的牵挂。

勘探小分队一个姓郭的副指导员也来过我的小屋，一个白白胖胖的湖南人。

他似乎不屑于我们的喝酒方式，曾经绘声绘色地向我讲述他跟朋友们喝酒的壮观：一人开一瓶“四特”放在各自面前敞怀大喝，不劝饮也不推让，自己负责自己，谁也没有喝多喝少之分。

“四特”是江西的头牌好酒，是知青们无法高攀的酒。我却没有被郭副指导员的描述吸引，心里向往的依然是跟老霍一起喝酒，喝廉价的土烧酒。

老霍的人生是漂泊，我的人生是困守。勘探小分队的人像流云从我身旁飘过，我却默默地困守在山陬。

社会与人生也有自己的起承转合。最终，我也从那所小学校、那间小屋子里走了出来，像老霍一样走进了大学。而且不但做了大学生，还当了好几年大学老师。

80年代末，我南下广州工作，其间几次到过乳源。当年在那山角落的小学校里，绝想不到我此生也会数度踏上乳源这块土地，去采访，去考察，去体验瑶寨风情，去攀登它所依傍的广东第一高峰。每次踏上这块土地，我都不免想到老霍。一想到老霍，就对这块土地生出一份特别的亲切。

不过那已经是天地翻覆之后的事情，流光逝去数十年，老霍已不知在何方。

老霍你后来到哪里去了？这些年还好吧？想必你早就停下了勘探的脚步，已经退休了。那些戴着帽徽领章的年轻人，如今流散何方呢？

人生之路就是这样不断地交叉，在自己，同时也在别人的生命轨迹上留下或深或浅的划痕。

我无从寻找，但一直记得这些朋友，记得青春岁月和诗，记得岁月无法遮掩和抹杀的遥远交往，还有那些流淌在乡间夜色里的酒。

刊于《中华读书报》2021年6月6日

爱与痛：与两本书有关的故事

石华鹏

美国作家索尔·贝娄说，一个人的一生可以用几个笑话来概括。

对着这句话，我想了想，还真有这么个意思。人生几次关键转折或变故时期，总会留下几次引人发笑的丑态或窘境，回头打量，发现很多东西都忘了，而这几个见证人生变化的笑话却镌刻在记忆里，有场景，有人物，有情态，如在眼前，活灵活现。云淡风轻时还不时拿出来重温，讲者听者无不哈哈大笑。说人生如几个笑话，既是一种自我揶揄，也是一种自我旷达。一个人一辈子真如几个笑话，一下就过去了。

是否也可换一种思维和说法：一个人的一生可以用几部书来概括？

多数书，给予我们知识、见识和思想，如卡夫卡说的“一本书必须是一把冰镐，砍碎我们内心的冰海”，它们参与了我们的人生建构，长成我们身上的肉和骨头，做了我们人生观、价值观形成的底色。多数书如吃下去的食物被我们的胃消化了，与我们的身体和精神融为一体，不可寻见，只有少数的那几本，在我们身上留下印记或者伤疤，成为我们情感苦痛和精神蜕变的一支“安慰剂”和“催化剂”。而以伤疤形式留存于身体的这样几本书，足以来概括我们的人生。

于我而言，人到中年，似乎也有了一点回首往昔的谈资，驻足回眸，有那么两本书成了我半世人生的“安慰剂”和“催化剂”。

一本书是《少年维特之烦恼》。1995年，我20岁，在一个小县城的师专毕业后，留校做了“阅读与写作”的教师。我深知，教授我的同龄人我不够资格，知识、阅历、思想均不够，唯有海绵吸水似的去学习，去阅读，去思考。那一两年是我文学阅读的饥饿期，教课之余就是泡图书馆，几乎囫囵吞下了学校小半个图书馆，与马尔克斯、博尔赫斯、卡夫卡、福克纳、海明威等大师初识。那时阅读也赶时髦，这些现代派大师正热，读他们很有面子，而瞧不上托尔斯泰、歌德等古典主义大师，认为他们迂腐古旧了，哪有现代派“带劲儿”——今日想来真让人汗颜。

那两年学校一下子进了20多位年轻教师，集中住在一排平房里。从学校到学校，身份变了，身上的学生味还未褪尽，一种天然的黏合力连接着老师和学生，这一排平房里学生进进出出，热闹如集市。1997年秋天的一个黄昏，我在隔壁汪老师房间聊天，门开着，突然进来三四个女学生，汪老师介绍说约好了的，是他的咸宁老乡，今年文科班新生。我起身要告辞被汪老师挽留，挽留的理由难以拒绝：她们也想认识新的“帅锅”老师。初次见面的聊天总让我尴尬，不知说什么，还好他们是老乡，有说不完的话。其中一位女生，白面孔，短头发，长相活脱脱一个小赫本，纯净雅致中有一股子韧劲儿。这位超凡脱俗的女生惊艳到了我这个“乡下佬”，我们说了几句话，看她时我心怦怦跳得厉害。老实说我喜欢上了这位女生。这种突然而至的喜欢来势凶猛，几天来眼前晃荡着的都是这位女生。我向汪老师求救，能否再邀那位女生来他房间坐坐？来了，我装着碰巧进去找汪老师。聊天，聊了很久，说说笑笑，感觉女生对我也有点“意思”。

时间在情感的煎熬中过得并不快，到冬天了，我想向她表达我的“意思”，我生性懦弱，直接表白不可能，找汪老师转达吧不好意思，于是想到借歌德的《少年维特之烦恼》一书来表白。外国文学史上讲过这本书，但我没有真正读过。没想到，我那时瞧不上的歌德先生的名著派上了情爱表白的用场。忐忐忑忑将书送出去了。

三天后，我收到了那位女生回送的一本书：《牡丹的拒绝》，当代作家张抗抗女士的散文集。国色天香的牡丹它在拒绝什么？读《牡丹的拒绝》一文，才发现写的是洛阳城的牡丹，在冷寂的四月没有像往常那般富贵开放，它“拒绝本该属于它的荣誉和赞颂”。在文中牡丹并没有拒绝爱情，只是这个书名被女生拿来应景，发出了一个拒绝接受的信号。

收到这本表示拒绝的书，我很失落和怅惘，用俄罗斯诗人阿赫玛托娃的诗句来说，是“受尽煎熬的灵魂被洗劫一空”，但内心的胆小和虚无的师道尊严让我停止了继续去追逐这一段情感。我重新到小镇上的书店再买了一本《少年维特之烦恼》，开始阅读。

书的开篇写道：至于你，善良的人哪，你正在感受着这样的压抑，现在总可以从他的烦恼中汲取安慰了。如果你因为命运不好或自己的过错而找不到一个更亲近的知己，那就让这本小书做你的朋友吧。

这本书一下子击中了我，我沉浸于少年维特与绿蒂烈焰四射、粉身碎骨的爱情中不可自拔，我同情可怜的维特，也憎恨懦弱的维特——难道需要用死亡去证明自己坚定的爱情吗？这本书也拯救了我，一方面，我与那位女生没有开始便速朽的情感，在维特的故事中得到了续演或再现，我变成了维特，绿蒂变成了那位女生，我的情感故事在小说中得以完成；另一方面，维特的开枪自杀惊醒了现实中的我，歌德在小说中说“凡是使人幸福的事，又会成为不幸的源泉”，这种“不幸”的忠告似乎很快驱逐走了我的失落和怅惘。

从《少年维特之烦恼》，我开始重新认识和崇拜古典主义大师们，也开始我漫长的对他们未曾完结的阅读。

一年后，我离开那所学校，考入武汉的一所教育部直属的重点师范大学深造，从教师再度回归学生。此后我没再见到那位女生。值得一提的是，十多年后我在一次文学会议上见到了《牡丹的拒绝》的作者张抗抗女士，听我说完这个故事后，她笑着说：“要是知道这本书还有拒绝爱情的作用，就不用这个书名了。”

后来我成为一名文学编辑，从江汉平原迁居到南方，我简单的行囊里总少不了这两本书:《少年维特之烦恼》和《牡丹的拒绝》。

另一本是《文章学与语文教育》。一部小众的学术著作，属于文章学与语文教育交叉学科的研究，主编是河南师大曾祥芹教授，上海教育出版社1995年4月出版。书的扉页右下角有我的笔迹：1999年5月购于洪山书城。洪山书城在我就读的师大北门的斜对面，是当年我常常光顾的地方。

学生囊中羞涩，买一本书不亚于找一个女朋友，反复掂量价格、权衡用处后才出手。我记得很清楚，当时买《文章学与语文教育》出于两种考虑：一是近需，一位朋友托我写一篇语文教育方面的文章，需要阅读相关书籍，而这本书出现得正是时候；二是远虑，为毕业后可能从事的语文教学做些资料储备。

书快速翻看完毕，受之启发，写成一篇《语文教学与人文精神重构》的文章，三个月后，刊发于一本关于语文教学与研究的刊物上。这本刊物系我们师大文学院主办，在中学语文教育界拥有巨大影响力，我一个在校生能亮相此刊与有荣焉。拿到刊物我异常开心，不仅重读了一遍我的文章，而且从头至尾读了他人的文章，没想到的是，教授我们“语文教育学”的老师也在这期上刊发了一篇谈文章学与语文教育的文章。与自己老师的文章同期，又为一荣，我迫不及待读完，读完后觉得有些段落似曾相识，翻开《文章学与语文教育》对照，发现老师四五千字的文章里有两千字与书中内容雷同，许多地方一字不改。

一个令人不安的词跳进我的脑海：老师抄袭。

实话说，“语文教育学”这门课并不受中文系我们这帮眼睛生在脑门上的学生的待见，认为没啥学术含金量，上课时多是混日子或看其他书，恰巧教授这门课的老师又不受我们待见。这位老师“草根学术”出身，从中学教师岗位调至师大文学院任“语文教育学”副教授，这一点倒不重要，英雄不问出身嘛，主要是他身上有两个毛病让人生厌：一是每次上课没讲几句，就会来一句“这个问题请参阅我的某一篇文章，见《某某某》杂志，哪一年哪一期”，总是这样说，说多了不就成了一种炫耀吗？且多是一些中学语文教学杂志，我们哪儿找去呢？一种没啥学术含金量的炫耀令人生厌。二是总喜欢拿期末考试不及格来

“威胁”我们。谁翘课了，点名没来，他板着脸孔便说，再缺几次课期末就不及格了啊。那年这位老师出了一本“语文教学论”方面的新书，他几次在课堂上以不容商量的口吻对我们说，我的书每个人都要买啊，不买期末不及格。哎，这话儿说得太没风度，太让人不舒服了。我们很多老师出了书，也会在课堂上“推销”：我出了部什么书，与我们专业相关，如果哪些同学想要，可找课代表登记购买，我会打折哦。看，这话儿听起来多舒服。

我兴奋地将这位老师涉嫌抄袭的事说与了同寝室的兄弟们听，我询问大家：要举报吗？不容置疑，大伙儿异口同声：举报。我知道这种不容置疑的口气里包含了对这位让人生厌的老师报复性的“回敬”。

由此，我写下了平生第一封也是最后一封举报信，举报我的老师论文抄袭，涉嫌学术不端。举报信的落款，我没有写下自己的真实姓名，署名“一个读者”。信写好后，交与寝室兄弟们传阅，他们纷纷为我竖起大拇指，我沉浸在一种英雄义举的气概里自我陶醉。吾爱吾师，吾更爱真理，况且吾不爱吾师。——我用这句话来为我的行为寻找理论依据。

举报信发出去，宛如一颗小炸弹扔出去，爆炸的冲击波辐射到杂志社和师大文学院。

证据确凿，事实清楚，我的老师迅速且绝望地承认抄袭事实，接受批评并在文学院全体教师大会上检讨。据与会老师后来说，检讨时那位老师流下了真诚的悔恨的并乞求全院教师谅解的泪水。

我的那位老师为此付出了沉重代价：被调离教师岗位，到文学院资料室管理资料。在乏味且无趣的资料室工作几年后，他申请援疆，到新疆一所师专任教，几年后援疆工作结束，回到师大文学院，一直没有再安排具体工作，没几年就黯然退休了。

我的留在师大的同学不时会碰到那位老师，同学告诉我那位老师整个人垮下去了，目光空洞呆滞，穿着草率，身形虽然高大，但也如孔乙己一般萎靡落魄了。同学在电话里对我说，我的那封举报信几乎毁掉了那位老师的后半生。—— 这句话让我内心一震。我问同学那位老师知道是我举报的吗？同学说具体不知道是谁，但知道是自己学生举报的。

如今二十年过去了，每每想起同学对那位老师落魄样子的描述，我便深深自责和悔恨：他的一次学术不端，就该承受如此残酷和绝望的后半段人生吗？我的回答是否定的。我一次次想，如果我没有买下那本少有人问津的《文章学与语文教育》，如果我没有同那位老师在同一期刊物上发表文章，如果那位老师没有那么遭我们生厌……

如果在今天，在告别了意气用事的青年时代的今天，在经历了诸多人生风雨的今天，如果再一次让我遭遇此事，我敢肯定，我不会写下那封对自己老师的举报信，我会私下里写一封信给那位老师，提醒他他的论文可能抄袭了别人的文字。然后一切到此为止。

举报事件大半年之后，我毕业离校，离校时清理书籍，我将《文章学与语文教育》和我购买的那位老师的著作留给学弟，没有带走它们，我想彻底忘记这件事，但这一奢侈的愿望没有达成，相反在往后的日子里它时不时跳腾在我心间，让我不得安宁。

写下此文，但愿一切都随风而去吧。我要对那位老师说：对不起！

两本书，人生旅程的两次深深刻痕，一曰失落情感的“安慰剂”——《少年维特之烦恼》，一曰精神成长的“催化剂”——《文章学与语文教育》。与这两部书有关的故事构成了我人生道路上的两道深坑，这两道深坑虽然被时间填平了，但我内心的隐痛永远被埋在里边。

刊于《北京文学》2021年第6期

隐蔽的李唐血脉

周吉敏

明弘治《温州府志》载:“大罗山，去郡城东南四十里，跨德政、膺符、华盖三乡及瑞安县崇泰乡，广袤数十里。诸山迤逦，皆其支别也。”大罗山，古名泉山，其东北枕海，岿然特立。山顶有湖泊，汪涵一碧，波光流转，恍若山眼。它还是一道天然的屏障，阻断海上来的风暴，也藏匿一座海中孤岛数亿年的记忆。

初夏进山，女贞子盛开，青峦白头，峡谷积雪。风起时，晴雪纷纷，暗香浮动。满山杨梅也已白中浮红，只等第一场梅雨落下，红岚升起，开启一座山的盛宴。山野人家在山的肚腹上，或是山的臂弯里，有些占据山头。他们从哪里来?如今大都人去楼空，残垣入泥。他们又到哪里去了?

一

多次在这座山里行走，却从来没有像今天这样感觉苍茫。这或许与在我前面走的李成木有关。这位72岁的老人，是李唐宗室李集的后裔，人已迁居山下，心却留在山上，一心想着要恢复入山开基的李氏先祖李集的故宅，只是奔走十余年，愿望还画在纸上。

山道沧桑，苔深草漫。白发老人的脚板踩在古道上发出“嗒嗒”的声响，也是李氏先祖在唐末隐入此山那一串脚步吗？山风拂来，如水从身边流过。千年岁月也不过是一阵风吹、一段流水——刹那间，我似乎感应到李氏一族从北方到南方的那一次迁徙。

公元900年的一个秋日，晨光初露，处州缙云好溪一处埠头，几叶木舟悄然解缆。好溪是瓯江上游的一条支流，从它另一个称谓——“恶溪”，就知道这条溪流的凶险。好溪向南兼并了管溪，又纳入了练溪，一路上吸纳大大小小的诸山之水，凿山穿谷，最后奔入瓯江。当那几叶舟子随奔突的溪水鱼贯涌入瓯江，而后开始平稳前行时，船上的人终于松了一口气。看不尽的江天一色，鱼鸥飞翔，又经历几回日落月升，终于看到了江中那一座孤屿。此时船内的人都跑到船头去看这座著名的岛屿。“乱流趋正绝，孤屿媚中川。云日相辉映，空水共澄鲜。”其中一些人还情不自禁地吟出南朝永嘉郡守谢灵运的《登江中孤屿》。但他们并没有登岛，而是直接把船靠到对岸，匆忙下了船，旋即又雇了城中的舟子，穿过纵横的水巷，出城而去。舟子擦着荷花的枯枝，一路都是萧瑟声。时序已进入了初冬。船夫说：“这就是泉山。”船上的人看到眼前这一座海水拍岸、林木森然、云雾缥缈的大山，疲惫中透着茫然，更多的是犹豫和慌乱。只有一个人的脸上是安然的，甚至还带一丝喜色。往来的舟楫纷纷停下手中的桨，看着这明显异于本地人的一行人。风从东海上吹来，温润、清新，疲惫的身心顿时变得爽朗。不一会儿这群人就没入这座南方的山脉。他们身后拖着的那一大片阴影，与绿树浓荫融为一体。

关于李氏一族这一次迁徙的缘由，明嘉靖二年礼部侍郎王瓒在《重修茶山大窟李氏宗谱序》中写得明白：“余尝稽往牒，乃至李氏之先，羲皇初载受封陇右，传至李唐高祖，以晋阳举义起自太原，统一天下。宗之繁衍，乃封藩庶河间王孝恭于我瓯，以镇是帮。迨至八世孙集，五代时避乱，自缙云徙迁永嘉茶山大窟居焉，傍祖陇也。”

河间王李孝恭八世孙李集，带领族人从太原到江南，说是一次迁徙，其实是李氏一族的生死逃亡。黄巢起义、五代战乱带来的灾难，如带血的鞭子，在身后抽打着，迫使他们背对着故乡，一路向南，再向南，颠簸而来。这次走得更远，进入更深，遁入东海一隅的荒山野岭。这座南方的山脉，与李家并不陌生，先人的骸骨早已在这守着了。《李氏宗谱》载："唐年间王讳孝恭王妃申屠氏卒永嘉德政乡。西有平坦三顷，寝宫遗地尚存，至今名其墓曰李王坟，其峰曰李王尖。"傍"祖陇"，他乡已是故乡。

距离李唐宗室李集迁徙温州大罗山，已过去了一千多年。尽管我望向岁月深处的目光近乎恍惚，但这个叫李集的唐人的气息却是如此真切地在我身边。他和他的族人并没有被这座南方山脉的瘴气所吞吃。明万历《温州府志》卷十八载："唐李王墓在茶山，唐宗室李集避乱居住遗迹尚存。"光绪《永嘉县志》"宗室李集墓"条说："在茶山。集避乱居茶山，卒葬于此。万历《府志》作李王墓。"比典籍文字更有力量的传承是血脉的绵延。李成木已是河间王李孝恭第四十二世孙，现大罗山李氏已传至四十五代。

初夏的草木绿得嚣张。在植物丰盈的青气里，李唐宗室的一滴血落入大罗山氤氲开来的生命气息呼吸可感。

二

古道沿卧龙峡谷而上，人们叫它"老鼠梯"来喻其险峻。峡谷间横着一抹碧水，村落依于水岸，如鸟敛翅于树杈。村名石竹，明时李氏支脉从光岙迁至此地居住。今村舍大多已改为民宿，村人在村头买鸡蛋野菜这些土货，面容粗粝如山岩，已不知先祖避居山中之"难"。

继续往山里走，有往时间的锦囊中取什么似的感觉。古道尽头是小片山谷，山峰下是岭下村，李氏一支于明时从光岙迁至此。背靠的山峰叫寨城尖，古名霹雳尖，光绪《永嘉县志》载："大罗山其上曰霹雳尖，秀削千寻，气雄负厚，俯视众山，上睨霄汉。"村里建有李氏宗祠，石竹李氏都往岭下李氏宗祠祭祀。

山峰合围如铁壁铜墙的南方山野中有多少这样孤独的村庄守着遥远祖先的牌位呢？

在山里，分不清是山的背面还是正面。山与山在捉迷藏，山与山也挽着，挨着，拥着，看不尽山，也走不出山。一个转角，豁然开朗，人已在山巅了。

这是一座小山头，前后峡谷深切。东面有巨岩壁立，不挂一枝一叶，形如大象，山体延伸开来，成抱子之势。西面打开，视线越过青螺般的山峦，平原一目了然。村庄朝着北方。石头屋从山的脸面爬上来，又从后脑勺滑下去。山顶地势平坦，建有李氏宗祠。此地就是光岙村，古名冈岙。这样与世无争的地方，只能与白云山花争，与风霜雨雪斗。

风穿过林树，鸟鸣于树巅。老妪的扫帚划过门前的蜿蜒小道，似利器刮过时间的扉页，却又无痕。宁静是如此之深。庭院荒草丛生，梁椽腐朽入泥，一切在宁静中往后退，退回原始。李成木的老屋除了一个残破的门台还矗立着，主体建筑也已是一片废墟。李集血脉在这座屋子里直系传承了十一代，繁衍了近百人。老屋里的人已是一把种子撒出去了。突然心酸，理解了一个老人的心境。时过境迁，李氏子孙像峡谷山涧的水，出了山之后，回不去了。就如他们的先祖，迁到南方后，再也回不到北方，遥远的北方变成了一炷香的祭祀，变成族谱上的几个字，于光岙，还是一个村庄的方位。

李集宅的遗址在峡谷中。从村旁的山坡下去，穿过一片桂花林，再穿过一片杨梅林。陷入峡谷，如陷入时间的深处。此地唐朝时是什么样子？草比现在长，林木比现在原始吧。所谓的“蛮荒”，仅仅是因为它在历史视野之外，在中原人活动的范围之外。

阳光仍然是唐朝的阳光，此处却已不是唐朝的样子。峡谷中林木茂密森然，只听得潺潺水声。李成木说，20世纪60年代，村里开荒，这片谷地上挖出石板、瓦砾。涧水从林木深处流出，带来远古的消息。想那日，李集与族人弃船后，一步一步沿着山势攀登，向着祖陇的方向走。抬头望一望天空，天空似被围砌了，但仍不失辽阔，两棵樟树像士兵把守谷口，爬上山头一看，山下平原一目了然。于是停下脚步，与族人凿石砌墙，开垦田地，而后给这个地方起个名字叫“樟树窟”。晨雾与炊烟一起升起。

李集成一支血脉的开端，像一粒种子，寻觅到自己的土地，生根发芽，根脉随着山脉，时间沿着空间，从隐秘的峡谷中，攀缘上光岙，再沿山势婉转而下，岭下、石竹、秀才垟、李垟、动石、龙头、娄桥、永强、瑞安、玉环……一千多年过去了，李氏一族从这座南方的山脉深处一步步地走出来。崇山峻岭中，“嗒嗒”的脚步声，犹如李氏血脉强劲的搏动。据《李氏宗谱》统计，从李集到大罗山始，其后裔蔓延至温州地区以及玉环的，就有70万人。这是李氏支脉一千多年来在东海一隅繁衍的气象。血脉是一条流向明晰的河，此次我是逆流而上的。

《李氏宗谱》上一个个人名，犹如花叶。细看其脉延，看到李氏一族安于山野的品性。从八世李集开始，直到十四世方有子孙步入仕途。李唐卿，登宋绍兴三十年（1160）进士，教授西京睦宗院，历官国子监博士，为秘书郎，除江东提举，逾年改浙西。其子弥高，由进士历太府臣，出于严陵守，父子俱以廉洁公平称世。接着的十六世孙李千一，立志三世笃守祖业，殷盛至富遗于后裔。其后历十世，再无子孙步入仕途，好像遵了祖训似的。直到二十六世孙李阶，字升之，号月川，明弘治五年（1492）乡魁，正德六年（1511）进士。任山东寿光县令，后任广东按察司佥事，以吏部主事致仕。李阶自幼聪敏，诗文俱佳，又通算数、阴阳、医卜。曾为张璁师，张璁为相后，在瑶溪立祠以祀。王瓒写《重修茶山大窟李氏宗谱序》正因李阶之请，说与李阶“幼同笔砚，契谊姻友”。风吹山树窸窣作响，这族谱上一个个人名，随满山草木摇曳生色起来。

又至山顶。日光穿过树梢落在宗祠门台“陇西支脉远，冈岙发源长”十个字上，这一束历史的追光，瞬间把北方和南方连在一起，把过去和现在连在一起。

三

光岙村朝北，巧的是，李王尖也在村的北面。遥望北方，青峦如萍点点浮于烟水。视线与这座称王的山峰对接时，历史的苍茫之气穿空而至。

唐开国之初，高祖李渊堂侄河间王李孝恭平定江南，东海一隅成为大唐江山的一小块拼图。中原的统摄力切入东南海隅，并在时间的长河中留存下来，著名的有两件事：唐高宗上元二年（675），析括州之永嘉、安固两县置温州，以其地处温峤岭南，虽隆冬而恒燠，故名温州，温州之名得以确立；也是这一年，瓯柑被列为贡品，一个果实成为长安想象温州的主要媒介，此后历朝历代沿袭，进入诗歌、小说。

或许最了解这块土地的还是坐镇江南的河间王李孝恭，他知道江南的每一寸土地，与严重失血而苍白枯瘦的北方相比，是那么骨肉丰满、唇红齿白。他让自己的王妃永远守在东南海隅，也暗暗代表自己镇守的疆域吧。八世孙李集奔南方“祖陇”而来，于李氏血脉，是回到源头。难道河间王李孝恭早料到会有这一天，给自己的子孙留了这么一条生路？

去李王尖的路，石头古道已变成了水泥公路，李成木也从少年走成了老人。一只松鼠在路上一闪而过，消失在山野，也是忽闪而过的那些个春夏秋冬。广袤的时空里，都是这些消逝的事物在飘荡。走在我前面的老人的面容，还有几分是李唐的胡人之相呢？

李王尖在视线里只有一截曲线的距离，到了眼前就变成了一片草地、一片林地。这是山的魔术。这条路上，从古至今，慕名寻访李王尖的人也是络绎不绝。来访者中，明人王叔杲（1517—1600）登李王尖之行，是要被历史记取的。此公有闲云野鹤之风，又有侠气，按他诗中所说是“予本山中人”，喜欢“闲持一觞酒，岩陟罗山巅”。这次李王尖之行，也是带酒而行，写下的诗文成为后世查证李王墓的重要历史文献资料。那首《李王战场歌》写得气势雄壮而悲凉，也是李集最好的画像：

“将军跃马趋云间，凿山通道逾八蛮。弯弓直射飞狐道，按剑曾开豺虎关。将军英武本唐裔，力能拔山气盖世。当时唐室苦分崩，社稷摇摇一丝系。六镇云扰军无功，九鼎卒陷朱全忠。英雄无志图兴复，穷山独守悲元戎。…… 把酒重登古将台，千年剑戟森蒿莱。北风萧萧思猛士，倚天长啸秋云开。”

诗作的注写道：“李王，唐宗室也。唐末避乱居山中，其战场石阵尚在焉。旸谷子观之，赋战场歌。”注中可见，明时此地李王战场痕迹犹在。这与明时重修的《李氏宗谱》里“西有平坦三顷，寝宫遗地尚存，至今名其墓曰李王坟，其峰曰李王尖”的记载相符。眼前只有青草不弃春秋年年绿，风吹草低，不见一砖一瓦，只有在掘进泥土深处才可触摸到。大家静默着，一时无语了。

往山尖尖走。山在步步升高，人却在沉降，沉入荒古苍茫。李王尖的东面是茫茫海域，西面是楼宇密集的温州城，南面是连绵不断的山峦。风从海上呼啸而至，发出战旗撕裂般的声响。刹那间，那个叫李集的古人赫然立于身旁，我甚至能感觉到他佩剑闪射出的寒光。原来这一路寻来，我一直在辨认这个人。

这个坐在李氏宗祠里的李氏祖先李集，并不是文字记载的“避乱”或“隐居”那么简单。唐朝日薄西山，无论是黄巢起义，还是进入五代争霸，作为李唐血脉以及关陇集团之首的赵郡李氏，都是在劫难逃。河间王李孝恭八世孙李集与生俱来的将领血脉，定是与黄巢，或者朱温的军队抵死抗击过。无奈乾坤变化，将已不是当初的将，兵也不是当初的兵。留得青山在，不怕没柴烧，李集带领族人和兵士从北方到南方，寻找只有李氏子孙才知道的那个极其隐秘的地方 —— 河间王李孝恭的申屠氏王妃的安葬之地 —— 东南海隅的这条山脉，也是李氏一族最后的江山。李集的太祖，李唐江山的开国名将李孝恭早知道大唐总有颓倾的一天，早已为自己的血脉延续留了一条后路。这一小块隐秘的江山一直在李氏的族谱里代代相传。李集虽藏入高山峡谷中，但不论是李王尖，还是光岙，都是制高点，既能观海上动静，又能观平原之势。他在祖陇排兵布阵，操练士兵，以先祖的伟业激发光复之志，退一步，又可守护李氏子孙的生命安全，和李氏一族的血脉绵延。世事也正如河间王李孝恭所料，他选得“祖陇”偏安一隅，得山海护佑，不论是黄巢起义，还是接着的五代十国，温州没有发生过战乱杀戮之大祸，反是避乱之民的流入地。

俱往矣！人类不可能蹚入同一条河流，看似相同的波涛下，历史的河床走向，已悄然发生了改变。一代一代的生命如树叶飘零，傍于祖先的坟茔之旁，归于尘土。

李集，一个弃世如此之久的人，却没有被时间的汪洋淹没。千百年来，除了典籍和诗文记载，李王的传说，像大罗山的云朵从这个村庄飘到那个村庄。山峰有山石滚落，人们就说是李王的胭脂马跑过。雨后山谷常出现五色彩虹，就说是李王在晒他的龙袍。山谷回音，就说是李王兵败隐入山脉，叫“应山脉”。世人只知大唐是中国文明的一座高峰，却不知道东海一隅有一座山峰姓李，与大唐血脉贯通，遥相呼应。这一支李唐血脉，是大唐的心脏在激烈的搏动中一点鲜血喷射到边缘地带的历史见证，是中原文化进入东南海隅的见证，“瓯居海中”的“蛮荒”山脉，从此染上缕缕烟火。

历史动荡、自然灾害、个体迁居，人类的迁徙像一道道隆起的山脉，构造着中国大地的生命肌理，书写着另一种历史。当农村城市化，老建筑入了土，有人不入宗谱…… 祖先的时间和历史我们不再携带，人潮拥挤中，我们迷失在自己血液的河流里分不清东南西北，无法辨认各自的面孔。李成木老人的愿望，就是想要李氏子孙，无论走得多远，归来走进这座山时，能进入自己的源头时空，认清自己的面孔。

刊于《海燕》2020年第12期

夜夜夜夜夜

谢春卉

时间旅行者

我顺着湿地大门吭哧吭哧往山上爬。暮色如同中世纪的黑魔法从四面八方包围过来。天空呈现出一派赭红色、湛蓝色、藕荷色交替变幻的颜色，这是海妖在唱歌，海妖统治傍晚的天空。海妖的歌声从空旷的远处穿透两个八度呈现不断变幻的彩虹色，但是她今晚休想迷惑我，我无心留恋此美景，我要赶在天黑之前爬到山顶将帐篷支好。

月亮像只用旧了的碗，老早就被挂在天上。我边走边往天上踅摸，我来了，我需要所有的星辰都在场见证。但此刻天上只有一枚金星待在离月亮大约两尺远的地方。为了这场金星合月整个天都腾空了，我为此默默感动了一小会儿。

爬到山顶的时候天彻底黑了，山顶空无一人。小杨子负责打手电，我动手支帐篷。星星开始三个五个地蹦了出来。我没时间去辨识它们，我得抓紧时间尽快将帐篷支好。

旅游季，山下的烟花此起彼伏，水母一样的烟花砰砰在夜空炸响，这给我们的行动增添了某种庄严的仪式感。但是我不想听见任何人为制造的声音，我拎着这么沉的装备爬上来就是为了聆听大自然的密语。

我躺在山顶上，我惊奇地发现自己竟拥有了上帝的视角。灯火通明的小城喧嚣和烟花一起从夜空中慢慢升腾，它们经过山顶，经过我，然后到达更遥远的虚无。我闭着眼，我知道在山下某条街的东南面有几伙刚从饭局撤下来的酒鬼正为下一个节目争论不休；砰砰作响的烟花和篝火晚会正在每一个旅游庄园门前热烈上演；车辆在道路上疾驰；楼盘的塔吊24小时彻夜不休。而在山脊的另一面，漆黑一片的山谷正沉默地守护着天地间最古老的秘密，青蛙呱呱地唱响夏天，鸟儿和小虫在我看不见的地方四下啾鸣。我头枕着大地，我的一只耳朵被灌进人类的穷奢极欲，另一只耳朵在谛听大自然的源氏物语。

我迷迷糊糊睡着了，等我再次睁开眼睛，宇宙已经在混沌中显露出它的真容。我发现星星和我的眼睛一样明亮，脚下的小城正陷入梦呓，建筑工人的梦、升官发财的梦、远方客人的梦，每一个人都站在自己的梦里像一只只透明的水母静静地在黑暗中飘浮，烟花则是另外一些人的梦。山脊对面的荒野没有梦，那些单纯的生物只知道保持自己基本生理需要就够了，它们不做梦。

逃离乌托邦

午夜的雨下起来的时候，橘黄色的满月还在天上挂着。闪电从西面的山岗上溢出来，所有的花朵都被唤醒，一种鸟发出怕冷似的呻吟，听了让人觉得可怜。牧草像森林一样从远处涌过来，每一株高大的牧草都抵达到月亮上，我想踩着月光爬上去，但雨水已经把月光打湿。我打开帐篷的门，雨后的冷让我与一只鸟同病相怜。野稗子草沉重的头低垂，我想它们这是在可怜我，只要我肯抬起头，它们怀抱的水珠就会滴落到我身上。

雨很快就停了，月亮也不见了，无数株草怀抱无数个月亮，山谷依旧明亮。怕冷的鸟又叫了一声，我想它除了怕冷也许还怕黑，但我不怕，我被无数株草在黑暗里秘密保护着，好像一只匍匐在洞里的鼹鼠。

我是这片山谷的闯入者，黑夜让我与山谷融为一体。但我并不孤单，我已经有了三五好友，怕冷的鸟算一个，住在桦树丛中的野鸡一家、一群鹿科动物，还有挂在天上的刚刚逃走的圆圆的满月。以前我住在油菜地里的时候曾经遇到过一枚橘红色的月亮，我无比怀念那个夜晚，烧饼一样圆圆的红月从浩瀚的油菜花海上寂静地滑过，像极了多少年前住在我心底的一些心事，它们在月光下独自繁茂，却只被我一个人所知道。但我至今也没弄明白，为什么野外的月亮像土鸡蛋一样颜色更深，而城市里的月亮则患了贫血满脸苍白。

我对这枚月亮寄予厚望，这是入夏以来的第一轮满月。我想象着一枚更大、更圆、更红的月亮从山岗上爬上来，山谷里盛开的黄花菜与金莲花像酒杯一样盛满了月光。但我刚来的时候天还亮着，天空乌云密布，我已经不能再等了，我迫不及待地想要见到这枚圆月。

起先我想把帐篷扎在白桦丛里，我试探着向前走了几步，树丛里发出刺耳的大叫，那声音高亢尖厉而慌里慌张，好像一个突然受到惊吓的人发出的完全不着调儿的喊叫。海江嫂子说树丛里住着正在孵蛋的野鸡一家，我们这儿管好几种体格魁梧、毛色艳丽的大鸟统称为野鸡，我不知道她说的到底是哪一种。我赶紧停住了脚步，草丛里的暗河已经从河道里溢出来，打湿了我的鞋。

那时候天还没有完全黑透，我刚钻进帐篷野鸡就率先跳出来表达抗议。我想我之前的冒失唐突了野鸡，野鸡有理由表达它的不满。野鸡的叫声粗哑而凌乱，听上去怒气冲冲，像噪音。过了一会儿它们大概想通了，发出“噢、噢”的叫声。一些“噢噢”声在帐篷的前后左右萦绕，好像有很多只野鸡，我刚将头探出去想看个究竟，它们立刻就闭上了嘴，但也许是天黑的缘故，我什么也没看到。等我将头缩回帐篷它们又开始“噢噢”大叫着起哄，好像在嘲笑我。过了一会儿我觉得没劲不再理睬它们，它们也随之安静下来默许了我的存在。

天很快就暗了下来，无数双眼睛在草丛里、树杈上、山岗上窥探，这条山谷由人与动物轮流看管，白天人在麦地里劳作，在草甸子上打草，在山坡上采摘黄花菜与金莲花，在树林里采蘑菇，到了夜晚人就把这里交给了动物。我往帐篷里塞装备的时候，一个纤巧的身影在几米外的草窠子里惊惶地跳起又落下，我低着头假装没发现它，给足了这个冒失鬼信心与勇气。等到最后一缕火苗黯淡下去天就彻底黑透了，四周一片寂静，我在高大的牧草包围下差一点就进入了梦乡，大地的颤抖将我从梦中惊醒，我好像回到了洪荒时代，我与天地一起呼吸，有蹄类动物敲击地面的悸动被我与大地相连的神经捕获，我知道它们来了。

起先我以为是马群，它们的蹄子坚强有力，它们的叫声像马匹在愤怒地打着响鼻，但我知道只有狍子这种好奇的动物才会主动向未知靠近。我向帐篷中间挪了挪，狍子的叫声在漆黑的山谷深处回荡，我想象着它们秀美的身影在半人多高的牧草中间跳跃穿行。我打个盹儿的工夫，它们的叫声与地面的颤抖在我耳边持续加剧，至少有一支狍子小分队光临了我们的营地。领头的公狍围绕着我的车辆与帐篷一边急吼吼地大叫一边巡视，好像一个年长的人在发脾气。我从帐篷里坐起来仔细聆听，过了一会儿狍子向浸在水洼里的桦树丛跑去，显然它们与住在树上的野鸡一家已经是老朋友了。

狍子还没走远山谷里陡然明亮起来，好像有人打开了一盏灯，住在车里的蒋姨首先注意到了这一点，月亮出来了。乌云为东山礼让出一块儿空间，月亮站在了高高的山顶上。月亮并没有我想象的那么红，但足够大与圆。又大又圆的橘黄色的月亮给山谷披上了一层轻纱，野稗子草被月光灌醉，高大的牧草东倒西歪。狍子的叫声一直在山谷里飘荡，好像月亮是它们叫出来的。

月亮在云层里时隐时现，等到我们再次返回帐篷，狍子又回到了营地，这次它们没有大呼小叫，它们安静地围着我的帐篷啃食青草。

午夜的雨下起来的时候月亮正式消失在云层里，这不得不令我想象又大又圆的月亮正在乌云之上照亮另外一个世界。我在雨后的寒冷中辗转不能入眠，狍子不见了，灯泡一样的小圆眼睛也消失不见，山谷有片刻时间重新归于黑暗与宁静，之后黑色的大风带着雷霆与闪电重新涌入山谷。我打开帐篷的门，让凛冽的风充满整个帐篷和我的胸膛，虬曲的金色的闪电像利剑一样将黑暗与山谷劈开，闪电划过的刹那，我看到惊惶的牧草四散逃窜。我端坐在帐篷里，像个修行者一样在漆黑的大风中、在惊雷与闪电中一寸一寸地等待天亮。

上帝的牧场

傍晚的八连河套充满了魔幻现实主义。前一秒太阳刚刚携带万丈霓虹跌下山去，此时正值盛夏，我和蒋姨站在草木葱茏的河套草甸子上，空旷无所依。

四野一片漆黑，一直到夜里十点多我和蒋姨才在八连河套的公路边上找到一处亮灯的养蜂点作为宿营地。夜风将我们的帐篷吹得像降落伞一样高高飘起，我真担心它们会一去不复返，直到养蜂点71岁的女主人帮我们扎好帐篷我才找到久违的安全感。

月亮在午夜升起，那时候风声停止，一种我从未听到过的"沙沙"声带着音乐的旋律充斥在远近的空间里。我从帐篷里钻出去，长空凝翠，大地一片银白，无数透明的翅膀在月光下反射着微弱的荧光，这些白天躲在草丛里与叶片底下的弱小生命此刻正像鸟儿一样在空中自由飞翔。我的出现并没有令它们受到惊扰，它们从我的眼前和身边飞过，有的撞在我身上撞在帐篷上，整个草甸子都充满了它们振动翅膀的"沙沙"声。

我像个异次元空间的闯入者，我被无数与月光一起起舞的"沙沙"声簇拥着向远处信马由缰，而更远处的河套里，不肯歇息的鸟儿依旧在小声叽叽喳喳，几只发出特别洪亮声音的鸟好像是正在发表讲话的鸟领导。

我还想要走得更远，但一声温柔的响鼻拽住了我，接着两声、三声，一个庞大的马群的轮廓出现在面前。我认识这个马群，这是这片草甸子上唯一的一个大马群，有一百多匹马，此前一位少年人引领它们去西山吃夜草，我对少年人表达了想要与马群毗邻而居的愿望，大概马听到了，就马不停蹄地赶了回来，此刻它们正经过我的营地。我按捺不住心中的狂喜，我像个影子一样在万千翅膀的簇拥下在安详的马群中间游荡，马儿明亮的眼睛倒映整个月光下的草原，它们偶尔看我一眼，有时还会给我让出一个位置，好像我是它们的同类，它们要将最鲜美的青草留给我吃；我还想去更远处的河套里看看勤奋的不肯歇息的鸟儿，但我回望了一眼挂在北斗星下的帐篷，还是忍不住停下了脚步。

我久久地伫立在月光下，我和无数透明的翅膀一起飞过山峦飞过田野向着月亮飞去，直到清早牧羊人的吆喝把我从梦中惊醒。

我坐在帐篷门口看着羊群和牧羊人的吆喝一起由东向西奔跑，那时，整个大地都沐浴在金色的晨曦里。河套里传来开锅一样的鸟鸣，我想安静地蹲在养蜂人的蜂箱前仔细观察一下勤劳的蜜蜂，但蜂群很快就发现了我，我只好在蜜蜂愤怒的包围声中飞快地跑掉了。

宝石镶在银子上

那个早春的下午，伴随着日常的荫翳大风与密布翻滚的乌云构成了某种特定氛围下的诡谲背景，这背景更突出了其光华。它斜斜地挂在东北方向的天空中，亮度接近白炽。而当时日星隐曜，飞沙走石，让本该出现在上古神话与《山海经》中的一幕得以在现实重演，这枚体积几乎可以同蓝球媲美的灼目的星辰拖着一截儿同样耀眼的彗尾，在乌云的簇拥下散发出令人无比震惊的妖异光芒。我忍不住惊呼“快看，哈雷彗星”。是的，它就是大名鼎鼎的哈雷彗星。

至此，这颗著名的彗星最近一次绕过近地点后渐渐离我而去，它的身影逐渐暗淡和变小，直至消失在茫茫的太空之中。然而事情并没有结束，那个夏天的一个平常的傍晚，院子里传来不同寻常的低语，之后人越聚越多，顺着大人们的所指，锦缎一样翠绿色的油彩在我家西北方向的天空漫漶开来，那些变幻流淌的发着荧光的绿色照亮傍晚的天空与人们的脸。人们面面相觑，没人能说出个所以然来。等到人群逐渐散去，那些鬼魅的绿色几乎爬满了整个天空。

第二天的情景如是。太阳落山后，这奇异的绿色如同不祥的预言逼仄得大家喘不过气来时，邻居老田开始在一条小径上踟蹰，老田说“极光”，他说这是“极光”，这在当时是个生僻词。有人问，是中国的激光还是苏联的激光，对人有没有害？老田说极光是北极的光（南极也有），和晚霞彩虹一样是自然现象，对人无害。人们听了这话这才将信将疑地长舒了一口气。

之后再没人理会这些绿色的极光。轻盈的绿色如同仙女的裙裾在天空洇染，或浓或淡的绿色在天空流淌，铺陈成一匹轻柔的织锦，它们从西北方向的一点出发，像一桶被倾倒的绿色颜料，星星在它们背后闪烁着幽微的光。等我写完作业坐在门前的松木堆上乘凉，漫天的极光已经将小镇装扮成了童话世界。街道上空无一人，只有老田的身影在旷野上逡巡，他时而仰望，时而怔忡，绚丽的夜空笼罩在他身顶，他举止怪异，如同一个古代的巫祝。看到老田的身影我立即得出结论，人们只应该关心地上的事，地上的事情已经够多了，只有科学家和傻子才会关心天上的事。

而这些被成长尘封的记忆孤兀地搁置在潜意识里，偶尔碎片化闪现，却显得无比虚妄与不真实，仿佛它们仅仅来自我的主观臆想，直到一枚火流星拖着燃烧的尾部猝不及防地划过天际。那时候，期待中的双子座流星雨极大时正像烟花一样自天顶散开，那是一年当中最寒冷的时刻，月光晕染下的厚厚积雪将夜空反射成银白色，无数闪亮的星辰如同闪耀的宝石一样镶嵌在巨大的银盘上。

那一刻，记忆的闸门打开，漫天星辰沿着北极星飞速旋转，所有的流星都返回至原点，哈雷彗星与极光重新自西北方向出发，巨大的天幕犹如一只窑变的黑碗从我头顶倒扣过来。我孑立于苍穹之下，所有细节带着我至今仍然无法领会的隐喻在我面前一一呈现，一起铺陈开来的还有加西亚·马尔克斯那句著名的开场："面对行刑队，奥雷里亚诺·布恩迪亚上校将会想起父亲带他去见识冰块的那个遥远的下午。"

刊于《草原》2021年第12期

辑 四

远路上的新疆饭

刘亮程

一

有一年，我们开车去阿勒泰，从天山脚下的乌鲁木齐出发，穿过茫茫准噶尔盆地，往天边隐约的阿尔泰山行进。原打算在黄沙梁吃午饭，那里的路边有几家卖拌面和大盘鸡的野店。所谓野店，就是前后不着村，饭馆的矮房子淹没在路边野草中，四周是沙梁起伏的荒漠。那时这条穿越荒野的道路旁人烟少，饭馆更少，南来北往的人，行到这里早都饿了，都会停车吃饭。我们却没饿，行车到半中午时，见路边一片瓜地，便沿便道开车到瓜地边，想买个西瓜解渴，一地西瓜明晃晃熟在地里，却找不到看瓜人，没办法买，只好自己摘了吃，吃饱了在瓜皮下压了一块钱，算是付费。这顿西瓜把我们的午饭耽搁了，到黄沙梁的野店时，都饱着，就说再往前赶，结果一直赶到了黄昏，车里人饥肠辘辘，这时候的大漠落日，就像挂在天边永远吃不到嘴的圆馕。司机说，这段路上再不会有饭馆，也不会有西瓜地。我们穿过沙漠腹地已经到了更加干旱荒凉的阿尔泰山前戈壁。

这时，荒无人烟的路边突然冒出一间矮土房子，土墙上歪歪扭扭写着“沙湾大盘鸡”。赶紧刹车拐进去，车停在院子。所谓院子，就是土屋前一小片修整平坦的戈壁，和屋旁辽阔起伏的戈壁滩连在一起。店里只一张桌子，七八个板凳。女店主的表情也跟戈壁滩一样漠然，不冷不热地说一句“你来了”，那语气像似认得你。你似乎也觉得认识她，只是记不起来。她提着大茶壶，给每人倒一碗茶，那茶仿佛泡了一天，跟外面的黄昏一般浓酽。

忐忑地要了一个大盘鸡，问多久炒好。说快得很，一阵阵。果然喝几碗茶工夫，做好的大盘鸡端上来了，那盘子占了大半个桌子，鸡块、土豆块、辣子满满堆了一大盘。四双筷子齐刷刷伸过去，没人说一句话，嘴全忙着啃鸡，忙着吃里面的皮带面。太阳什么时候落山的都不知道，小店里渐渐暗下来时，我们才从贪吃中抬起头来，彼此看看，谁学着女店主的腔冷冷地说了句“你来了”，大家都笑起来。

我全忘了坐在一桌的人是谁，我们因什么事踏上了去阿勒泰的这趟旅行，只记得吃着大盘鸡的瞬间，我侧脸看着窗外荒天野地里的彤红晚霞，地平线清晰地勾勒出大地的边沿，那是我在千里之外的小县城，时常看见的天边，我们开车跑了一整天，它还是那么远。仿佛比我在别处看见的更远。那一刻，一顿荒远的晚饭，就这样长久地留在了回味里。

多年后再走那条路，有意把时间磨到黄昏，想再坐在那小店的窗口，吃着大盘鸡看荒野落日，想再听那恍惚的一句“你来了”。沿路经过一个又一个路边饭店，一直把天走黑，那土房子再找不见。

二

大盘鸡是我家乡沙湾发明的一道大菜，说是菜，其实也是饭。新疆饮食大多饭菜不分，拌面、抓饭、手抓肉都是饭里有菜，菜饭合一。大盘鸡也一样，主菜鸡，配料辣子、洋芋、葱姜蒜，外加特制皮带面，搅拌在一起，结实耐饿，适合在路途中吃，也方便在偏远路边店炒制，剁一只鸡，配一把辣皮子，一只铁锅便能炒制出来。

大盘鸡发明那些年，我在沙湾城郊乡农机站当管理员，常被拖拉机驾驶员拽去吃大盘鸡，那些跑远路的司机，吃遍天山南北，还是觉得大盘鸡好吃。好在哪，可能就是盘子大，可以放开吃。不像那些小碟子小碗的吃法，都不好意思下筷子。那时大小酒桌上的主菜都是大盘鸡。一大盘子鸡肉摆在面前，红辣皮子青辣椒，白葱绿芹黄土豆，满满当当堆一盘，能让人胃口大开，平添大吃大喝的豪气来。

沙湾大盘鸡在二十世纪九十年代沿公路传到全疆各地。

到现在，好吃的大盘鸡都在路上。后来大盘鸡传到城郊僻街陋巷，生意依旧红火。城里人纷纷开车来吃，城郊乱糟糟的环境能和大盘鸡相匹配。再后来大盘鸡进了城，乌鲁木齐繁华区开过许多大盘鸡店，没多久都倒闭了。不是城市厨师手艺不好，大盘鸡本是一道乡间野路子大菜，在乡村饭馆和路边的简陋餐桌上，它一盘独大，其他菜都围着它转。到了城里的大餐桌上，七碟子八碗，大盘鸡失去了霸主位置，自然就寡味了。

有几年我们在和丰做工程，常走呼克公路，早晨从乌鲁木齐出发，到黄沙梁那一片刚好中午，在路边沙包下的饭馆吃大盘鸡。那几家店我们轮换着吃过，味道都差不多，好不到哪里，只是那个环境，太适合吃大盘鸡了，屋外摆着永远擦不干净也支不稳当的圆桌，除了路，四周是沙漠荒野。有时刮起风，空气中呼呼啦啦地响，一阵沙尘草叶扬过来，大盘里的鸡肉也随之味道丰富起来。

我有一个亲戚，就在黄沙梁北边的沙漠里，开荒种了几千亩地，说了几次让我去他的农场玩。一次我路过黄沙梁，突然想去看看这个当“地主”的亲戚，打手机接不通，没信号，便驱车往沙漠里开，在岔路纵横的荒漠中凭感觉行驶了三个小时，最终盯着远远的一缕炊烟来到亲戚家的农场。那缕冒着炊烟的矮房子，坐落在一眼望不到边的棉花地边，女主人正在做午饭，见我来了，赶紧让小儿子骑摩托车去喊他父亲。

不一会儿，带着一身农药味的男主人回来了，说在开机子打农药。我说，耽误你干活了。亲戚说，让虫子多活半天吧，没事。说着扭头吩咐女人剁鸡，只听房后一阵鸡叫和扑腾声。又过了一阵子，一大盘鸡便做好端上来。男主人从床底下摸出两瓶沙湾苦瓜酒，我们边吃边喝边聊着棉花收成的事，五个男人，一会儿就把一瓶子酒喝光，第二瓶喝到一半时，主人喊小儿子去买酒，我说喝好了，还要赶路呢。小儿子不听我的，一脚油门，摩托车扬尘远去。

那半瓶酒喝完时，太阳已经西斜到棉花地里。主人看着空了的瓶子，不好意思地说酒很快买来了。我说不能再喝了，还要赶路。男主人说，你来了就不要想走。我说真的有事要走。主人说，你要再说走，我就开挖机去把路挖断。

黄昏时，听见摩托车声，小儿子抱来一箱子苦瓜酒。我问去哪买的酒，说公路边的小商店，来回一百多公里。我们等了三四个小时，先前喝上头的酒劲都过去了，主人又吩咐剁鸡炒菜重新喝。我看天色已晚，哪都去不了了，只好任凭主人安排。

第二轮酒是在月亮底下喝开的，酒桌摆在沙地上，白天的闷热过去了，凉风从西边徐徐吹来，月光下轮廓清晰的沙丘像在晃动，月亮也在天上晃动。不知何时，同来的三个人早已躺在沙地上睡着了，司机也在敞开的车门里呼呼大睡，剩下我和亲戚举杯对饮。

荒漠之中，明月之下，两个喝高了的人，嗓音高低不平地说着明早肯定会忘记的涛涛大话，那话随月亮升高，又随沙丘起落。

我就在那时听见屋后面的鸡叫，先是一只，接着三只五只，远远地，沙漠那边的鸡叫也传过来。我看着盘子里剩了一大半的鸡肉，突然嗓子发痒，我从自己一个接一个的打嗝声里，也听见了鸡叫。

三

在新疆，最方便在野外吃的还有手抓羊肉，一锅水，一只羊，煮熟了吃，做起来比大盘鸡还简单。

一次我们到伊犁军马场去游玩，中午约在山谷里一户哈萨克族牧民毡房吃煮羊肉。到了毡房，牧民说羊去后山吃草了，主人骑马去驮羊，结果一去半天。到太阳西斜，羊驮来了。招待我们的人说，羊远得很，山路也不好走。我们看着主人宰羊、剥皮，肉放进石头支起的大铁锅里，松树枝在炉膛慢慢烧着，我们耐心地等。

跟我们一起等待的还有在天空盘旋的一群老鹰，鹰早在牧民用马背驮羊下山时就盯上了，一直追踪到毡房前，看着羊宰了，煮进锅里，它们等着吃骨头。几只牧羊犬也等着吃骨头。还有远近草原上的牧民，他们看着天空盘旋的老鹰，就知道鹰翅膀下面的毡房煮羊肉了，一匹匹的马儿，驮着主人朝着这边溜达过来。

羊肉煮熟端上来时天已经黑了，堆成小山的一盘肉里，仿佛已经煮入了牧民上山驮羊的时间、羊在山上吃草的时间、鹰在天空盘旋的时间，以及我们饥饿等待的时间。

那一餐，我们一直吃到半夜，肉吃了一块又一块，每人面前都堆了一堆羊骨头。酒也喝掉一瓶又一瓶，都没有醉的意思。仿佛我们等了大半天的饥饿，要用大半夜才能吃喝回来。

四

我的朋友刘湘晨说过他最难忘的一顿饭。

那年他在塔什库尔干拍纪录片，要下山买摄像机电池，站在村口等车，等到快中午，路上连个车影子都没有。就在这时，山坡上说说笑笑来了五个姑娘，在路边的平地上支起帐篷，用石头垒起一个炉灶，放上铁锅，便开始架火烧饭。我的朋友不知道姑娘们给谁做饭，也不便过去问，就老老实实坐在路边等。等得快睡着了，过来一个姑娘喊他，让过去吃饭。姑娘说，我们在村里看见你在这里等车，今天不一定会过来车，明天后天也不一定有车过来，我们给你搭了帐篷，做了饭，你住下慢慢等。

我的朋友长年在塔什库尔干拍片子，住在当地的塔吉克族人家，早已领略了塔吉克族人的热情好客。但这样的奇遇还是第一次。他感激地吃完姑娘们做的清炖羊肉，正打算在帐篷里住下，远远看见一辆运货的卡车开来。他多么不希望这辆车过来，最好明天后天也不要有车来，他就一直住在路边的帐篷里，每天看着五个姑娘在石头垒的炉灶上给他做饭，晚上躺在帐篷里，望着高原上的星星和月亮，做着美梦，等一辆永远不希望它过来的车。

他可能是塔什库尔干最幸福的路人了。

同样的幸福经历我也遇到过。

那次我们驾车去和布克赛尔蒙古自治县牛石头草原探路，那是一处远离县城的高山湿地夏牧场，没有正规道路，汽车走的都是羊道，羊群踩出的道大坑小坑，要把车颠散架似的。一百多公里的路，走了四个多小时。大中午时，一行人进到一户牧民毡房，男人放羊去了。我们给女主人说，能否给做点吃的，我们付钱。

女主人热情地招呼我们上炕坐下，很麻利地铺上一块白色单子，把烤馕和小油饼放在上面，沏上烧好的奶茶，让我们品尝。然后，女主人架着外面的炉子，开始煮风干牛肉。

我们出去游玩拍照。这里是一片高山湿地牧场，一块块的巨大石头，像卧在草原上的石牛，全头朝西，任由西风吹凿出头、身体和鼻子眼睛。草原上还有两个小湖泊，挨得不远，像两只望向天空的眼睛。我们玩得忘记时间，直到听见女主人站在一块大石头上高喊，声音高高地飘到天上又落在草地的大石头间。

那顿肉我们吃得很仔细，肉被风吹干，再煮熟，还是干硬的，只有小块地咀嚼，肉里有风的悠长干燥，有草从青长到黄的香，有石头的咸，有松枝烧柴的火气。一大盘子牛肉，细嚼慢咽地全吃光了。

临走时问主人需要多少钱。

“不要钱。”蒙古族阿妈说。

同行的朋友掏出五百元钱硬塞给阿妈。阿妈拗不过，就收下了。然后，她俏皮地笑着，一人一张把五百元钱塞给了我们一行五人。

像是塞给她的五个孩子。

五

那年我和一位作家在维吾尔族朋友陪同下，到库车塔里木乡采风。爱说笑话的乡会计开一辆没刹车的破桑塔纳，拉着我们在渠沟纵横的胡杨林里穿行。矮胖敦实的维吾尔族乡书记坐前面，我们同行三人挤在后排。会计用半生不熟的汉语说，你们不要担心我的车没刹车，刹车多得很，胡杨树、沙包、渠沟都是刹车。确实是这样，对面过来一辆拖拉机，眼看撞上了，会计一把方向，直接对在路边沙包上，把车刹住了。

晚饭安排在塔里木河边一户农民家，两间房子，孤孤地坐在胡杨林里。我们进屋脱鞋上炕，炕桌上摆着馕和葡萄干，乡书记让我们坐上席，他和会计坐对面。我们喝着奶茶吃着馕，会计打开自己带来的几包油炸大豆和花生米，乡书记从身后摸出一瓶酒，打开自己倒一杯喝了，又倒一杯给我。维吾尔族喝酒是一个杯子轮流转，转一圈，酒瓶子交给我，我先倒一杯自己喝了，再倒一杯给乡书记，就这样一圈圈地转，几包花生米都吃完了，天上星星出来了，我以为就这样一直喝下去了，突然房门打开，主人端着一大盘煮熟的羊肉进来，接着提来水壶，挨个给我们浇水净手。乡书记说，刚宰的羊。乡书记带我们双手捧起做了祈祷。然后，他从腰上的刀鞘里抽出一把刀子，刃朝自己，刀把递给我。我在盘子中间最大的那块肉上割一块自己吃了，又割一块给乡书记，然后刀子递给会计，他麻利地把肉削成小块递给我们，自己也不时塞一块肉在嘴里。

肉吃好已经是半夜了，我以为该开着没刹车的桑塔纳回乡上睡觉了。可是，乡书记又摸出一瓶酒，说刚才是白喝，没有菜。现在菜来了，正式喝。

这场酒从半夜开始，往深夜里喝。与我同行的作家喝几杯说醉了，一歪身躺炕上睡着了。我们在他的鼾声里一杯杯地喝，他睡一觉突然坐起来，说该走了吧。乡书记见他醒了，拉住硬给他灌一杯酒，他又倒身睡过去。我们就在他睡睡醒醒间，喝了一瓶又一瓶。中间有一阵子，我有点迷糊，喝了几杯又醒过来。醒过来我突然开始说维吾尔语，他们都惊奇地看着我，这个前半夜不会说半句维吾尔语的汉人，后半夜张口就是维吾尔语。我用维吾尔语跟他们说笑，给他们敬酒，他们都能听懂我说什么，我也知道我在说什么。似乎我几十年来听到耳朵里的维吾尔语都被酒激活，涌到了舌头根上。

喝到东方泛白，我出去方便，看见房后胡杨树林下隐隐约约的水光，一大片，我沿林间小路走过去，宽阔的塔里木河出现在眼前。整个一夜，我们就在塔里木河沉静的涛声里喝着酒，却浑然不知。

我从河边回来时，听见了鸡叫。天渐渐亮起来，从水流中能看见亮起来的天色，胡杨树梢上的叶子也有了亮光。我回到屋里，见他们已经横七竖八躺了一炕，全睡着了，打着呼。那个使劲劝我喝酒的乡会计，还说了两句维吾尔语的梦话，听不清。男主人打着哈欠进来，低声对我说了句话，我听不懂，想回一句，嘴张开，说了半夜的维吾尔语竟半句都找不见。我不好意思地对他笑笑，然后，挤到炕角上和他们一起睡着了。

六

好多年前，我和回族画家张永和在老奇台镇采风，中午坐在路边小饭馆门前吃拌面。过来三辆马车，车上堆着空麻袋，显然刚卖了麦子。赶车人把马拴在门口的杨树上，一伙人吵吵嚷嚷在门口的大桌子坐下，我以为他们要大喝一场，粮卖了，人人口袋里装着钱。

可是，他们什么都没要。

其中一个人往里面高喊："老板，来碗面汤，馍馍自带。"

他们从随身布袋里拿出馍馍，每人拿出的都不一样，有白面的、苞谷面的，有花卷，有馒头，摆在桌子上。老板从后堂抱来一摞子大瓷碗，一人跟前摆一个，拿大水勺挨个地加满冒热气的面汤。

"谢谢啦，老板。"其中一个说。

"喝完了再加。"老板说。

他们用面汤泡馍馍很快吃完了，我和永和吃过拌面，喝着面汤看他们赶马车上路。

问老板他们咋喝个面汤就走了。老板说，今年天灾，粮食收得少，农民都舍不得吃拌面，就要一碗面汤对付了。

"不过，他们收成好的时候会过来好好吃一顿。"老板又说。

面汤是新疆最暖人的汤，不要钱。吃完拌面，最舒服的就是喝碗面汤了，汤里全是面的味道，略咸，喝一口下去，面汤烫烫地穿过刚入胃的拉面，那些香味又被勾回来。

有一个笑话，店小二给老板说："一食客吃完拌面没付钱走了。"老板问："喝面汤没？"小二说："没喝。"老板说："那就没事。"过了会儿，果然食客急匆匆回来，让老板上碗面汤。

我在沙湾金沟河乡农机站工作那两年，每天中午到乌伊公路边的饭馆吃拌面。一次一位种棉花的农民坐在对面，和我一样要了拌面，菜和面端上来时，他先把一小半菜拌在面里，很快吃完，喊一声"老板，加面"。剩下的菜分一半到新加的面里，吃完再喊一声"老板加面"，待面上来，把其余的菜全拌进去，菜盘子拿面擦干净，呼噜呼噜吃了，又喊一声"老板，面汤"。

我被他的吃法感染，也喊了声"老板，加面"，面加了却没吃完。

听老板说，附近种地的农民，天刚亮下地，中午没工夫回家做饭，就到饭馆结结实实吃一顿拌面，然后干到天黑才回家。那一份拌面，要把上半天耗尽的力气补回来，还要撑到天黑。出那么大劲，加几个面都不够的。

路边饭馆的常客多是跑长途的司机，这顿吃了，下顿在千里之外。拌面是最能扛饿的，饭量大的加两三份面，再喝一两碗面汤，弓腰进来，挺着肚子出去。吃拌面的人，吃到加面才是最香的，加面不要钱，最后那碗面汤也不要钱。这是新疆饭的厚道，管吃饱喝好。

进到新疆的大小饭馆，主人先倒一碗烫茶，再问你吃啥。茶水也是免费的。一个不产茶的地方，竟然免费给客人喝茶。

那几年我常坐在路边饭馆喝茶，道路坑坑洼洼，汽车远去后，扬起的尘土缓缓落下来，像岁月一样，落在身上头上，我不管不顾地坐着。那时我年轻迷茫，看着远去的汽车会莫名伤感，仿佛什么被带走了，让我变得空空荡荡，又满眼惆怅。

多少年后我还喜欢在路边的小饭店吃饭，望着往来车辆，想找到年轻时的那份忧伤。我二十多岁时，在尘土飞扬的路边，想望见四十岁、五十岁的自己，到底走到了哪里。如今我年近六十岁，知道已走在人生的远路上，此时回头，看见二十岁的自己还在那里，我在他远远的注视里，没有迷路，没有走失。

刊于《江南》2021年第4期

鱼在高原

叶 梅

1

那鱼儿裸着身子，从青海湖的深处向通往大河的河口集结。

是的。它光溜溜的，近似纺锤的身子裸露着，几乎无一鳞片，连鱼儿的嘴两旁该有的长须，那在水里可以飘动摇荡的须都没有。为了在这高原上生存，它除了留下背部的颜色，朴素的与这泥土相近的黄褐色，或者更为低调的灰褐色，这鱼儿把自己身体外在的华美全都舍去了。

原本是有鳞的。在很久很久以前，它的祖先黄河鲤鱼在青海湖与流向黄河的倒淌河之间游动的时候，曾披甲带褂，浑身都为金灿灿的鳞甲。但天地造化，13万年前青藏高原的山摇地动，青海湖四周隆起了一座座守护神似的大山，将这湖变成了闭塞湖。湖水莫名地日渐咸涩，不能适应的生物一个个无奈地渐行渐远，而唯有黄河鲤鱼却留恋着这片高原。它在与带着苦涩的湖水不断摩擦中，听懂了湖水的低语。人类不知道它们说了些什么，那些谜一般的语言只限于它们之间，但人类知道，这鱼儿从那以后决绝地退去了身上的鳞片，就这样毫无防备地袒露着，将自己裸着身子融入了高原大湖。

它成为这片高原蓝宝石的宠儿，青海湖独有的鱼类。它的名字就叫青海湖裸鲤。其中含有的庄重和赤诚，不得轻易狎嘻，所以当人们亲昵随意地想起它时，又会叫它湟鱼。

“水中绕有鱼类，色黄无鳞……”清朝乾隆年间的《西宁府新志》中已有关于它的记载。水是指的青海湖，藏语“措温布”——这片青色的海，中国最大的内陆湖，在巍峨的祁连山脉的大通山、日月山与南山的环抱之中，浩瀚的水体面积达4516.23平方公里。碧蓝的水啊，看上去深不可测，神秘而又天真。在数千年不胫而走的中国古代昆仑神话中，这湖便是西王母，也就是王母娘娘的瑶池，每年农历六月六，西王母为宴请各路神仙所设的蟠桃盛会，便是在这湖畔张罗的。

裸鲤的岁月，也就是昆仑神话的岁月。

它从远古活到了今天，比人类更懂得青海湖。高原的阳光对湖水的抚爱随四季时近时远，水的情绪和温度也随之凉热，裸鲤感知这一切。它是高原的鱼，它不畏惧寒冷，春秋之时，它喜欢栖息于滩边、大石堆间的流水缓慢处、深潭或岩缝中，冬季则潜入湖的深处，安静地度过好几个月的冰冻期。

它丢弃了祖先的鳞甲，但没有丢弃祖先既能在咸水中生存，也能在淡水中生存的本领，没有丢弃祖先遗传每到初夏来临，便会向河流洄游，去产卵孵化下一代的繁衍之道。

现在已是初夏时节，高原的严寒早已过去，通往青海湖的布哈河、沙柳河、乌哈阿兰河，还有哈尔盖河两岸，艳若云霞的沙柳花也都已盛开，一丛丛粉嘟嘟的，装点着高原的浪漫。一年一度的裸鲤，也就是湟鱼的洄游季也就到来了。

眼见一条条鱼儿游向河口，它们按照祖先的指令，在相同的时间，从不同的水面游了过来。很快，数以百万计的湟鱼集结在那一条条大河的河口，准备开始它们长途跋涉的生命之旅。

2

那真是自然界的奇观。人类至今没有破译它们之间信息传递的密码，不仅是对这裸鲤和其他的鱼儿，还有天上飞的，陆地上行走的，就如前些时从云南西双版纳出行的野象群，它们的行为是受到怎样的指引？又是如何精准地抵达一个个目的地？都让人费解。15头野象的北移南归将成为人们不断探究的课题，而这高原青海湖的裸鲤每年春夏之交的洄游，也始终让人们惊叹称奇不已。

这湖的四周有70余条大小河流，源源不断地将河水注入湖中，裸鲤们鱼头攒动、密密麻麻地聚集在几条大的河流入口，规模和数量绝对超过人类任何一次大的集会。纷纷前来的鱼儿们，在最初的等待之后，越来越多，远远看去，碧蓝的湖水变成了一片似乎正在翻耕的起伏不平的黄土地。

有那血气方刚的鱼儿一直在跃跃欲试，按捺不住地翻跳，但一切都在忙而不乱之中，终于等到了出发的号令，不知首领是谁，也不知如何确定的某一时刻，只见领头的鱼儿突然纵身跳进逆向而来的河流，众鱼儿立刻跟着一拥而上。

洄游的鱼儿并不是裸鲤的全部，它们只是湖内的产卵亲鱼，而且不光需要长大成鱼，可以做鱼妈妈鱼爸爸，腹部的鳍还必须变硬，具有逆流而上的能力、身体强壮的裸鲤才能从大湖进入淡水河，成群结队地去往它们世代相传的产卵圣地。因此，从上路的那一刻，鱼儿就怀着生命的孕育和希望，事关重大而义无反顾，又小心翼翼。

一开始游得不慌不忙，免不了有一点游山玩水的好奇，但紧接着，逆水而行激发起奋进的力量，让鱼儿们兴奋起来，随之便出现了争先恐后，你追我赶，到了河的窄狭处，更顾不得礼让，叠罗汉似的堆在一起，谁都不甘示弱。河道这时候也只能敞开胸怀，任由鱼儿占领，鱼成了一股逆向而行滚滚向前的洪流，河水则看起来改变了颜色，因为已经看不见清水，只看得见鱼，裸鲤背部的黄褐色将河水涂抹成了一块浮动的画布。

我愿意跟着鱼儿一起前行，在这向往生命的路途上，虽然要经受无数的磨难，但鱼儿和人一样，总会对未来心怀憧憬。

你看，有时候，这裸鲤们顶着翻滚的浪花齐头并进，在湍流之中如万箭齐发；有时候训练有素地排成纵队，穿过河床里突起的嶙峋怪石；有时候，它们也会寻找河水平缓的浅滩歇息一阵，养精蓄锐之后再冲进迎面而来的激流。

不过这些都算平常，还有很多突然降临的灾难让鱼儿们猝不及防。

说着，暴风雨就来了！高原的风雨自有个性，不似江南的风雨时常降临，淅淅沥沥，也不似海边的风雨狂呼海啸之后，瞬间又是彩虹，高原的风雨中藏有坚毅和雄迈，是隐忍多时才会倾泻的酣畅，不来时山河安好，来时则天公咆哮，万马奔腾，片刻间山洪突起河水猛涨，流速迅疾成摧枯拉朽之势。可叹逆水而行的鱼儿们，多在尚未明白的一瞬间，就被巨龙似的洪水冲得晕头转向，七零八落地倒退十余里，有的则奄奄一息。

对于幸存者来说，好不容易继续上路，但前方却有更大的威胁。就在那些高地或阶梯式的河道旁，棕头鸥、鱼鸥、鸬鹚等成群的鸟儿早已守候。裸鲤是它们最爱的美食，每当裸鲤洄游的季节，也是鸟儿狂欢的季节，它们守在河边，就像守在高原专为它们打造的餐桌前，毫不费劲地可以随时享用，并把食物带回给巢里的儿女。

鱼儿游到此处，别无选择，只能硬着头皮往上跳。有的河坎高过一米，只有极少体力超群且又有往年洄游经验的鱼儿能够一次跳过，大多数鱼儿一次不行跳两次，一连好几次都跳不过去。而就在它们跟前，那些占据优势的鸟儿看似平静地冷眼旁观，半天一动不动地站着，只是胸有成竹的样子，可猛不丁会俯冲下来，伸过铁钩子一样的长嘴，毫不客气地逮住一条鱼儿，一口吞下。

整个过程如闪电一般。

死亡的阴影就那样笼罩在头上，拥挤在高坎下的鱼儿，不知道下一个会轮到谁。

但即使这样，也没有一条鱼儿后退。

它们仍然一边鼓足勇气，拼尽全力要跳过高坎，哪怕一次次失败也决不放弃，同时当然得一边尽量闪避那些觊觎它们的鸟儿。但鱼儿知道，面对这些天敌，牺牲总是难免的。从它们的祖先那里，鱼和鸟儿，还有这水，都是息息相关地连在一起。养活鱼儿的吃食主要来源于飞翔的鸟儿造化于水中的微生物、浮游物，鸟儿少了，鱼儿们的供养也就少了。

高原奇特的生态循环便是如此，鸟多的时候鱼儿多，鸟儿少了鱼儿也会少，鱼鸟共生，相克相依。所以鱼儿的内心深处并不恐惧，也更不会逃离，它们就在鸟儿的捕捉下跳过高坎，再奋力向前。

接下来，一道出行的同伴还会不断消失，它们有的在途中精疲力竭，有的为了保持身体的敏捷而少吃甚至不吃食物，最后身衰气绝。不得不面对的残酷是，经过上百公里顶着风浪的跋涉之后，能顺利到达产卵的河道或湿地，留有余力繁殖后代的鱼儿，仅仅只是出发时的十分之一。

悲壮的裸鲤洄游，不惜牺牲生命地为了生命而去，这聪明的鱼儿、敢于舍生忘死的鱼儿，千百年以来，就这样勇敢地延续着族群。

3

在它们之中，终于有裸鲤抵达了孕育之地。

那是温暖的河，布哈河、沙柳河、泉吉河的不同河段，水流变得浅而平缓，有些近乎湿地，水底是细而软的泥沙。雄鱼顾不得一路辛劳，先用尾鳍扫出一个个摇篮似的小坑，准备迎接雌鱼的排卵。一条健壮母鱼的怀卵量是惊人的，少则几千，多则会达一万六千颗左右，长途逆水而行还会刺激鱼儿性線的发育，洄游越远的鱼儿怀有越多的未来。在雄鱼扫出的每一个坑里，通常都会安放一百多个鱼卵，细心地排列过去，等候着新生儿的降临。

但裸鲤却是十分金贵的，几天之后，在那些数量可观的鱼卵中，最终能活泼泼地破膜而出的鱼苗，可谓千里挑一。而且，刚面世的鱼苗是那么弱小，也不怎么会游动，先是暂且以母体带来的营养维持生命，然后等待水流中有食物漂过嘴边，如果能顺利地吃到一口，就有了活下去的可能。

但很多时候没有那么凑巧。

反倒是无数的危机潜藏在小鱼儿身边，所以从鱼卵长成小裸鲤，生与死几乎无时不在较量，顺利活下来的只是万分之一。你不得不承认，生命的确来之不易。

然而，总归有一些鱼儿会得到大自然的恩赐，侥幸而又必然地活了下来，它们在鱼爸爸和鱼妈妈的陪伴下，在出生地度过不算漫长的夏天，然后就要打算启程回家了。

回到青海湖，那个辽阔深邃、自由自在的家园。

21世纪的青海湖，对于裸鲤来说，几乎就是祖先曾经感受过的天堂，这里的天空只有云朵和鸟儿飞来飞去，这里的湖面也只有阳光和风雨的光临，没有人的捕捞和惊吓，那些祖祖辈辈在这湖上打鱼的人都收起了渔网钢叉，放飞了鱼鹰，将投放在裸鲤身上的目光变作了慈祥。

曾经，在上个世纪饥饿的年代里，裸鲤救了无数人的命，但随着过度的捕捞，湖里的鱼儿越来越少，引起了人们的高度警觉。专家们认为，青海湖是维系青藏高原生态安全的重要水体，被称为我国西北部的气候调节器和空气加湿器，而裸鲤的数量锐减，“水—鱼—鸟—草地”的良性循环直接受到损害，使得周边生态环境持续恶化，事不宜迟。在随后颁布的一系列国家法令里，逐渐加大了对裸鲤的保护，将它列为国家二级保护动物，2004年，《中国物种红色名录》中，裸鲤更是被列为濒危珍稀物种。

人们说，青海湖的湟鱼，鸟能吃，人不能吃。

半个多世纪以来，青海湖共实施了五次封湖育鱼行动，2021年又开始的第六次封湖育鱼，将实施零捕捞政策直至2030年。随着对裸鲤的保护，青海湖的生态得以修复，持续向好，湖面持续增大，裸鲤的数量比保护初期时增长了三十几倍。

在环湖地区居住的汉族、藏族、蒙古族等不同民族的人们，是保护湖水和裸鲤的生态卫士。他们每年都要祭祀青海湖，这流传千年的习俗，表达了对天地、山川、湖泊的感激和敬畏，及与自然万物和谐共处的心愿，为国家级非物质文化遗产。近年来，当地民众在祭祀细节上变换了方式，过去“祭海”时，是在瓷制宝瓶里装五色粮食抛到青海湖里，而现在为了保护这一方净水，他们用酥油糌粑手工捏成了宝瓶，用来“祭海”，为的是既不污染环境，还可以给裸鲤添一些食物。

人与鱼儿，与青海湖共存。

小裸鲤回家的路，是它生命中第一次远行，它随着鱼爸爸鱼妈妈顺流而下，一路飞奔，浪花四溅，轻松而愉快。不久，它就嗅到了大湖带着咸涩的味道，是那样粗犷新鲜，它好奇极了，也向往极了。在前辈们的叙述中，小裸鲤已经知道那是它们真正的家园，无论出生在哪条河里，最终都会回到那片蓝色的大湖，如海一般的大湖。

在那个宽广的大家园里，小裸鲤将自在地遨游，快活地成长，四年以后，它也会像前辈们一样，在一个初夏的季节游向河口，逆水而上，去创造新的生命。

鱼在高原，在这天地间没有帷幕的舞台上，生命如戏剧般进行，悲欢离合，绵绵不绝，一幕幕起落不止。

刊于《中国环境报》2021年8月25日

南田余风

陆春祥

秋日的桂香成了江南空气中飘荡的主角。薄阴连着细雨。站在仙岩伯温楼第九层眺望阁的廊檐下，四野都收在眼底，塘河水在此围成大半个湖，湖面宽阔，平静无波，远处仙岩山雾色如黛，刘德龙指着西南方向的南田对我说，那里就是我祖宗的出生地和生长地，我们是他第二个儿子刘璟的后人，刘璟的次子刘骁，因为避难，从南田来到了穗丰，我们刘氏在此开枝散叶。

刘德龙的祖宗就是刘基，他是刘基的第二十六代孙。这座伯温楼，就是刘氏后裔自筹三千二百多万人民币造起来的，它已经成为温州塘河文化的新地标。

这是一个对南田的长长回望，七百多年的历史帷幕慢慢拉开，舞台上，所有的光都聚焦在刘基身上。

1

七十二洞天之一的南田，是一个能让刘基心安的地方，这是他的血地、祖地，他如花瓣般不断盛开的神思妙想，似乎在这一片山水中更灿烂。武阳村在小盘谷中，周围有五座山峰，形似五指弯曲，掌心即武阳村，掌心里是一片开阔的田地。看看刘基眼中的武阳："我昔住在南山头，连山下带清溪幽。山巅出泉宜种稻，绕屋尽是良田畴。…… 出门不记舍前路，颠倒扶掖迷去留。朝阳照屋且熟睡，官府亦简少所求。”这差不多就是元明时期的桃花源了。

离南田十来里地的百丈漈风景区，飞瀑、深潭、奇洞、秀湖，这一片山水，仿佛天来，令刘基心花怒放。百丈漈的飞瀑，堪称中华第一高瀑，无论从气势、高度、宽度，别的瀑都无可比拟。百丈漈，实际是一条“V”形深涧，涧长达1200米，落差高达353米，这落差形成了三折瀑布，俗称头漈、二漈、三漈，三漈高度合272米，头漈百丈高，二漈百丈深，三漈百丈宽。自然，刘基那个时候，百丈漈没有这么准确的数字，不过，千万年的流瀑，气势肯定一样，有他的《观瀑》诗为证：“悬崖峭壁使人惊，百斛长空抛水晶。六月不辞飞霜雪，三冬更有怒雷鸣。”少年刘基，中年刘基，老年刘基，只要站在瀑前，只要到二漈下的水帘洞走上一遭，一切烦事，都随着流瀑飞往九天云外，而心境，也会随着那清幽的流泉，顿时宁静下来。

2

宋代宰相富弼的后裔世居于此，为南田山中第一望族。刘基五世祖刘集迁至南田后，富、刘两家相处甚洽，互通婚姻。刘基之母、妻，均为富氏。北宋名相富弼，他和范仲淹一起力推庆历新政，二度为相，死后配享帝王庙。

最牛的外婆家和丈母娘家，自然也是刘基成长和事业的良好基础之一。

武阳村，刘基故居，门前有大片广阔的荷花塘，进得门去，一片空旷地，长满了细细的三叶草，草地上躺着几处石器，我一一细看。一个磨盘，中间是约三十厘米高的斜纹圆形研盘，盘上石纹规则清晰，研盘的外围，十厘米不到的圆圈，有一如茶壶嘴一样的出口，外围有一角缺损，磨盘上有白色的斑点。一个破损石臼，三分之二缺面，有一面甚至缺到了臼底，臼底有一汪清亮亮的浅水。还有一个破损得极厉害的长形马槽，只有底在，已经蓄不住水了。慕白兄说，这是刘基家的老宅子，现在是复建，但刘基家的旧物，只有这三样了。

于是，我们可以充分想象出刘家的日常，仆人们赶着牲口转圈，磨着一家老小所需的米和面，那石臼，是不是清明做粿、过年打年糕时才用呢？马棚里常有一匹马备着，供主人随处访问时骑行。

刘基的曾祖刘濠，留有极其智慧的救人故事，典出明徐象梅《两浙名贤录》卷九《独行・翰林掌书刘浚登濠》，大致意思是：

曾经做过南宋国家图书管理员的刘濠，宋亡后隐居南田武阳山中，乡人林融造反事败，当他看到元政府派人来严查林融党羽，不问青红皂白，听信挟私告状的人，抓了上万人时，悲愤交加，这些名单上的人，毫无疑问要死。刘濠就和孙子一起商量出这样的计谋：邀请使者来家做客，好酒好肉招待，差不多是灌醉他，然后从熟睡的使者身上取出名单，抄出其中的二百个领导级人物，将这份大大删节的名单重新塞进使者怀中。如果不制造一个事件，次日清醒后的使者必定有所察觉，于是，他们将柴堆到楼下，烧了自己的房子，大火中，使者带着名单慌忙逃命。这样，牺牲了二百人，保下了近万无辜者的性命。

从史料上可以读出，刘基家的房子，肯定不是老宅，在他曾祖手里就烧过一回，那是为活数万人的命，智救乡亲。眼前的故居，数间木板房，呈半“回”字形结构，正中堂前，挂着刘基像，上有刘基格言，说的是做大事者需要的条件：“夫大丈夫能左右天下者，必先能左右自己。曰：大其心容天下之物，虚其心爱天下之善，平其心论天下之事，潜其心观天下之势，定其心应天下之变。”说给天下人听，其实是他自己的经验和人生总结，成大事者必能安顿好自己的内心，安顿好了，才能大心、虚心、平心、潜心、定心。在我看来，刘基的这五颗心，互为前提，互为因果，相辅相成。

故居里还有少年刘基的读书蜡像，头扎方巾，手捧书卷，目光专注，眼前一盅茶，桌边有笔墨架，简单中透出一种坚毅，他用他的五颗心，成就了他的千古名声。

3

晚年居家的刘基，虽然有诚意伯的封号，却更加定心、潜心。《明史·刘基传》中，有一个细节，形象说明了刘基谨慎至极。

> （基）至是还隐山中，惟饮酒弈棋，口不言功。邑令求见不得，微服为野人谒基。基方濯足，令从子引入茆舍，炊黍饭令。令告曰："某青田知县也。"基惊起称民，谢去，终不复见。

一位退休的二品大员，鼎鼎有名的刘伯温，住的是茅屋，吃的是普通黄米饭，见了知县，却惊起，他怕什么？看过太多的明朝影视剧，大家都知道，东厂西厂，那是能让人进地狱的特务机构，谁知道那是不是疑心的朱皇帝派来试探的呢?!

远在京城的朱皇帝就是不放心他，三次让他回老家，三次又召他回朝，终于，洪武八年（公元1375年）的新年之后，刘基生病了，正月末，他自知病重，乞赐归故里。朱皇帝在刘基的退休文件上（《御赐归老青田诏书》），依然赞誉了刘基以往的功劳，同时强调他一直对刘基恩典有加，而这次的谈洋事件（胡惟庸等人告状，朱元璋明知胡是故意的），按国法罪不可恕，但按特殊人才的宽大政策，"不夺其名而夺其禄"，也就是说，刘基的政治待遇还保留，经济待遇取消。四月十六日，背着朱皇帝对他的处分，刘基病死于武阳山中。

说实话，朱元璋立国后，大肆封侯，他那些亲王、郡王、世子，待遇极高，亲王的俸禄居然高达五万石，而刘基的诚意伯，经济待遇非常一般，俸禄只有区区的240石。天下是他朱家的，刘基再有本事，也只是谋士而已。

如此小心谨慎，刘基会如何安排自己的后事呢？

群山环抱，我去南田石圃山麓的夏山，拜谒刘基墓。夏山，在武阳村的南面，位于南田之西，因刘基的墓在此，这里又叫西陵村，夏山又称九龙山，左右九座小山脉依附，好像九龙抢珠，估计是懂风水的刘伯温自己的选择，站在高处，确实可以发现隐约有九龙的样子。

刘基墓在2001年被列为全国重点文保单位，一片平畴围着，整个墓园约三百来平方米，墓园中长着青葱的柳柏，四周为一米左右高的石砌基脚，远远望去，基脚上半部分呈黑色，下半部分连着一大片菜地，泛着白色。菜地似乎刚刚整理过，一垄一垄的，垄间堆着几袋肥料。墓园有铁门，一推就进，眼前就是刘基墓，一座两层的大土堆，由上下坟坦和墓冢组成，墓冢前有一块“明敕开国大师刘文成公墓”的旧碑，不知道具体的年份，有人说是民国时期立的，这形状，倒有点像一个大书案，前方平地是铺开的大纸，正好可以书写。

中国人重生更重死，一般的名人大官死后，当权者及好友及子孙，肯定大书特书，也就是说，墓志铭和神道碑是必不可少的，要用详尽而优美的文字，对逝者做一个全面的总结，可刘基逝世，八十年后，他的后人才给他立祠，再过百余年后才立神道碑。黄伯生的《故诚意伯刘公行状》中只有简单的一句交代：公之子琏、仲璟以是年六月某日葬公于其乡夏山之原，礼也。更奇怪的是，刘基的挚友宋濂，给一起去南京的章溢写了长达五千字的神道碑铭，此时还在好好当着官呢，写个墓志铭应该可以吧，刘家兄弟难道不会去找宋伯伯吗（宋濂比刘基大一岁）？一定有隐情。

再看眼前这简陋的刘基墓，结合刘基一贯的谨慎，其实不难轻松得出结论，简单的丧事，应该是刘基自己的主意，随便找个地方吧，不要竖碑了，不要建祠了，他清楚地知道，功过自有后人评说。

而我听到的民间传说是这样的：病危中的刘基看着儿子们拿过来的墓穴建设图，有石马、石狮子、石将军等，告诉他们说，人死如灯灭，黄土中砌上一个洞就是了，你们看，“墓”这个字，上草下土，中间藏着一个人，可以承受阳光雨露，如果造石屋，怎么生草，没有青青百草，就不算墓。人不用靠墓和碑流芳百世，前代那么多的名人，他们的墓又在哪里呢？

这样的传说也合情合理，更符合刘基一生的为人为官准则，他应该懂殡葬生态学，一抔黄土，省得别人惦忆。

不过，刘基的简单里却含着复杂，满肚子的心事：谈洋事件就在眼前，要是再被人弄个什么事件出来，死了都不得安生，不如就此作罢。况且，我们也没有多少钱，真的葬不起！那240石俸禄，每月2400斤谷，本来还算丰裕的，可现在没了。再交代你们几件事，我再向皇帝上个遗表，你们存着，千万保密，一定要等胡惟庸败了以后才呈上；另外，我这些天文、军事、术数手稿，你们也放到石室封存好，你们也别学这些了，等我死后，交给皇帝。记住，子孙千万不要去当官了，就在这南田山中晴耕雨读安生过日子吧！

抛开惧祸、谨慎，仅这个薄葬，其实就是一种良好的品德，此后，他的子孙，也都薄葬，上草下土，简简单单。南田的刘基后裔，对他们这位祖先，每年的正月初一和六月十五要进行春秋两祭，虽然排场不小，但刘基墓，一如既往简陋。

4

刘基庙还是有些气派的，高大的门头，它和百丈漈一样，都是文成的著名景点。我们进庙，对着高大的刘基雕像崇敬地看了一会，就往右边走去，因为这一部分，是原来老庙的建筑，明朝的国家工程，敕建于天顺二年（公元1458年），已经五百六十多年了。

刘基的子孙，日子并不那么好过。长子刘琏32岁就意外去世，次子刘璟，因为不配合朱棣，也因此在狱中自杀，洪武二十三年，朱皇帝曾命刘基长孙刘廌袭诚意伯封，永乐年间又停，其后百余年，刘基子孙一直做着小官。一直到明弘治十三年（公元1500年），刘基的九世孙刘瑜，才重新继承诚意伯的爵号，加禄至七百石，刘瑜诏受处州卫指挥使。正德九年（公元1514年），朝廷加赠刘基“太师”称号，并谥“文成”，明武宗称刘基“渡江策士无双，开国文臣第一”，这应该是刘基获得的最高荣誉了，至此，刘基的国师地位正式确立。

还得回过头来说说刘璟。

《明史纪事本末》记载：“（璟）对上语，犹称殿下，遂大忤旨，下狱，一夕辫发自经死。”这个时候的“上”是朱棣，刘璟因为忠于建文帝，根本不将朱棣放在眼里。朱棣本是满心欢喜，以为可以像他爹一样得到一个大天才，不想刘璟如此不配合，刘璟不做魏征，应该是他认为朱棣不能和李世民相比，那么，干脆一死了之，他用自己的辫发作绳结束了生命。

刘璟死的时候只有52岁，且是以忤旨的罪名，显然，他的子孙们日子不会好过，为了生存，疲于奔命，刘骁带着家人，一路跋涉，就到了穗丰。此地内外塘河交汇，仙岩山和大罗山矗立，两山夹一个小平原，地厚水密，一个可以五谷丰登的地方，只要付出辛勤的汗水。

5

伯温楼，外五层内九层，楼高58.68米，建筑面积5600多平方米。以时间为经，事件人物为纬，伯公馆、风檐馆、穗丰馆、历史文献、现存文物、图片影像，多角度全方位展示刘基文化。

刘基的为官经历，刘基的寓言笔记《郁离子》，刘基的《扯淡歌》和《烧饼歌》，后人将刘伯温的先知先觉，神化到了极致。

温州市刘基文化研究会常务副会长兼秘书长俞美玉，是浙江工贸职业技术学院的教授，研究刘伯温数十年，她眼中的刘伯温，是位大智者，以宇宙视野考察并通晓天地人性理，提出相对系统的治世理论，虽然受时势所限，但他是个天生的悟道者。她打了这么一个比方，历史上的许多悟道者，他们悟的道，呈现的方式不一样，有的像树的根，有的像树的干，有的像树的叶，而刘伯温，却如一棵完整的参天大树，各方面都呈现，他深厚的易经功底，让他的各种呈现如鱼得水，那些流布全国数不清的智慧民间传说，不会无缘无故，它们都从某一个角度，形象刻画了刘伯温。俞教授显然志向满满：从全国的研究层面看，我们对刘伯温的认识还远远不够，包括他神化的一面。

天生的悟道者，我深以为然。刘基的道，就是他给世人深深启示的人生寓言。

伯温楼二楼的一间茶室里，我和刘德龙闲聊。德龙1955年生，16岁开始学木匠，办了十来年家具厂，再开摩托车锁厂、配件厂，几个孩子也都是办厂做网店，事业风生水起。两年前，他任温州刘氏宗亲会会长，而这座伯温楼，就是他发起建设的。说起建楼长达八年的时间，德龙笑笑说，这个总负责人不好做，自己带头捐资不说，从设计图纸，到施工、装修的每一个细节，都得管，不过，他毫无怨言，他就认定一点，建楼就是为了弘扬刘基文化，不仅刘氏子孙要铭记祖宗的业绩和精神，作为文化地标，也能对当地的文化建设起到相当大的促进作用。

据温州刘基研究会提供的资料表明，刘基后人大约有五六万，大多居住在浙南，海外也有不少。你眼中的刘基是一个什么样的人呢？我问刘德龙最后一个问题。这个问题，我也同样问过生活在南田、同样也是刘璟后人的刘日泽，刘日泽是温州刘氏宗亲会的秘书长。德龙和日泽都这样回答我：先祖刘基，官品人品皆高，不仅智慧，尤其廉洁，完全可以做现代官员的典范！

伯温楼高耸在浙南大地上，刘基的南田余风微拂，就如仙岩山的余风吹拂至世界28个国家与地区的25458位华侨一样。穗丰，多么羡人的场景呀，稻花香，谷满仓，耕读传家，文化深长。

刊于《新民晚报·夜光杯》2020年12月20日

像蜀锦一样绚烂（节选）

朱小平

这是125年前一次作战规模小得不能再小的战斗，几乎所有有关甲午战争的书籍都没有提及。按战术等级，可称之为“消灭岸上敌方目标”的小型登陆奔袭。这是北洋海军陆战队唯一的一次登陆作战。

1895年2月12日，北洋海军战败，日本海军司令官伊东佑亨却命令联合舰队各舰官兵“停止娱乐”，等于不准为日本海军战胜北洋海军而举行庆祝活动。众多日本官兵感到匪夷所思。须知，对日本来说，战胜北洋水师，取得甲午战争的最终胜利，不亚于对马海战之役击败沙俄海军的大胜利，伊东何以如此抑制情绪？对马海战的指挥官东乡平八郎是伊东的老部下，东乡逝世，伊东曾亲题“东乡坂”纪念石碑。但伊东在日本的声誉却远逊于东乡，与他对打赢甲午战争之后的态度，包括不准下属举行庆祝大有关联。

据考证，伊东之所以下这样的命令，源于那天他听到丁汝昌、刘步蟾、张文宣等自杀的消息，内心深受震撼，这道命令完全出于他对于对手的敬意。从甲午海战到威海、刘公岛战役，伊东目睹耳闻北洋海军军官、士兵宁死不屈的壮烈牺牲，这位崇尚武士道精神的将领，内心一次又一次受到震动。作为职业军人，他的敬意是发自内心的。

北洋海军陆战队在威海战役中，所发动的自杀式袭击，全部战死视死如归的凛然壮烈，也不得不使伊东动容嗟叹。

对于北洋海军如邓世昌、林泰曾、刘步蟾、杨用霖等将领们的壮烈殉国，人们熟悉而敬仰。而对北洋海军普通水兵的英勇作战和壮烈牺牲，除王国成等少数水兵，则大多湮没无闻，甚至被遗忘。至于北洋水师海军陆战队，则是北洋海军下层水兵的杰出代表，尤其不应该被遗忘。

同样，人们知道北洋海军是清朝第一支近代化意义的海军舰队，但极少有人知道，这支舰队还配属有一支专业和精锐的海军陆战队，北洋海军内部称之为“枪队”。

西方过去一直认为英国是海军陆战队的鼻祖，是英国国王卡尔二世于1664年正式组建海军陆战队。但也有人考证，英国是借鉴了法国，法国更早于1622年组建法兰西海军连，虽然那时还未称作海军陆战队，但已具备了海军陆战队的雏形。至拿破仑帝国时期，才于皇家近卫军中成立海军陆战营，由拿破仑亲授军旗。以后，海军陆战队成为法国殖民扩张的急先锋。

在中法战争中，法国海军陆战队与清朝军队有过多次交手和血战，最终被清朝淮军击溃。平心而论，法国海军陆战队还是颇具战斗力的，1882年4月25日，法军陆战队一个营，在三艘炮舰支援下攻占河内要塞。次年5月27日，250名法军陆战队员，在6艘炮舰助攻下占领越北重镇南定。12月11日，法军发动进攻，连克越地山西、太原、北宁，援越清军主力五日内伤亡逾千人。

1884年5月，傲慢的法国海军陆战队遇到了对手。6月23日，法军进犯谅山观音桥（越南称北黎），清军提督万重暄及黄玉贤、王洪顺三将率三千士兵，深沟壑垒、严阵以待。双方先谈判，但法军指挥官杜森尼竟野蛮枪杀两名清军谈判军使，引起清军官兵愤怒。法军悍然先发起进攻，战事胶着而激烈。法军伤亡严重，海军陆战营完全被打乱，伤亡五十余人。清军大胜。

之后，清军取得台湾“沪尾大捷”、镇海和镇南关大捷，也许仍有法国海军陆战队参加，但法军终无胜绩。

虽然清军取得战事胜利，但总计伤亡人数，清军伤亡多于法军，中法战争参战的数万清军士兵，多数未留下姓名。至今镇南关（今称友谊关）右侧山麓上，有1898年修建的“大清国万人坟”，多为无名墓碑。

中国军队击败精锐的法国海军陆战队，是值得赞颂的一笔。赘述上述笔墨，说明中国军队早已接触到海军陆战队这一新军种。而在光绪六年（1880年）中法战争前，清朝已开始建新式海军。于德国定造“定远”“镇远”二舰，在中法开战前夕的光绪九年（1883年），清朝于德国定造“济远”。中法战争后，又于英国定造“致远”“靖远”，于德国再造“经远”“来远”，加上之前定购的“超勇”“扬威”，及于光绪八年（1882年）起陆续向德国、英国订购的鱼雷艇共计十一艘，北洋海军基本成军。中法战争后的光绪十一年（1885年），下诏设海军衙门，确定先办北洋舰队，认为英国海军“最精最强”，装备先进。故建军之初，即完全以英国为蓝本组建，以《北洋海军章程》为标志，1888年正式成军。以后正式公文均称“北洋海军”，但人们还是习惯以“北洋水师”称之。

北洋海军完全不同于旧式绿营水师，对于后勤保障尤为重视，如沿海军港、基地、船厂、学堂、军医院、军械所、鱼雷营、水雷营、支应局、煤厂等，皆纳入北洋水师系统，以示为海军的根本。尤其是军医、军乐队等的设置，是清朝军队从未有过的，也包括组建了海军陆战队这一新兵种。

清朝的绿营水师是仿明朝制度，设内河及外海水师，负责江防、海防安全，名曰水师，实际非独立军种，乃附属于绿营，仍是陆军编制。战船皆木质帆船，重火器配属为明末红衣炮，小型火炮有百子炮、山炮等。士兵除刀戈，亦有排枪、三眼枪等。战斗力弱，跳帮、登岛，仅可对付海匪，但符合防守海口、缉捕盗贼的目的。

北洋海军所配属的海军陆战队，罕见提起，但已完全是按西洋军制配备武器，除佩刀，一律毛瑟枪，配备登陆汽艇、舢板、移动速射炮，亦按西洋陆战战法训练。人数约二百人至三百人之间，而且服装迥异于北洋海军舰上水兵。1882年，由丁汝昌审定《北洋水师号衣图说》，这是清朝海军第一部参照西方海军军服而制定的旗徽服衔等图说。1888年正式成军后，又制定了更为标准规范的军服图式，其使用直至甲午战争。由《甲午海战》一书附录的《北洋军服图式》（原图出自美国哈佛燕京图书馆藏《北洋水师实况一斑》）可见，北洋海军各舰水兵服夏秋为白色，春冬季为蓝色（时称石青色），而北洋海军陆战队军服为红色，应是参阅了英法近卫军鲜艳的军服制式。

北洋海军水手打破自明代以来“军户”“军籍”世袭制度，皆为招募。而陆战队员，我则怀疑非招募，为丁汝昌原来的亲兵小队组成。亲兵一般由家乡宗族子弟组成，忠诚可靠。湘淮部队无军籍，军饷更是完全自筹，不出于国库。故淮军裁撤，丁汝昌将家乡亲兵编入陆战队，甚有可能。另，《北洋军服图式》还列有“提督亲兵”服饰，不同于陆战队，与水兵服色相同，唯军服外罩马褂。因北洋海军陆战队还兼有宪兵职责，队员平时执行类似宪兵的纠察任务，亦包括警戒、灭火等特别勤务。每天须上舰，包括熄灯后，随值星军官巡视等任务；包括战斗值班，即战时编组战斗突击小分队，随舰队出征，执行跳帮、登陆突袭等任务。

北洋海军陆战队的战斗力在海战中似未得到验证。虽然这是一支袖珍的精锐部队，似乎也未进行过海上作战。在黄海大海战中，即1894年9月17日，日舰“比睿”在北洋舰队猛烈炮火轰击下，脱离舰队，妄图穿过北洋舰队阵形，从“定远”左侧通过。迅即遭到“定远”“经远”等围击，舰体、帆樯、索具皆被炮击损坏，尤其“定远”一发305毫米炮弹击中左侧舷，贯穿后桅甲板爆炸，即使日军官兵50余人伤亡。后甲板彻底损坏，“比睿”慌忙逃跑。“经远”奋力靠近，并下达陆战队员接舷跳帮，以俘获“比睿”。但因航速不及“比睿”，以及“比睿”拼死在数分钟内发射1500余发炮弹，“经远”炮火不足以压制“比睿”，终致其逃脱。检验北洋海军陆战队实力的跳帮作战，终失之交臂。

在1888年9月北洋海军成军伊始，海军陆战队还有过一次成功的登陆作战。适逢台湾当地居民起义，李鸿章令“致远”“靖远”赴台驰援，海军陆战队组成突击队同往，由邓世昌亲自指挥登陆作战。当时300余名清军被义军围困，陆战队受命抢滩登陆，60余名队员携两尊行营炮奋勇突破义军阵地，在舰炮火力支援下，成功解救被围清军。在此役中，陆战队以少胜多，以阵亡一人、伤八人的轻微代价，完成了抢滩突袭的作战目标。但公平讲，对手非训练有素的军人，加上“致远”“靖远”舰炮的威力，尽管对手人数众多，但面对精锐的北洋海军陆战队仍是一次非对称作战。

北洋海军陆战队唯一的一次战斗，是突袭南帮炮台之战。这完全符合“消灭岸上敌方目标”的作战职责。其英勇无畏的血性、视死如归的气概，令敌方刻骨铭心。这是丁汝昌在万般无奈之下，令陆战队投入的也是最后的一次战斗。结局是陆战队全部战死（包括负伤自杀），是一次典型的自杀式奔袭。

刘公岛基地仰赖于南北帮炮台拱卫，日军一开始就欲争夺二炮台。

1895年12月25日，日军30000余人兵分两路进攻南帮炮台。清军共约6000余人迎战。

日军于29日进攻威海南岸制高点摩天岭，守卫营官周家望率一营数百守军奋勇抵抗，全部牺牲。杨枫岭守将陈万清撤退，南帮炮台失去后路屏障。坚守南北帮炮台制高点虎山的刘树德、戴宗骞弃守。随之龙庙嘴炮台失陷，清军至此阵亡超过2000人。日方死伤近300人，包括旅团长大寺安纯少将被北洋舰炮击毙。

南帮炮台失陷，将会被日军用来轰击刘公岛基地和北洋舰队。李鸿章极为震怒，命将刘佩超及炮台守将一律就地正法。丁汝昌不得已，下令海军陆战队出击，希望夺回龙庙嘴炮台。

这是一次双方力量大为悬殊的出击，陆战队员只配备毛瑟枪，乘汽艇、舢板，估计这支袖珍部队都未必携带行营炮去作战。军官们仅有左轮手枪。但这支大无畏的部队，身着红色的军服，由刘公岛出发，乘坐小艇、舢板，劈波斩浪，向炮台迂回前进。抵达海岸后奋勇登岸，恰遇炮台上溃散下来的守军，也许被陆战队员的斗志所感染，也一同反身参战。日军发现了这支小部队，大为震惊。日军指挥官根本未料到清军居然会反扑。日本后来出版的《日清战争实记》一书有较为详细的记录和描述：

“敌军拼死前进”“似都有拼死的决心”。日军完全未曾料到清军已全线溃败，竟还有如此强韧的战斗力。日军瞬间被陆战队员冲击得混乱不堪而败退。一名英勇的队员甚至翻越短墙，跃进日军师团指挥部。勇气固然可嘉，但作战兵员太少，寡不敌众。日军经短暂溃乱，重新集结，以优势兵力围攻。陆战队员不断战死，剩余队员被日军火力压制在海岸边。日本方面的描述："使人感慨的是，有的中国兵知道不能幸免而自杀死去…… 登陆水兵几乎无一人逃脱。海岸上积尸累累，不可胜数。有的敌兵在海中遭到狙击，二十间（日本长度单位，1间约为1.8米）平方的海水完全变成了红色，像蜀锦一样绚烂。"

他们的长官丁汝昌该作何想？他胆怯而不战致使全军覆没、默许投降而自杀时，想到了这些不怕死的子弟兵吗？

战斗过程极其惨烈！所有的陆战队员全部战死，伤者亦自杀！我相信，日方记载只是概述，而无细节。日本随军摄影记者拍摄下了陆战队员战死的场景，日本画家有感于中国士兵的壮烈，还专门绘制了油画《威海卫炮台之战》，表现了陆战队员用左轮手枪与日军血战的大无畏气概。

"像蜀锦一样绚烂"的海水早已消逝，毛瑟枪的硝烟早已流散，这些殉国的普通陆战队员的名字至今也无人记得。

我去过威海，昔日龙庙嘴战场早已开发为房地产，听当地人谈，房地产开发挖掘海滩时，赫然挖出牺牲士兵的骸骨和早已锈蚀的毛瑟步枪。我不知是否重新安葬，是否建碑纪念。

这些从丁汝昌家乡走出来随他征战的淮军亲兵子弟，大部分是汪郎中村人，有吃苦耐劳、当兵吃饷的性格和传统。入淮军，饷银略薄；而入北洋海军，则阖家小康。我没有查到陆战队员的军饷标准。按《北洋海军章程》，北洋海军军人的军饷是高于以往八旗、绿营和湘淮军人的。以淮军士兵为例，月饷仅为银四钱。旧长江水师舵工、炮手、桨手分别为月支三两六钱、三两、二两七钱。北洋水师三等至一等水手，则分别为七两、八两、十两；三等练勇至一等练勇则为四两、五两、六两。我猜测陆战队员月饷应超过一等水手。因为从制服看，陆战队员着士官样式军服，饰有云纹图饰。北洋舰队编制序列正炮目月饷为20两，专业技工如鱼雷匠、电煤匠、洋枪匠、锅炉匠等月饷均在24两至30两之间。这些当差兵匠均着军服，袖口均有军衔标识，类同于今天海军的技术士官。

陆战队员若比照士官待遇，那月饷应在20两左右。须知，当时一户自耕农年耕作收入折银约在30—50两之间，陆战队员的饷银在穷苦的两淮，真是超过小康的收入！按惯例，遇年节老长官还会另有赏赐。所以当上一名海军陆战队员，收入足以养家。

令人感慨的是，队员们不以饷高而贪生怕死，这是亲兵忠诚信念起决定性作用。忠诚是子弟兵至高的准则，还有则是淮军从军者的传统，当兵不仅吃饷养家，还以战死疆场为荣。一人战死，宗族为荣。有遗孤者，其宗族会合力赡养，无遗孤者，其家人父老亦会得到宗族合村的尊重。

战死的陆战队员悲壮，其远在家乡的妻子一样悲壮。当陆战队员们的灵柩到达故里，所有队员的妻子皆自杀殉夫！包括时年45岁的丁汝昌之妻魏夫人！为了陪伴为家国赴死的丈夫，这些未必识字、未必懂得君国观念的农村妇女，皆与夫君一起赴死，相伴于九泉之下！

这是怎样的一种无畏，怎样的一种悲壮，怎样的一种惨烈！

我相信，这一样使欲亡我国家种族的岛夷敌寇为之动容、为之震慄！“民不畏死”，这永远成为中华民族不会亡国、不会灭种的一种意志、一种精神、一种境界！

军人战死之妻殉夫古已有之，北洋海军军人中似乎亦蔚成风气。记得读冰心女士文，回忆她母亲曾身藏鸦片，准备一俟得到丈夫、“来远”大副谢葆璋阵亡噩耗，即服毒殉。

史书未曾记下北洋海军陆战队全体队员的名字。这支视死如归的小部队，无一人退却，无一人脱逃，无一人投降，无一人苟活，无一人不战死！即便是伤者也剖腹自戕！

“像蜀锦一样绚烂”，那冲锋时沾满红色鲜血的红色陆战队军服，将永远成为我们脑海中不可磨灭的记忆！

壮哉！烈哉！北洋海军陆战队员和他们的妻子们！

刊于《北京文学》2021年第3期

湄公河访礁

黄　风

像椰树上成熟的椰果，墨滴咚的一声落下来，天就伸手不见五指了。年已翻了六七个跟斗，这个固执的想象仍抹不掉。在家隔三岔五失眠的我，那晚却睡得死沉，直到被砰砰的敲门声唤醒。

敲门的是负责我们湄公河此行的民警小D，他说：黄老师，起床啦。

他敲了三次，第三次才敲醒我：嗯嗯，好的。

当然，这“三次”是小D告诉我的，他在旅店的吧台前笑道，黄老师昨天累了。

街上的漆黑被搅动，分不清东西南北。从旅店出来，我脚下半天把握不住，虚一脚实一脚的。沿街的路灯，据说夜深人静就熄了，凌晨再开，可到现在还未睁眼。

小D却显然习惯了，也不打手电，只管摸黑带着我们走。央媒的高兄呼噜噜地拖着拉杆箱，像一早从被窝里拖出孩子去上学，孩子还被梦拽着，老大的不乐意。从一条街转到另一条街上，前面出现一团光亮，被黑暗包裹着，影影绰绰，说话声中夹着呵欠。即使无饭香飘来，也能猜出是一家早点铺。不过只有走近了，铺前的路灯、椰树与人才能区分清楚，但路灯与椰树的顶端，仍隐没在光亮外的黑暗中。

别人都吃米线，小D单给我要了面。我以为是手擀面，端上来的却是挂面，手擀面根本不可能。都说云南米线好，可我就是吃不惯。小D又为我专门要了醋。我看着醋瓶上的商标，掀起瓶盖闻了闻，醋味儿撩撩的，像美女迎面一个飞眼勾魂。

我不禁少见多怪，这地方，还吃山西老陈醋？

小半瓶醋浇上，一筷热腾腾的面喂进肚子，残余的睡意与冷都识趣地溜了。

巡逻艇上灯火通明，民警在做最后的启航准备，绿色的甲板被踩得像铁皮鼓嘭嘭的，把枕着澜沧江的臂弯熟睡的码头踏醒了。上艇之前，也就是吃完早点的时候，一声鸡啼破晓，我起初以为耳朵作怪，可稍后又是一声，接着多起来。在此之前，即使回到乡下老家也不闻鸡叫了，能听到的多是狗吠，更多的是傍村国道上的汽车声，“横行霸道”的重卡驶过时碾得地皮发颤。

天幕被扯开，关累小镇从黑暗中浮现出来，先是周边山的轮廓，与天空区分开，继而光亮从山上到山下，云影似的漫过房屋、街道、空地，驱赶着纷纷溃退的黑暗，一股脑儿赶下江去。

关累的傣语之意，是追逐金鹿的地方。老早的时候，金鹿成群结队地出没，机警的叫声在树梢上飞蹿，潜伏的箭“一跃而起”，在密林中紧追不舍，最终将金鹿追猎成传说。从此，关累再见不到金鹿，隔江而望的缅甸也见不到了。绿苍苍的大山沿江绵延，唯有江边偶尔惊鸿一现的麂子，让人幻想起“呦呦鹿鸣”，曾是多么地野性、繁荣、诗意。

从金鹿成为传说的那天起，曾经弯弓搭箭的手，越来越多地撑起竹篙，将风浪中的日子渐渐堆成码头。几经岁月，又由小码头变成如今的港口，由江边的十几座茅草屋，发展成一个安逸繁华的边关小镇。每天南来北往的，多是“淘金”的商人，有来自老挝、缅甸、泰国的，也有来自内地四川、贵州、河南、江西、湖南的，还有来自浙江、福建、广东、广西沿海的。再就是水手，商人们“淘金”，他们跟着沾点金光。

与天黑时黑得快一样，天亮起来也亮得迅速，此时的小镇已一览无余。街头的椰树，像寨子里早起的妹，还未来得及梳妆，就隔着柴篱迎客，脸上透出不好意思的羞涩。被赶下大江的黑暗，把江水大块大块地染成墨绿，残余的鸡叫声飘零江中，像白色的羽毛随波逐流。

汽笛呜呜响起，整个河谷都在响应。螺旋桨翻卷着，将巡逻艇缓缓推离码头，与紧随其后的商船顺澜沧江而下。在中缅边境夹道而行31公里，于云南南腊河口出境后，澜沧江就摇身一变为湄公河。

蜿蜒的河道要么深陷幽谷，“V”字形相夹的大山山色浓重，从山脚到山顶逐渐明朗了，或者逐渐黑暗了。雾从林中升起，在山顶与云团纠集了，又气势汹汹地压下来，压得河水黑森森的。不时有雨滴飞下，啪地砸在窗玻璃上，鸟屎一样溅碎，明明隔着窗玻璃，脸上却能摸到湿。要么河面豁然开阔，大水汪汪洋洋，将两岸远远推开，一层层大山愈远愈淡，终至山色与天色融为一体。

沿途的雨林郁郁苍苍，最出类拔萃的是望天树，头顶一朵绿云“鹤立鹭群”。死掉的望天树，皮被风雨剥去后，通身惨白如朽骨。小D告诉我，那死掉的望天树上，树顶端有时会站着一只乌鸦。被当地人称为神鸟的乌鸦，面对河中无视其往来的船只，会发出嘶哑的叫声，提醒船们入乡随俗，别不懂规矩，至少要鸣笛行个礼。

林中的农舍出现时，有的披着灰暗的茅草，茅檐压得低低的，像破帽遮颜怕见人，有的覆盖着铁皮瓦，要明快轻松一些。除了散布的农舍，还有雍容端坐的佛塔，守望着大河，等待林雾散去阳光照亮金顶。

我正眺望一座若隐若现的佛塔，央媒的高兄叫道：

快看，快看，多酷的礁石！

有人紧跟着响应：

哇，以前我还从没有见过！

那礁石兀立在急流中，有两层楼高的样子，一看就是“礁老大”。尊容褐铁似的，在周围喽啰一般的小礁石的簇拥下，像在警告途经船只：“要想从此过，留下买路钱。”

在右面缅甸一侧，礁石连着白柔的沙滩，在沙滩与岸的交接处，几头水牛或立或卧，一个男孩骑在一头站着的水牛上，拿树枝向巡逻艇致意。我把相机镜头拉近了，看到男孩的表情颇有趣，挥舞树枝的时候兴高采烈，停下的时候冷漠陌生，好像刚才挥舞错了，警惕地注视着我们的巡逻艇。

巡逻艇与随后的商船放慢速度，汽笛隔空呼应着，小心地绕过那熊立的礁石南下。我忘记这处水域叫什么了，只记得从这处水域开始，沿途的礁石多起来。后来了解到，仅从云南南腊河口到老挝琅勃拉邦，就有滩险139道，其中南累河口险滩、挡石拦溪口险滩、帕堆急弯夹槽险滩、挡板基岩险滩等险滩，"碍航程度最为严重"。礁石遍布，枯水期面露狰狞，洪水期"泡漩四起"，根本不把船放眼里，曾夺走无数水手的性命。

中国商人刚踏上湄公河"淘金"时，与险滩沆瀣一气的河道，完全处于原始状态，不少中国商船"有去无回"，轻则搁浅受损，重则船毁人亡。但风险大利益也大，商人为淘个盆满钵满，横下心把家底押上，水手也为多挣几个，把命别到了裤带上。

当时跑船完全是赌命，除了触礁遇险，船绞滩时也很可怕，稍有闪失就招来惨祸。绞滩时，把船头绞缆机上的钢丝绳放下去，系在前方的石头或树上，然后打开绞缆机缓缓绞动，将钢丝绳一圈一圈地收回，借反向力把船拖过滩去。大拇指粗的钢丝绳绷得嘎巴响，把绳上的水绷成白雾，船上船下屏声息气，提防绳断了扫到身上。一旦断了，钢丝绳就恶魔附体，小腿粗的树都能扫断，扫到人身上自是血肉横飞，非死即残。

直到2002年中国出手，利用湄公河三个枯水期，花巨资帮助缅甸和老挝大规模整治上湄公河航道，将一个个险滩变成通途，湄公河航运才得到前所未有的改善。中国商船与外国商船，特别是船家性命，才有了较好的安全保证……

太阳未露面之前，礁石都水淋淋地柔滑，全无烈日下的粗野。可太阳一出来，蒸干礁石上的水，就又"原形毕露"。此时太阳已经出来，天地完全换了个样子。

河下河上野性十足，水野，礁野，山野，风野，连天上的鸟叫声都野，简直到了另外一个世界。被风浪淘得千疮百孔的礁石，颜色大多褐铁似的，吃水之处浸下一道白带，河水上涨时被淹没，河水落下去又露出来。露出来的时候，看到的不再是礁石，而是柔美的身段，那白带一束的蛮腰间，仿佛还有个打钉的美脐。

每块礁石我行我素，一块是一块的长相，即使同一块礁石、同一片礁丛，从不同的方向、不同的时间、不同的距离去看，面目也不一样。前看如金刚怒目，后看如厉鬼狰狞，早看像村姑浣纱，晚看像老翁濯足，远看似群牛戏水，近看似草莽啸聚，怎么看都“面目全非”。有的礁上荒草丛生，有的礁上长着一棵树，有的“佛头着粪”，落着白花花的鸟屎，但大多光秃秃的，被水薅得半毛不存。这些千奇百怪的礁石，水手习以为常，却又不敢轻慢，哪怕是“浪里白条”，也切忌自以为是。

在湄公河跑船，戏称“石林中穿行，沙滩上漫步”，河道很难捉摸。在别的地方跑船是舵把子，到了湄公河也得当小小，老老实实再从头学起，否则“寸步难行”。霸道的船老大会慢慢传授于你，什么“背脑水、披头水、眉毛水”，什么“花三埂四泡八尺”。一如当年师傅传授自己，船老大讲得事无巨细，说“花水”像刚开的水，是耍嘴皮子的水，切莫走船。说“埂水”是埂状的水流，出现在深潭与浅脊的交界区，能走船但要小心。说“泡水”比前两种水都深，像水大开了一样，走船不在话下，可也大意不得。

讲的次数多了，再讲完，船老大就会问你：我讲得怎样？

你一定要竖起大拇指，说：好啊，这个！

船老大便乐得嘴龇了：那你还不“红牛”伺候？

你也一定要乐得嘴龇了：伺候伺候，我这就给您拿去。

老A就曾给船老大拿过无数次“红牛”，用他自己的话说，当年若无师傅悉心传授，他早滚回老家了。他来时的那点本事，在老湄眼中不屑一顾。

老A瘦精精的，把“肥”都养眼了，灼亮得发刁。尤其是站在驾驶室轮舵前，盯着窗外驾驶的时候，目光鹰喙似的，河面只要有一点“异样”，就会扑下去叼起来。他是此次随行的几艘商船中的一艘商船的船长，从他和他师傅一样成为船老大的那天起，他就管湄公河叫老湄了。他也不知道为什么，只是喜欢这样叫，像码头拜把子弟兄。

巡逻艇与商船一起停泊后，小D带我去见老A，老A正在船后小甲板上，拿水盆浇两只脚，不知脚上沾了什么。每浇一次，就啪嗒啪嗒拖板，耍耍脚指头，看浇干净没有。一见小D赶紧丢掉水盆，喊厨娘拿来几罐泰国“红牛”，打开两罐给我和小D。说他们跑船人，大都喜欢喝泰国“红牛”，“困了累了”吹一罐长精神。

老A原在长江上吃水饭，多年前听说湄公河跑船挣钱狠，就与几个弟兄跑来了。来之前踌躇满志，只想着长江比湄公河大，在长江上跑出来的他，到湄公河跑船还在话下吗？却没想到，来了一下河就眼直了，这还叫河啊？礁石数不胜数，险滩一个接一个，和长江跑船完全两码事。见他瓜兮兮的，船老大指着远处一丛礁石笑道，你瞧那上面是什么？他先没看到什么，只看到白浪淘着礁石，哗地涌进百孔千疮，又哗地带着白沫退出来，一个个漩涡从河底冒上来又卷下去，人掉进去立马涮了重庆火锅。

待他眼中出现一艘船后，船老大告诉他，那是涨水时候触礁，水退后卡在那里的。

被卡的船，船身已惨白，像具掀了盖的棺材。那是一艘湄公河上常见的，他后来熟识的老挝“黄瓜船”。船老大说那船没人管，一定是人殁了，这河上的老百姓迷信得很，连船也不要了。说着跺跺船甲板。说这河下的死鬼多了，有时能看到村寨里的人，由巫师带着在河边祭奠。船老大刚来的时候，河况比他来时还要糟糕，从关累下来的船，有一半中途出事，天崩地裂时，能把船一折两截。

老A感叹道，老湄比长江孬多啦。

长江跑船跑得人心平气和，三五年可成就一名船长，湄公河跑船却跑得人脾气暴躁，要想成就一名船长至少得七八年。在湄公河跑船无巧可讨，而且也不敢讨巧，只有将“山形地势、河水流速、水深水浅、礁石位置烂熟于胸”，成为一张活地图才能胜任角色，尤其是当船长的。换句时髦话说，就是跑船要有“船体感”，人、船、河融为一体。

老A曾跟随的船老大，就是一张活地图，可惜后来出事了，为救一个小水手，不慎夹在船和礁石间，给活活夹死了。那小水手原在码头上当搬运工，上船不足半个月，正站在船边看“泡水”，被一泡从天而降的鸟屎砸入河中。船老大跳下河去救，结果被夹得满口吐血，弟兄们眼睁睁看着救不了，等救上来已断气。最初几年，每次跑船路过出事的地方，他们都要向水中抛食，祭奠一下船老大。后来整治河道，那处礁石给炸了，变成一片汪洋，只能辨别个大体位置，现在大体位置也不辨了。

但船老大遇难的惨状，老A至今抹不掉。他很害怕想起来，尤其是在船上，一想起来就使劲压下去，担心一路疙疙瘩瘩，发生不吉利的事情。那天就是如此，他突然把话掐断了，像女人用牙掐断线一样，将注意力转向别处。

一艘老挝黄瓜船突突地驶过，船首插着高高的竹竿，顶端悬挂的红蓝白三色小国旗，手帕似的迎风招展。船上覆盖着绿色的船篷，船两头翘起来，就像一根老黄瓜。

黄瓜船跑得快，透过毫无遮拦的窗口，可看到船上满载的货物，或者空荡荡地兜一船河风。赤膊的水手扒在窗口上，一张脸如非洲哥儿，煳巴了的阳光一层一层，要么隔着水面漠然地看你，要么冲你友好地一笑，露出满口白牙。

此刻经过的，是一艘下行的老挝黄瓜船，屁股后面的浪涌向两岸，到了岸边尽管明显减弱，仍将我们停泊的巡逻艇和船荡得一晃一晃。与上游下来的其他黄瓜船一样，老A说它不会走远，到达金三角水域之前就靠岸了。我们的巡逻艇也差不多，到达金三角水域之后就掉头返航。但老A他们的船还得走，在金三角大佛的目送下，前往目的地泰国清盛港，在那里一如往常把货卸下，再把要装的货装上，不日打道回府。

老A的目光像鱼中了钩，被老挝黄瓜船越拖越长，直到看不见才收回来，转而笑嘻嘻地看着我，欲言又止。大河茫茫，阳光闪烁，像撒了一河的针。老挝黄瓜船远去的河路，我们下去的时候也要经过，返航的时候还要经过。在随行采访中，我像船家一样，也努力寻找“船体感”，将要采访的人、船、河融为一体，尽可能采访“深”了。

也就是说，我此行访人访船，也访河访礁……

（此文有删节）

刊于《时代文学》2021年第2期

再游三坊七巷

俞　胜

福州的三坊七巷，是“国内现存规模较大、保护较为完整的历史文化街区，是全国为数不多的古建筑遗存之一”，被誉为“福州的历史之源、文化之根、文脉昌盛之地”。迄今为止，我一共来过此地两次。第一次是在四五年前，那次来去匆匆的，到了三坊七巷却没有时间多看看，只参观了林则徐纪念馆和林觉民故居。

林则徐，一位伟大的民族英雄，“开眼看世界”的第一人，也是我心目中的一位“完人”，来到福州自然不能不去他的纪念馆看看。那一次，我是怀着一颗朝圣的心来到了他的纪念馆。奇怪的是，四五年后再回想第一次在他的纪念馆里看到了哪些东西，记忆却并不十分深刻。只是那一次在这里购买了一本《林则徐家书》，四五年来，简直成了我的枕边书，时不时拿起来翻翻，从中汲取一些为人处世的营养。

那一次，印象深刻的是在林觉民故居重温林觉民的《与妻书》：

“意映卿卿如晤：吾今以此书与汝永别矣！吾作此书时，尚是世中一人；汝看此书时，吾已成为阴间一鬼……

“吾充吾爱汝之心，助天下人爱其所爱，所以敢先汝而死，不顾汝也。”

我们这个伟大而古老的民族，每当陷入生死存亡的关头，总会有许多仁人志士奋起，他们为了民族的未来、为了大多数人的幸福，舍小家顾大家，杀身成仁，舍生取义，他们是我们这个民族生生不息并得以走向强盛的优秀基因。

《与妻书》收入初中语文课本，对于我们来说早已耳熟能详，但和在他的故居重温这封绝命书时的感觉还是不一样，睹物思人，看着他的遗物，想着他曾经在这里生活的场景，心中再默念一遍《与妻书》，只觉得满胸腔都是一种崇高和伟大的东西在激荡、在回旋，激荡、回旋得人热泪直在眼眶中打转。

那一次，我还知道了，林觉民的故居也是冰心的故居。黄花岗起义失败后，林家为避满门抄斩，匆忙卖掉了自己的老宅。而买下林家老宅的人叫谢銮恩，他是冰心的祖父，冰心小时候就在这栋房子里居住。

> 我们这所房子，有好几个院子，但它不像北方的“四合院”的院子，只是在一排或一进屋子的前面，有一个长方形的“天井”，每个“天井”里都有一口井，这几乎是福州房子的特点。这所大房里，除了住人的以外，就是客室和书房。几乎所有的厅堂和客室、书房的柱子上墙壁上都贴着或挂着书画。(这是冰心在《我的故乡》一文中回忆这座老宅的文字。)

那一次，还有一个人给我留下了深刻的印象。从林觉民故居出来，恰好碰见一位五十多岁的女士正在给四五位学者模样的人讲许多福州名人之间的关系，她身材不高，穿着素雅，气质像一位大学里的教授，娓娓道来：

和这座房子有关系的，除了冰心，还有林徽因。林徽因的父亲林长民是林觉民的堂兄。在林氏子弟受教的私塾里，还有林白水和林纾。1903年，林白水创办《中国白话报》。前几年有人写过《“萍水相逢百日间”——记林白水之死》一文，纪念林白水。林纾则在1895年参加了“公车上书”，是中国新文化的先驱人物，先后翻译了《茶花女》《黑奴吁天录》等四十多部世界名著，为国人打开了一扇了解西方文学的窗户。

她如数家珍地介绍着这些盘根错节的关系，脸上带着一个福州人自豪的微笑：林纾进京会试时结识了同乡林旭。林旭是戊戌六君子中最年轻的一位。林旭的妻子沈鹊应，就是福建船政大臣、两江总督沈葆桢的孙女；而沈葆桢又是林则徐的女婿……

一时间，我听着她的如数家珍，不由呆了一阵，似乎有什么东西像利剑一般刺穿了我的心灵，是什么东西，我却说不出。再看她已带着一行人谈笑风生地往巷子的那头走了。好几个举着三角旗的导游，带领着一群群游人杂沓而来。她的身影转眼间消失在人流中，以致我至今都不知道她叫什么名字，在福州的什么地方工作，怎么对这些人物关系了解得这么清楚。

那一次，我就想，三坊七巷，这是一个什么地方啊，怎么会有那么多中国历史上的璀璨星辰聚集在这里？

但那一次，终究是来去匆匆的，有些念头也只是如电光石火，偶尔在脑海中一闪。离开三坊七巷，混迹在嘈杂的市声中，那些偶尔闪现的念头便被淹没得无影无踪。

这一次做客福建省八闽书院讲堂，入住的酒店就在三坊七巷，时间上就比上一次要从容得多。完成任务后，我在夜晚的石板街上走，街上已是游人稀少，身后的石板似乎正震颤出我的足音——这是一个什么地方啊，怎么会有那么多中国历史上的璀璨星辰聚集在这里？

据说历代封建王朝中，中进士数量超过千人的县全国仅有十八个，其中，福建就占有四个：闽县（今福州）、晋江、莆田和建安（今南平）。有一个说法，福建之所以人才辈出，与历史上北方士族因战乱南迁有关，像西晋末年的“永嘉之乱”，“衣冠”纷纷“南渡”。也就是说福建之所以如此出人才都是因为读书人的基因遗传得好。但我总觉得，基因的遗传只是内因，父辈如龙虎，子侄辈如豚犬的比比皆是。福建人才如此星汉灿烂、洪波涌起，一定还有他的外因。那么，这个外因是什么呢？外因真的如南宋福建人陈俊卿说的“地瘦栽松柏，家贫子读书”吗？道理似乎是这样，用在其他地方应该也不错，似乎放之四海而皆准，可是用到三坊七巷的士子身上，就不那么准了。要知道，当年的三坊七巷可是达官贵人聚集之地，有人说，当年的三坊七巷之于福州，就好比紫禁城之于北京。这些富贵人家的子弟是如何做到“富而不骄，贵而不舒”，并且让“读书人的血”一直往下流传的呢？我一边往夜晚的林则徐纪念馆走，一边思索着。脚步扣在石板上，像是发出一声声的探询。石板街的两旁，大红灯笼亮得红火，古色古香的民居，让我恍惚走进了林则徐的时代。

不出所料，夜晚的林文忠公祠大门紧闭，我仰望着高大的牌楼式门墙，不由想起林则徐告诫长子的话：“用力之要，尤在多读圣贤书，否则即易流于下。”他告诫长子，如果不读圣贤书，人就容易滑入下流中去。

三坊七巷的达官贵人，身居庙堂之高仍然如此不忘提醒子孙，要时刻谨记勤勉、努力、向上、向善，唯其如此，家族的一脉“血”才能世世代代流传并且兴旺发达开来。

是夜，在酒店中，听着窗外福州腔调的街谈巷议渐渐稀疏，我也渐渐入眠。四月的三坊七巷，房间里已经有了蚊子，入睡前打死了一只，不料还有一只潜藏得很深，凌晨四点开始寻机报复，嗡嗡嘤嘤地叫着，搅了我的清梦，索性披衣起床，一个人出了酒店，把自己当成一股风，随意地在三坊七巷里游荡。

与白天和晚上的喧嚣相比，此时的三坊七巷像换了一个人间。那些游人就像潮水一般从三坊七巷退去，等到早上八点左右，再开始如潮水一般地涌来。我盯着石板街看，仿佛那些消失的脚步都一样是梦。天空幽蓝澄澈，旭日尚未初升，小巷的尽头，偶尔闪现出早起的保安的身影。

几根藤从墙头垂挂下来，那么随意地挂在墙上，简直是一幅抽象派大师的杰作；文儒坊的那棵老榕树，垂下一缕缕棕色的气根，像极了京剧里老生的髯口；窄巷，院墙高深，闽山巷的院墙差不多有两层楼那么高，人在巷子里走，仰望着这么高的院墙，是为了防盗还是主人身份的炫耀？仰望院墙上方的一线天，真有一种坐井观天的感觉。三坊七巷，能寻觅到一个坐井观天的人吗？

在晨光中漫步，触目皆是青瓦白墙，使出生在安徽的我又恍惚走进了家乡的一处古老建筑。但与徽派建筑的马头墙墙檐平如一条直线不同，三坊七巷的墙檐都带着圆圆的弧度，状似马鞍，当地人称这种墙为“马鞍墙”。从建筑上看一个地方人的性格，马头墙是不是体现着安徽人的性格要方正一些？马鞍墙体现着福建人的性格要圆融一些？似乎显得很牵强。我想，三坊七巷的建筑风格是徽派建筑与福州本土化的产物，应该是一种恰当的表达。那么，拿来、借鉴、交融，是否可以说成是三坊七巷的文化之魂？

一路走来，沈葆桢的故居、林则徐母亲故居的大门都紧紧闭着 —— 除了旅馆，三坊七巷所有的门都紧紧闭着，古老的历史隔在厚厚的门板背后，隔在各种匾额、对联的背后。隔也隔不住的，那历史中流光溢彩的东西总要无声地从板壁间、从匾额间、从门缝里、从石头狮子的底座下无声无息地往外漫漶，渐渐地在晨光中浸润了一块块青石铺砌的一条条街道。

所有的门都会打开的，所有的历史都会呈现出来。早晨九点以后，游人又像潮水一般漫进三坊七巷的时候，我在友人的陪同下，走进了位于黄巷的小黄楼。据说它是三坊七巷里面积最大的古名居。需要买票进入，也许是过早的缘故，院子里的游人并不多，对见惯了江南园林的人来说，院子也无多少新巧之处。吸引我的是院子里的一棵百年苹婆树，这是我第一次见到苹婆树，叶片翠绿而肥大，比枇杷树的叶子要大一些、薄一些，高大的树冠间隐隐有些白色的花朵。还有一棵古老的芒果树，据说就是黄楼的第一任主人、唐大顺二年（公元891年）进士、崇文阁校书郎黄璞亲手所植。如此说来，这是一棵千年的古树了。树干，一个成年人伸展开双臂未必能合抱过来，现在被称为“芒果王”。树和人的关系，最容易引人遐想。树叶在微风中飒飒有声，仿佛正在一页一页地翻阅千年的史书，或者正在议论发生在这栋楼里乃至三坊七巷的陈年旧事。这飒飒声中一定有关于三坊七巷文化之魂的片光零羽，只是无人能解。

出了小黄楼，穿过安民巷，进入文儒坊大光里，我们走进何振岱故居品茶。

何振岱（1867—1952），是光绪二十三年举人，擅画能琴，书法融碑帖于一炉，诗作深微淡远、疏宕幽逸，是“同光体”闽派的殿军人物。名扬遐迩，弟子甚多，时人皆以能入何门为荣。

这是一座两进的院落，院门开在临街的一侧。进门直行数步右转是一进的厅堂，左手边是临街的院墙，正对厅堂大门。院墙上贴有今人书写的一个大大的“福”字，“福”字前置一储满水的硕大水缸。站在一进厅堂的台阶上，看水缸中“福”字的倒影，自能感到民间吉祥的寓意。

现在屋子的主人暂且属于张志在，他是一位寿山石的工艺大师，作品多次获得大赛的金奖。志在身高一米七左右，身材纤瘦，他向我们讲述着他当初入驻这里的过程，以及入驻后如何恢复旧居的面貌，全要原来的样子。志在的话不多，三言两语的，语速不疾不徐，让我联想到第一次来三坊七巷时，在辛亥革命纪念馆前邂逅的那位五十多岁的女士。志在不说话时，脸上带着一种三坊七巷人阅尽世事般的温温和和的微笑。

我们坐在二进院落的厅堂里喝茶，看着精致的院落，野草随意地在石缝中、阶沿上生长；看着志在用红砖错落有致地摆放的一个小花台，台上有一蓬巴西鸢尾养在咖啡色的花盆里，花盆的后面是第一进院落的杉木插屏，上面挂着不知是谁画的鸟栖枯枝的条轴，墨痕淡淡的，妙在若有若无间。志在也是有一搭没一搭地聊着自己的艺术追求。天井不大，四周的屋檐构成了一个小小的长方形的取景框，我的目光不由越过灰色的瓦脊，看取景框中邻家院子里的那棵高大木棉树，火红的木棉花正在凋谢，有那么一朵正悠悠扬扬地离了枝头。

我在想象着，若是下雨天，来到这个古旧而精致的院落，一边喝喝茶，一边听听自天际滴落的雨声，再愣一回神，想想自己的前尘往事，想想三坊七巷的前尘往事，该是一件多么惬意的乐事啊。

这么想着，仿佛真的就有一滴水珠滴落下来，滴落到灰色的瓦脊上，滴落到三坊七巷的青石板上，滴落到我的心湖上。我的心湖立刻溅起了一圈波纹，这波纹一圈一圈地扩散开来，我注目细看，似乎在这波里隐隐看到了三坊七巷的文化之魂。

转瞬间，心湖又平静如初。其实，我什么都没看到，什么都没看到。

刊于《青年作家》2021年第7期

进入一座城的方式

杨 方

从石梁出发，在草木葱绿的丘陵地形中向南走两天，就可以到达临海。如果骑马，大半天就可以到达。骑驴的话，要一天。驴走得比人快，比马慢，到达时，落日刚好停顿在巾山西边那座塔的塔尖上。

这是古代进入临海的方式。古代一切都慢吞吞的，孟石人进入临海，也是慢吞吞的。

孟石人步行的可能性不大，两天的路程，足以磨破一双好鞋。骑马的可能性也不大，在古代，将军骑马，书生骑驴。孟石人骑驴比较适合身份。

其时绿林中好汉出没，虫蛇出没，兽类和妖怪也偶尔出没，孟石人毫发无损地抵达临海，驴蹄清脆，东风不胜。江南之地的海边小城，算不上繁华，却也并不冷寂。临街每一扇敞开的窗子，都有一个正在梳妆的女子，美貌让她们寂寞丛生。孟石人略过客栈和酒家，往翠微寺而去。翠微寺在巾山上，巾山矮小，聚集了江南的绿意与灵秀。翠微寺清幽，这厢落日相照，那厢竹影修长。孟石人宿于空上人房中，推窗，但见隐喻般的风阵阵袭来，几只鸟为即将到来的黄昏鸣叫个不停。远处赤城，形似一片云霞。

雨后返照，与故人畅谈甚欢，是后话。

我来到临海，也是后话。

我进入临海的方式比较快捷。晚宴结束，一波人把另一波人送上车，我在被送之列。高速行驶的车，以一百码的速度将我带往另一个地方，途中我沉沉睡去，一梦醒来，已是临海。

我是以做梦的方式进入临海的。这注定我在临海不管是白天还是夜晚，都有一种身在梦境的感觉。河口海湾充满泥腥气的风，沿紫阳古街长驱直入，亮着灯光的房屋，窗口空空荡荡。临窗梳妆的女子，早已跑到深山老林里成了精。门口的石头狮子，用一双雕刻出来的眼睛看着我。某家店铺的石阶上，一盆半米多高的植物，长着十数个淡绿色的泡泡果。店家告诉我，这是气球果。他脸上闪烁的表情，让人觉得他泄露的，是天机。

我从未见过此物，也未听说过这种植物。几十年来我一直生活在地球表面指甲盖那么大点的范围内，凭有限的地理知识，我猜测气球果应该是从某个热带国度移植而来，比如那个叫爪哇岛的岛国。气球果在那里有着原始的叫法和奇怪的发音，它不可能叫气球果。它出现时，气球还远没有出现。

店家强调千万不能用手碰气球果。碰了会怎样呢？我满心好奇，趁他不注意，暗中出手，碰了一下气球果。气球果好端端挂在那里，没有像我担心的那样，一碰就针扎了一样瘪下去。但我知道，肯定有我不知道的什么，已经发生。小时候我家门前种了一丛玫瑰，弟弟被玫瑰扎过之后，认定长刺的都是些坏心肠的植物。他经常把尿撒在玫瑰上。那一年，玫瑰一朵花也没有开。玫瑰一定是因为生气才不开花的。第二年，我在玫瑰下埋了几颗苏联糖果，那时候苏联还没有解体，彩色玻璃纸包裹的苏联糖果在伊宁的巴扎上成堆地闪闪发光。夏天，玫瑰开了很多花，比往年多出两倍。仿佛前一年没有开的花，全集中在这一年开了。气球果不能用手碰，一定有类似的原因。也许我一转身，那个圆鼓鼓的小球就会怒气冲冲，叭的一声爆掉。

气球果的主人是个长得圆鼓鼓的中年男人，他和气球果一样饱涨着气体，他们给人一种梦境的悬浮感。夜晚的紫阳古街确有一种梦中街道的味道，古街窄而细长，像通向梦境的路径。从古街走过的人，做梦一样摇晃着身子。作为一座城市的来路，紫阳古街被迫停留在过去。旧式店铺，老式招牌，雕花门窗，传统工艺，民间小吃，手工作坊，时间在这里是慢吞吞的，人们进入这条街，会中了魔法似的慢下来。他们脸上慢吞吞的表情和慢吞吞的动作，似乎是为了配合这条街的慢吞吞。古代人做什么都不着急，古代人过一辈子的时间，足够我们浮光掠影地过完八辈子。我们把一切都缩短了，但我们并没有因此多出时间来。

我用做梦的方式很轻易就进入了一座城，但我无法像孟石人一样在一座城长时间地停留。我只能幻想沿着这条街走回到古代去，这条街的慢吞吞只是表象，它无法把过去的东西真正贯穿到现在。花墙下，三个穿古装的美女在拍照，她们的头饰和服装，一部分属于汉朝，一部分属于不明就里的朝代，她们出现在深夜十一点的紫阳古街，像是一种幻术。花窗疏影，藤蔓倒悬，美人吹叶嚼蕊，腰身柔软，脖颈细长。我一时怀疑自己来到了郁金堂、紫兰丛、青桂苑？所步之处，空巷回音，犹如响板。美人一个转身，便化身当垆人、解佩人、拾翠人、步莲人、槛内人。我和她们其实有一个共同的名字：梦中人。一阵风吹过，咳笑伴随风声，转瞬间，美人已清空了满地落英，以及徘徊花树下的看客。我独留原地，惊觉这紫阳古街，不过是一条虚拟的街。没有谁能永远停留在一个城市过去的部分。

古长城属于临海过去的部分。

夜晚的古长城，像是临海的灵魂。因为灯光和梦境的原因，临海会在夜里不断膨胀，变大。古长城随着临海的变化在原有的长度上，沿海岸线向两端延伸。它在夜晚延伸出去的部分，在白天是看不见的。白天古长城在明晃晃的阳光下，经过的每一个人，都可以伸出手去触摸，可以把耳朵贴紧城砖倾听它内部的声音。每个人听见的都不可能一样。但有一点是肯定的，古长城不可能像隧道一样产生回音。任何声音进入它，既不可能穿透，也不会反弹回来，而是被吸收得干干净净。古长城的墙体上，有青绿的苔痕，说明古长城在呼吸，它还活着，在夜晚不为人知地生长着。很多年过去，长城被人们称作了古长城。但江南的地气、天象、水流、烟岚、风向、倾斜度、大气压和海洋带来的暖湿气流，并没有让它变得苍老，而是让它具有了永恒的生命力。

风从大海吹来，一部分穿过城门洞，在城市游走。另一部分拐一个弯，往巾山上刮。我跟着风，沿城墙往巾山走。城墙的某一处，因为依傍了巾山的高度，墙体只有两米多高，一只有老虎斑纹的猫，蹲在墙垛上，长时间地望向某个莫名的方向。它是在眺望上帝，还是在观察天气？墙体上有一个浅浅的凹坑，刚好容下一只脚尖。这是一个适合攀爬的暗示。我顺着这个暗示，以梦游的形态往上爬。梦游是一种类似魔法的东西，借助梦游，人会变得轻盈，平日里不能的，这时候无所不能。

我即将爬上墙头的时候，一只迎头飞过的鸟冲着我大叫一声，鸟鸣凌厉，像是叱骂。我惊醒般停住。脱离了梦游的状态，我立时轻功尽失。这就像崂山道士穿墙而过的时候，口中必须念念有词，一旦忘记了咒语，就会撞墙，头破血流。我担心回归常态的自己，会因突然发现的自身重力，像一只断尾的壁虎吧嗒掉下城墙。

有老虎斑纹的猫见证了我攀爬的整个过程，它用睥睨的眼神看着我。后来，它转过身，从城墙上一跃而下。我骑在墙垛上，犹如骑虎，内心感到前所未有的孤独。一片浮云正被风吹往天际，远方一片开阔，大海仿佛可见。

我突然想到，进入临海应该还有另外一种方式：海路。用这种方式进入临海的，多是倭寇。这个坐落在半月形海边的城市，夏季常有热风吹过，倭寇乘风而来，海潮般哗啦涌上岸，又哗啦退却回去。北方的长城，挡的是彪悍的胡人，必须修建得高而坚实。江南的长城，挡的是倭寇，倭寇矮小，短脚短手，随便筑一道墙，就能挡住这群乌合之众。在我的理解里，倭寇长期生活在海上或海岛，类似一群海生物种，善泅水，不善攀爬。他们对陆地，只能进行短暂的劫掠，却无力侵占，更无法长时间在陆地上停留。及至这群海生物种被戚继光铲除，长城便闲来无事，成了一道阻挡海水进入的墙。某年，海水带着大海的蓝，从城门洞涌入临海，整座城，海水漫流，海水退去后，满城咸湿，鱼类贝类果实一样悬挂于树枝。古长城的墙体，至今仍隐约显现海水浸泡的水位，像是镶了一条海浪的花边。

我不知道今天是否还有人从海路进入临海。大海开阔，海路可以四通八达。海边港口，并没有开通客船，只有极少数人乘着货船来到临海。临海这座城市，给从陆路和海路进入的人不同的风貌。但不管从哪个方向进入临海，用哪种方式进入临海，入城第一眼看见的，都是巾山上的四座塔。一座百米高的山，有四座塔，这是不多见的。为什么会有四座塔？有人会对此做出详细的解说，这些解说对初来此地的人是一种伤害。有些东西，一旦被词语固定住，就失去了意义。我曾在大雪的早晨，对野地上一行奇怪的脚掌印产生了浓厚的兴趣，这有可能是一种地球上还没有被人类所发现的物种。我打算沿着脚掌印追踪下去。有好事者告诉我，这不过是一只穿着保暖鞋套的宠物狗，他刚刚目睹了它从雪地上跑过，并且在一根电线杆子下撒了一泡尿。我对这个好事者恨意顿生，他破坏了我对世界的好奇和想象。一个对这座城市无所不知的解说者，可想而知是多么无趣，他的梦里没有奇怪的脚掌印，没有金矿，也没有红衣女子。他的解说注定会让临海像一条干巴巴的咸鱼干。为了保持对世界的新奇，我每到一个地方，都确信这是一个我从未到过的地方。我用崭新的眼睛看它。我希望看见的，是我自己发现的，而不是那些资料和史料告诉我的。

因为不知道四座塔的塔名和来历，我只能用这样的方式进行描述：四座塔的塔尖，呈圆弧状依次排列，仿佛专供每晚移动的月亮在上面轮流休息。最高的那座塔，塔尖直指天空，其上明月，摄取了汪洋之心，它和大海的涨落遥相呼应。

第二座塔在西边，最靠近落日。它的意义所在，是让落日在塔身的腰檐上多停留一会，以起到延缓黄昏降临的作用。这座塔和其他塔一样，有九层，层层置腰檐，落日每向下滑落一层，都要在腰檐上停顿一会，仿佛被伸出的手掌托住。巾山上的黄昏，因此比其他地方延长了许多。临海高楼林立的现代部分，落日在某座大楼的玻璃幕墙上，像一滴彩色的水珠快速滑过，它没有时间想很多问题，它还没有来得及站稳，就一下子滑了下去。居住在那片区域的人，几乎感受不到黄昏。而黄昏的长短，决定了人们夜晚梦境的长短。那片区域的人，注定缺乏黄粱美梦，日子过得匆忙而疲惫。

第三座塔，位于隆起的山脊上。因为地势，看上去更接近天空和梦想。塔身因为山的衬托略显倾斜，但它的倾斜恰到好处，导致塔尖与其上的星星构成了某种默契的关联，当塔尖对应的那颗星开始闪耀，接下来，其他满天的繁星便跟着在临海的头顶开始了无边无际的闪烁。

第四座塔与其他三座塔有所不同。其他三座塔对应的是天上的事物，第四座塔对应的是人间。它在山脚，在低处，它是四座塔里时间最久远的，塔身的每一块塔砖上，都有一尊小小的佛，佛保持着不朽的微笑。那种微笑，是塔砖的结构中没有的。我怀疑这些佛是自己从什么地方走来，打坐在塔砖上的。他们用这种方式把自己留在塔身上，是为了有一天重新走下来，带着持久永恒的微笑，混迹到人群中去。我们脸上的微笑，来自他们的传播和传染。

构成巾山的绝不止四座塔。但巾山因为四座塔，有了某种伟大的苍凉，有了自体的静，那是一种太古的静。四座塔纤细的塔尖，皆指向未知、未来和遥远，有一种宇宙的惘然、昧然。之杳冥，之寂寥，之广阔，令人生出敬畏。一个人站在巾山上，会以为自己站在荒古的时间里。往山下走，手中会握了一把天地凉气，草木拂动，疑是孟石人衣袖飘过。孟石人在翠微寺对牛弹琴，对老虎讲经，独坐，或与空上人对坐，谈论天下事。

古代无大事。古代就是有大事，我也无从知晓。我只能看见古代的墙壁上落日相照，蔓生的植物，被空心、雨水和幻觉供养。徘徊寺外的人，都是些和我一样心无着落的人。近旁一棵高大的栾树，籽实在初冬格外鲜艳，顶端的红像是涂上去的。一群乌鹊，如倭寇聒噪飞来，落于树上。它们以空中飞翔的方式进入临海，这是进入临海的又一种方式。我向旁人打听进寺的门，那人随手一指，指向半空，仿佛那门是一道空门。

刊于《散文》2021年第9期

我的夏德尔，我的泽库

辛 茜

到泽库

2019年7月4日，张青松紧紧握住泽库县司法局让忠局长有力的大手，接受了藏族小伙洛桑扎西献给他的白色哈达。从此，张青松这位“全国律师界十大新闻人物”，成了青海省黄南藏族自治州泽库县的一名“1+1”法律援助者。

从西宁到泽库驾车四小时，让忠局长带着他们到达泽库县时，已是晚上九点多。灯光下，闪烁的泽库县城迷离宁静，张青松有点诧异，有些遗憾。这么美丽的地方，怎么能说是到了边远贫困地区？回去了怎么向组织、向父老乡亲们交代？

一夜过后，缺氧的痛楚向他袭来，他浑身无力，头晕头疼恶心。吃红景天、止疼药，不洗澡，各种办法都用过了，还是难受。他才知，泽库实在是一个不容小觑的地方。

“泽库”藏语称“夏德尔”，意为“鸟冻得发抖的地方”，是青海省黄南藏族自治州贫困程度最高、最艰苦的地方，境内大部分地区海拔在三千五百米以上。早年，为泽库县政府选址的一班人马来到泽库，放眼远眺，极目细看，只见满天飞雪，白茫茫一片，只有一块地方平坦且不见积雪，便毫不犹豫地选定此处为泽曲镇，建设中才反应过来，之所以无雪，是因为这里是风口，雪被大风吹走了。

张青松发现，泽库这个地方，既神秘又简单。这里一年有四季，每天也有四季；这里看不到庄稼地，处处是草原；这里的人大多是藏族，不会说汉语。站在广阔深远的天地中，看着那些善良纯朴的脸，很难想象这里的人和法律有什么关系。但实际上，这里也是世俗人间：包工头们欠着民工工钱，离婚的藏族夫妇为争夺项链上的红珊瑚打着马拉松官司，一个牧民酒后捅了别人一刀，几个小伙子结伙偷了别人的牦牛和摩托车……

总算有了审听案子的机会。法官是藏族，被告是藏族，辩护律师是藏族，张青松根本听不懂，像傻子一样，像看了一场没有字幕的外国片。要想办案子必须学藏语，他暗下决心，刻苦努力。可惜一段时间后，还是只会说你好“逮猫”、再见“逮猫”、谢谢“尕真切”。随后，他有了进一步的认识，办案并不重要，重点是得留下办案的人：培养离不开故土的律师，而自己是来不及学藏语的，也不一定能留下。于是，张青松请求搬到草原上住。

家　人

洛桑扎西一家对张青松的热情，远远超过了对洛桑扎西的。几天后，张青松在家里比洛桑扎西还舒服自在，每天早晨七点半起床，洗漱之后骑马到大帐篷里吃早餐。早餐一般是酥油茶、糌粑、馍馍。他吃的时候，孩子们都瞪着眼看他，一直到他吃完为止。然后他再骑马回到自己的小帐篷，驾车大约四十分钟到司法局上班。下午五点半下班后开车回到大帐篷，帮助家里照看牦牛。真实的情况是：牦牛不需要照料，既不上访也不闹事，每天都情绪稳定地吃草。但是他每天都要去关心下，摸摸牦牛的头，摸摸牦牛的尾，主要是担心家里人说他只吃饭不干活，主要是呆呆地看着夕阳下的草原，在绚丽的色彩下，如何变成一幅油画，再变成一幅版画、铅画。

来之前，张青松就听说过黑帐篷与白帐篷的故事。但是，他住的就是一顶白帐篷，这完全限制了他的想象力。实际上，他更愿意住传统的黑帐篷。黑帐篷用黑牦牛毛搓绳编织而成，纯手工，工艺复杂，冬暖夏凉。以前，藏地牧民大多住在这种帐篷里。后来，有些厂家抓住商机，用结实耐用的白帆布生产帐篷，实惠方便，大多牧民就不再用手工制作黑帐篷了。但是，黑帐篷对藏地牧民有着非同凡响的意义，所以很多牧民还是以家中拥有一顶黑帐篷而骄傲。

黑帐篷里有一个土质的炉子，燃料为牦牛粪。除了取暖，炉子还起着分界线的作用，晚上睡觉时女的睡左侧，男的睡右侧。

家里最疼张青松的是阿妈。她六十九岁，一生磕了一百万个头，现在还能直腿弯腰触摸地面。阿妈有八个孩子，加上孙辈、重孙辈约三十八人，她老人家好像也算不清楚。家中最年长的是阿姐，是阿妈的姐姐，全家人都跟着阿妈称呼。藏历六月十七是阿姐的八十大寿，全家人正全力以赴准备这个盛大聚会，张青松更是期待万分。阿妈说，张青松来他们家就是她的第九个孩子，所以她的子孙们就都叫他大哥。张青松还有一个藏语老师名叫夏吾昂措，至今没搞清是哪一个弟兄的孩子，虽然只有九岁，但藏语特别棒，只是讲课不太认真。张青松买了好多零食给她，她还是漫不经心地多数让他自习。张青松的体育老师叫夏吾措吉，是三妹妹的孩子，专门教他跳锅庄，学费是一大包糖。夏吾措吉比夏吾昂措认真，不厌其烦地给他示范动作，而且从来不嫌他笨。家里力大无穷的是二哥彭措，没上过学，却能帮助活佛整理讲义，还出版过个人诗集。二哥不会汉语，却对张青松讲了很多话，应该是些很深奥的佛学理论。自从张青松不请自来加入这个大家庭，大哥的地位明显受损，只能屈居第二。大哥是宁玛派僧侣，从小出家，终身不娶，现在正潜心研究藏医。

阿姐的八十大寿

藏历六月十七日是阿姐的八十大寿。阿姐过寿的藏服，同样靠手工缝制。

承担这项工作的是四哥和夏吾才让，为此，张青松完全被藏族男人的细腻勤劳感动。而即使这样，藏族女人的任劳任怨、辛劳勤快更让他惊叹，简直无法形容。但针线活是男人的事，她们绝对不做。

阿姐爱美，对她的新衣服非常期待。如果给她拍照片，她总是朝张青松挥挥手："等等吧！等穿上新藏服。"

此后，宾客们陆续到达。谁来得早谁最诚心，福气也最大。每个宾客除了赠送礼物，还要伴以歌舞。同时，阿姐要回赠礼物，家人们也要伴以歌舞。阿姐的回礼是一碗花生。一碗又一碗。从晚上十二点到第二天凌晨，阿姐回了三百多碗花生，说明来过三百多位客人。客人有熟悉的，也有不太熟悉的。

黑帐篷是庆典的中心。盛装的阿姐像女王，雍容华贵、仪态万方地望着暗色中的吉博日神山。礼后，客人们陆续进大帐入座，喝茶、饮酒、吃肉、聊天、唱歌、跳舞……笑声不断，歌声不断，一直持续到次日凌晨。

夏吾多杰是唐德村最受欢迎的年轻人之一，他一本正经地对张青松说："如果你认为我们天天大碗喝酒、大口吃肉，你就错了。其实藏族人本来不喝酒，当年文成公主把酒和酿酒技术带到藏区，只告诉我们酒好喝，却忘了告诉我们喝多少，所以我们不按斤喝，而是按天喝，高手可以连续喝七八天。后来，我们才知那种感觉叫'醉'。'醉'不好，所以现在多数藏族人不喝酒。当然，重大喜事另当别论。吃肉也不是你想象的那样。按传统，每月有八天绝对不吃肉，藏历四月整月不吃肉，平时尽量少吃肉，不是不爱吃，其实是舍不得吃。吃肉只能吃牛羊肉，不能吃小动物的肉……众生平等，不能杀生；人要生存就要吃东西，高原上除了肉没有什么吃的，怎么办？尽量少杀生。一头牦牛可以让很多人吃饱，因为它大；很多条鱼才能让一个人果腹，因为它们小。"

夏吾多杰的话让张青松长了见识，连连点头。难怪，平时藏族的主食主要是糌粑。如果你是一个好人，女主人会在你的碗里放很大一块酥油，加上奶茶。黄澄澄的一层酥油漂在奶茶上，喝上一会儿后，把青稞面放进碗里，用无名指搅拌，揉捏成团做成糌粑。对于长期吃糌粑的藏族人来说，吃完糌粑后，盛糌粑的碗要干净得如同新碗，如果碗里还有糌粑残渣，要用舌头舔干净，否则会被视为对食物的不敬。开始，张青松很不习惯。但有一天，他突然想起，小时候在老家山东农村，吃过面糊糊后不是也一样舔碗的吗？有什么大惊小怪的。也就表现得从容、坦然了。阿姐、阿妈看到后很是满意。

当然，八十大寿这样的庆典，肉是充足的，酒是管够的。

法会和赛马

有一天回家，发现少了两顶帐篷，其中包括自己住的那顶白帐篷。张青松心里一震，以为家里嫌弃他，嫌他领来了太多陌生男女，所以把帐篷藏起来了。因为前段时间，有很多朋友假借看望他，实则为了旅游常来泽库，而他在激动之余，又常常忍不住带朋友们来帐篷小住，吃家里的肉、糌粑、酸奶，欣赏家里的牦牛和美景。

经过小心翼翼地求证，才知帐篷被移到法会和赛马会去了。

法会，就是大家聚到一起听活佛讲经、念经。有的活佛学问很深，一讲讲好几天，所以就要把自家帐篷迁到讲经的地方住下来听。活佛用藏语讲经时，“不明觉厉”的声音不绝如缕，使人震颤。张青松曾苦苦央求一位听了三天法会的人给他说说活佛都讲了些什么，那人沉思片刻：“活佛说，要孝敬父母，不要老看手机。”

泽库的马叫河曲马，中国三大名马之一。藏地牧人家中都养马，张青松家就有四匹，主要用于比赛，现在已经很少有人骑马放牛放羊，取而代之的是摩托。赛马分为部落赛、村赛、乡镇赛等，就像内地的足球比赛，一言不合就来一场。乡镇举办的赛马活动比较隆重，配有歌舞、拔河、摔跤，一搞就是三天。

参赛的马以年满三岁最好，骑手的体重必须超过五十公斤。阿姐送给他的赤兔马正好三岁，张青松的体重也符合条件，但遗憾的是，比赛过程中，如果骑手从马上掉下来不算成绩。所以，思前想后的张青松只能忍痛让别的骑手骑着他的赤兔马参赛。

赛马几乎吸引了全乡镇牧民，司法局不失时机地带着他们进行普法教育。完全不用担心，牧民们绝不会把普法书籍垫在屁股底下坐着看表演。藏族人对文字极其尊重，凡是有字的纸一律不会坐在屁股底下，不管认识不认识。

拉雅死了

中秋节，泽库下了一场大雪。还不到三岁的拉雅被狼咬死了。按说，这场雪不算大。第二天一早，草原就变得黄绿相间。山脉白雪连绵，与蓝天相映，清洁、美丽。

张青松想，地毛角乎家的拉雅很可能是被美景吸引，独自走了出去，走得太远，远离了自家的草场，再也没有回来。被发现的时候，拉雅已经死了，身体左侧的肉被吃掉，露出了肋骨。

一般来讲，牦牛群里如果有一头壮硕的头牛，狼袭击牦牛的事件就不会发生，而且狼根本斗不过它。头牛，是牛群里最牛的公牛，对外震慑狼群，对内团结伙伴。高原上的野公牛自由奔放、身体健壮、精力充沛，很受母牦牛的崇拜，有些母牦牛会忍不住跟着其他野公牛私奔。头牛发现了就会和那些野公牛打一架，以维护家庭的完整和自己的权威。牦牛性情温顺，一般没有攻击性，但是如果把它惹急了，追到天边它都要把你顶死，你求饶都没用。这就是传说中的牛脾气，所以狼轻易不敢惹牦牛，但是像拉雅这种脱离集体的落单者，很容易被狼钻空子。

牧民当然希望头牛把野生母牦牛带回家，但成功率不高，因为野牦牛不大喜欢安逸平稳的生活。所以，公牛长大后一般就放到草场上不管了，而母牛则需要每天下午按时赶回家拴好，不是为了防止它私奔，而是为了挤奶。牦牛奶是高热量食物，营养丰富，藏族人的大多数食物里都有奶制品，所以他们身体强壮。张青松一直想学挤牦牛奶，却遭到扎西吉大姐的拒绝。理由很简单，牦牛奶只能女的挤，男的挤不出来。他对此将信将疑，想问原因，又怕别人说他没学问，只好闷在心里。

拴住了母牛，公牛就不会走远，因为第二天拴牛的地方，会多出很多牦牛粪。用晒干的牛粪烧火，飘出的是草香味。一个“大神”说，牦牛粪冒出的烟对眼睛非常好，可以治近视。于是，张青松趴在牛粪炉子上熏了三天，双泪长流，结果仍然近视。除了做燃料，牦牛粪还有很多用途。它不仅是草地的养料，防止高原沙漠化，还有着杀虫护草的功效。高原土层中有专门以草根为食的害虫，对草地破坏极大，但牦牛粪恰巧能够毒杀这种害虫。高原上的蚊子很大，被咬后久久难忘，但只要有牦牛粪的地方就绝对没有蚊子。没放过牧的人不知道，羊吃草是将草连根拔起，牦牛吃草是用牙齿将草的茎叶切断，不影响草的再生。有时候，张青松很坏，对来看望他的朋友说：“牦牛吃的是冬虫夏草，拉的是延年益寿的六味地黄丸。”就有朋友把捡到的牛粪往嘴里塞。

地毛角乎是家中老四的媳妇，和许多藏族人一样，说不准自家有多少头牦牛，但只需要看一眼牦牛群，就知道谁没回来，而每一头牦牛都有自己的名字。地毛角乎非常勤劳，但也不能防止悲剧的发生。拉雅的死给家里造成的损失不是太大，但牦牛被咬死总不是一件好事。

泽库的藏族人不仅不杀生，还要放生。放生是佛教传统，生老病死、婚丧嫁娶、忌日庆典，都要放生。被放生的牦牛只是在脖子上系一个标志，就表示被赦免了，既不能杀，也不能卖，还要继续在自家草场上养着，直到终老。牦牛的自然寿命大约二十岁，放生牛越来越多，但是草场有限，以致能卖的牛越来越少。以张青松家为例，全家有大约二百头牦牛，其中放生牛六十头左右，也就是说只有一百多头有经济价值。最狠的算老二彭措，他有十五六头牦牛，全部放生，家里还供着两个上大学和中学的孩子，只能做点小生意筹集学费和凑凑合合地过。

拉雅之死，不悲不喜，乃修行境界。放弃物欲，安贫乐道，是一种生活态度。哪怕只剩下一顶帐篷，藏族人也不会觉得穷。“现在我们的生活好多了，政策好，政府好……”这样的话，从藏族人的嘴里说出来是非常真诚的。

刊于《散文》2021年第3期

辑　五

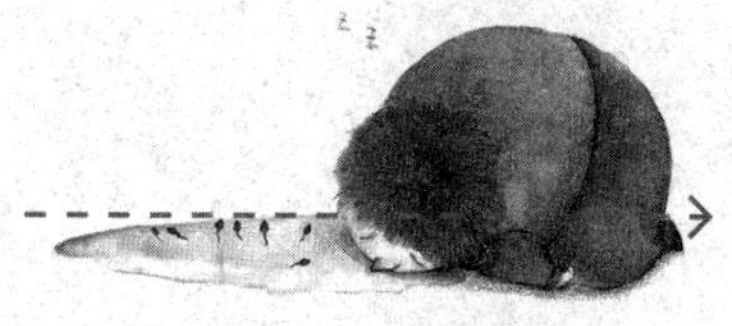

天下淮安

彭学明

如果不来淮安，我就只会知道淮河是那么深情地爱着淮安，只知道淮河会因为深爱而从河南的桐柏县绕过千山万水来到淮安。

如果不来淮安，我就只会知道古代的那么多君王深爱着淮安，只知道那么多君王会因为深爱而千方百计地挖一条京杭大运河来到淮安。

如果不来淮安，我就不会想到，黄河曾经也那么深爱过淮安，为了跟淮安结一门金玉良缘，黄河从青藏高原的巴彦喀拉山起步后，专门改道来到淮安。

我不知道淮河是从什么时候爱上淮安，而且一直留在淮安。也不知道黄河什么时候改道来到淮安，又什么时候改道离开淮安。但我知道淮安是集万千宠爱于一身的，是胸怀天下、天下唯淮的淮安。

淮安的天下是从淮安的地理优势开始的。地处华夏腹地的淮安，因了淮河血脉的全线贯通，使得淮安的整个身躯都是充盈的、丰满的、充满了生机与活力的。黄河改道来到淮安，与淮河交汇入海后，淮安又多了一条血脉。两条血脉相辅相成、相亲相爱，组成了淮安最为雄强的生命线，共同孕育淮安，哺育淮安，让淮安物华天宝、风华绝代，让偌大的黄淮平原，每天都丰韵富饶，供万物生长、万象更新、万民安享，成了华夏取之不竭、用之不尽的天下粮仓。地处天下粮仓中心的淮安，又成了粮仓中的粮仓、天下中的天下。

千里之外的隋炀帝，不知道有多少次在梦里梦到了黄淮平原一望无际的辽阔，梦到了天下粮仓堆金叠银的殷实。不知道黄淮平原的千重稻菽和万顷麦浪，在隋炀帝的心里掀起了多大的涟漪和波涛，以至他嫌淮河的河运太慢，嫌黄河的河运太慢，当然，也嫌长江和海河的河运太慢，心急火燎地要挖掘一条笔直的人工大河，要把长江、黄河、淮河、海河的水引到这条人工的大河里，以便以最直的路线、最短的距离、最快的速度，运来天下粮仓的粮食。这条人工的大河，就是早期的隋唐大运河和后期的京杭大运河。

于是，民以食为天的民粮，源源不断地运输到了京城。

于是，国以兵为根的军粮，源源不断地运输到了京城。

想想看，当全国各地运输粮食的船队都集合在大运河、驶往隋炀帝的帝都时，那是怎样一种千帆竞发、万舸争流的浩荡景象？那站在帝都城门的隋炀帝，又是怎样的意气风发、凌云豪迈、踌躇满志？那康熙、乾隆等历代的君王，又是怎样的意气风发、凌云豪迈、踌躇满志？何况，这水路运输的，不仅仅是运粮的船队，还有运盐的船队、运油的船队、运布的船队、运木的船队，和其他各种各样的船队！

有了繁荣的水路运输，就有了忙碌的水路运输管理机构——河运、漕运机构。河运，当然是指利用河道来运输，粮食、食盐、茶叶、布匹、木材等，都通过河道运往京城。漕运，则是通过河道专门运送皇粮的一种专业运输。河运的最高管理机构是河运总督府。漕运的最高管理机构是漕运总督府。

这最高管理机构设在哪里呢？按理当然是在帝都。可是，古代的君王们偏偏不按常规出牌，两个水路的管理机构，都设在了淮安！因为，只有淮安将黄河、淮河、京杭大运河的水连在了一起！淮安，是三条大河的中枢和心脏。而京杭大运河连接了所有的河流，淮安自然又成了华夏河流的中枢和心脏。这河运和漕运的最高管理机构，不设在淮安设在哪里呢？除了淮安，还有哪个地方可以安放华夏所有的河流？还有哪个地方可以承接华夏所有的水运呢？

漕运总督府、河运总督府便自然而然落户淮安。

有了这漕运总督府和河运总督府，淮安就成了全国的水务中心。总督府每天忙忙碌碌、进进出出的就不仅是漕运、河运的大小官吏们，还有南来北往的漕运、河运的商贾们。漕运、河运的职能也不仅仅是负责运输粮食和其他物品，也负责治水、防涝、抗洪、赈灾。中国许多的水政、运政、粮政和路政，就从淮安应运而生。淮安，因了漕运、水运而一派繁荣兴盛，令人神往，淮安因此通达天下、迎送天下、包揽天下。

无数的淮安人，以天下的情怀，包容天下，收纳天下；怀着对天下的向往，走天下，看天下，闯天下，打天下，守天下，治天下。

公元前231年，一个名为韩信的男儿在淮阴的码头镇出生了。谁也不会想到，这个从小父母早逝，从小颠沛流离，被人瞧不起和备受侮辱的男儿，居然会成为打天下的盖世英雄和统帅，成为最早的政治家、军事家和理论家。所以，当他背着剑囊饱一顿饿一顿地晃荡时，没人把他当人看，一个恶少还在河边的一条小桥边拦住他，轻蔑地说：别看你整天背着个剑，你不怕死，就来刺我，你若怕死，就从我裤裆下钻过。韩信看了看恶少和恶少带来的一帮地痞，想：我没有杀死别人之心，也没有自己想死之意。于是韩信低下头来，从恶少的裆下钻了过去。这齐天大耻的胯下之辱，不仅在他那个小小的村里传开了，也随着他的名满天下而传遍天下，并传到了今天。受过胯下之辱的韩信，当然也受过一饭之恩。每当他没有饭吃的时候，一个经常在河边漂洗白纱的农妇，经常给他带饭吃。蒙受一饭之恩的韩信说：我日后一定要好好报答你。漂纱妇说：我给你饭吃，不是要你报恩，是看你可怜，你一个男子汉大丈夫连吃的都没有，谈何报恩？羞愧难当的韩信，就在家门口的码头上坐上了已经能够通达天下的船只，离开了这个既有胯下之辱，又有一饭之恩的村庄，去闯天下了。

闯天下的韩信，先是投奔了楚霸王项羽，却怀才不遇，没有得到楚霸王的赏识和重用，便又投奔汉王刘邦，却也一样明珠暗投，默默无闻，只好再次选择离开。幸好，韩信偶然结识了汉宰相萧何，其非凡的情怀和才智得到了萧何的赏识，爱才如命的萧何策马狂奔，月下直追，追回了韩信，留下了萧何月下追韩信的千古佳话。萧何一次又一次地向刘邦举荐韩信，终于使他得到了刘邦的赏识，被委任为三军统帅，为刘邦打天下，平天下。韩信也没辜负萧何的举荐和刘邦的信任，为汉高祖刘邦立下了无量天功。他明修栈道，暗度陈仓，以迅雷不及掩耳之势平定了三秦；他背水一战，插旗敌营，神一样地绝处逢生，灭掉了赵国；他先以沙围水做营，再破水决堤淹军，梦一样地吃掉了齐国；他围楚夜鼓，四面楚歌，以汉军的楚歌，击溃了楚军的军心，迫使楚王自刎乌江。就这样，韩信为汉王朝打下了江山，平定了天下，成为千古传颂的英雄人物。

2021年5月的某一天，当我来到淮安市淮阴区码头镇的韩信故里时，落日的余晖，正在天边燃烧出非常美丽的云霞。那一团团泼上红墨似的火烧云，浓淡不均，稀稠不匀，把落霞点染出姹紫嫣红的层次美、次第美和参差美。古镇注定比远古繁华无数，但古镇的凌乱，却使我无端想起了韩信当年的落魄。目睹胯下之辱的小桥已经不在了，只有一块石碑孤零零地躺在那里，像韩信当年丢失的脸面。韩信当年北上的那个码头也已经被湮没了，只留下这条河。河流也注定不是昔日的模样了，现代的文明注定占领了它的宽广与辽阔、清澈与碧绿，但河流依然汤汤而流，那从远古诞生的一泓乳汁，依然源源不断地哺育着两岸的众生万物，就像韩信的故事与传说，岁月再地老天荒，韩信都和他的故事与传说，生生不息，激励一代又一代的淮安人去闯天下，打天下，赢天下。

汉赋鼻祖枚乘、吴国宰相步骘、建安七子陈琳、晚唐宰相李钰、南宋抗金女将梁红玉、明代礼部尚书蔡昂及户部尚书金濂，太多太多的淮安人，名满天下，名垂青史。

提到这些中国古代史上的淮安先贤，我不能不留些笔墨给吴承恩。这尊中国文学史上的菩萨，是生活在一个怎样的环境？怎样的家庭？他何以能够写出千古流传的《西游记》？《西游记》里有多少他的影子？他是那个牵马的孙悟空还是挑担的沙和尚？是那个拿着钉耙的天蓬元帅还是那个人人想吃的唐僧？

吴承恩的家真大啊！比北京的几十个四合院还大！房舍、庭院、楼阁，水榭、假山、回廊，花园、竹林、果木，天高地阔得可以来一场赛马。如此宽阔盛大的院落，只能说吴承恩出生在一个十分富裕的人家，过的是一种跟韩信有天壤之别的生活。但是，生活的天壤之别，并不影响他们有共同的志向，即情怀天下。当韩信为了改变命运而胸怀大志去从军时，吴承恩也没有安于命运现状，亦胸怀大志去闯天下。他从小就爱学习，博览群书，琴棋书画，样样精通；他从小就爱幻想，爱思考，群书里打开的一扇扇崭新的窗口，成了他渴望看到的更大的世界。于是，他也沿着故乡的河流，坐上船只远赴南京参加乡试，只为展现自己人生的高光。可是，他却屡试不中，只能落寞地旅游、还乡，还乡、旅游，只能在一次次的期待里走天下，看天下，想天下。沿路那些瑰丽的山水，那些神奇浪漫的风物，不知安慰了他怎样伤感落寞的心，不知诱发了他怎样瑰丽神奇的幻想，更不知激发了他怎样翻云覆雨的灵感，以至于他创作出了一部天马行空的神来之作——《西游记》。这部以唐玄奘西行取经的历史事件为原型的小说，以天马行空的神思妙想幻化出了一个石头里蹦出的孙悟空、一个天上掉下来的猪八戒和一个人间真实的沙和尚，与唐僧一道历经磨难，去往西天取经的故事。在天马行空的神思妙想里，天上地下，凡界冥间都是那样诡异而可信，生动而传奇，使人大开眼界，畅快淋漓。这淮安的吴承恩，就这样以幻想走遍了天下，以幻想创造了天下，以幻想赢得了天下。淮安的吴承恩，成了天下的吴承恩。

淮安出了个打天下的韩信、走天下的吴承恩，还出了个守天下的关天培。这个名叫关天培的民族英雄，是跟我湖南湘西老家两位民族英雄一样一脉相承、载入史册的民族英雄。出身行伍的关天培，虽然身份卑微，却位卑不敢忘忧国。他从故乡的水路走出去后，一路顺风顺水，被提拔为大清的广东水师提督。他训水师，固海防，护漕运，一生与水为伍，一生为国守护，直至献出自己的宝贵生命。道光年间，大清王朝的辉煌徐徐落幕，大清王朝的强盛也化为残花败柳。大清帝国的辉煌日落被大清腐败的黑幕严实遮蔽时，大洋对岸的大英帝国却正是辉煌的日出。可恶的大英帝国以鸦片贸易撬开了大清帝国腐败的大门，太多的中国人因为鸦片而陷入艰难的境地，整个大清，都因为鸦片而形枯影瘦，奄奄一息。怨声载道中，朝廷只好委任强烈反对鸦片贸易的林则徐为钦差大臣，来广东禁烟。同样对鸦片贸易深恶痛绝的广东水师提督关天培，主动请缨，出动水师，把大英帝国的鸦片收缴一空，随林则徐一道，把鸦片当众销毁，围观百姓拍手称快。这大灭洋鬼子气焰的虎门销烟，却遭到了大英帝国的疯狂反扑。气急败坏的大英帝国，派了大批军舰和士兵杀往广东，以期报仇雪恨。关天培在前后无援的情况下，率四百名将士左冲右杀，殊死抵抗，最后与四百名将士全部战死在虎门炮台。关天培和四百名将士的鲜血与生命，并没有唤醒行将死去的大清，被吓破胆的大清，立即削了林则徐的职，撤防换将，示好大英。得胜而得意的大英，并没因此满足，而是趁势北上，直捣大清后背天津卫。这样，镇守天津卫的定海总兵、我的湘西老乡郑国鸿，拒绝听从腐败大清不抵抗的圣旨，也跟关天培一样亲自披挂上阵，守卫国土，英勇牺牲。淮安和湘西的两位英雄，就这样隔空相望，隔海相守，同仇敌忾，共赴国难。九泉之下，他们一定相识相知，成了生死相依的战友，一定都在泉台招旧部，共护祖国好河山。

淮安大地上的民族英雄，远不止关天培这样彪炳史册的人物，还有很多有名无名的英烈。曾经，淮安是抗日战争和解放战争时期重要的根据地和解放区，是华中解放区的中心、苏皖边区的首府，中共中央华中局、新四军军部、中共中央华中分局、华中军区、苏皖边区政府等都曾驻扎淮安。无数的淮安儿女，跟着共产党领导的人民军队抗击日本侵略者，消灭国民党反动派，为中国人民的解放事业做出了巨大牺牲。中华民族的大地，正是因为一群又一群人生命的牺牲，才寸土不丢、万物复苏，才这样春色满园、富饶美丽。伟大的中国，正是因为一群又一群人生命的守护，才得享太平盛世、盛世太平。

在淮安，更有一位全中国爱戴、全世界敬仰的伟人，那就是我们敬爱的周恩来总理。

想起周总理，我就想起一首歌：

把所有的心装进你心里，在你的胸前写下，你是这样的人。

把所有的爱握在你手中，用你的眼睛诉说，你是这样的人。

…………

把所有的伤痛藏在你身上，用你的微笑回答，你是这样的人。

不能不想，不能不问，真心有多重，爱有多深。

把所有的生命归还世界，人们在心里呼唤，你是这样的人。

这首献给周总理的最深情的歌，是对周总理最深切的怀念、最深重的爱，也是对周总理最真实的写照。

周恩来在淮安度过了他整个童年和半个少年，尽管家境殷实，家底丰厚，却从不娇生惯养、养尊处优，打水，种菜，浇地，煮饭，什么都做。当生母、嗣母相继去世，父亲远在外边闯荡时，小小年纪的周恩来又独自担负起了家庭的重担，懂得了生活的艰辛和不易，也懂得了底层的艰辛和不易。12岁时，年少的周恩来从运河边乘船而上，远离家乡，来到伯父身边读书。伯父供职的沈阳，那时已经沦为半殖民地了，到处是洋场和洋租界。伯父嘱咐他不要到洋租界去玩，周总理不解，问为什么，伯父说，中华不振。似懂非懂的周恩来不太明白伯父这句话的含义，想，为什么中国人的地盘洋人占着？为什么洋人可以自由进出，中国人却不能？于是，他跟几个同学闯进租界，想看个究竟，正碰上一个妇女的亲人被洋人碾死，而洋人扬长而去，中国巡警却不敢管不敢问，周总理便明白了中华不振的含义。于是，当老师在修身课上问同学们为什么要读书时，周恩来斩钉截铁地说：为中华之崛起而读书！

小小的年纪，就装了一个大大的天下！

之后，周恩来为了中华崛起，远涉重洋，分别到日本、欧洲求学，寻求救国救民的真理，认识和了解了马克思主义，并加入了中国共产党。回国后，他义无反顾地从事中国革命，领导中国革命，成为中国共产党的卓越领导人和中华人民共和国总理。身为总理，他一辈子为国为民呕心沥血，一辈子廉洁奉公两袖清风，一辈子光明磊落忠诚担当，一辈子慈悲为爱天下为怀，履行了自己鞠躬尽瘁、死而后已的诺言，赢得了全中国人民发自内心的爱戴和全世界人民发自内心的敬重。不说别的，就说他每天因为工作只能睡上三四个小时，铁打的身子，都疲惫瘦弱得让人心疼。不说别的，就说他的十条家风家规，每一条都高悬着明镜又透溢着人情，让人觉得周总理既是情深义重的亲人又是神圣不可侵犯的神明。他去世时，北京十里长街送总理的感人场面，他去世后，人们年年月月的追忆与相思，都证明了心里装着天下的人，天下一定会装着他！而外国政要对周总理的评价，更是说明了这一点。联合国前秘书长哈马啥尔德于1955年在北京会见过周总理后说："与周恩来相比，我们简直就是野蛮人。"美国前总统尼克松说："中国如果没有毛泽东就可能不会燃起革命之火；如果没有周恩来，就会烧成灰烬。"印度尼西亚前总统苏加诺说："毛主席真幸运，有周恩来这样一位总理，我要是有周恩来这样一位总理就好了。"肯尼迪夫人杰奎琳说："全世界我只崇拜一个人，那就是周恩来。"俗话说，桃李不言，下自成蹊，外国政要对周总理的高度评价，也说明了一点：以德服人，德行天下；一个心里爱着天下的人，天下也一定会爱他！

在周恩来总理故居里，那32间瓦房还完整地保留着，周总理种过的菜地里还长着茄子、辣椒等蔬菜，周总理栽下的榆树已经挺拔粗壮、高耸入云，那口古井的水依然清澈透亮，仿佛还映照着周总理少时打水的身影，那棵古老的观音柳，还依然四季常绿着，看身旁的石榴夏天绽放灿烂的花朵，听隔墙的腊梅在雪地里吐露芬芳。而周总理那封恳请淮安县委不要保护和修缮他的旧居，不要把住在他旧居里的乡亲搬迁出来，不要组织人们去旧居参观的信件，则静静地躺在橱窗一角，散发着人格的馨香和光芒。按理，上级给下级都是指示，用词都是“要怎么怎么”“不准怎么怎么”，而周总理给淮安县委的信用词却是“请求”，而且是两次为此写信，两次为此请求，这是怎样的一种谦逊和慈悲？是怎样的一种人格和品格？

所以，当我走进周总理故居时，我就会自然而然地想起那首歌，想起那首《你是这样的人》。想起那首《你是这样的人》，我就自然而然想起周总理。想起周总理，我就自然而然地想起淮安。想起淮安，我就自然而然地想起淮安的漕运、河运是怎样通天下，达天下；想起淮安的韩信是怎样打天下，平天下；

想起淮安的吴承恩是怎样看天下，走天下；想起淮安的关天培是怎样守天下，护天下。当然，更想起的是我们敬爱的周总理是怎样治天下，装天下，赢天下。

所以，我想说，淮安是天下的淮安，是天下唯淮、胸怀天下的淮安。

刊于《淮安日报》2021年7月18日

隔离记（节选）

李朝全

2020年2月下旬至3月底，根据铁凝主席的提议，中国作协党组派出了一支赴武汉抗疫前线采访创作小分队，由我担任领队。3月27日，由中央指导组统一安排，我随赴汉采访的央媒记者一道，乘高铁G66次列车13：41从武汉站出发，于当晚6时顺利抵达北京西站，随后乘中巴车转运到房山区，入住北京天湖会议中心进行为期14天的集中隔离。

第1天

2020年3月28日，星期六，北京天湖会议中心，晴，有风

回到北京第1天。

6点天就亮了，碧空万里，阳光明媚，心情愉快。祝愿每个人每天早上醒来都能拥有一份明媚的心情。

昨日中午，我在我们已经居留了一个多月的武汉市水神客舍酒店吃过午饭，司机黄师傅把我和《中国青年报》的一位女记者送到光明万丽酒店。湖北省委宣传部在这里举行了一个简单的送行仪式。宣传部负责人对临行的记者表达感谢，称赞大家都是英雄，都是战士。

昨日，报纸的责任编辑说："看了你写的文章，在我心目中你就是个英雄。"

在返京列车上，列车员找我们每个人签名留念，由衷地说：“你们都是英雄啊！”

回首在武汉的一个多月，也有许多的朋友称赞我们四位赴汉采访创作的作家是英雄。

我不是英雄。

到武汉去，我只是去完成自己的一项工作。我对武汉的朋友说，我们只是路过，而你们是驻扎；我们是过客，而你们是住户。因此，谁是英雄一目了然。真正的英雄是人民，是千千万万在这场疫情防控斗争中做出牺牲和贡献的普通人。42000多名支援湖北的医护人员，他们是英雄，他们是战士，这是毫无疑问的。但是，从疫情萌芽开始，至今还坚守在战斗一线的湖北的十几万名医护人员，他们更是此次战疫的中流砥柱，他们更是英雄。有些英雄会被授予各种荣誉，受到表彰，接受各种礼遇，向全社会宣传倡导和推广，使得家喻户晓，人人尊崇，他们是英雄群体的代表。然而，更多的英雄都是默默无闻的，他们可能终其一生也未能获得多么崇高的荣誉，甚至也没人夸赞他们是英雄，但是，在他们的内心却永远秉持着自己的那份良知、责任与担当，永远没有忘记自己的初心、使命和誓言。他们是无名英雄，他们是无名战士，他们的数量千千万万，无以计数。这些千千万万的无名英雄同样值得我们铭记与尊崇。

在抗疫斗争中，湖北人，特别是武汉人，做出的牺牲是最大的。这一点，我希望每个中国人都能够牢记。我也希望我们能够从这场壮烈的牺牲中汲取教训，深入反思，重建责任意识与担当精神，重建社会道德和精神家园，让我们将来能够少走一些弯路，少付出一些代价。

黄师傅把我们送到了武汉站。一路上，各个路口都有交警值守，因为我们没有跟着大车走，所以无法进入主路。快到武汉站时，看见前面有一个很长的车队，黄师傅一调头，居然正好跟在了车队的最后，我们都暗暗庆幸，因为怕交通管制，而我们又和大部队“失联”，怕进不了车站。

前面的车队是从东湖宾馆过来的，是前期撤离的中央指导组的部分工作人员，多为各个部委派来的。

进站时，收到了一张特殊的纪念车票。正面印着："贵宾号WHZ2020-03091，武汉站-凯旋号-美丽家乡，抗疫胜利日开。"车票背面用红色字体印着："援鄂抗疫高铁纪念卡，您用无畏，书写诗篇，凯旋而归，感恩此程。"

大厅里准备了一排排的矿泉水和苹果，需要者可以自取。这有什么寓意呢？如果是苹果加柑橘，寓意是"一路平安"，那么苹果加矿泉水，寓意是"萍水相逢"吧！

2020年春天，我们四位作家从北京、邯郸、长沙会聚于武汉，相互守望帮助一月有余，彼此都结下了特殊的情义。人生百年，人的一生就算有1200个月，那么你生命中的千分之一是与谁共度，这事意义的确非凡。即便是我们的至爱亲人，也很难有能共度100%人生的，能够有50%以上的人生重合共度已是相当难得，有70%的人生共度，那是此生之幸，有90%的人生共度，那是至美人生，而那些能够同日生同日死，从小青梅竹马，白头偕老的夫妇，那大概是上天最特别的垂青。因此，珍惜每一个和我们擦肩而过的人、每一个与我们同舟共济的人，更珍惜那些与我们并肩战斗、共渡难关的人，珍惜那些给予我们爱、希望、信心和力量的人。

距开车时间还有十分钟，有专门的车站引导员举着写有车厢号的牌子带领我们进站。找到13车厢，找了一个靠窗座位坐下。3分钟后列车开动，我的武汉之行即告结束。

在离汉前，宣传组同志通知我们上车后补票。车到了郑州还没人过来给我们补票。这时看到一名乘务员走过来，我后面坐的女孩对她说要补票。我也赶紧说：我也要补票。乘务员马上用对讲机报告。过了一会儿，售票员来了，她对我们说：你们手里都有一张车站给的纪念票，凭这个就可以乘车；如果不是单位报销需要凭证，你们就不用买票。

敢情！就因为我们是从武汉战场返回的，铁路公司就给我们都免了票！这，是我从未享受过的一种优待！乘车买票，天经地义，而这一次，我们12—14

车总共三个车厢一百多号人，居然都被免了票。如果要算票款的话，大概得要四五万元吧！

第8天

2020年4月4日，清明节，星期六，晴

今日清明，阳气上升，天清气朗。上午十时将举行全国统一的默哀与哀悼，既是向抗疫中英勇牺牲的烈士，也是向不幸罹难的逝者，祈祷逝者安息。

生命至上，任何草菅人命，将百姓性命安危视如儿戏玩忽职守的人都应受到严厉惩处。所有轻视生命将人民安康置之度外的官员都是不称职的，应予撤职处分。

在其位谋其政，食国禄分国忧，掌民权为民谋。诚如此，普天之下，人皆尽其责守其职，则天下大治矣！

隔离时间过半，时间总是过得很快。自由与约束是相对的。人身不自由而心灵却依旧是自由的，物质不自由而精神永远自由。人的最大束缚莫过于身心俱困、心志抑郁。倘使心志得舒，精神飞驰，即便肉身不自由，人依旧可以活得自在，活得坦然。那些世外的高僧，闭关自守，一心参禅，求的大概正是这样一种得大自在，得精神之超脱与超然。物质决定精神，然而，精神的反作用力亦十分强大，甚至可以影响到物质的存灭、巨细、有无。世间万物皆为相对，有得必有失，有失亦有得，祸福相依，新旧相袭。为人之要，最难得者，即为获得心理之坦然自在。人生于世，不存害人伤人之心，不起非法过度之意，行于所当行，止于所当止，心有敬畏，且有秉守，知足知不足，有为有弗为，不过不及，恰到好处。中庸平和之道，是为安身立命之至理。

全球疫情确诊人数已超109万人，亡者近6万。这已经是人类的大灾难了。即便是一场战争，伤亡如此之众，亦堪称惨烈，何况人类的敌人只是一个肉眼看不见的病毒。未知世界确实强大，人类必须对自然、对宇宙心存敬畏。因为哪怕是这样一个未知的微小的病毒，都可以消灭数以万计的人。另一方面，人类对未知世界的探索实在是永无止境。那是人类永恒的奋斗目标——了解和掌握未知，找寻和把握自然规律。只有掌握了规律，找到了解法，人类才能获得相对的自由。

第11天

2020年4月7日，星期二，多云转晴

每天都有让人揪心和痛心的事。今早起来，第一条消息就是那位叫张静静的女护士静静地走了！这位来自山东齐鲁医院呼吸与危重症科的主管护师，在与疫魔奋战了近两个月，平安归来，最终却倒在了家门口。能不令人扼腕痛惜吗?

齐鲁医院是网友们口中的援鄂医疗队的“四大天团”之一。他们的到来极大地提振了湖北和全国人民战胜疫情的信心。

张静静只是4万多名援鄂医疗队队员的普通一员，一名1987年出生的年轻护士。她没有太多炫人眼目的头衔或者伟大卓越的事迹，她一直只是默默地做好一名护士应该做和能够做的一切：没有人要求她或者给她布置任务，但是为了更好地与湖北黄冈当地的患者沟通，她用心了解当地的方言，编写了《护患沟通手册》。穿着厚厚的防护服，抽血时为了看清患者的血管让患者免受二次扎针之痛，她努力凑近去找寻血管，连患者都替她担着心，说：姑娘，你这么年轻，从山东大老远地跑来救我们，别挨我那么近，别让病毒传染给你！——护患相知莫若此，彼时，张静静的身上涌过了一阵暖流。

从1月26日凌晨刚抵达时的夜不能寐、紧张、激动、兴奋，到2月4日看到第一批患者治愈出院，以后更是不断地有患者出院，张静静绷着的心渐渐地放松了下来。她每天都在写着《抗疫日记》，期盼着“从此雪消风自软，梅花合让柳条新”。为了教会患者吸入药物，在穿戴着厚厚的防护装备无法亲身示范时，她想到找出齐鲁医院示范视频的二维码，贴到了床头，让患者跟着视频反复观摩学习。

这是一位称职的、尽职的护士。她在自己的岗位上极力地完成好任务。两位美女患者对她说：我们都是“80后”，永远也忘不了是你把我们从死亡线上拉了回来。另有患者写道：凌晨四点看到你们就在忙碌，你们就像是黑暗中的一束光。

医者仁心，济度苍生。一名尽职的护士，她在自己的岗位上辛勤地劳作，但却让许许多多的患者感受到了温暖，看到了光明，看到了希望。

3月21日，张静静随齐鲁医院援鄂医疗队完成任务返回。黄冈百姓夹道欢送。有患者送来了一篮子的煮鸡蛋，包含着送给最亲的人浓浓的祝福。有小朋友送来了画满爱心的画，上面写着一句话：长大后，我也要像你们那样，勇敢地去帮助别人。

黄冈市授予每位医疗队成员“荣誉市民”的称号。

医疗队回到济南，山东省委书记亲临机场迎接，英雄们接受了最高的礼遇。

4月4日下午5点，医疗队14天的集中隔离结束，次日一早大家就将返回各自的家中。

4月5日早上7点，同事们发现张静静没去吃饭，就去敲她的门。没有应答，没有动静。把门打开后，竟然发现她静静地倒在床上，心跳骤停。同事们立即将其送医，随后又转入齐鲁医院抢救。院方安排了最强的救护力量，采用了最好的救治手段，日夜监护和抢救。全国亿万网友都在关切着救治的进展，无数的人都在静静地为她祈祷，希望能够出现奇迹，希望那位雪地抱薪深夜提灯的人能够醒来。

远在万里之外的张静静的丈夫韩文涛，受所在单位山东钢铁集团的委派，正在非洲塞拉利昂矿山工作。得知消息，心忧如焚，迅速求助，希望能够尽快飞回来陪伴在妻子身边。他一遍又一遍地呼唤着爱妻，希望这一声声遥远的呼唤能将她从昏迷中唤醒。

然而，天不慈悲，这位如花似玉的美丽女神，这位带给人间温暖与爱、光明和希望的白衣战士，最终还是于4月6日晚，与世长辞。

悲哉！痛哉！

什么是悲剧？悲剧就是把人们最珍视的东西毁灭了给人看。

张静静的一生是无怨无悔的一生，也是功德圆满的一生。在自己的岗位上，她敬业尽职，没有遗憾。在为人妻、为人母方面，她相夫育子，丈夫在孩子六个月时就奔赴非洲工作，迄今将近五载，她一个人任劳任怨，担负起了家庭的重任。

齐鲁大地，孔孟之乡，这位山东女子拥有着世界上最美好的品行。她的一生虽然短暂，或如流星划过天际，却留下了永恒的一道光芒；或如微风拂过水面，却印下了不变的阵阵涟漪。那是一盏灯，那是一份美。过去，今天，直至永远！

愿逝者安息，巾帼长眠！

今天另外一条重磅消息是英国首相约翰逊病重进入ICU。虽然在疫情早期，他可能做出过一些看似荒唐的决定，指望借助群体免疫的方法渡过疫情期，但在疫情蔓延之际，作为国家元首，他始终效法丘吉尔，坚守自己的工作岗位，领导着全国的抗疫事务，即便在明知自己已染病恙时，仍坚持居家隔离，依旧亲自指挥，直至昨日病情加重呼吸困难才住进医院。这是一位尽职的领导人，他的遭遇让人同情。祝愿他能够顺利康复重返自己的岗位。

每日早上六点，天刚一亮，总是听见窗外鸟鸣啁啾，布谷声声。每日黄昏六点，阳台外面的小竹林，又总能听见归巢的群鸟叽叽喳喳，海阔天空，欢声笑语。鸟儿尚且如此勤劳，晨起而作昏至而休，何况人乎？

在其位谋其政，在其职尽其责，这是为人之本分，人生之本色。张静静如此，约翰逊亦如斯。鸟如此，人更当如此。

刊于《美文》2021年第7期

小院鸟趣

谭　谈

离天亮还有半个多小时，寂静的小院就在此起彼伏的鸟鸣中醒来了。我躺在床上，原本还有朦朦胧胧的睡意，被鸟儿这叽叽喳喳的一阵吵闹，也彻底地醒了。

鸟语花香。这小院一定是在远离闹市的山林中。不，咱这小院就在城区里。

的确，它原本是在一片浓浓密密的树木和翠竹林子里的。二十多年前，这里是离城区十多里的一个村庄，名叫土桥村。我与它结缘，是村旁的那座学校。它是联合国某机构资助建立的一个培训煤矿安全技术人员的培训中心。当年在这里主事的，是我的一位朋友。也许是因为我曾是一个煤矿工人，写过一些反映煤矿生活的作品，某一天，朋友把我喊来，要我给他们正在培训的一批煤矿的安全矿长讲讲文学。那时，这里远离城区，四周是一片浓密的竹林和树木。讲完课后，朋友老罗歉然地对我说："我们这里是农村，没有什么地方可以游玩的。要不，我们到农民家坐坐去?"就这样，他领我走进了一片竹林，一户农家。主人六十开外，姓章，爽朗、热情。我接过他递来的一杯热茶，喝了一口，味道好极了，忍不住夸赞道："你家的茶叶好啊!"

"不，是我们这里的水好!"

接着，他领着我走进一片密密的竹林，去看他的井。一出门，一群叫不出名儿的鸟，扑腾一声从竹林中飞出，发出一片清亮的叫声。山道旁，一丛丛黄的、紫的小花，发出淡淡的芳香。来到井边，他从井中打一桶水上来，我喝了一口，味道的确不错，有丝丝甜味呢！离开时，他从地里扯了几个萝卜送我。回到家里煮着一吃，萝卜的味道也好极了。这里的环境如此之好，不由得，一个念头涌上心来：这里离城区不太远，环境又如此之好，何不到这村子里购一小片地，将来好躲到这里养老？

…… 几年以后，我们的小院就落成了。

然而，谁也没有料到，这座城竟有如此飞速的发展。一栋栋的高楼，如雨后春笋般从这里、那里长了出来。我的小院旁边，一连建起了几个住宅小区，一个个小山坡被推平了，竹林、树木也消失了。那可爱的小鸟儿，自然也搬家了……

村庄，变成街区了。土桥村，变成五号地铁线上的土桥站了。我这个原本在乡村的小院，竟变成了城区的小院了。

可怜的鸟儿呀，你躲到哪里去了？你还会回来吗？

好长一些日子，我都在心里叨念。

岁月流逝。削了的山头，慢慢变成绿茵茵的草地了。新栽在小区里的树木，也蓬蓬勃勃地长高长大了。一株株，一棵棵，如一把把绿色的巨伞，撑起在大街旁、小区里。我小院里的杨梅、柚子、李子、桃子、白果等果树以及香樟、桂花等景观树，也长得愈来愈茂盛了。长高长大的各种树木，把我们这栋小楼紧紧地包围起来。记不起从哪一天起，又有小鸟在这里打闹，在这里唱歌了。

有一段时间，我对这些与我同居的小精灵，由觉得可爱变成可烦、可恨了。春天，我刚栽下去的菜苗，嫩嫩的苗尖尖，一下就被它啄掉吃了。盛夏，刚刚成熟的杨梅、枇杷，也成了它口中的食。这些小鸟，精极了，哪个果子最大、最先成熟，它就先下手。为此，我恨不得把它宰了。可是，它灵巧极了，你走近去，它扑腾一下飞走了。真是奈何它不得。有一年，我购来一个网子，把结果的杨梅树网了起来，想保护这一树杨梅。哪知，网口粗了，小家伙灵巧得很，它从网口中钻了进去，吃饱后再钻出来。后来一想，人和鸟，我和它，都是地球上的生灵。你要活，它也要活呀！思路一变，面前豁然开朗。烦恼顿时在心头消失了，改用一种观赏的心态，与小鸟儿共尝大自然的果实。

心态一变化，小鸟儿又变得可爱起来。常常，我在小院里与它一起做游戏，捉迷藏。它在草地上悠然地散步，我猛地从它身后发出一声呵呵，看它被吓得扑腾飞向空中，我开心地大笑起来。有时，它正在树上抒情地唱着歌，我悄悄地来到树下，猛地一拍手掌，它就惊飞起来。可把戏不可久玩。渐渐，它就不吃你这一套了。你拍你的掌，它依然在树上抒情地歌唱……

好多次，我站在窗前，就有小鸟飞过来，它也站上窗台，与我对望，有时还嘀声嘀气地鸣叫两声，向我撒娇呢!

如今，小鸟成了我们家的叫醒服务员。每当它在外面叽叽喳喳地鸣叫，不用看，准是天快亮了。每天，我们都听着小鸟的歌声起床，开始新一天的生活。

小鸟成了我们亲密的朋友。

我的小院在城里。城里也有鸟语花香。

近些年来，三湘大地上，一座一座的老城新市，都在努力地建设成园林城市、森林城市。城，是人的家园，也是鸟的家园。我居住的长沙古城，又何尝不是呢?

刊于《长沙晚报》2021年8月12日

在拉萨的日子（节选）

黄国辉

一

2016到2019年间，因为参加对口援藏，我在拉萨生活了三年。

西藏各个单位几乎都有职工临时宿舍，学名“周转房”，确实名符其实，从我所在单位派出的第一批援藏干部开始，历任都在这套两居室里住过，我是第五个。在房间的抽屉里、角落里，时常也会发现一些印证前几任居住过的痕迹。房子有些地方已经有些陈旧，墙面上散布在各处的挂钉，新旧色泽不同，似乎能折射他们居住于此时对房间布置的不同偏好，有的喜欢把字画挂在沙发的对面，有的则喜欢挂在侧面暖气片上方，有的则更注重在书房里营造氛围。总之我是不用再为在何处挂东西发愁的了。

电器一应俱全，冰箱、洗衣机、电视机是标准的配备，不过也都已经像是暮气沉沉的老者，工作起来满腹怨气。洗衣机还是双筒的，半自动，一开动整个房间好像都在抖。旧式的双门冰箱在高原上好像有很强的学习能力，冷冻层里的冰层像极了千年不化的冰川，结实而有形态。在换掉它们之前，我还做了很长时间的心理功课以说服自己，要不难免会暗暗地觉着会受到在此居住过的前辈们的责怪。

制氧机也是旧的，但好在有。

在西藏工作，吸氧是一种常态。从集中培训开始，援藏的朋友们就都在讨论应该置一台什么样的吸氧设备作为日常之用，各有推荐。我甚至已经在某个网络平台里搜罗了好几种款式的制氧设备，考量着制氧量、纯度、噪音、机器大小各种指标，只待时机成熟便择一付款。所以当我走进房间，在墙根处寻到那台标注着“医用制氧设备”的机器时，内心多少还是有些欣喜的。为确保机器能用有效，我专门把一根冒着火星的火柴远远地伸在氧气管的出风口前，打开机器，随着火柴棒呼的一下燃成一个火团，心里也冒出中学做化学实验时那种天真的欢乐。

制氧机的原理是从空气中压缩分离出氧气，会有一些工作噪音，它所在的环境也一定要保持通风。高原缺氧，本来人的睡眠就很浅，很容易被噪音打扰。所以机器是绝不能放在卧室里的。我用了个最原始的笨办法，把它放在客厅靠卧室的墙边，用一根长达十米的吸氧管，沿着墙角和卧室的门框，穿过门缝，一直把出风口引到床头。睡觉前打开制氧机，定上时间，把门一关，它只管在客厅里突突地制氧。我把吸氧管子挂在口鼻处，靠着床背翻翻书，随着身体内血氧含量的提升，困意渐浓，倒头便睡。

在拉萨的多少个夜晚，我就是这么与制氧机隐隐的共鸣声同眠。难得有质量较好的睡眠时，便总希望第二天是一个可以偷懒的周末。拉萨与北京时差大概在一个半小时，晨起睁开眼，卧室的窗外总还是漆黑一片。拉萨市区没有特别高的建筑，身居二楼的好处是，每天早上阳光会适时地光临，它不是在昏暗消失的那一刻倏然闯入，而是在外面的天地亮堂成一片的时候，才悄然地跑过来提醒你已经日上三竿。也有很多次得氧气之伴却仍不能成眠，夜的静谧把整个世界都浓缩在了一方小小的屋子里，睁着眼睛，好像时间都化成了秒的士兵，就在这黑暗里排着队一个个经过。直到有晨起的人在窗外留下一串脚步声，或是轻悠悠地飘过一阵藏歌，一转头，晨晖已经悄悄地把窗帘擦亮了。

待得下决心起床，拉开窗帘，阳光便肆无忌惮地闯进来。阳光是拉萨的标志和骄傲，特别是在中午，午餐过后回到宿舍，把身体舒展开斜卧在靠窗的沙发上，为了遮蔽过于强烈的光线，甚至还需要戴上一顶帽子。外面光很强，屋里却并不热，荫蔽处甚至还会感到隐隐的凉意。在一个人的房间里和这样的午后，用不了多会儿，酣甜的睡意就会慢慢爬上来。

房间里还有个上任援藏同事留下的木质浴桶。在西藏因为气压和天气原因，人很少出汗，从健康的角度，医生也曾建议，适当地泡澡或做做汗蒸是有益的。可惜我并不是个十分勤快的人，木桶沿用过两次之后便被我荒置一边，直至再想起来时一看，箍木桶的铁片已经锈蚀松脱，有两块木板也已开裂，无法再用，也修复无门了。许是出于心有不甘吧，我又从网上购买了一个塑料澡盆，千里迢迢地从沿海的城市托寄到高原上，费用里运费几乎就占到了一半。之后有朋友到我的宿舍里来看到它，除了称赞它的实用，也总会顺带着惊奇于我在网上无所不能的发现。

要不能怎么样呢？一个人的房间，时间一长总要争取添些生趣和新意，就像给生活本身加点丰富的作料。又比如种花。有一次去墨脱采风，我带回一小盆从当地人家里买来的野兰花，准备就此让它脱离野趣。可是仅过了不到一个月的时间，我努力的浇灌保护便成了徒劳，它原本翠青的枝叶渐渐干硬成标本。之后再有人送花给我养，我便婉拒了，实在是怕自己的笨拙违逆朋友们的好意。到最后才下决心添置的一些绿色，是两根绿萝。不用多么劳神，只用两个水瓶，往里一插便是。

遑论用心，谁都知道，那是冒充养花能手的最便宜的方式。

二

从到拉萨那天起，一人吃饱全家不饿的日子就在我成家多年后又去而复返了。

单位食堂保证不了一日三餐，特别是晚餐和周末，大概率是要自行解决的。花点钱在外面随便吃点，是最简便也最有闲趣的方式。我最常吃的是一家四川人开的老麻抄手馆，看招牌已经有年头了。比起拉萨街上那些经常开着开着就改换了门面的餐馆来，不能不钦佩他们凭一手面条、抄手和饺子的功夫创造出来的长久生命力。一到饭点，豌杂面、担担面、老麻抄手，点餐声此起彼伏，桌子都摆到了店门口的人行道上也还是座无虚席。一碗面上来，吸溜吸溜地吃完，身体就热了起来，把泛着红油的汤也一口口喝完，汤足腹饱，用纸巾擦擦沾着油光的嘴，拿起手机扫扫墙上贴着的付款码，付完账，起身走人。一边早就干等了半天的人会马上拥过一两个来，抢身占上还带着温度的凳子，急急地催着服务员过来收拾点餐。吃完走出餐厅，就可以慢悠悠地在街道上享受一天中最珍贵的夕色和晚霞了。

也有热闹点的晚餐。在拉萨，同批援藏的援友数量众多，同事中也有不少家属在内地而自己单身在藏的，加上后来逐渐结识的朋友，也就免不了隔三岔五约上几个人，攒上一个小饭局。这种餐，除了招待新入藏的客人或朋友，一般是很少去纯藏式餐厅的，更多还是大众口味。川味、京味、徽菜、云南菜，或经改良的新式藏餐，炒菜或火锅，在拉萨都能找到，或者只是在夜市里撸几根串。三年里，也去过不少各种餐馆，也见证了拉萨餐饮行业的各种盛衰。离开前的那一段时间，仙足岛通往拉萨河对岸的迎亲桥旁，雨后春笋般新亮出很多餐饮的招牌来，渐成气候规模。我们援藏期满的很多场告别，就是在那片灯光迤逦的河岸边完成的。

当然自己下厨也少不了。特别是在周末，空闲的时光不经意就会激发起把自己变成一个厨师的兴致来。把自己睡到感觉饿了，才起得床来，先胡乱填些解饿的零食，就开始规划正餐的食谱。邀请不邀请朋友到家里来完全是随机的，它只决定食谱的规模和构思。当然也有脑子空白的时候，那就只能靠到菜市场里去寻找灵感了。信步优哉游哉地走到一对四川夫妻开的蔬菜店里，有时也会走远一点，到天海路很大的菜市场去。没去过西藏的人们往往对拉萨的生活有一些误解，好像除了牦牛和青稞西藏什么都缺。其实现在拉萨的生活资料基本与内地大城市没有任何区别，菜市场里琳琅满目各色俱全。所以只需要在它们面前，掂量着胃口和食量，进行一些排列组合就好了。但那一刻人的神经往往是兴奋的，最开始总是想着“简单做点儿”，到最后却变成了一顿让自己想起来就大脑神经兴奋的大餐。乘势而上，购物袋里也总会装几件原本完全没想买的东西，只不过待回到家，气一泄，它们又屡屡被束之冰箱打入“冷宫”。

尽管做的并不多，但在高原上自己下厨，还的确需要些经验与手艺。比如面条和饺子，是一定要用高压锅的，开水下锅，气阀冒气五分钟左右就熟了，饺子时间要长一点。也不用等着高压锅凉下来，直接端到水龙头下，用自来水冲上一小会儿，就可以泄压出锅了。当然，用高压锅也还是有一定的危险性，有一次我没盖好盖子，盖子上的胶圈变形没密封好，煮着煮着就听厨房里“嘭”一声，进去一看，粥崩出来糊得满墙都是，幸亏当时人不在旁边。而煮汤圆，是可以不用高压锅的，只需要在开水里多煮一会儿就好。再比如在拉萨做鸡蛋汤，是出不了蛋花的。我曾经花了一个下午的时间，用了六七个鸡蛋做各种各样的试验，终以失败告终。最后总结还是因为气压低水温不够，所以鸡蛋入水无法凝成丝絮状的蛋花。我也用微波炉做过比萨，不过也限于尝试，乃至没用完的奶酪片一直到离开时还在冰箱里存着，早过保质期了。

三

无论如何饮食，如何关注营养这个主题，身体与高原气候却是在三年的时间里持续地缠斗着、胶着着的。

回到内地，最经常被人问起的问题就是：你在西藏有高原反应吗？当然，谁都会有，缺氧环境会给每一个平原体质的人带来生理上的挑战，只不过因为个体差异，有的表现会很剧烈，而有的很轻微。我反倒觉得，如果没有体验过高原反应给身体带来的苦痛感，那么对西藏这片土地的理解也一定会是有缺失的。

我也跟很多人讲过我的故事：初进藏时，下飞机身体没什么感觉，便以为大可安枕无忧了，兴奋之余，晚餐后就和同行的援友们徒步去了布达拉宫广场，来回将近五公里，其结果就是之后连续两晚的失眠，头疼欲裂，静息心率在110次以上。那是拉萨最好的季节，几乎每天晚上都下雨，夜里唯一能做的就是强忍着不适，辗转反侧，与风雨为伴。那让我真正明白，什么是高原。回想起来，这种经历对我也是有益的，它不仅增加了应对高原生活的经验，更大的帮助在于，从此我对高原反应再无心理上的恐惧。

所以其实，人作为生命体之强大，不仅在于自身的调节和适应能力，更在于克服恐惧和未知的心理成熟。

历经着这种身体的挣扎和斗争，在初进藏的三个月里，我体重骤降了15斤，以至当年10月回北京开会的时候，很多同事看见我，都笑着说也想到西藏去布局他们的减肥大业。这种生理随环境变化的机制源自哪个人体秘密，我并不明确地知道，但想来可能的原因有二，一是肠胃功能随身体供氧机能变化的调整，二是如援藏的医生跟我们所说，在缺氧环境下的拉萨步行，就相当于在平原地区的小步跑，而我每天平均的步数基本都在一万以上。

说到运动，同样有插曲。一次我应援友之邀到自治区党校的室内篮球场去打球。在经过对高原生活的适应之后，我也想试一试到底自己的身体在这里能不能承受更为剧烈的运动。不运动不知道，一运动吓一跳。简单的三对三半场赛，坚持不了一会儿，胸腔里那颗肺就似乎已经把呼吸的张力放到了它的极致，却仍供不上血液中的氧，恨不能旁边立时有一个打气筒能直接往身体里打气。那晚是怎么从那条穿越拉鲁湿地的长长的林荫道从北骑到南，怎么艰难地爬上两层的楼梯，又如何像一个无脊椎动物一样瘫倒在床上，我至今都记忆深刻。那晚，只有打开制氧机，鼻腔里感受到滋滋涌出的氧气时，那个一直在眩晕里飘浮着的世界才落下地来。

从那以后，我把在拉萨所有的运动都简化成了慢运动，散步和太极。

散步，晚饭后可以沿着民族路一直向南，走到拉萨河边去。如果是雪后，南山被白色覆盖的山顶赫然就立在路的南端，像一只高擎着的明晃晃的路牌。走过拉萨饭店，走过罗布林卡，继续往前，走过西藏博物馆，看见车来车往的江苏路对面那块耸立的青藏川藏公路纪念碑，拉萨河就在眼前了。越过马路，绕过纪念碑，是拉萨河上的三号坝桥。桥上可以通车，桥东边是被坝体拦住形成的一面宽阔的湖水，空阔而静美。

拉萨太阳落山很晚，往往饭后闲步走到这里时，它还在西面的山顶上高高地挂着。光照仍然很强，却也已经不如午时那般灼热。宽阔的湖面上波光粼粼，几只斑头雁往返游弋翻飞。沿着坝桥走到河中间，随着落日渐沉，风在河谷里扫过，即便在暑意正浓的夏天里，此时也会有微微的凉意。河岸上风小很多，或者可以沿滨河公园的河堤一直往东，两三百米，就能看到公园里巨大的金色莲花雕塑，在夕阳下熠熠生辉。拉萨城市不大，滨河公园又是周围居民们散步的一个会聚地，不时还会碰到熟悉面孔。披着晚霞，慢慢行走的人们被一丛密织的小树林隔绝在江苏路的繁忙之外，隐隐的小世界里，只能听见几声水鸟的鸣叫。

等到天渐渐暗下来，华灯初上，河边步道上的射灯也懒懒地亮起来，温和而低调。整个山谷慢慢地被昏暗笼罩。趴在湖边的栏杆上，裹一裹身上的衣服，只静静地听河水扑打堤岸的声音。在离天这么近的地方，星星也似乎比在北京的更勇敢，突破了光的约束，成群地闪亮着。

这一刻，整个高原仿佛都为孤独者敞开了它的怀抱。

刊于《民族文学》2021年第2期

少年行（节选）

叶延滨

喝凉水

人生的境遇有时真的很难说清，说不清就把它叫作“运气”，斯文的说法：“运交华盖欲何求，未敢翻身已碰头。”老百姓的大白话：“人倒了霉，喝口凉水也塞牙。”喝口凉水也塞牙，说得够透彻。

喝凉水也塞牙的经历，前半生遇到过，不是比喻，真是喝凉水引出的故事。

头一回，是纷至沓来的坏运气，让我从“蜜罐”掉进了“凉水”里。说是刚上小学不久，上的是四川省政府的干部子弟小学育才小学，育才小学与原来的延安育才保育院有点瓜葛。上小学我是从保育院直接升上去的，保育院不是延安的那所，叫成都育才保育院，也是供给制。穿的是小皮鞋，发的是毛呢小大衣，在五十年代初，一个政府公务员每月伙食费就是六块钱的时候，这所学校算是很有资格的“贵族学校”了。校长是延安来的老革命，慈眉善目，说话慢悠悠的：“我们打天下为了谁呀？就为了你们这些下一代呀！”在这一群下一代中，我算半个。因为母亲在这个时候，已经被开除了党籍，降为教育局的中教科长，父亲还在“领导干部”的位子上，所以，进了这所学校。在学校是一样的，周末放学就不一样了，大多数同学都有小车接走，我和同班的纪小平结伴走回家的时候多，记得他的父亲是省委机关卫生所的头头，没有坐小车的资格，而我回母亲处过周末，离学校不远，走半个小时就到了。两个小朋友自由自在地逛街回家，是很开心的事情。路上也有不开心的时候，遇到其他学校放学的小学生，我们的校服一下子就让我们成为嘲讽和讥笑的对象：“小皮鞋嘎嘎响，龟儿的老子是官长！”“育才小学，没有脑壳，装个醋罐，酸得牙脱！”附近小学的孩子们都会唱这种针对“贵族学校”的民谣，为什么脑壳换成醋罐子呢？因为我们一半以上同学的父母，都是晋绥南下干部，他们食醋的喜好，大大提升了这座城市食醋的需求，也给这座城市鲜明的味道刺激！这种穿在孩子身上，招摇过市的“特殊化”，在1957年开始的整风运动后，首当其冲，我第一次听到了“八旗子弟”的说法，很快学校作为整风成果停办了，我们分别转到了不同的学校。我和另一个同学赵小明转到了二师附小，这是市重点小学，我从进学校开始，就像“充军”的囚徒，也像前些天的“非典疑似病人”，天天受训，姓廖的班主任挂在嘴边的四个字就是“八旗子弟”。这是人生第一次感到落差，也许这是极正常的社会情绪，小学生嘴里的民谣和廖老师唾沫四溅的训话，都是有道理的，只是不该让我们来“纳谏”而已。如果故事到此完结，就不算倒霉，更没喝上凉水。事情很快急转而下。整风变成了反右，反右的下一幕是“下放锻炼”，我的母亲不是右派，但“犯过错误”的历史，让她也下放到大凉山去当一名中学教师。母亲下放后一年，眼见她短时间回不了省城，于是我转学去了大凉山，陪伴孤身一人远在边远大山里的母亲。这是我人生最重要的转折点，我曾经有过的一切都消失了，我进入到一个我从来不知道的蛮荒边地。从成都到大凉山的西昌城，要坐三天的长途汽车，第一天到达了雅安。这是原西康省的省会，一座十几万人的小城，那是“大跃进”后的头一年，在成都还没有闻到灾害的气味，在这座边城，餐馆里已经没有米和面条供应了，所有的都是红薯，蒸红薯、煮红薯、红薯馒头、红薯包子，弥漫的红薯味现在想起来都有一种可怕的预兆，在饥荒到来之前的警告食欲的气味！第二天到达了大渡河边的石棉城。大渡河让人想到石达开，特别是老道奇客车在险峻的半山掏出来的公路上爬行，旁边是湍急的大渡河，不能不想到石达开。石棉是座矿区的小镇，因为附近有个石棉矿，便有了这小镇，小镇的小旅馆还没有电灯，昏黄的油灯下，可以看见满是污渍的被褥，我感到远离城市的恐惧，这一夜没有脱衣服，和衣躺下，直到清早听见旅店外的汽车引擎发动的声音。是啊，这一辈子天南海北走过不少地方，但这一次旅程终生难忘。有了这两天沉闷而又寝食难安的旅程，当我到达大凉山的西昌城，荒凉和贫寒的景象好像已经不再让我吃惊了。母亲在距县城十多里的师范学校当老师，我就在附近的乡村小学读最后一年的书。一年后，我因为长期腹泻回到成都看病生，医生问："吃饭好吗？喝水清洁吗？"

我老老实实地说，在西昌，大家都每天吃两餐饭，早上要饿到十点，在学校上了两节课放学回去吃饭，下午放了学早早地吃了晚饭。真不习惯。还有，从来没有开水喝，就喝山上接下来的水槽里的水。医生听完我的话，对陪我看病的大人说，不用吃药，每天吃三餐，喝烧开的水！而这两条，在1959年的西昌，一个下放到山区的中学教师的孩子，答案是办不到！

我从"贵族学校"的住宿生，变成大凉山深处山区学校的喝凉水的孩子。当时我有选择：留在成都，还是回到大凉山继续喝凉水？我选择了回大凉山，我对劝我留下的亲人说："不就是'水土不服'嘛，喝惯了，也许就会好了。"是啊，我遇到的第一个人生问题，竟然是"喝凉水"！是不喝了，还是要把它喝得"服水土"？半个月后我再次独身返回大凉山，去陪伴母亲，做出这个决定的那年我十一岁。

老　庙

中国的风景大致都一样：河边有山，山上有庙，庙里住着老和尚。一到这种风景地，就让我想起我住过的一座老庙。这座老庙所在的地方，现在有许多人都知道——西昌。我在那老庙住的时候，西昌还是个无名的边地小城，那城边有个美丽的高原湖，名叫邛海。邛海的西南侧，是一座风景山，叫泸山。

泸山风水好，从山底到山顶有一脉，树木特别繁密，远处望去，高大的树冠起伏如浪。在这树浪中，错落有致地有大大小小十来座寺庙，从山脚到山顶，隐约可见，让人想起仙山琼阁这个词。

我进庙不是出家。“大跃进”后，破除迷信，把老庙里的老和尚们遣散了，剩下个空庙，挂上一个牌子：西昌专科学校附属中学。我和二百个初一新生，接了老和尚们的位子。“大跃进”年代一切都那么敢想敢干，除了老和尚念的那本经与我们念的不一样，庙里其他的变化不大，所以在我前半生里，有了住庙的经历。学的那些课本大都诚心诚意地忘了，留在记忆中的是一年多的庙里生活：笕槽、菩萨、臭虫、花豹、老僧……

老庙生活最先给我留下印象的是引水的笕槽。我从成都随下放的母亲到西昌，又从家里进了老庙。说是“大跃进”年代，我个人的生活却一下子退了八百年，也就生平头一回知道笕槽这种东西。山泉在高山顶上，多年以来，人们把碗口粗的棕树一剖为二，然后掏去树心，形成一个长槽，槽与槽相接，水就越沟过坎，跳崖穿涧，流进老庙的灶房。笕槽是一槽搭在另一槽上的，如果其中一根被风吹落，被动物撞掉，老庙立刻就会断水。我到庙里最早的勤务就是去查笕槽。全校师生饮水就靠笕槽引来的那股汩汩细流了，一天断流好几回，上山去查水是没办法的事。上山查槽，在槽的两边，因为常有水流滴注，所以树草丰茂，苔厚路幽。那些笕槽不知是哪个朝代的物件，锈满木菌和青苔，像百年老人的手。这使我感到一种恐惧，想起这原是一座老庙。

老庙里的和尚被遣散了，那些泥胎的菩萨还继续留任。没有了香火，就没了神采。没有人来诵经敲磬，就没有了威严。文菩萨和武菩萨都一个个呆坐着，在我们的身边，当留级生。听不进三角代数、政治经济，现在想起来，觉得真是如从第一线“退休”下来的一些人的神色。在位和不在位不一样，在位有香火和没香火也大不一样。我觉得在老庙里上那些课算没白上，就因为好好看了那些坐在身边的菩萨面孔，想到了另一种菩萨心肠。

老庙在大山上，于是常和野物相遇。那时国家极其困难，每月定量配给二十一斤粮、三两油、半斤肉，市场上买不到任何东西。每天都在饥饿状态，只好上山挖山药充饥。那地方山药叫黏口苕，长在山间石缝里。我们下课带上小锄去挖。这小锄，把儿只有手臂长，锄口只有一寸宽，是山里人挖药用的，在石缝里掏山药比较顺手。挖山药会遇到野物，猫头鹰、狼、麂子。开始怕，但饿起来，也就不觉得猫头鹰的叫声和狼的眼神儿恐怖了。有一天半夜里，一对金钱豹闯到老庙外，在通往厕所的后门叫了一夜。全校师生都被那叫声吓醒了。当时我和三个同学，就住在后门旁的一间小屋里，我们竟没有一个人醒来。第二天早上，听见大家对那种声音的描绘，看见住房外十分清晰而硕大的爪子印，我们再也不敢上山挖山药了。

在老庙没有被花豹吃了，却被臭虫们饱餐了许多次，应该说，从生下来到现在为止，老庙的臭虫我认为是最狡猾、最疯狂和最可怕的了。刚进庙，不知庙里有臭虫，在和尚们原先住的楼上，把地板扫干净，打个地铺就睡。半夜浑身火烧一样地痛。点上煤油灯一看，身上已被咬肿了。掀开枕头，还没有来得及撤退的臭虫就有十多个，用油灯照一下墙板，新开来的臭虫大军排成队地前进着，用油灯一燎，烧得啪啪响 …… 第二天我发高烧，打针吃药一个星期才缓了过来。之后，就逃到后门旁的那间小屋，闹豹子后，我也没敢撤回到那老和尚们住过的楼上去。

这就是老庙留给我的印象：比和尚厉害的是赶不走的菩萨，比庙里菩萨厉害的是庙外的花豹，比花豹厉害的是真咬人的臭虫，比臭虫厉害的是不怕咬的老和尚 ……

吾爱吾师

昨日散步归家途中，收到高中同学邀同学会的电话。高中同学曾寄给我一本同学录。初中的呢？说真的，初中同学的名都基本上忘记了，只记得一个姓侯的。老师呢？老师中有个何守模，多年前还写过一篇回忆他的文章。还有呢？真是奇怪了，又蹦出来三个名字：赖仁价、左惠兰、李华强。这四位老师，只有何老师多年前与我有过书信联系，再没有见过面。其他三位，不仅没见过面，自从离开那所学校，没有联系过。五十多年啦，他们的名字怎么像藏在石缝里的鸡毛信，过了半个世纪，因为另一个无关的电话，破土冒出来。

一个何老师，扯出三个老师，四个老师拉出一个学校。这个学校叫西昌川兴初级中学。在饥饿的三年困难时期，我刚考上的西昌专科附中停办了，中途转入这所乡村中学。一进了这所中学，有两个非常深刻的印象：没有围墙和校门，四周都是稻田；几间用土坯垒起的教室。学校没有电，上晚自习一人一个小墨水瓶改成的煤油灯。我就是在这里度过了我的初中和这个国家的三年困难时期。因此，这四位老师的名字记录了我人生中一段非常时期。

何守模。我写过他一篇文章《何先生》。他是四川大学历史系高才生，读书当了大学生右派，毕业分到这偏僻的农村中学任教。学校规定，右派不能叫老师，可以叫先生。他进教室上课，值日生就喊："起立，何先生好！"何先生课教得好，脾气也大，教鞭敲桌子是他的特色动作，真生气时还骂人。因为出自名牌大学会讲课，反正都"先生"了，所以校领导也任其发飙。他对我很好。他除了上课，还管图书馆，我是他图书馆一号读者，所有的新书先睹为快。为此还闹出许多矛盾。《红岩》刚出版时，学校分到一册。语文老师去借："为全校同学进行传统教育，急用。"何先生说对不起借走了。冤家路窄，这个老师上课时发现这本书在我手里。他怒不可遏地向校长告状。据说校长反问他："你没事惹那个右派干什么？你挣多少？他挣几文？你上完课回家，他上完课管图书馆。换一下，行吗？"出面替语文老师出头的是教导主任，在全校大会上臭训我一顿。初中毕业时，何老师送我一张书签，是北京中央广播电台的照片，照片背后他写上："祝你顺利考入高中，并有机会继续深造……将来在这所雄伟的大厦播出你成功的消息，我会听到的。何守模。"多年后，我走进了这所大楼，在这里完成了我的大学毕业实习。我想到了何先生，他是我的"预言帝"。

赖仁价。学校的教导主任，但什么事情都管。替语文老师出气训人这件事，让我记一辈子。期末全校大会，我统考得了第一。他代表学校发奖状，拿着奖状先骂人：“叶延滨自以为聪明学习好，上自习看小说，自高自大，自大两个字叠起来是什么字？臭——”然后把奖状递给我。发奖的同时骂人，此办法绝杀，让你不得不站在他面前，听他讲完。他更高明的是按照人民公社管理社员的方式管学校。农村中学没钱，困难时期饥荒，他竟然把这个又没钱又饥荒的学校办下去了。每个同学有一个工分本，好像规定一年要挣100个工分。学校所有的空地，全部分成一小块一小块的菜园，每小组一块地，种出的菜，交食堂后换成工分。每个星期六是劳动课，到学校背后的高山上割茅草，交给食堂做燃料。茅草叶坚硬锋利，山里人主要的燃料就是它。和乡下同学一道去割草，手上全是血道道。割下草还要扎成“草把”，把“草把”再打成捆，才能从山上背回来。早出晚归，背草下山来，浑身都扎满草刺。还有到粮站拉口粮，到河滩抬石头筑围墙，一切劳动都换算成工分。在那个饥饿年代，这所农村初中教会了我大多数的农活，也让我像个农村孩子一样活着。衣缝里长着虱子，脚下穿着草鞋。进学校身高一米四九，毕业出学校身高一米五一，就长劲了，不长个头。赖主任得过天花病，脸上留下麻子点。老师们开玩笑就说，“幸亏赖主任点子多”，让学校熬过了饥荒年。

左惠兰。我的班主任。李华强，学校分管少先队和团委工作的老师。我在川兴中学也经历过“大起大落”的事情，我想与他们两人有关。因为我是从城里转到这里的学生，一年后，学习成绩冒了尖，农村孩子能干的种菜、割草之类劳动也能完成。那年城里开共青团代表会，我就成了“优秀少先队员”代表，跟着李老师列席大会。这对我来说是头一次见大世面：吃会议饭（饥荒年代也定量），听大报告（还要记笔记），住招待所（四人一间还干净）。开完会回校不久，出事了。农田中间的学校，夏天多昆虫。我们宿舍的同学到野外抓了一种能飞的甲壳虫，捉了几十只，偷偷从窗户缝，放进另一个宿舍，满屋乱飞的甲壳虫引出一阵欢笑和骚乱。不幸被值日老师撞上，成了件扰乱学校秩序的大事。值日老师的训话中有“施放害虫”“扰乱秩序”“帝国主义分子才想得出的坏主意”。全校通报，对我的处分是取消三好生等荣誉称号。过了些日子，班主任左老师来动员我写入团申请，我纳闷，不是刚处分过吗？后来我听说，我又成了学校“正确对待青少年思想行为”的典型，在上报材料中，我已经改正了错误。后来，我才明白我这场大起大落的真正原因。初三马上考高中了，那年头全地区十个县，只有一所重点高中。又穷又缺资历的乡村中学要保尖子升重点，自然而然就保到我的头上。我顺利地被批准入团。对于发生在我身上的大起大落，左老师和李老师肯定是向上正能量。我也争气，从这所乡村中学考入全地区重点高中。

老师是什么？有人以为，老师就是给人熬炖心灵鸡汤的烹调师。鸡汤可口，过肚穿肠难入心。入心者是老话“良药苦口”。回想我的初中，离家后的“社会熔炉”。不像熔炉那么热烈，倒是像一罐汤药，五味杂陈。吾爱吾师，他们的名字就像美妙的药名：当归、杜仲、生地、甘草、金银花……

刊于《都市生活》2021年第9期

记忆中的“迎外”

张映勤

四十多年前，中国社会还处在较为封闭的时代，除了北、上、广等开放程度比较大的城市，即使连天津这样的大城市也极少见到外国人，即使偶尔有一些外国友人来访，行动似乎也是受到限制的，住涉外的宾馆，到指定的友谊商店购物，参观的范围受限，接触的人群受限，由特定人员陪同，等等，他们极少能接触到普通的中国人，就像现在人们到某国旅游，一切行动都在对方的可控范围之内。

到了二十世纪七十年代中期，“文革”虽然还没有结束，但我们国家的外事交往似乎越来越频繁，尤其是1972年中日建立了外交关系，两国官方、民间的互访多了起来，全国有些大城市纷纷和日本的一些城市结成了友好城市，天津和神户率先缔结为中日第一对友好城市，当年外国人中来华最多的就是日本人。

七十年代上半叶，我所在的小学中学都是坐落在过去天津日租界的老学校。学校规模不大，一两座楼，一个操场而已，但是却非常整洁漂亮，设施良好，师资力量雄厚，至今还是口碑不借的重点中小学校。由于这点历史的渊源，从上小学起，我们作为接待外宾的示范学校，每个学期都要接待好几批外国朋友参观。当时，我们把迎接外宾的活动，一概简称为“迎外”。

在我的印象里，那时候学校接待的外宾主要是日本朋友，一方面是中日关系改善，前嫌尽释，把手言欢，进入了难得的蜜月期；另一方面是我们的学校是坐落在当年日租界的老学校，有些日本友人小时候就在这里就读、成长，故地重游，自然感情深厚，兴致盎然。当然，我们也接待过其他一些国家的外宾，像法国、英国、西班牙，以及非洲等国家的一些朋友。

见识少，又格外重视外事活动，使得任何一次迎接外宾都成了当时学校极为重视的活动。所有“迎外”活动的细节，有关领导事先都要经过精心的安排准备、精心的设计排练。印象最深的是中学时代，初中一个年级五六个班学生，为了迎接外宾的需要，竟然开设了五个语种的课程：英语、日语、法语、西班牙语、葡萄牙语，不同国家的外宾来学校参观便深入到不同语种的班里，让他们感受到母语的亲切，感受到在异国他乡竟然还有一些孩子在学习他们的语言。当然，作为少不更事的孩子，别无选择，学校怎么安排我们就怎么执行，反正就是演戏、装装样子蒙骗外国人而已，真正想学好一门外语的学生寥寥无几，即使是那些知识分子家庭，在那种大环境下，普遍也都不太重视教育，大学停止招生，孩子毕业或下乡或留城，平时的学习极少有家长过问的。我们当然也不会意识到这种课程安排对我们以后升学造成的伤害。几年以后，恢复了高考，我们过去学的语种却不在统考的范围内，只得临阵磨枪，突击恶补了一段时间英语。拿我来说，初中学的是法语，后来改学英语，比别的班的同学少学了三年，成绩自然始终追不上。好在当年高考外语成绩只占三十分，算是憾中之幸。

为了“迎外”，当时的学校还从各个班级挑选学生成立了各种兴趣小组，以供外宾来访时表演，展示学生所谓丰富的课余生活。比如宣传队，在贵宾室吹拉弹唱表演一些文艺节目；运动组，主要是在体育馆内打乒乓球；书法组，组织学生练习书法；航模组，制作各种简单的航模、科学小制作等。

为了应付参观，学校还安排了几个班准备各种科目的观摩课，所有的课程内容、提问、回答事先都做好了充分的准备，老师提问，由谁回答，怎么回答，都是事先指定好的，像演戏一样反复排练。外宾来访的时候，我们静静地坐在教室里等候，轮到外宾要到这个班时，楼道里有专门负责通风报信的老师进来悄悄报告：“来了来了，做好准备，下一个就到你们班了。”这时，任课老师煞有介事、装模作样地讲课，板书早已工工整整地写好，老师拿着课本，像念台词一样讲几句课文，然后提问："这个问题谁来回答。"话音刚落，所有同学无一例外地全都把手高高地举起，做出积极抢答的踊跃状。当然，观摩课其实就是一台节目、一场演出，事先早已操练了不知多少次。

比如，法语课，学生用法语简单介绍自己的家庭情况，每个学生的答案都是一样的："我的父亲是工人，我的母亲是农民，我们家生活得很幸福……"等等等等。现在回想起来，那时候的观摩课即使是做戏，也做得太拙劣，做得太假了。老师的提问，所有的同学都会，都像木偶一样机械地举手，这本身就不切实际，演得过头了，而答案一听就是编造的，绝非真实情况。四十多年前，中国城乡的差别之大远远超出现在人们的想象，城市中父母一方是工人，一方是农民的家庭凤毛麟角，几近于无，这种事先安排好的弱智答案只能糊弄老外，反正中国人是没人相信的。那时候的人单纯，中国人单纯，外国人更单纯，这种事先排练好设计好的参观程序没有人质疑，没有人发笑，至少表面上没有，每一次表演都很顺利、很出色，当然，领导也很满意。

承担"迎外"任务的学校，每学期经常都会遇到这种活动。届时，学校附近的道路戒严管制，接送外国人的豪华大轿车停在学校门口，校领导陪同外宾进入学校，门口早早站满了两排手持纸花夹道欢迎的同学，大家穿着整洁的服装，手舞色彩鲜艳的纸花，按照节奏高声呼喊："欢迎，欢迎，热烈欢迎……欢迎，欢迎，热烈欢迎……"外宾们大多面带微笑，点头示意，然后缓步被送到贵宾室听学校领导介绍情况。这时候各个班级的学生快速地回到教室，各就各位，准备各自的观摩课内容，各个兴趣小组的同学也回到各自的位置，像演员一样严阵以待。外宾到每处走马灯似的参观，提前都会有人通知，每处停留的时间至多十几分钟。

准备有观摩课的同学手背后坐得笔杆溜直，装出一副全神贯注认真听讲状，整个学校书声琅琅，秩序井然。学生都被关在教室里上课，没有和外宾单独接触的机会，当时老师一再叮嘱学生，不能主动和外宾说话，也不能主动和外宾握手，一切按照事先设计好的程序进行。

能和外宾单独接触的只有兴趣小组的同学，人数少，范围小，又属于业余活动的性质，外宾们似乎更感兴趣。当时外宾参观的项目中，必不可少的有乒乓球队的活动，当年的中国以乒乓外交称誉世界，乒乓球几乎成了全民参与的特色体育项目，每个学校都有一些少年高手。这项运动参与性强，场地器械要求不高，在体育馆几个学生穿着运动服装模作样地在那练球，老外们兴致勃勃地围在一边，有的甚至忍不住拿起球拍和学生对打一会儿，高兴了也许临走时会送同学一些小礼物，像自动笔、橡皮、纪念章之类的小东西，当然，这些小礼物任何人不能私自留下，事后一律要上交学校，放在会客室留作纪念。学校在会客室单独设有展柜，摆放着各国来宾赠送的大小礼品。

"迎外"是全校所有同学参与的集体活动，即使没有安排观摩课的班级，即使没有参加兴趣小组的学生，必不可少的内容就是参与课间操。届时，铃声一响，上千名同学依次排列整齐地从不同的楼梯下楼，然后，井然有序地到操场列队集合，广播音乐响起，满操场的学生在做课间操，动作规范，整齐划一，场面煞是壮观。

当年人们生活贫困，中小学生还没有统一的校服，遇到接待外宾等重要活动，学校要求同学们统一着装，春夏是白衬衣蓝裤子白球鞋，秋冬天气稍冷时外面穿一件色彩鲜艳的毛背心。这种着装是中国当年中小学生参加重大活动的标准服装，几乎可以称之为学生的标配国服，全国各地的学生展现给外国人的基本上都是这种打扮。当然，衣服的颜色相同，质地新旧则无法整齐划一，学校的要求是必须整洁干净。有些家庭条件不好的学生，置办不起这些服装，或是衣服太旧了，或是没有按照要求规定统一着装，做课间操的时候为了不影响学校形象，老师只好将这些同学关在教室里不让出来。

贫困家庭的孩子，实事求是地讲，在任何年代都会不同程度地受到不公平的待遇，天性如此，人性如此，不让他们参与活动，也是老师的无奈之举，一套白衬衣蓝裤子，一双白球鞋总共值不了几个钱，但是在当年，有些家庭收入低，孩子多，经济条件差的同学，全家人的温饱都成问题，孩子的服装还真是难以满足要求。而有一些同学，看着穿戴光鲜靓丽，有的服装其实也是借来的。衬衣还好办，家长紧紧手给孩子添置一件，毛衣可不是家家都买得起的，孩子需要，怎么办？只能找亲戚朋友去借。

二十世纪七十年代，经济落后，物资匮乏，学生身上的白衬衣基本上大都是棉布的，穿的时间长了，不仅起皱，还容易发黄，影响美观，的确良衬衣虽然已经面世，但价格略贵，一般家庭的孩子穿不起。当年，穿着体面、长相漂亮的同学常常被安排在明显的位置。那时候，我参加学校的书法小组活动，主要任务是有外国人参观时，装模作样地在那写大字。我自以为毛笔字写得还不错，却总是被安排在教室的角落里，外宾们“咔嚓、咔嚓”的相机镜头极少对准我那态度认真、专心致志的身影。后来，我的棉布白衬衫穿旧了，发黄了，母亲给我买了一件崭新的的确良白衬衣。穿在身上平整无皱，洁白如雪，用皮带扎在裤子里，确是精神抖擞，朝气蓬勃，再有“迎外”活动时，我果然被安排在了教室门口处的第一排座位上。以衣貌取人，也许是任何时代都改变不了的人之天性。

也许是为了迎接外宾，也许本身就是历史名校，当年我们的学校是我见过卫生条件最好的，到处都是干干净净，一尘不染。我清楚地记得，楼道的水磨石地面不是用拖把拖，而是学生用毛巾蹲下来一把一把地在地下擦，至今我再未见过这种场景，尤其是在公共场所。即使是这样，教学楼仍然做了一些必要的装修。比如专供外宾使用的卫生间，当年就装修得如同现在的宾馆饭店，地面是瓷砖，墙面贴上马赛克，里面弥漫着一股股好闻的香水味，手巾纸、洗手液等也一应俱全，绝对是星级宾馆的标准。这些装修和物品现在人们司空见惯，几乎家家都在使用，但是在四十多年前，封闭的经济落后的四十多年前，这些卫生设施、卫生条件是极为罕见、极为难得的。当然，供外宾专用的厕所，平时是锁着的，只有遇到外事活动的时候才打开，不论是老师还是学生都没有资格进去享用。当年的外国人在中国受到极高规格的礼遇。

“迎外”，在当年即使是大城市也是极少学校才有的殊荣，在七十年代的学生印象中不具有代表性，当时全国的大中城市，除了北京，其他城市的中小学校有机会接待外宾的少之又少。现在回想起来，为了“迎外”，我们学生也付出了许多，花费了比其他学校学生更多的时间和精力，尽管那时候普遍对学习不太重视，但至少我们白白学了三年法语，在应试外语上造成了损失。当然，当年的学生和家长，没有人对此提出过异议。顺从，似乎从来是我们最好的选择。

演练出的“迎外”活动，当年人们习以为常，我们这一代人从小就被驯化成演戏的工具，在欺骗教育、虚假教育的环境中长大，我们从小就学会了弄虚作假糊弄局的本领，“迎外”不过是其中一项不起眼的内容。时过四十多年，生活中类似的演戏之风还时有所见，不说也罢。

刊于《长城》2021年第4期

辑　六

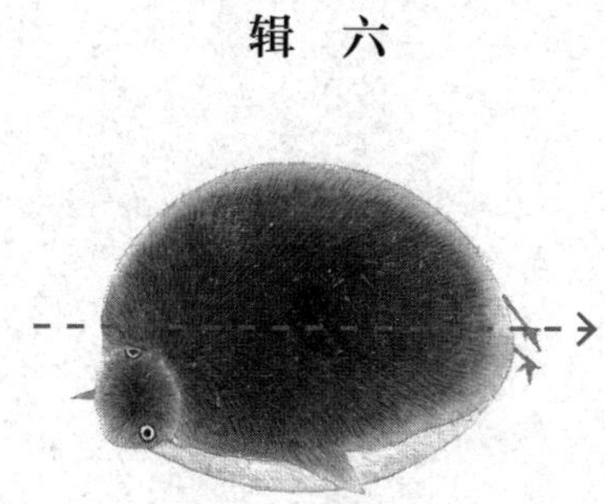

植物志（四章）

贾梦玮

树　祖

我喜欢看树，特别是古树。每一次与古树相见，我总觉得是受了上天的眷顾与恩典，否则千载悠悠、芸芸众生，凭什么我们就能相见。那些古树，几百年、上千年地活在世上，那要经历多少、怎样的时光？与古树对视，树当然不会改变，但看得久了，看树的人不由自主地有了变化——当然是心理上的：人犹如此，树何以堪？人把自己看成了一棵树。

树不再是“他”，而在不知不觉中变成了“你”。

甘肃平凉多山，多树。阅尽沧桑、历史悠久的平凉，也许是因为交通不那么便捷，人为破坏不那么“方便”，有些树就偷偷地一直活下来，因此平凉多古树。

平凉的树，都富生气，而且活泼可爱，那是因为他们的老祖仍健在。大大小小、老老少少的树们因此都是孩子：在老祖慈爱的目光下，他们都有小儿女的姿态。与人相比，很重要的不同点是，树从不革祖宗的命；也正是在此基础之上，因为子女、儿孙众多，树祖才能怡然慈祥，否则鳏寡孤独、子孙忤逆，越老越是性情乖戾，那还有啥意思。

个体的树，一定也有他们各自的命运。

我们特地去拜望的这位树祖，被称为“华夏古槐王”，在甘肃平凉市崇信县铜城乡关河村。已是黄昏时分，我们登上半山腰，在开阔的山腰平地上，蓦然、蓦然见到他 —— 只能是他，那是祖，是王！虽然他头上没有皇冠，但那巨大的树冠一下震撼了我 —— 皇冠是人为戴在头上，而树冠再壮观，也是从自己的身体里长出来的。品种是国槐，主干胸围十米多，七八个成人才能合围，树冠东西、南北宽都将近40米，占地面积近两亩。有八大主枝，相互交缠，基围最小的也有3米，最大的近5米。躯干上还寄生着杨树、花椒、五倍子等树种以及小麦、玉米等多种植物。都是“啃老族”。

据专家考证，他的年龄是3200岁。3200年前，那还是商朝，不知秦汉，无论魏晋，更不要说唐宋元明清了，如今的我们要花好大的劲儿、用多种参照系才能想象他的“老”。关键是，他仍健康，枝枝叶叶沛然有生气。绕树三匝，因为他年事特别高，我心中凛然；因为他老，我又有在他跟前撒欢耍赖的冲动。我们都是树祖膝下的孩子。

当地朋友在树祖跟前放了桌子、板凳，摆上了水果、瓜子、茶水，我们坐着看树。树祖已经成为独特的具体，有他的前世今生，成了相对于我的“你”。树也有自我意识吧，那样，我也可以妄想成为树祖的“你”，我和你！我用眼睛看你，用耳朵听你，并用“心”转换意念，揣摩你。

想当年，不知是何人栽下了你，或者只是一只鸟遗落了一颗种子，无心长成了你？三千多年来，你经历了太多的朝代更迭，多少风雨、彩虹，那都不算什么。多少暴风、雷电、地震、山火、虫害，你是怎么活下来的？此处在半山腰，在古代应该人迹罕至，人为破坏不易。雷电因旁有山峰，击中你的机会减少；扎根在宽阔的平地，地震不能把你震塌。人心险恶，我们怎么想那恶、那险都不为过，你是如何逃过无数劫难？那些险恶心思因为什么未能落实？“高坡平顶上，尽是采樵翁。人人尽怀刀斧意，不见山花映水红”，你是怎样幸运地一次次躲过了刀斧之灾？根仍在汲取，叶仍在吞吐，空气和土壤一定是永不停歇地和你进行着交流互动。“南方水阔，北地风多”，一年又一年风的嘶吼，都未能拿你如何。

还有无数像我们这样来看你的人。历史上只是记下了唐朝大将尉迟敬德曾在此拴马。岂止岂止！多少自然与人事，你见得太多太多，言多肇祸，所以你不说话？也没有史官会连续记载一棵树的历史。你啊，只能活成一棵树。

我就这样看着你，珍惜与你相处的短暂时光，虽然我根本没有资格跟你讨论时光。四周山峦逶迤，树木葱茏，山风来过，树声哼吼，贯通肺腑。懂树的朋友说，这里一定有充足的地下水源，你四处探路的根须早已与地下水源接通，至少三千多年来从未枯竭。而且，向着水源方向的枝叶应更繁茂。看树，水源应在右前方，得到当地人的肯定，那是关河吧？

古树从来不是孤独的，你一定不是单个的存在。崇信还有不少古树，500岁以上的就有好几棵，写崇信的古诗词，有不少咏叹的是古树名木。这里的树活得长，有风气、有遗传。当地朋友介绍：在离古槐王直线距离不到两公里的地方还有一棵年龄相仿的国槐。大家都想去看看古槐王的这位兄弟。遗憾的是我乘坐的车开反了方向，天色已晚，错过了跟他见面的机会。去看了那棵树的朋友后来告诉我：大概是在历史上受了雷击，那棵树只有半个身子还活着，活着的半个身子倒也是生机盎然。我想，千百年来，你和这位“半身不遂”的兄弟，一定有着独特的信息系统，天上、地下，想必一直互通着信息。天上有风信，地下有根须的脉冲，你们并不寂寞。

时间虽然已经过去了3200年，这样的情形似乎以后也不会改变。想象你们的未来，我有担忧，居然也有信心。

《诗经·天保》说：“如月之恒，如日之升。如南山之寿，不骞不崩。如松柏之茂，无不尔或承。”日月山川恒在，树犹如此，人只有领悟、学习的份。看树，想你的前世后生，我几乎要相信永恒。你相信吗？

“地倾东南，天高西北”，回到东南的我，经常会想起西北的天空，和天空下的你：天高、树高。“涧松千载鹤来聚，月中香桂凤凰归”“谷声万籁起，松老五云披”，古老而美好的事物，我们也许只能用宗教的态度对它。

红苹果

在西北的山谷里盘桓，远远近近地看山谷里的树和叶、花和果。浅浅深深的绿意里，有一蓬一蓬月白色的花，开得不疾不徐、不冷不热，不招摇亦不寂寞。当地的朋友告诉我，那是杜梨，也被农人称为野梨或酸梨。缺衣少食的年代，或者对于远离尘世、遁入山林的人们，杜梨是常见的果品，味酸，但营养、健康。已经进化的我们，随着果品的进化，已经不再食用被称为杜梨的野梨。但杜梨并未失去它的价值，仍然是嫁接梨树最佳的砧木，有它的婚嫁与接引，驯化的梨树才能生命力旺盛，活得长、挂果多，而且抗击病虫害能力强。"人文"就是这样离不开"自然"，离开了山野，与自然疏离，文明只能逐渐衰减。

西北多水果，印象中犹以甘肃静宁、延安洛川的苹果最为有名。那里的人培育苹果，首先得力于当地的自然条件，海拔高、光照充足、昼夜温差大、环境无污染，这些自然条件，少了一条，那就不是那个苹果了，所以它们是"地理标志产品"。在此"自然"的基础上加上"人文"，利用现代化的栽培技术，节水灌溉、生物除虫、自然堆肥，才有了西北苹果的外表——色鲜形正，与内涵——酸甜适度、质细汁丰。"自然"与"人文"，不可或缺。

静宁、洛川等为干苦之地，正因为外部的苦寒，那里的苹果才拼命在自己的体内储蓄"甜美"，正因为干旱少雨，它才铆足了劲儿集聚水分。这也是辩证法。水草丰美的地方，适合养鱼，不宜种苹果。

这次在西北，苹果才刚刚挂果，羞答答地躲在树叶里。我们吃到的还是去年的苹果，色泽居然像刚采摘的，汁水也特别足。皮特别薄，看起来、吃在嘴里似乎没皮，好像只是为了不让水分流失，才让最外表的一层发挥了皮的功能。果肉鲜、脆、甜，一点不面，咬起来脆生生的，汁水四溢。我不得不说，这真是果中的极品。

静宁、洛川等地的苹果早已走向世界，在高档超市里，卖得比一般的苹果贵许多，正因为互联网的出现，才避免了苹果"养在深闺人不识"的命运，和

“果贱伤农”的悖论。美得其所。

汉语里形容少女的脸不施粉黛，健康美丽，往往说“像红苹果”。那要看像什么红苹果，像哪儿的红苹果，我想，大概要像静宁、像洛川的苹果才一定好看，而且不仅是好看……

平凉、洛川的梨也特别好，那是因为有杜梨或者野梨嫁接，那么，苹果如此之好，也定是有一种野苹果？

竹 子

中国多竹，不少省份如江苏、浙江、四川、安徽等都有竹海，竹子蔚然成海，因此大有可观，成为著名的旅游景点。有几次就住在竹海，我早晨起得早，走出去就是漫漫无际的竹子，直接就进了竹的海洋。一个人越走越深，眼前只有竹子，竹子挤着竹子，我试图分辨，自然是再也无法找出竹子之间的差别，无边无际得让人心无着落……

还好，天下的竹子原本是一家的，也许竹子彼此能觉察出它们之间的区别？苏东坡当年在宜兴竹海附近求田问舍，喜栽树，据说他手栽的花树至今还有迹可寻；很难想象，倘若他当年栽下的是竹子，如今还能否有人分辨出哪竿是他当年手植？竹子本无须特意栽种，完全是自然地生长繁衍，砍了一茬冒出的是好几茬，想想“雨后春笋”这个词，那是一种怎样的欣欣然、勃勃然！

中国人说“竹”，其欣欣然、勃勃然的特性只占次位；一个“竹”字，浩浩然别有深意，“宁可食无肉，不可居无竹”“有节骨乃坚，无心品自端”“一节复一节，千枝攒万叶。我自不开花，免撩蜂与蝶”，无数的诗人与画家吟咏描画过竹，中国人在“竹”上所寄托的人格操守、生活趣味，其意蕴已难以用语言说到位。

稍考证一下就会发现，历史上悠游竹海的，几乎都是“赋闲”之人，或者是隐退，或者是被贬，或者是出家…… 竹海不是个建功立业的地方，但却是优良的修身养性之地。前提是身在此处不能心怀“朝廷”，否则“心烦”，日子也不好过。正如说竹子，“我自不开花，免撩蜂与蝶”，山深竹漫，周围没有“蜂与蝶”给你“撩”，“蜂与蝶”也找不到你门上，怕就怕在心里的“蜂与蝶”，嗡嗡与翩翩。人，到自然环境好的地方，是要借此解决心理环境问题，借自然的生态，改善心理的生态。

现代人往往不说“赋闲”，而说“休闲”，比“赋闲”多了些主动的意味，人们一拨一拨地来到竹海，不必是贬官，不必是隐退，也不一定要做和尚，而是从都市里、从无奈处、从纠结中“逃”出来，寻找人自然的、贴近本真的状态。水泥森林的大都市，未尝不是荒凉，“荒凉”的都市适合创业；水草丰茂之地分明就是繁华，“繁华”的田园洗心涤肺，可以修身养性。与古人相比，现代人也不都是劣势，可以选择的更多，而且进出方便，“出”了“入”，“入”了“出”。就是有一点比不上古人，多花钱，要买门票 —— 卖门票了就可以创业了：旅游休闲业。人与环境的关系就是如此辩证，“出”与“入”永远是这样一对矛盾，而且还将永远下去。

竹有竹海，人有人海，我身在竹海深处，感觉就是在人海里，那种微微的恐惧感 —— 因为周围都是一样的竹子，我有点担心自己走不出去 —— 也是与在人海中的感觉相似。生而为人，人同此心，相互能理解，谁不想“有节”，谁不痛恨“无节”？“隐”，无一例外都是后天的，常常也是一种无奈的选择；如今这个时代，也许只有做个旁观者，才能谈得上“节”？那么也许只有躲开，比如到竹海，我们才能真正地“守节”。但是，差别是永远存在的，同为人的我们还是能看到彼此之间的差别，天下竹子虽是一家，它们一定也是冷暖自知。

松竹梅，银杏

人类要生存、发展，免不了要向自然界、向动物植物索取价值。全国多地大面积栽种银杏，自然也是价值取向。可以向银杏索要食用价值，银杏果可吃，有营养；银杏叶可以提取相关成分制药，有药用价值；成材后可以提供高质量的木材；它还有观赏价值，用作行道树和庭院绿化，树形端庄，兼具耸雄和优美，而且耐寒，不生病虫害……这一切最后都可以产生经济价值，所以有用。

大概很少有人想过，银杏还可以提供看似无用的精神价值。我想，只要静下心来面对古银杏，每个人都会有心理情感上的触动，只是很少有人会去思考。

银杏是产自中国的最古老的树种之一，被称为树的活化石。和它同纲的其他所有植物没能承受岁月的风霜，灭绝殆尽。银杏是仅存的老寿星，它出现在几亿年之前，是第四纪冰川运动后遗留下的裸子植物的最古老品种。银杏生长慢，有“公种而孙得食”之说，栽种成活后四十年左右才能大量挂果，爷爷种下的银杏孙子才能吃到它的果实，因此被称为“公孙树”。真正的“仁者寿”“仁且寿”。

在看到成片的银杏种植之前，银杏在我的印象中总是双株或单株（本是双株，另一株一定在天灾人祸中毁灭）矗立，古老而精神矍铄，威严而慈祥。通常是在寺庙的山门和大殿前。庙宇因为天灾人祸，累坏累建，建筑总是新的；银杏沧桑阅尽，为新建筑背书，我们只能通过它来直观地知道寺庙的古老，是银杏在“指导”人类追怀以往、面向未来，不以物喜，不以己悲。临济义玄禅师在山门前栽树，他的师父问他栽树做什么，他说：“一与山门作境致，二与后人作标榜。”银杏足可以为“境致”，一旦没了门口的银杏，寺庙的形象变了，气质也变了。关键是能作为“标榜”。标榜一定和精神相关，是“前人栽树后人乘凉”，更是类似于传统中“松竹梅”的东西。只是，我们这些后人已经被庸俗的“成功学”烧坏了脑子，很少有人拿一棵树、一种树来作为自己的标榜，反思自身的存在了。

中国传统文化中，松竹梅被称为岁寒三友。它们在苦寒季节仍能保持旺盛生命力，大雪之下挺且直的松，有节而虚心的竹，香自苦寒的梅，都是高洁品格的象征，中国人在松竹梅上寄慨尤深。现在想来，我们忽略了银杏这中国自有的树种，至少在精神意义上。

寺庙之所以喜种银杏，肯定不是为了它的经济价值，是为了长久地作“境致”，为“标榜”。“长长久久”“长治久安”等都是汉语中最令人向往的词，在所有的植物中，大概只有银杏可以当之。寿而慈，慈而寿，才能更好地自度、度人，这符合佛家的精神。

我一次又一次面对银杏，特别是站在高龄的银杏跟前，心里特别宁静，要说“现世安稳”和“岁月静好”，植物中只有银杏能给我传达这样的信息。据说，银杏的萃取物，主要也是治疗人精神方面的问题，让人“静”。如今存世的年龄最大的银杏据说有12000岁，那要经历多少时光、风霜、岁月！银杏顺应春夏秋冬，秋冬贡献了果实后，先展现金黄的色彩，然后落叶、洗尽铅华，春夏发芽、生长、挂果，不骄矜不卑怯，不离，不弃，岁岁年年。据说500岁的银杏仍能挂果、奉献，永远宠辱不惊。

“萃取”银杏的精神，最恰当的词只能是——仁，或者说，在所有的植物中，只有银杏，才当得起这个“仁”字。松竹梅经历风霜之后，才能，也应该走向银杏的境界——仁。爱人、奉献、持久、静默，这些是仁的含义，是银杏带给我的精神之力。

所以，松、竹、梅，银杏。

刊于《十月》2020年第6期

屋后海棠

白庚胜

在我家南楼后边，种着一排海棠。种它的是我的母亲，种它的时间在盖成南楼后不久，种它的目的主要是防风护院，也出于美化家园的考虑，并供家人日后赏花、品果、入药、作为馈赠。

我的母亲，出生于离我们村一百里外金沙江边热水塘村的一个汉族农家。她本是爱上了一个邻村的纳西族汉子，却被外公按“汉家人只能嫁汉家人”的家规，强行嫁给了也同为“汉家人”后裔、后来同化成了纳西族的白家。好在我父亲还是个聪慧英俊、有情有义的人。

嫁入我家，母亲的一生便嫁给了贫穷、困苦、灾难。起初，全家只有爷爷、父亲、母亲三人相依为命，地无几垄，房屋仅有一栋祖传的旧平房和两间畜厩，生活来源主要靠爷爷的石匠手艺，一切都得白手起家。但是，母亲是个从不叫苦，也不怕苦的人。她总是笑对艰辛，以苦为乐，从不自怨自艾，抱怨命运的不公，而是积极面对生活，把上山砍柴与拉松毛、下地播种和收割，以及厨艺、女红、制豆腐、做凉粉与嘎拉皮、酿酒、熬糖、帮别人接生等十八般武艺展示得样样精彩，名满周边的十里八村，使我们家财产渐丰、人口渐多。于是，起房盖屋以宽敞、舒适、体面地生活，便成为爷爷与父母的迫切需求与最大愿望。

终于，至母亲生下第四个孩子那年，爷爷和父母含辛茹苦、节衣缩食，在院南盖起了一栋二层骑厦楼，既让三房一照壁的院落初具规模，也树立起了一个普通农户的自尊、自信与尊严。

然而，由于在砌好土坯后无力加盖石瓦，即用石灰泥浆固定瓦片，从而在号称“团山风口”的拓东村村头，稍有风起，楼房顶就瓦片翻页，遇上下雨就“床头屋漏无干处”。到了秋冬，楼顶的瓦片更是常常被狂风掀至院内砸碎，使人、禽、畜受伤受害的可能大增。

为了保护这座楼房不受狂风侵害，以及人畜安全，母亲便与爷爷、父亲相商，决定在楼房外侧墙缘栽种一些树木与大风抗争。至于用什么树，他们嫌棕树长得太慢，揪树枝叶过于扶疏，桃李不经风狂雨骤，最后一致选定海棠树做屏障。于是，一排海棠树便开始挺立在我家楼房外侧，陪伴着我的母亲又连连生下四个子女。

到我这个幺儿记事时，这排海棠就像一撮撮孔雀羽翎耸立在楼房后侧，并与楼脊相齐，整整护祐了我们这个家园二十余年，目睹了家乡的一系列社会巨变，并先后送走了西归的爷爷、父亲和五个哥哥姐姐，母亲亦历经一次又一次的生离死别一天天步入老迈，还因一次医疗事故失去了一只眼睛。由于长期与大风搏斗，这排海棠树亦未老先衰，皮胄不再细致柔软、光滑青灰，而是布满累累伤痕、重重斑迹，只有身干如钢似铜、不屈不挠。

关于海棠的知识，母亲比谁都懂得多。她告诉我：海棠在纳西语中叫“多利”，的确是一种利好多多的果树。在纳西人的习惯中，它一般种在房前屋后，而不植于厅堂前两侧显山露水，也不需要施肥上粪。只要种活，它只有一生的奉献，别无所求。它一般都一本多干、笔直挺拔，虽不像苹果树那样婆婆娑娑，叶、花、果却与之极为相似，只是各比苹果树的小了许多。它的花是“三多节”前后观赏的上品，它的果既是“烧包节”（中元节，或盂兰盆节）上与核桃、梨子、毛桃、苹果、李子一起必有的供品，又是平时招待客人、馈送亲友的佳品。前者一般投于火堆焚烧，后者则是将果实晒成“多利几补”（果干）或蜜饯后供人们品尝。另外，它还常常被入药治病。遇到手中无钱之际，它更可以拿到古城去卖海棠干、海棠蜜饯，以买回急用的盐、茶、针、线。

母亲不仅长于讲述，而且还在我的整个童年阶段不断演绎着她有关海棠的知识才艺，使我那苦涩的童年有了许多关乎海棠的故事和情趣。

我记得，初春，海棠是继梅花、杏花、迎春花之后最先开放的花卉之一。那时候，它的枝丫上，以及我家楼房后撇的瓦垄上，尽是一簇簇樱花般粉里透红的花团。一旦暖风吹来，其花瓣飘然而下，满地粉红粉红，引来千蜂飞逐、万蝶起舞、满庭清香。这时，母亲总喜欢在劳作之余捡起些许花瓣，用唇相吻，以鼻相闻，并提醒我要珍惜这经秋历冬才迎来的良辰美景，切不要摇晃它的枝干，不能践踏它的缤纷落英，更不能去折枝损梢，使海棠的花香花色受到伤害。

随着夏日来临，且日甚一日，一树树墨绿中的海棠果，也在我的期盼中一天天变大。它们先青硬，后灰绿，压得枝梢重重垂下，然后再绿中泛红、发朱，及至最后完全成熟，单等着“敬果罗”鸟（汉称不详）的啄食和家人来采摘。

在我七岁那年的“烧包节”前一天，我见母亲仍戴着白孝为“迎接”刚离世一年的父亲“魂归省亲”，以及爷爷奶奶等祖先“回家”而忙得不可开交，便心生自己已经长大成人的念头，试图助母亲一臂之力，便趁母亲外出汲水，偷偷绕到楼房后去摘海棠果。我虽人小体矮，但机警灵活，三下两下就顺着树干攀缘而上，得意扬扬地把采摘到的海棠果投往刚铺在树下的簸箕中。心想，等一会儿将它们全都捡起交给母亲，一定会乐得她直伸大拇指夸我“穷人的孩子早当家”。刚过一会儿，我突然从“嘀嗒嗒”“嘀嘀嗒嗒”的落果声中听到一阵熟悉的声音：“那不是我的八江吗？”接着，刚汲水归来的母亲便循声在海棠树下夸起我来：“你可真是个大胆的英雄，都长大成人，能帮妈妈干大事了。”我心里一热，心直怦怦地跳，妈妈却没有继续夸奖，而是一边说海棠果已经够用，让我下树吃午饭，一边沉着地指挥我左右手相协同、左右脚交替着踩住一根又一根树干下树来。等我下到地面上，母亲竟喜极而泣，一下将我搂在怀中大哭起来：“我的儿子，你太不懂事了。你怎么能不吭一声就爬那么高的树？万一有个闪失，明天你爸爸‘回来’，我可怎么向他交代啊！他闭眼前最放不下心的，就是你这个身如瘦猴的老幺怎么长大成人哪。呜呜呜——”妈妈哭得那么伤心，简直就是悲痛欲绝，令我至今内疚不已，并深深感受到了我健康地活着、成长对于她的意义。我一边抹泪一边喃喃地说："妈妈，妈妈，我今后再也不爬树了，再也不让您伤心了。原谅我吧。"此时，我身后的海棠默默无语，只有一树树的果实为我羞红了脸颊。

五年后的"烧包节"前后，又是一个海棠果如火如丹压满枝头的时节。已是师范学校学生的我，于一个周五下午正在微雨中与同学们一起踢球，却见一个身背赶街篮、身穿纳西族服装的妇女从城区方向朝我们走来，然后在球场外放下赶街篮驻足观看了良久。待我们即将人走球散，这个妇女才压低嗓子喊了一声我的乳名："八江——"这天使歌唱一般柔美的声音，除了我的母亲还能有谁呢？定睛一看，这果然是我的母亲，那个披星戴月、命运多舛、一心盼着她的老幺通过读书走出大山、改变命运的农民妈妈。我飞也似的跑过去，要把她接到宿舍，可母亲说什么也不肯，说："我这身打扮，这副模样，还瞎着一只眼，怎么能给你丢人现眼？更何况我还要赶回去喂牛喂猪，烧火做饭。我是来给你送钱的。你不是与别人换衣服缺五元钱吗？妈都给你带来了。"说着，母亲从斜开的衣襟中掏出一把钱交给我："这是我今天卖海棠果的全部收入，一共五元多。多余的，你就去城里买一盘炒肉补补身子。"说完，她又把特意留下不卖的一把海棠果塞进我的衣袋里："拿上，读书累了就吃几颗。它能生津、止咳、润肺、长精神。"

这下，我才醒悟过来，原来是上周六回家省亲，我曾向母亲谈起，因学校背倚雪山、旁有寒泉，冷得我常常闹肚子，很想与一个同学换件短棉袄，对方却要我外加五元钱的事。而当时，家中的情况是：无分文存款；鸡得瘟病死光而致无蛋可卖；两只雪白的兔子也被野猫叼走；母亲背上生了个桃子般大的恶疮却无钱去医治。在母亲的心中，要弄足这笔钱的唯一希望，只能是随着日月无声的行进，光阴又接近"烧包节"，期盼着、等待着海棠果由绿变红、由红变朱……

我接过母亲递过来的钱，只觉得它们被捂得很暖很暖。于是，一种莫名的怜悯与感恩油然而生，我不由得在心底呼唤道：妈妈啊妈妈，您何苦忍着疮痛背一篮子海棠果走二十多里路来城里卖呢？我再冷再寒也不能让您如此忍辱负重，吃那么大的苦头啊！知子莫如母，母亲仿佛看透了我的心思，忙说："没关系，没关系，有的是治疮的办法。在疮外套一个竹圈，那点小毛病不就解决了？没事的。"我知道，所谓的"套竹圈"是母亲对付生疮的一种土办法：用干竹皮拧一个直径十公分许、高五公分许的圆圈套在脓包周围，把压在背上的篮子或柴火等垫得高高的，就免去了脓包被挤压致疼致破的危险，既省了钱看病找药，又不误干活劳作，只是自己的肉身要忍受更多的疼痛罢了。啊，为了堂上的公公，为了长期犯病倒床的丈夫，为了嗷嗷待哺的儿女，我的母亲何曾敢有什么休息、疗身、养病之妄想？她的一生，几乎就是一部不知停息的永动机。

见我眼含热泪，母亲莞尔一笑说："别哭，别哭。妈妈不要紧，你倒是要好好感谢咱们家那几棵海棠树。要是没有它们，妈上哪里去弄钱帮你御寒？好在你就要成为国家干部领薪水了，我们的苦日子也要到头了。"说完，母亲恋恋不舍地与我相别，又背上赶街篮缓缓消失在雾烟朦胧的归途，只有她那披肩上缀绣着的日月与北斗七星在我的眼前忽闪忽闪，并留下一路的海棠果香。于是，泪眼模糊中的我，从衣袋里掏出一颗海棠果使劲咀嚼起来。那熟悉而又清凉的果汁，猛一下顺着喉管慢慢沁入我的心头。我觉得我这一生再也没有吃过比这更五味杂陈的水果了。

话又说回来，每每到了秋冬，楼房后的海棠树便会在蝉蜕声中逐渐脱去一身身绿装，但见原本果实累累、含情脉脉、点头颔首的树尖，反而在寒风中昂起了头颅傲霜斗雪，一树树的枝干尽管赤裸，却变得那样威武雄壮、刚强不屈。它们那细小的树梢，也如同一张细密的网罟张挂在楼房后捕捉着狂飙的粗野与蛮横，尽全力减弱隆冬的风力对房屋、瓦片的冲击，以及寒流对院落的袭扰，使我们物质、精神、肉体上的损失降到最低。更重要的是，海棠还以干果、蜜饯的形式，让我们在隆冬里造血，有客时行礼，节日庆典上做供品，馈送亲友时当赠物，尤其让我养成了在寒冬腊月里嚼着被母亲一剖为二的海棠果干，盼望一轮又一轮春华秋实的习惯。

正因为这样，在离开家乡上大学并留北京工作之后，母亲也没有忘了让我的生活与屋后的海棠连线。每当有亲友来首都出差、出游，她都要托他们带一些海棠干给我，让我与远在天边的故乡、亲人藕断丝连。在我于二十世纪末考取公费留学资格，即将到日本深造前夕，我收到了母亲最后一次捎来的半袋海棠干。她托人叮嘱我：到了海外，见了樱花不要忘了屋后的海棠花，吃上山珍海味不要嫌弃家乡海棠果的酸涩与甘甜。

可是，就在二十年前，母亲永远永远离开了我，最终埋葬在看得见她亲自建造的楼房、她亲手栽种的海棠树的祖坟，再也没有人给我捎过海棠干和海棠蜜饯。而在十年前，已成为老宅新主的侄子亦扩充庭院，修建起装修华丽的小洋楼，使那一排曾经为我遮风挡雨，给过我许多快乐、梦想、爱恋，甚至生命的海棠树轰然倒下，并最终消失在时代发展的尘烟之中，正可谓“夜闻马嘶晓无迹”。

从此，我的家园已经变成一个没有海棠树做伴、没有海棠花可观赏、没有海棠果可以品味、没有海棠干寄来、没有老母亲倚门守望的存在。它，还是我那稔熟的故乡吗？然而，对于我，那楼房、那海棠、那母亲，怎能遗忘？那情、那意、那爱、那恨，又怎能一刀两断？

刊于《北京文学》2021年第3期

仙　山

张锐锋

汹涌的海浪，打着蜿蜒的海岸，围绕着渐渐升高的山麓、茂密的山林，让绿和蓝分开，让山和海获得了界限。巨大的绿色底座，逐步抬升，就像大海涌起的巨浪向上推举，簇拥着奇特的、拥有各种不同造型的花岗岩巨石丛，将其推向了白云。

这是大自然的巨型雕像，来自一亿六千万年前的地质活动，没有什么艺术家能够抵得上大自然的神工，因为大自然可以用充分的时光来实现自己的愿望。那时乌云在天空翻卷，大海激起巨浪，太平洋板块悄悄地接近亚欧板块，并向下俯冲，地下的热流涌动，地壳的重熔形成了大量岩浆，沿着板块俯冲推起的断裂带喷发，火山的岩浆伴随着浓烟直冲天空，在地表溢出和蔓延，火的河流，火的喷泉，火焰统治了陆地，陆相沉积岩就在这样的火与水的合奏中形成了。

这是多么恐怖的巨变，这是多么激烈和悲壮的诞生，地上有了时间的刻度，并将这每一刻融入了冷却的岩石，转化为只有地质学家才能阅读的文字。大约九千万年前，东南大陆的地壳活动转为拉张环境，地幔开始隆起，断裂切割越来越深，岩浆沿着断裂上升，产生了密集的垂直和水平方向的节理，在太姥山岩体交织为棋盘状的裂隙网，然后随着山体的不断隆升，花岗岩露出了地表，流水沿着众多的裂隙不断侵蚀和切割，深深的隘谷和危石纵横交错，峰丛高高耸立。而不断崩塌的岩石相互堆叠又形成了一个个千姿百态的洞穴。奇诡雄浑的海岸仙境就这样诞生了。

这是运动和变化的杰作，是运动和静止的交锋，是能量与能量的搏斗，是建造与毁灭的此起彼伏，是对撞与对撞的惊涛骇浪，也是大自然彼此的激情的消长。我们不能见证所发生的一切，却能从这精细的雕刻中看见造物者的用心。其中既有和谐的唱和，也有惊心动魄的激变。可是现在它静静地耸立，陷入了永恒的沉思。

它是时间的见证，或者说它本身就是时间。时间的一切奥秘都在这千姿百态之中。它出现的时候，人类还没有出现，它是为谁而生？它充满了搏斗和扭曲，充满了力量和激情。既有细腻的雕琢，又有放任和自由的展示。它的形象似乎切断了我们对已知事物的联系，也拒绝提供任何答案。它摆放到那里，就是已知的，它供我们认识和理解，却保持着深深的沉默，它的答案就在它的形象里，它本身就包含了一切复杂、混沌、交织、纠缠和漫长的昔日，包含了一切理解，一切答案，一切答案的提示，一切一切。

一座山是神奇的，因为它经历了我们不知道的巨变。它不仅是看上去那么神奇，它也有着灵魂的神奇。在绵亘的山脉中，它突然崛起在我们的视野里，它不是孤立的，它连接着地下看不见的地方，也连接着几亿年的时光，还连接着不可预测的未来。它的外观也是这样变化莫测。柱状的石头、圆形的石头、不规则的石头、奇特的各种石头，它有着不可思议的花纹，有着精微的表情，也有着各种意味深长的岁月的留痕。它还有各种各样的洞穴，这些洞穴的形状各异，它乃是崩塌的创造。曾经有野兽藏身，流水从其间穿越，也从它的上面落下，石壁上布满了苔藓，在炎热中让人感到了清凉，遮挡了缓缓移动的日影。

人类的居住者出现了，遍山的草木给了他们优越的栖息环境，也给了他们生活的充分理由和未来的可能。这是最适合生存的地方。山林给了他们狩猎的便利，大海给了他们捕鱼的条件，野果给了他们采集的优先权。关键是太姥山奇特的山岩给了他们讲述生活的灵感，唤起了人的内心生活，激发了无穷的想象。只有想象力的参与，生活才变得丰富多彩，万物才以独特的方式进入人的精神世界，人的视野和胸怀才变得广阔，创造才获得了源泉，人也变为真正的、试图摆脱大自然束缚的自由的觉醒者。

他们开始讲述太姥山的故事，这些奇形怪状的巨石给了他们编织故事的提示和线索。赫拉利在《人类简史》中有一个惊人的论断，人类的历史从虚构开始。他说，虚构不只是在于人类能够拥有想象，更重要的是可以“一起”想象。而且讨论虚构的事物是我们进化的关键。如果没有这样的虚构，我们就不可能彼此认同，也不可能进行有效的合作。这些故事一旦成为我们共同的故事，它的力量就是无穷的。

夸父追日的故事，女娲补天的故事，后羿射日的故事，精卫填海的故事……我们拥有了这样共同的故事，我们一起讲述它，我们就属于同一个民族，属于同一群人，同一个集体。这就是故事的魅力，就是想象的魅力，就是虚构的魅力。它不仅仅是为了充填生存活动之外的闲暇时光，而是拥有深远的意义。我们既在故事之中，又在故事之外。我们既是故事的主人，又是故事的讲述者。因为这故事包含了你我他，包含了我们一起走过的日子，也包含了我们共同的未来。

但是这些故事也不是完全的虚构，它都有着精神的原型。它可能来自一座山、一片海、一条河，或者来自一片土地、一片山林。它乃是受到了原型的启示，得到了自我的关照，获得了彼此的辉映，从而寻找到了关于自己的隐喻。我们不能直接说出自己，却能够借助他人说出自己。我们不知道自己，却能够从别的事物中寻找到自己。我们不知道自己在哪里，却能从我们所观察到的参照中获得自己的确切位置。我们讲述一个故事的时候，实际上在讲述我们的内心生活。

我们将成为一个什么样的人？将要走向哪里？我们为什么要这样做？我们要实现怎样的愿望？又怎样实现这样的愿望？都已经在虚构的故事中了。这些故事是古老的、遥远的、虚幻的，却也是现实的、切近的、实在的。我们想要知道的，都可以在一座大山上找到答案。所以我们希望自己一抬头就可以望见属于自己的山。一座山就是一个寓言，就是无数关于我们的内心故事，因为它与我们的心灵是一致的。

它是安静的、沉思的，我们也需要安静和沉思。它是万木葱茏、充满了骚动的激情，我们也有着同样旺盛的骚动和激情。它历尽沧桑，经历了火与水的洗礼，饱受了痛苦和磨难，我们也经历了水与火的洗礼，饱受了痛苦和磨难。它的额头上布满了皱纹和无数岁月的刻痕，我们的面容上也有着同样的皱纹，我们的心灵上也有着无数刻痕。它拥有美好的春天、炎热的夏天、斑斓的秋天和寒冷的冬天，我们也同样有着这样的四季。

它经历了亿万年的时间，而我们的生命是短暂的。它还将存在亿万年，而我们的生命是短暂的。这让我们感到了与生俱来的悲伤。这样，永恒就成为我们不断思考的问题。它缠绕着我们，让我们的内心矛盾重重。既是清晰的，也是迷惘的。多少诗人在这生命的欢欣和悲伤中挣扎，文字铸就的优美诗篇就像山岩裂隙中生长出来的树木，扭曲而生动，顽强而柔弱，痛苦而优雅，浪漫而刻骨铭心。其中有着深刻的爱和怜悯，有着苦闷的激情，也有着自由的意志和永恒的追求。

实际上，我们发现永恒乃是在变化之中，在爱和包容之中，没有变化也就没有永恒，没有爱和包容也没有永恒。一座山之所以是永恒的，乃是它有着巨大的爱和包容，有着漫长的、艰辛的变化，有着浪漫的、苦痛的历练，它本身就是火的结晶。还有比火更活跃的事物吗？还有比火更有激情的事物吗？然而，火的燃烧就是痛苦和煎熬的化学过程。因而我们从山峦中看见了火焰，飞扬的、充满了激情的火焰，海浪一样奔腾的火焰。我们的精神就在这样剧烈的燃烧中完成了不朽的蜕变。

因而，它乃是一个母亲的形象，它给了我们一切。相传尧帝曾陪同母亲泛舟海上，遇到了这一东海之滨的仙山。尧帝的母亲因留恋这里的山海奇景而滞留，所以这座山就被命名为太姥山。这也许是后人想象力的爆发，让这样美好

的故事蔓延于山海之间。它就像这山顶的云雾，不断升起又不断消散，但每一代人都能够看见它。是的，这是最好的故事，看起来好像是传说，实际上乃是我们内心的写真。太姥山就是人类的母亲，一个慈祥的母亲。它至少在五千年来哺育了无数代人，我们仰赖它在这里繁衍生息。

现代考古发掘表明，至少在新石器时代这里就有我们的先民栖息。埋藏于地下的大量彩陶和其他陶器碎片被掘出表面。人们已经发明了弓箭来狩猎，也已经开始驯化家畜，木质的房舍取材于太姥山的森林，人们聚居于山林的庇佑之下，屋顶覆盖着茅草，并能够有效地保存火种，母亲们编织着麻布，为她们的孩子预备抵御冬寒的衣裳。屋子里储存了足够越冬的食物，在夜晚到来的时候，人们讲述着从前的老祖母的故事。这是多么温馨的日子，简单而质朴，深情而富有诗意。

身旁的大山是神圣的。尤其是在暗夜里，它显现出神秘的一面。黑黝黝的巨影，露出了玄奥的本相。人们坐在这样的山底下，享受着神奇的安静。事实上，这样的安静并不是真正的安静，风吹着山林和石头、峡谷，发出了令人惊奇的各种声响。我们乃是在这静谧之中聆听，聆听山的教诲、山的抒情、山的语言。也许它在和我们交谈，也许它在和大海的波涛交谈，这神秘的交谈涵盖了我们的生活，甚至涵盖了我们所经历的一切。温情和哲理，无限和有限，天上的星辰和地上的万物，都在这样的交谈之中。

我们不仅仰望它，还不断窥视它，不断倾听它。我们仰望它的时候，感受到了它的雄浑之美，它的细腻和温暖，它的石头上的纹理，手术般精确的纹理，美妙而不朽的纹理，意味深长的纹理，它的树木组合的线条和色斑，也似乎看见它无限的爱和深奥的思想，它不曾动摇的丰富精神。我们不断被它感动，并从中汲取力量。我们窥视它，看见了它的神奇和神秘，看见了它博大的灵魂，看见了我们没有的东西，也看见了它的深不可测，也看见了我们能够理解的和不能理解的。我们倾听它，听见了万物的律动，听见了时光的深邃，也听见了自己的心跳。我们从它的天籁中听见了自己。

我们的先贤已经发现了它的价值和意义。朱熹曾在这座山中避祸讲学，他从太姥山看见了他的理和气，太姥山的云烟让他浮想联翩。郑樵曾在这里的山松下诵读，在石头上执笔著述，用蒙井水煮茶，在山径间闲游，又在山岩上独坐遐思。佛教僧尼和摩尼教徒都在这里修行，领悟玄奥的教义，思考宇宙和人生的意义。这里留存的佛教庙址和摩尼宫、摩霄庵、观音洞等众多遗存就是证明。一切早已在这奇诡的仙山之中，他们所做的就是寻找石头中深藏的玄思。

从福鼎市驰行40公里，就来到了太姥山风景区。太姥山见证了这里的沧桑巨变。旅游业给人们带来了财富。山中开辟了攀登的栈道，来自海内外的游客望着这奇特的山景，获得了前所未有的独特体验。他们从各种角度观察和思考，古老的故事从他们的内心不断展开，使每一个人变得更加完整和丰富。这里的每一处都有着独特性，每一处都值得停留和深思。每一步攀登都是自己人生的提升，每一步都藏着发现自我的机会。

一个朋友对我说，他到过山下的一个村庄。以前年轻人都去外地打工赚钱，现在都返乡从事白茶的生产和销售。这都是太姥山的独特赐予。福鼎白茶已经名满天下，它的香气从这里溢出，向着每一个地方散发。相传是太姥娘娘发现了白茶药用的神奇功效，曾用它来医治病患。人们将太姥娘娘奉为白茶的始祖。现在福鼎白茶业和旅游业已经十分兴盛，人们也因此获益并摆脱了贫困。人们因为一座山的恩赐，重新发现了太姥山和土地的价值，并找到了价值转化为财富的秘密。

几十年，对于太姥山所经历的几亿年的时间来说，仅仅是一秒钟。但这是闪耀着光辉的一秒钟，是我们创造的一秒钟。它和这座山一样神奇，乃是神奇的一部分。这一秒钟归于人的创造，但也要归于太姥山给我们的恩惠、提示和灵感。这一秒钟也将归于人类诞生之后的几百万年，归于我们创造文明的几千年，也归于太姥山形成的几亿年时光。它融合了所有的时间，获得了丰饶的繁盛。

太姥山是大海的一部分，大海也是太姥山的一部分，它们从未分离。它们日夜交谈，波涛汹涌，当大海来到了海岸，推起了这座大山，它凝固了巨浪，保持了完美的、圣洁的精神高度。我们生活于其间，我们也是它们的一部分。只有将我们和它们融合在一起，才意味着完全和完整。

刊于《海外文摘》2021年第8期

挥 觞

胡竹峰

树叶红了。绛红、大红、朱红、嫣红、深红、水红、橘红、杏红、粉红、桃红、土红、铁锈红、浅珍珠红、壳黄红、橙红、浅粉红、猩红、鲜红、灼红、绯红、殷红、紫红、宝石红、晕红、幽红、银红。树叶黄了。柠檬黄、淡黄、中黄、土黄、橘黄、橙黄。

银杏树和五角枫立在院子里，没有风，枝叶静止如油画。银杏叶细碎碎，五角枫的叶子一片片吹落在地上，是吹落的，也是老凋的，堆积厚厚一层，踩上去，脚底感到一点极微细的柔软，发出一点极微细的声音。倘或是夜晚，感觉越发柔软，没有秋虫的鸣叫，只有落叶的气息，还有林中的气味。风从林深处吹来，那是时间的风味，是岁月的秋味，清冽悠长。

又来京郊了，眼前是古都的秋。忘了是多少次来京郊，也忘了见过多少次古都的秋。古都的秋总让人伤感，没有来由的伤感，古今都一样。一九三四年八月，郁达夫从杭州经青岛来到北京，再次饱尝了古都秋味，《故都的秋》一文亦有伤感之心。生活如清水浸过河岸，悄无声息濡湿细沙滩，如今难得有伤感心。大概是昨夜读来字里的余味——

隋炀帝当年广造高楼，网罗数千名女子纳于迷楼中幽闭，侯夫人为其一，未见帝面，自缢而死，臂悬锦囊，左右取进，得诗三首。杨广看后，反复伤感。往见其尸，见颜面艳若桃花，美貌异常，越发无限伤感，令选美宦官自尽。

八月的初秋比不得晚秋，何况已是残秋，再过几天就立冬了。早饭后临窗坐着，向院子里看看，遍植杨树、山楂、黑枣、海棠，叶子的颜色已经变成殷红、金黄或黄中带绿的秋色。五彩斑斓的树叶与零落的几个果子微微跳动。黄色花朵、紫色花朵，在黄色、红色、绿色叶子下开着，秋意里也有枯荣。

释迦牟尼当年在拘尸那城娑罗双树之间入灭，东西南北，各有双树，一荣一枯，称之为四枯四荣。佛经中言：东方双树意为常与无常，南方双树意为乐与无乐，西方双树意为我与无我，北方双树意为净与无净。茂盛荣华之树意示涅槃本相：常、乐、我、净；枯萎凋残之树显示世相：无常、无乐、无我、无净。在这八境界之间入灭，意为非枯非荣，非假非空。

人生枯荣，是常事也是大道。古人说大道多歧，不独如此，我还觉得大道坦然。

院子里有小儿学步，几个老人坐在树墩上晒太阳。难得好天气，很高很高的天色，蓝茵茵的。柿子树叶一片也无，光秃秃结满柿子，又大又红，不是大红深红，红得黯然，太阳照下来，那日光能穿透柿子，温润润有一种清透。

伤感渐渐平复。突然想喝点酒，无人对饮，泡了杯红茶。绿茶是道家心，红茶有山僧气。俗世里浸染太深，需要道家心与山僧气游离于八荒之外，眉睫之内于是安定。

李白辞别长安后，游山览水，访僧问道，纵情诗酒。天宝末年，在皖南宣州盘桓漫游，与山翁樵夫、屠沽渔商、隐士逸人相交，还常常走观串寺，广交方外客。游泾县水西寺，见台阶上有鸟停留的痕迹，禅室空寂无人，透过窗户见白拂尘挂在墙壁上生满尘埃，山僧不在，心有不舍有惆怅，写诗以记。好在终是见得山僧，临别之际又写诗以记。

据说当年水西寺林壑邃密，下临深溪，浮屠对峙，楼阁参差，碧水浮烟，咫尺万状。在这种环境里休养生息，那山僧想必气息脱俗。

近年常进山，见过几个气息不俗的僧人，绑腿草鞋，不见拘谨无有落寞，器宇轩昂，佛珠或悬于颈上或缠绕腕间，不经意地拂捻把玩，一派徐然。那些人照例瘦面长身，一席袈裟随风而动，有梅花的安静。

古联说：“今生有债都还遍，唯欠梅花数行诗。”实则人生的债是还不完的，梅花的诗并不好写。人生债是功名、金银、娇妻、儿孙，丢不得，看不破，曹雪芹才让那疯癫落拓、麻鞋鹑衣的跛足道士唱《好了歌》劝世解脱。解脱何其难，李贽说必须持戒、忍辱以入禅定，而后解脱可得。

梅花的诗见过太多，到底是种梅养鹤成癖的旧时士子，林逋“疏影横斜水清浅，暗香浮动月黄昏”二句最让人低回。孙犁晚年常书写“大道低回，大味必淡”，示人也是言己。大道从来不热衷躁进，好文章是舌麻闹热，尝尽酸甜苦辣而归于淡泊的宁静，那宁静下有深流的水。

文章淡了又如何，偶起虚妄，觉得一切不过沙雕，潮水涨上来，一切依旧。多少次宴饮之后，杯盘收洗干净了，俗世的欢乐散去。老友一一拜别，房间打扫干净，干净如新，仿佛没有谁住过，过去主人的气息一扫而空，只有记忆。记忆是浮在海面的半截木头，有时候也是一束稻草。

李白会须一饮三百杯，古希腊也有会饮聊天的盛事。秋日下午，空气黏稠。黏稠得想饮酒，饮酒浇块垒。块垒是指郁积之物，阮籍胸中磊块，故需酒浇之。块垒与酒一起，常入诗。宋人刘弇说“赖足樽中物，时将块磊浇”。蒲松龄也说“一身剩有须眉在，小饮能令块垒消”。好在他的块垒奇大无比、传奇嶙峋，小饮未能消除，凝成二十四卷《聊斋志异》方才终结。

有人的块垒在胸中，有人的块垒却在眉间。明人梁辰鱼写效颦人：“看西施妹子，眉梁间有些块垒，觉道一发俊俏。我如今眉梁间像是也有些块垒，你看我比着他的如何？”

块垒也是情，“此情无计可消除，才下眉头，却上心头”。李清照常常喝酒，微醺的少女在一阕阕宋词里脚步踉跄，摇摇晃晃荡漾到藕花深处，分不清星空还是湖水。雨疏风骤，不消残酒。

宴饮之乐是肉身的大欢喜，自远古壁画、先秦砖画始，一路到明清书画，宴饮图何止千百，有帝王将相也有贩夫走卒，有鸿儒也有白丁。盛世宴饮，人生快意。浊世宴饮，亦为和光同尘之道，其中自有欢娱。人生那么多沉痛，李斯临刑所想的是黄犬狡兔，金圣叹杀头之际心里惦念的也不过花生米与豆腐干同嚼。

抗战后，台静农藏有一张弥陀造像题记拓片：

> 咸亨元年四月八日弟子刘玄□母樊为夫征辽愿一切行人平安早得归还敬造弥陀像二铺

这里有为人妻最朴素的情感，也是最大的情感，“愿一切行人平安早得归还”是心怀苍生的情感。中国百姓未必全然是小民，即便是小民，也可以怀有大爱。咸亨是唐高宗李治的年号，用了四年有余。咸亨元年，吐蕃兴兵，四月攻陷西域多地。唐廷派薛仁贵率军西援吐谷浑，辽东防务一时空虚，高句丽遗民剑牟岑率众反，立安舜为主。是年，唐朝派高侃、李谨行率偏师前往辽东平叛。征辽之行，不知多少白骨曝于野。刘母樊氏的发愿文，哀婉动人，不知其夫征辽是否得以全身而回。

唐人崇佛，多有造像。那年在洛阳龙门，见西山破窑内西壁正中弥勒像龛，也有贞观十一年的造像记：

> ……道国王母刘□□为道王元庆向洛□□□礼，心中忧悴，恐有灾鄣，仰凭三宝……敬造弥勒像一躯，以报大圣。上资皇帝，下及含生，同出苦门，俱登正觉。

道王李元庆跟唐太宗是同父异母的兄弟，贞观十年正月徙封道王，三月出豫州刺史，次年其母担心李元庆恐有灾鄣，不悉何所指。然“上资皇帝，下及含生，同出苦门，俱登正觉”四句熠熠生辉，王侯不忘黎民，黎民也心怀苍生，唐风之正大可见一斑。

南朝刘子鸾九岁时被皇兄赐死，留遗言说：“愿身不复生帝王家。”帝王家也有同出苦门之叹。人生八苦：生、老、病、死、爱别离、怨憎会、求不得、五阴炽盛。无关富贵，不论贫贱。

古人书剑飘零，游于四方。这回我的行旅无书更无剑，只有一帖，王羲之《丧乱帖》。墨色线条里有一个迁徙流离的家族在战乱中对生命巨大的幻灭无常感。经永嘉之乱，琅琊王氏家族南迁，远在北方的祖坟一再地被人刨掘。五胡乱，中原沸，天下崩，人如草芥，生者尚且如此，何况地下枯骨？

乡野村落门楹上的春联，常见的是“风调雨顺、国泰民安、五谷丰登、万事如意”。年年书新，红纸随岁月褪淡破碎，深红绯红淡红残红，黑字一字不苟，岁末依旧醒目，那是最庄严的大愿。

人生多苦，何以解忧？唯有杜康。《说文解字》说杜康又名少康，夏朝国君，始作秫酒。秫就是黏高粱，极好的酿酒原料。我去过高粱地，火红的高粱鲜艳热烈，谷穗饱满，沉沉垂下来，用它来酿酒，留下那一份激扬，也得了那一份内敛。好酒既张扬又内敛，张扬是精神，内敛是心性。

嵊州胡村，农人在酿酒，纯高粱酒，缓缓流入瓦罐。农人友善，让我舀一口吃了。真正的新酒，唐朝人重新酒，所谓“绿蚁新醅酒”为上。白居易如此，元稹也这样，其诗《饮新酒》中说：“闻君新酒熟，况值菊花秋。莫怪平生志，图销尽日愁。”杜甫穷困，“樽酒家贫只旧醅”，觉得十分歉意。

酒与一般饮食不同，酒里有肉身的欢愉，还有精神的放弛，让心如槁木的人也添了愁感。多少人迷蒙地醒着，他们需要热烈的梦。多少人热烈地梦着，他们需要迷蒙的醒。李时珍说酒，味辛、甘，性热，有大毒，消冷积寒气，燥湿痰，开郁结，过饮败胃伤胆，丧心损寿，甚则黑肠腐胃而死。一口苦水胜于一盏白汤，一场场辛甘，冲淡的是生之麻木与老之将至。

刘伶、李白，未必是最懂酒的人。北齐高季式豪爽好酒，为人不拘小节，有胆气。有一年在济州夜饮，忆老友光州刺史李元忠，令左右开城门，乘驿马，持一壶酒，送往光州。济州与光州相距千里，最快的马，三十里驿站一路不停，李元忠喝到高季式相劝的一壶酒差不多要到第二天午时了。驿马是国家公器，史书上说朝廷知而容之。知不难，容大难。

杯盏劝酬，千里酒桌，六朝高致，驷马难追。

夜里下了场雨，后山红叶被打落无数，院子里小道上银杏叶苍黄复仓皇，叶落苍黄，风起仓皇。

燕京的雨，淋湿了红墙黄瓦，落在长城上。初夏游长城，一场豪雨，洗尽河山郁闷。燕北气象不同于江南，江南的大雨，因了山水，更因了鱼鳞瓦、乌篷船、小桥流水，急切切只是女子的侠气。燕北的大雨明亮、硕大、锐利，疾风中有森然，泼在窗子上，狠戾如刀客，赤青的头，眼神阴鸷。

燕北的雨，亦如燕北的人，不牵连不黏滞，风起雨来，天青雨住，然后就是乾坤浩荡、白日朗朗。

长城是大地之诗，也有二十四品：雄浑、冲淡、纤秾、沉着、高古、典雅、洗练、劲健、绮丽、自然、含蓄、豪放、精神、缜密、疏野、清奇、委曲、实境、悲慨、形容、超诣、飘逸、旷达、流动。二十四品之外，长城还有泼皮气，但不是《水浒传》中的没毛大虫。有人称赞灵宝大枣泼皮、倔强、耐旱、耐涝、耐寒、耐碱，寄给鲁迅尝新，大先生高兴，回信说品质极佳。灵宝大枣我吃过，灵宝苹果亦佳，其地羊汤尤妙，食之后背汗出，舒畅通透。

灵宝羊汤是妙品，选一岁健羊，取其精肉，冷水浸泡拔血，配作料腌制入味，放入大锅，再加白芷、陈皮、砂仁等药材大火煮，文火煨，出锅冷后切薄片，取姜、蒜、葱花爆出香味烧炒后入汤。汤用新鲜羊骨架，老火煎熬，色白如乳，撒上香菜出锅。

近年冬日所恋，正是这一口羊汤。

那些人，那些卑微的血肉之躯站在长城上，那是匈奴的北方，那是盔甲的北方，那是铁蹄的北方，风雪大地幽幽暗暗，冷冽的风雨长城，他们守着，用一腔热血，用一壶烈酒，用一碗羊汤，守着老官儿的江山，他们泼皮、倔强、耐旱、耐涝、耐寒、耐碱。那些武器，弓弩枪棍刀剑矛斧钺戟殳鞭锏锤叉耙戈。隋朝无名氏的《挽舟者歌》：

我兄征辽东，饿死青山下。

今我挽龙舟，又困隋堤道。

方今天下饥，路粮无些小。

前去三千程，此身安可保！

寒骨枕荒沙，幽魂泣烟草。

悲损门内妻，望断吾家老。

安得义男儿，焚此无主尸。

引其孤魂回，负其白骨归。

据说隋炀帝在龙舟上听此歌，让左右找那纵歌者，到天亮也没找到。帝颇徊徨，整夜不寐。此歌出自唐人罗隐传奇《海山记》。民间传说罗隐有天子命格，玉皇忧惧，派兵将换他的仙骨，罗隐咬紧牙关，保住了牙床骨，留下一张“圣贤嘴”。

征辽东与守长城并无二致，《挽舟者歌》是所有世间凡勇的注脚。在博物馆里看老照片，那也是世间凡勇的注脚。夕阳照在落地玻璃上，盛世夕阳浩大辽阔，慷慨流金，没有边际。黑白旧影里，摘棉花、编苇席的少女，一袭旗袍的美妇人，英武的男人，纤弱的少年，珠光宝气与布衣粗服，在苍茫大地无声沉浮，如一片秋叶。

燕京的雨打落了秋叶，足底一片枫叶尾随不去。

一场秋雨一场凉，添了件衣服。棉质的衣服，贴身穿着，暖暖的，是往昔阳光的慰藉。又一次想起博物馆老照片中那一个摘棉花的少女，那一群摘棉花的少女，淹没在时间长河中。六十年过去，如今即便健在，也是垂垂朽矣的老妪，一脸皱纹里或许还能看出曾经山清水秀的眉眼。上回走淮河，在岸边捡到一枚瓷片、半片残叶，那抹清韵还在，那丝神采还在，时间无情，天地不仁，这是最后的温存。

刊于《红豆》2021年第12期

绿雪芽：一株伟大植物的传奇

白荣敏

一

她来自太姥山巅的一阵风，或是飞鸟嘴上的一粒籽，抑或是女神指尖的一滴露。女神抬手一指，她便停在了那里，朝迎东海晨雾，暮浴太姥晚霞，于是生根，发芽，在榛莽草莱之中脱颖而出，亭亭玉立于峭壁之上。

这峭壁本也寂然无名，垒垒叠叠，峥嵘张扬而为峰，内敛收拢而成洞。有一石横出如瓦，为修行中的女神遮风挡雨，曰一片瓦。有几片斜立攒头，中空为洞，女神在此炼丹，有丹井冽水清波，可通东海；旁又有洞，大洞小洞洞洞相连而达山巅，曰通天洞。上可通天，下能达海，这峭壁吸日月精华受造化垂爱，俨然神峰情石，孕育了这株伟大植物。

太姥为女神修行的道场，为神山，为仙山。诸多神仙修行为了快活和永生，而女神度已是为了度人，她把造福众生作为修行的目的，关切的目光注视山下众生，高道授予的九转丹砂之法只能确保她一人飞升，而众生如何祛病强体，如何摆脱贫困！传说把一位女神与一株茶的关系建立于一位仙翁的指点，一个梦。但做梦的机理告诉我们，日有所思才夜有所梦，她为山下麻疹病孩而忧心如焚，一定经历各种煎迫和忧伤，经过无尽的试验和探寻，筚路蓝缕，苦心孤诣，终于有一天，如神农，尝百草，日遇七十二毒，得荼（茶）而解之。

没有无缘无故的爱，故没有无缘无故的神灵，女神是太姥山地区的神农氏、茶之始祖，她种蓝染布，植茶疗疾，都旨在普度众生。

神使她所居住的山洋溢着神性光辉，太姥女神造就了太姥神山，也造就了神山上的茶。一位伟大人物与一株伟大植物的关系就这样被锁定于祛病消灾这样一个人类生存的重大课题，这也是一个永不过时的话题。

二

寒来暑往，斗转星移。她日夜履行女神赋予的使命，虽作为一株神山上的茶，却甘于无声无闻，默默奉献，她甚至没有自己的名字，和太姥山上的其他茶树一起，只有一个大众化的称呼——太姥茶。

她一直在等待一个人的到来。

这个人从京城而来，他在朝廷中遭遇了一场变故。那时的朝廷，皇帝醉心于玩乐，市井无赖登上权力的高峰，黠官狡吏扬趾于朝堂之上，他卷入一场“党争”，而后被迫离开朝廷，外放偏远的福建福宁州。明王朝走在末路上，但年轻官员尚有良知和抱负，如何自我疗伤？在这个远离是非的海陬一隅，空气清新，民风淳朴，更有天赐名山一座在州城的近旁。

草木无邪，山水有寄。

那一天，他来到了女神修行之所，拜谒了太姥墓，发出了“谁向中原悲往事，五陵松柏几堪看”的心声。就在他仰天长叹之际，一回头，瞥见了崖壁上的那株茶树。

她已在那儿等了他千百年。

等待他电闪雷鸣的千年一瞥，等待他一瞥后流连不忍离去的目光，她分明感觉到了他目光中的投契、欣赏和爱抚。

只那么一瞥，她崖壁之上、岩缝之中的遒劲身姿马上击中了他心灵的柔软部位，他感觉这株茶树分明就是自己影子的投射，分明就是他自己。

他想留下来日日陪伴着她，但毕竟身在官场，又不得不时时离去。

他对着她说：“我爱此山难屡至，犹如雪上印飞鸿。”他决定在这儿新建一个馆阁，就叫鸿雪馆，他又为茶树近旁的山洞命名，并在洞前的石壁上题刻——鸿雪洞，连同他当下的身名——福宁治兵使者熊明遇。

“潦倒年华勤拜石，纵横意气谩衔杯。”太姥山安顿了他不安的灵魂，太姥茶安抚了他焦灼的心绪，消解了他心中的块垒。

他一杯接一杯，怎么也喝不够。

太姥茶成为他心中女神的化身，他给她起了一个世间最美丽的名字——绿雪芽。

三

“太姥声高绿雪芽。”

自此以后，文人墨客们把她写进了诗里、文里、茶书里。绿雪芽的美名还随着游人茶客的足迹走遍大江南北。

但峭壁之上、岩缝之中的她却是孤寂的。

孤寂源于自身的清高，她与太姥的清风雾岚为伍，与游客们艳羡的目光为伴，接受着造化的恩馈、太姥的恩泽，和山下众生的推崇，但这些都并非她的本意。

与女神的日夜厮守，她明白，一株伟大植物的使命不仅仅是药用，也不仅仅是活跃在文人墨客的笔墨里、唇齿间；她应该离开女神，走下高崖，走出人们目光的殿堂，走到更广阔的山地田野，走进千家万户，走进众生的日常。

她要做一株平凡的平民茶。高处的伟大是一种伟大，但低处的伟大才是真正的伟大！

她又在等待一个人的到来。

这个人就住在山下，他的生活出现了一场变故，因为母亲的眼疾，四处求医而致家贫。那个时代，总是容易发生许多变故，不是天灾，就是人祸，如果再有病灾，便雪上加霜。

贫病交加之际，他想到了一个人，不，一位神。

这一天，他终于姗姗而来，他向女神祈求：母亲的眼疾如何才能医治？一家如何才能渡过难关？人又如何才能活得强大，不轻易被小小的挫折打倒？而和他一样的乡民们又如何才能过上幸福小康的生活？

又是一个梦！一个伟大的神示！

女神在梦里告诉他——“种绿雪芽可自给！”

当年，女神的一个梦解救山下病孩；这一次，孝子的一个梦自救然后再救更多的人。这位名叫陈焕的小伙子不仅孝顺，而且聪明，他完全领会女神的心意，第二天便把绿雪芽“移植”下山（实为扦插），自家试验栽种成功后向乡亲们推广种植。

“至民国元年，全县产量达十万斤矣！”

漫山遍野的绿雪芽，茶树叶片在太阳的光辉下闪着耀眼的光芒，细看，那些细如银丝的毫毛，正是女神绵密的心思呢。

一株茶，贫苦无助的人心向神明皈依，获得了解救自身的密码。自助者神助，神其实就是他们自己——太姥山区的众生们。

四

时光在走。

茶的发展，悄然改变着太姥山地区传统的产业结构和经济行为，改变着人们的社会认知和生活方式。绿雪芽实现了走进千家万户的理想，但她想走得更远，太姥山地区之外，一定有一个更加辽阔的世界，她与这个辽阔的世界应当建立什么样的良好关系呢？而首先是，她应该成为什么样的一种茶，才能与这个辽阔的世界建立可持续的良好关系！

绿雪芽走到了当代。她又在等待一个人，一个新时代的茶人。

他生在茶乡，为茶的使命而生，茶成为他的全部生活时，他也已经确定了终生为茶的志愿。

茶有根，认识她的人需要一份寻根的情怀、一双慧眼。那一年，林有希以一笔巨资把已被别人抢注的“绿雪芽”商标揽回福鼎时，绿雪芽也完成了对自身的托付。

缘分的确定就在于要选对那个“对的人”。

那一年，他明确了自己要终生做好绿雪芽的使命。

向女神学习，与一株茶不离不弃。

他的企业确定了“涵养大地，关爱生命”的发展理念，在太姥山建绿雪芽白茶庄园，设书院以传播太姥茶文化，无比珍惜并精心呵护绿雪芽。

他一定意识到，拥有的同时，就是责任的开始。一定意识到，绿雪芽的托付其实就是女神的托付，其实就是太姥山地区众生的托付，也是这个时代的托付。

因为，茶的身后是山，山的身后是神，神的身后是众生，以及众生的幸福。

作为品牌的绿雪芽，其实就是当今时代福鼎白茶振兴行动中的一个代表，一个文化的符号，一个产业的缩影，一批茶人心血的浇铸。

作为茶树的绿雪芽，当年女神用她救众生于病痛时，已在她的身上打下了一个胎记，这个胎记已深深嵌入福鼎白茶的血脉里。

以绿雪芽为代表的福鼎白茶，就是以这个胎记，与这个辽阔的世界建立关系。这个关系里，需要也已经有更多的人为此付出努力，并从中获得回馈与恩泽。

这个胎记有时会随着茶香的氤氲幻化成两个字——大爱。

绿，是自然和健康；雪，是纯净与和谐；芽，是进取与希望。这夺人心魄的茶之魂，在太姥山地区，在神州大地上，乃至在世界的各个角落，将继续演奏着一曲曲大爱之歌，一部不朽的传奇。

一株伟大植物的不朽传奇！

刊于《台湾导报》2021年1月17日

耕织记（节选）

王建中

浸 种

春天是从一抹草色开始的，早晨起来，溪水明亮而丰满。种子已经浸好了，似乎也发出了星星点点的嫩芽。看看天候，年轻人就跑去问老人，占卜一下年成的丰歉，顺势也讨一点种田的经验。老者就会从种子说开来……从这一天开始，一年的农事也就来临了。春惊二月，一声牛哞，一村烟树，几行雁迹，田畴上有袅袅的烟缕。太阳升高了，种子下到田里。无论是南方还是北方，这样的日子里，几乎家家户户都在从事着同样的劳动。阳光很好，种子就会争着发芽，那时溪水也涨满了，布谷催耕，田畴上到处是明亮的水洼子。耕牛歇下时，村里的老者出现在田埂上，策杖而行，稚子也随在其后，一老一少踯躅而行，田园的春天就这样繁茂起来。一场雨后，种子就疯长开来。阡陌上，屋舍后，草篱前，万木争荣，“两个黄鹂鸣翠柳，一行白鹭上青天”。村姑的纤脚踏入草地时，花信春蕾，桃花、棠棣、蔷薇竞放，万物花开，十里花香，千里春光。种子拱破泥土时，时间的茎叶上吐出了郁郁诗行。

耕

春风拂过脸庞时，春光也袭上了茅屋，青鸠急切地呼唤着雨水的洗涤，耕牛犁田时长长的哞声唤醒了沉睡的村落，鸡一声狗一声，乡村的早晨次第展开。田里的人们都忙碌起来，老人扶着手杖再次出现在田头，年轻人都争先恐后地和老人讨着种田的经验，一时老人还有些应接不暇。等到太阳升得很高时，田野上似乎蒸腾着袅袅的烟缕，仿佛能听得见种子发芽时所发出的热烈的轰响，阳光在草木上行走时留下了青青的茎脉。休憩的人群围着老人，年景丰歉、物候田产、深耕细作，这些都成了争相谈论的话题。正逢花朝节，花儿事不关己的样子，惹恼了性急的村姑，她们把红红绿绿的彩条系满了枝头，悬春也就完成了。名义上是打扮花儿草儿，其实打扮的是她们的心情。穿过田埂上弯曲的小路，那些放纸鸢的孩童，也闹嚷嚷挤到她们中间了。着彩的纸鸢飘过薄烟淡雾的枝头时，与那些花花绿绿的彩条，一同将田圃上的春天点燃了。春天像一挂爆竹，阳光噼噼啪啪的声响一路撵过来。远远望过去，耕牛歇在塘边的田埂上，正悠闲地吃着草，牧童则用柳条将一池白云搅乱了。几个浣纱的少妇从田埂上走过时，古老的歌谣响起，整个大地清亮而多彩。此时，草木疏朗，一头小青驴驮着一顶斗笠远去了，田园的尽头一棵高大的皂角树，如同一个放大的毛笔字。遥望三十里明亮的乡间，雨季正沿着田畴上每一条青草茂盛的野径如期来临……

耙　耨

梅雨时节落雨，便是梅雨天了。黄鹂叫雨时，田野上草木葱茏，细雨斜风中，溪水涨平了塘堰。烟笼十里，云影压了下来，乱雨在牛的脊背上斑驳起一片水雾。蓑衣束雨，耙板上的田翁蜷缩在低低的草帽下。湿湿的田鸡的低叫，引来阵阵蛙鸣。板桥矮矮，村道上空无一人。雨已落了几天，村庄显得泥泞不堪，炊烟是在黄昏时分升起的，很快就被乱雨打散了。田翁歇下时，习惯性地将烟斗衔在嘴上，才发现水烟湿湿的，田埂上簇拥着细雨中新生的茅草，一堤春草，满园嫩色。牛脱下耙板时，长长地哞了一声，先是狗吠了起来，紧接着是长长短短的鸡鸣。暮色中，风渐渐歇了，雨却下得淅淅沥沥。草低莺飞，水天一色。村姑往往会在这时，邀几个同伴去桑林采桑，桑葚刚好熟透，摇一臂，满一地。耙地的哞声悠悠淡淡，阡陌上时有同伴匆匆来去，筐满篑盈，总是小心翼翼穿过塘埂。有时也有少妇模样的蚕妇急急远去，没有时间梳妆，一头乌丝会泻落至腰际，随便用一截丝线拢了，裙裾飘飘，田塬一片寂静。也有孩童散散漫漫在田畴上捉虫、扑蝶。村子长长短短的声音笼了一袭烟雨，一片雾霭也总是散散聚聚，有时便会积聚在一片柳溪上，画眉也在细雨中深深浅浅地鸣唱，鼓一地蛙鸣。草塘堰青，坌水渠澄，黄昏涂秧，细雨摇红，乡村便在蒙蒙水雾中，渐渐洇上了文人雅士的山水画卷，江南不就是半角白墙，几重瓦檐，一束桃花，两三春鸭，一蓑烟雨吗？

耖

春风欲上时，和煦的阳光暖暖照了过来，一畦归拢，百亩收耕，整理好耖把时，耕牛也歇好了。平畴沃野，耕牛蓄了一个冬天的力气就要爆发了，跨过一片水塘时，牛蹄溅落的泥水，将一畦塘色激活了。此刻，田野上蝶舞花影，刚刚从南方归来的燕子，正忙着衔泥筑巢，野蜂也逐着渐渐浓郁的草香聚拢过来，黄鹂低回在烟柳葱茏的长堤上，村里的狗莫名其妙地忽然散开，惊得一地鼹鼠四散奔逃。田里的农人甚至没有工夫去擦一把落下来的汗，四野回声，众妙毕集，各舒灵趣，是谁在演奏这大自然的交响？是谁又在指挥这春天的绝唱？耖时少闲人，耙间无歇刻，农人们去喝水时，顺便会观观天象。草偎花岸，清明天色，好风好雨，好儿好女，便不多想，忙碌自是忙碌，过了耖闲之时，仿佛一个仪式结束了，而又一个仪式也开始了。往事如烟，一个个仪式如同飘散的烟缕，而日子却是一个接着一个，并不曾结束。蚕妇也并不清闲，谷雨打头时，蚕子也抬头，桑叶正奋力展开浓绿的叶子，采桑的忙碌并没有掩住期春的脚步，总是有一些蚕女蚕妇踏着田埂找寻过来。一地白水，半塘白云。蚕月里的耕牛很乏，会和农人一同睡蚕，这时塘里的浮萍就会是它们最好的歇处，鱼儿被它们惊扰了，一池塘水也纷纷攘攘起来。

碌 碡

碌碡系在耕牛上时，天还未亮，扶牛而过，牛似乎犹疑着，一时还辨不清路径。看时，垄上的青草茂盛开来，草塍上的路便瘦了。隐隐约约的，田畴的尽头，许多人家亮起了灯火，桔槔汲水的声音起起伏伏，在高高低低的巷陌中传递得很远。转过一片水塘时，家犬也随了过来，短短的田埂上，人、牛、犬、灯火、星光，在早晨清亮的风中缓缓展开。最先响起来的是风戽，汲水深深浅浅的声响中，篱上的栅门大多启开了。耕牛聚群，很快便会在草滩上散开，这是一年中最困乏的日子，多数农家会在晨风中牧养牛。一些陈年的草药也会在这时拿出来，添加在草料中。碌碡深耕时，塘面上还有水泡破碎，待到一塘泥水渐渐平阔时，田鸡们纷纷跳离塘田的隐身处，四处都是田鸡，蛙鼓齐鸣，却不聒噪。农人们整理好塘田后，村子里的鸡才醒来，一啼百应，四面回声中，农人会美美地吸上一口水烟，袅袅烟缕散去，烟火明灭，耙地也就快结束了。这时，曙色大地，手上星光，农人的早晨就这样开始了。

布 秧

时当芒种，昼长夜短，连耕牛也歇不过来。青草汹涌起来，田畴茂盛，桑烟里，隐约可见采桑的村姑，挽了篮儿远去。听到歌谣时，方知蚕事正酣。种包里的种子发芽了，农人纷纷布秧，田塘一片喧哗。稚儿在田埂上跑来跑去，不知从哪里飘来一只纸鸢，稚儿欢呼着雀跃着，穿塘越埂，消失在桑林里不见了。一川晴阳，几丛烟树，半舍草香，田园上正酝酿着一场重大的丰收，用不了多久，田塘里的种子就会拱破塘水，万木葱茏的夏天已端倪初现。沿着田埂明亮的塘水，一只鹧鸪正剪翅而去，羽影草色，一天好风。夕阳正好，黄昏薄如茧丝，只一声牛哞，柳笛便被唤醒了。踏破青山，青牛不过几个回合，一塘夕光收尽，暮色袭上时，布秧的人们还磨蹭在田里，蛙鼓田静，向晚时节的月亮渐渐显出轮廓。半腿青泥，两手秧渍，仅一袋烟工夫，夕阳落山，霞表天际，炊烟在青夜里没有颜色，只青牛长长短短的哞声，将一村宁静踏入暮色。秧苗在入田的一瞬间，星光在水波上一晃，将一塘月色摇碎了。一村灯火，满地新月。

初 秧

香春素舍，千树万树一夜就白了。百鸟投林，雁字排空，柳烟笼不住一堤春晓，蒲柳人家，堆出于岸，一河溪雪，终还是掩不住这汹涌的春光，关不住的春色，迫不及待地撞破篱栅，遍地青草，满街柳色，汹涌到庭堂里来。春光催人恼，春声禁不住，田塘、垄上、畦下，处处啼鸣，牛哞、羊呦，闹成一片。一早起来，老翁携稚而行，鸠杖策垄，缘田埂一路下来。几夜透雨，春溪涨破了，田塘里青秧茁壮，挤得田埂都瘦了，浓露为晶，闪闪烁烁的，阳光也变得熙熙攘攘起来。阙里人家，条条阡陌上，蚕妇采桑归来时，祥云朵朵。桑路春畅，鸟语花香。罗裙韶华年，青箩涨蚕鸣。匆匆步履，将一池春水踏破了。稚儿不知耕作苦，笑问田翁妇何急？夕光收尽春光时，田塬上秧床渐空，倦鸟归林，一塘阳光也淡了下去，晚霞落埂，归人荷锄去时，暮色缠绕的村庄灯火绰绰。身后只一片青青苗塘，村落上空，一抹祥云拢来，栅上的村姑已收下最后一缕秧布。早春时节，春风向晚，远处的林际上萦绕着白烟。溪水旁，浣纱的蚕妇洗净最后一箩蚕种，将一溪清水留在了身后。剪箩而归，更像是春夜的早行，曲曲折折的阡陌上，大大小小的田塘里，秧苗正拔节，茎叶中细碎的灌浆声慢慢喧闹起来，春深了。

淤　荫

田埂上的树看上去并不鲜润，连树下的草色似乎也不那么湿润，天确实有些热。炙草的灼热中，有一丝焦草的气息，阳光在草上浓烈的轰响让蝉也躲向树丛。叶片上的茎脉，纹路交错，已显出了缺水的模样。远处老榆树上的榆钱已经干枯，正一片一片地落下来。暮春时节，田野上虽然不乏绿色，但干旱的影子还是能被很清晰地捕捉到，一些勤勉的人家已经开始蓄水了，刚漫过水的田园，禾苗活泛过来，一片青青之色。旁边的水牛似乎刚刚从田里拔出脚来，地上一圈一圈的水渍在干裂的田土洇染开来，异常清晰。很多人家正在引渠溉田，满村的小孩子都在做着一种游戏，骑着竹马跑来跑去。大人们正在田里挥汗如雨，古铜色的肩膀上跳动着耀眼的阳光，与远近河渠里的水波形成了一种呼应。什么时候一声鸡鸣，村子里的狗也跟着吠了起来，鸡鸣狗吠中，渠水汩汩地落到了田里。向晚时分，塘田上飘散着苦艾的清香，这是农人们将陈年的艾蒿点燃了。他们在为春天祛魅的时候，也把田畴上的水牛一同沐浴了。淤荫的日子，在水戽的哔哔声中，慢慢变得饱满而殷实起来……

拔秧

和煦的阳光浓烈起来，河渠里的水引向大田，归流的水声汩汩作响，秧苗早已分好，清水洗过后，很快便下到了田里。晌午时分，牧童提着瓦罐向田间送茶来了，蚕妇则忙里偷闲，将箪食也送到了田间。平日里，很少抛头露面的少妇，也大大方方地走到了男人们面前。秧苗开始在人们的手中传来递去。鸟鸣声中，田埂上异常宁静，幽静的塘面被许多双脚踏得凌乱不堪，插过秧苗的地方则整整齐齐，秧马正闲在一边，秧架上的泥水尚未除尽，一星一点的秧苗杂芜还很鲜润。塘面镜子一般，整个村庄倒映在其间。村里的几个老翁从垄上走过时，欣慰地笑了。筑巢的燕子偶尔会贴着水面滑行，乘势衔走塘面上漂浮的草叶。晚霞消失的时候，田里还有人在劳作，噼噼啪啪的水声在向晚的风中传得很远很远。薄暮中，一些毗毗剥剥的嫩蕾正在抽芽，有一点和天空较劲的意味。花儿还是深藏不露的样子，似乎是在等待着春风的呼唤，千呼万唤，召唤过几回后，才肯抛头露面。用不了多久，便是上巳节了。修禊是流传了很久的风俗，就该去远郊的河边了，兰草浸溪，一家老小便该沐浴了。村里人正在传王羲之当年的兰亭雅集，人人羡慕的样子。等到桃花汛期，秧苗已碧绿一片，拔秧的高下也就见出分晓了。

灌溉

期待中的雨迟迟没有落下来，水塘里的水也渐渐地低下去，禾苗眼看就要失去水色了。家家户户都在盼望着一场透雨，可在田野上，车辇走过时，荡起缕缕浮尘，空气中弥漫着阳光烘烤草木的味道，干旱似乎就要来临。高远的天空上，见不到一丝云彩，乡村里已产生了一些骚动，人们纷纷走到大田边，连许久不用的戽斗也被拎了出来，各家各户在整理一番水源后，喑哑的桔槔声处处可闻。几家的戽斗也聚拢在一起，到处都是汲水而行的农人。从远处担来的山泉，一担担被灌溉到田里，很快便被泥土收尽了。便是这样，天气还是闷热，田野上嗅不到一丝雨的气息。桔槔声持续了几天后，田里渐渐有了水色，这时一些戽斗也脱楔了，人们也显出了精疲力竭的神态。直到斜阳西下时，还有人在田头汲水，暮色中只闻到一声重似一声的粗重喘息。蚕妇们忙得连手也顾不上洗，蚕儿结茧了，治车缫丝，煮茧的炉火昼夜不熄。郊外的菜花上到处蜂飞蝶舞，蚕架上的丝一天要下好几回，蚕妇们也仿佛蚕架一般，青丝上、耳朵上、肩上、身上、袖口上，全是蚕丝。男人们偶尔回来取用蓄水的家什，总看见女人们在飘动的蚕丝中进进出出。分箔时留下的蚕子已晾干了，蓄在箩筐里，下簇时节，也正是灌溉繁重的日子。田家的六月，喜忧参半，也许，夜里时分雨就会落下来。

收 刈

村庄是一垛垛青草的聚集，而炊烟则是房屋升起的云朵，青柴化尽，一缕幽香弥散开来，田园就饱满了。柴门打开时，浓烈的阳光骤然聚拢过来，田土的清香，以不可阻挡之势弥漫开来，袭人欲醉。秋天已走到了最清亮的阳光下，清气升上来。秋水为镜，大地上清荣峻茂，白云铺展开辽阔的天空。辽远的天际下，人影绰绰。稻穗攥在手里时，久积的阳光，香生镰刃。一卷卷清香袭上来，田垄上到处都是弓腰折背的农人，泥土渐渐显露出来，大地正脱去金色的衣裳。鸟儿飞过刚刚收割的田塘，挤满稻穗黍稷的田头，马嘶秋诉，万里晴空。秋气分明，全不见一丝鸟语。农人们肩扛背挎，场上纷涌着秋实。绣女也纷纷走出屋舍，蚕妇蚕女忙里偷闲也到场上添手来了。乡村里看不到一个闲人，猪、羊、犬、鸡也不知哪里去了，似乎听不到它们一声的鸣叫。只有挑稻送穗的农人，风一样掠过，把一村旷远搅乱了。堆在屋檐下时，甘霖未尽，蜂盈蝶舞，萦绕不绝。稚儿争先恐后地拾取稻穗时，惊飞了一地鸦雀，斜阳暖暖地照过来，黄昏来临时，金色的大地长路萦回，大河上下，长城内外，千里相庆，万里同贺。

刊于《草原》2021年第9期

后 记

为漓江出版社选编散文年选，算下来已经二十多年了。四五年前，漓江出版社为了纪念“年选系列”出版二十周年，还在北京大学举办了一场别开生面的活动。漓江版散文年度选本，是国内“年选系列”最早的选本之一，在我的书架上已经排了好长的一排，什么时候翻看一下，都会引发一阵回忆。有的还能想起哪篇文章是从哪里看到的，或者是哪家报刊推荐的，哪位朋友引荐的；还会想起由于题材类似，而不得已舍弃的篇章；想起哪些文章获得了什么奖项，或是选入课外阅读教材、中高考试卷。由此说，这是一件十分有意义的事情，每每选编，都持认真而审慎的态度。当然，过后免不了还会有这样那样的遗憾。

由于出版程序以及时间的限制，每年选用上一年十月到当年十月发表的作品，有些作品事先得到了报刊的用稿通知，可以放宽到当年年底。请各位作家及报刊社编辑，在八九月份即可传来满意的作品。再次感谢一贯支持我们的文友。

王剑冰

2021年岁末

2021年选系列封面绘图画家介绍

黄菁 广西艺术学院美术学院教授，中国美术家协会会员，广西美术家协会理事，漓江画派促进会理事，中国南方油画山水画派研究院研究员，北京当代中国写意油画研究院理事。

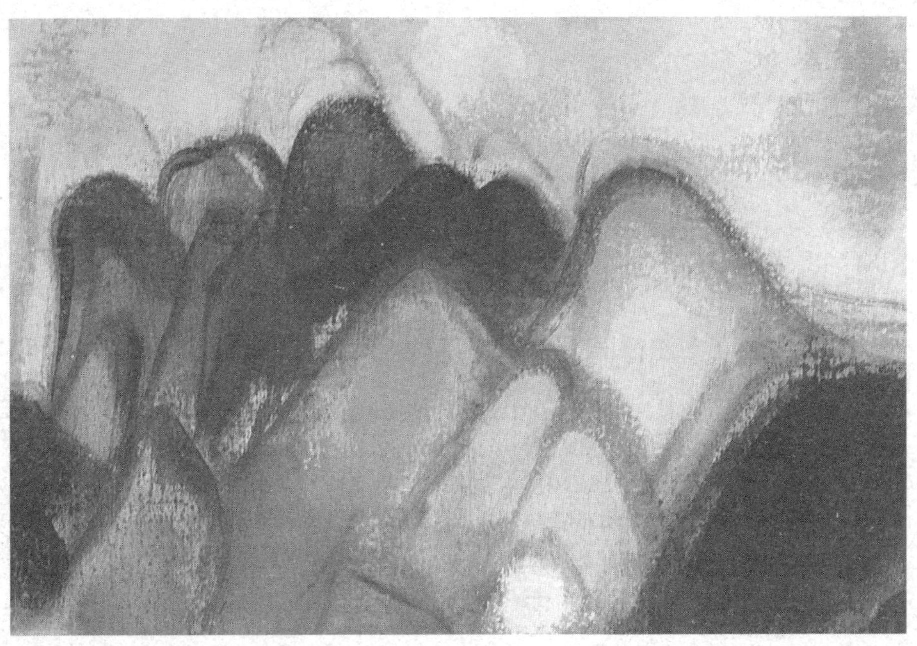

《兴坪的山》 黄菁 80 cm × 70 cm 油画

黄菁画作短评

（黄菁）不会把自己设计在一个既得的视觉符号里，以此换得所谓风格的建立，即便建立了符号或图式，他也会在有新鲜视觉到来时搁置它而另开新局。因为黄菁忠实于自己的感受，相信作品的独立价值。他认为每个画家都有一定的概念惯性和思维，这其实是风格、特点确立的基础。然而好画家却往往是在建立概念后，打破概念，再建立概念的循环渐进中确立自己并找到快乐的。因而黄菁选择一个题材一种画法的时候，也会很在意它是否可持续发展，是否有开拓专题的前景。

——刘新（广西艺术学院教授）

图书在版编目（CIP）数据

2021 中国年度散文 / 王剑冰选编 .-- 桂林：漓江出版社，2022.2（2024.5 重印）

ISBN 978-7-5407-9202-2

Ⅰ. ① 2… Ⅱ. ①王… Ⅲ. ①散文集—中国—当代 Ⅳ. ① I267

中国版本图书馆 CIP 数据核字（2022）第 006635 号

2021 ZHONGGUO NIANDU SANWEN

2021 中国年度散文

王剑冰　选编

出版人：刘迪才

责任编辑：黄彦

书籍设计：石绍康

责任监印：张璐

出版发行：漓江出版社有限公司

社址：广西桂林市南环路 22 号　邮编：541002

发行电话：010-65699511　0773-2583322

传真：010-85891290　0773-2582200

邮购热线：0773-2582200

电子信箱：ljcbs@163.com

微信公众号：lijiangpress

印制：天津市天玺印务有限公司

［天津市宝坻区新开口镇产业功能区天源路 9 号　邮编：301815］

开本：690 mm × 1000 mm　1/16

印张：20.25　字数：279 千字

版次：2022 年 2 月第 1 版

印次：2024 年 5 月第 2 次印刷

书号：ISBN 978-7-5407-9202-2

定价：59.80 元